의식 혁명

POWER VS. FORCE:

The Hidden Determinants of Human Behavior

by David R. Hawkins, M.D., Ph.D.

POWER
VS.
FORCE
힘과 위력,
인간 행동의 숨은 결정자
의식 혁명
데이비드 호킨스 지음 | 백영미 옮김
David R. Hawkins

능한 이들은 알아보기가 쉽지 않으니
그들은 마음이 단순한 것처럼 보인다
이것을 아는 이들은 '절대'의 패턴을 아는데
절대의 패턴을 아는 것은 '미묘한 힘'이다
그 미묘한 힘이 모든 것을 움직이고 그것에는 이름이 없다

The skillful are not obvious
They appear to be simple-minded
Those who know this know the patterns of the Absolute
To know the patterns is the Subtle Power
The Subtle Power moves all things and has no name

차 례

/ 2부 / 힘 대 위력

/ 3부 / 의미

/ 4부 / 부록

| 편집자의 말 |

함께 상상해 봅시다. 묻고 싶은 어떤 질문에 대해서든, 단순한 '예/아니오' 식 답에 이르는 통로가 나한테 있다면 어떨까요? 그 *어떤* 질문에 대해서든, 입증할 수 있게 진실인 답 말입니다. 자, 생각해 봅시다.

명백한 것들이 있습니다. "제인은 다른 남자를 만나고 있습니다." (예/아니오) "자니는 학교에 대해 진실을 말하고 있습니다." (예/아니오) 이런 것은 다음과 같은 질문에 이르는 작은 걸음입니다. "이것은 안전한 투자입니다." (예/아니오) "이 직업은 내가 추구할 만한 가치가 있습니다." (예/아니오)

만일 *모든 사람*에게 그런 통로가 있다면 어떨까요?

당장에 압도적 함의가 떠오릅니다. 다시 생각해 봅시다.

"존 도우는 고발대로 유죄입니다."라는 명제에 대해 명확하고 확증 가능한 답(예/아니오)이 있다면, 우리의 비대하고 결함투성이인 사법제도는 어떻게 될까요?

"모 후보는 정직하게 이 선거 공약을 지키려고 합니다. (예/아니오)"라는 질문을 모두가 던질 수 있고, 그리고 우리 모두가 같은 답을 얻는다면, 우리가 아는 대로의 정치는 어떻게 될까요?

그리고 광고는 어떻게 될까요?

여러분에게 생각이 떠오릅니다. 그리고 그 생각은 점점 커지고 빨라집니다. 민족주의는 어떻게 될까요? ("모 국가는 정말로 민주주의를 뒤엎는 일에 골몰하고 있습니다." 예/아니오) 정부는요? ("이

법안은 실제로 시민권을 보호해줍니다." 예/아니오)

"그 편지 속에 수표가 들어 있습니다."는 어떻게 될까요?

사람들 말대로 인간이 말을 배운 지 한 시간 뒤에 거짓말을 배웠다면, 우리가 지금 토론하고 있는 것과 같은 현상은 사회가 시작된 이래 인간 지식에서 가장 근본적인 변화의 발생일 겁니다. 이것이 가져올 변모는 의사소통에서 윤리에 이르는 분야에서, 가장 기본적인 개념들에서, 일상적 존재의 모든 세부에서 너무도 심원하여, 이어지는 진실의 새 시대에서 삶은 어떠할 것인지 상상조차 하기 어렵습니다. 우리가 아는 대로의 세계는 그 뿌리까지 돌이킬 수 없이 바뀔 것입니다.

***

신체운동학kinesiology: 명사. 근육과 근육의 움직임에 관한, 특히 신체 컨디션 조절에 응용되는 바와 같은 것에 대한 연구. [그리스어. kinesis, 운동(kinein, 운동하다) + -logy, 학][1]

신체운동학 연구는 금세기 후반 조지 굿하트 박사의 저작을 통해 최초로 과학적으로 주목받았습니다. 굿하트 박사는 양호한 물질적 자극, 예컨대 영양 보충제 같은 것은 일정한 지표 근육군의 강도를 증가시키는 반면, 해로운 자극은 근육군을 갑자기 약화시키곤 한다는 것을 발견한 뒤에, '응용신체운동학Applied Kinesiology'이라 직접 명명한 분야를 개척했습니다. 그러한 발견의 함의는 개념적 의식 훨씬 밑에 있는 어떤 수준에서 육체는 자신에게 좋은 것과 나쁜 것이 무엇인지 '인식'할 수 있고 근육테스트를 통해 그에 관한 신호를 보낼 수 있다는 것이었습니다. 이 책에 인용된 고전적 사례는 화학 감미료 앞에서 지표근육군의 약화가 공통적으로 관찰되는 현상입니다. 동일한 근육군이 건강에 이로운 자연 첨가물 앞에서는 강화됩니다.

1970년대 후반, 존 다이아몬드 박사는 이 분야를 새로운 학과목으로 발전시키고 그것을 '행동신체운동학Behavioral Kinesiology'이라 명명했습니다. 다이아몬드 박사의 놀라운 발견은, 지표근육군은 물질적 자극은 물론이고 긍정적이거나 부정적인 감정적 · 지적 자극 앞에서도 강화되거나 약화된다는 것이었습니다.[2] 미소는 우리에게 강한 반응을 이끌어낼 것입니다. "난 네가 미워,"라는 진술은 약한 반응을 이끌어낼 것입니다.

좀 더 들어가기 전에, 정확히 어떻게 '테스트'하는지에 대해 자세히 설명하도록 하겠습니다. 독자들은 틀림없이 직접 해 보고 싶을 테니 말입니다. 다음은 다이아몬드 박사의 1979년 저서 『당신의 몸은 거짓말하지 않는다Your Body Doesn't Lie: Unlock the Power of Your Natural Energy』[3]에 나오는 개요입니다. 다이아몬드 박사는 H.O. 켄달의 『근육: 테스트와 기능Muscles: Testing and Function, with Posture and Pain』에 나오는 고전적 설명에서 이 방법을 각색해 냈습니다.

신체운동학 테스트를 시행하는 데는 두 사람이 필요하다. 테스트를 위해 친구나 가족 중에서 한 사람을 선택한다. 우리는 그를 피험자라고 부를 것이다.

1. 피험자는 똑바로 서서 오른팔을 자연스럽게 늘어뜨리고, 왼팔은 팔꿈치를 편 채 바닥과 평행하게 든다. (드는 팔을 다른 쪽으로 바꿔도 무방하다.)
2. 피험자를 마주 보고 몸이 움직이지 않도록 왼손을 피험자의 오른쪽 어깨에 올려놓는다. 그 다음에 오른손을 피험자가 들고 있는 왼팔 손목 바로 위에 위치시킨다.
3. 피험자에게 팔을 누를 테니 팔에 힘을 주라고 말한다.
4. 이제 아주 신속하고 확고하고 균등하게 상대의 팔을 누른다. 핵심은 팔의 탄력과 반동을 테스트하기에 충분한 정도로만 누르는 것이지, 근육이 피로해질 정도로 세게 누르는 것이 아니다. 알아보려고 하는 것은 누가 더 센가가 아니라, 팔근육이 누르는 압력에 맞서 어깨 관절을 '붙들'고 있을 수 있는가이다.

피험자의 팔근육에 아무 이상이 없고 피험자가 외부 자극을 받지 않는 정상적이고 편한 마음 상태를 유지하고 있다면(이러한 이유로 해서 시험자는 미소를 짓는다거나 다른 식으로 피험자와 상호작용하지 않는 것이 중요하다), 근육은 '강한 반응'을 나타내어 팔을 계속 들고 있을 수 있을 것입니다. 만일 부정적 자극(예 인공감미료)을 주고 테스트를 반복하면, "앞서보다 세게 누르지 않는다 해도, 근육은 누르는 압력을 버티지 못할 것이고 피험자의 팔은 아래로 떨어질 것"입니다.[4]

다이아몬드 박사의 연구가 갖는 인상적 측면은 피험자들이 나타내는 반응의 일관성입니다. 결과는 예측 가능하고, 재현 가능하며, 공통적이었지요. 자극과 반응 사이에 아무런 사리에 맞는 연관이 없을 때조차 그랬습니다. 전혀 밝혀지지 않은 이유로 인해, 일정한 추상적 상징은 테스트에서 모든 피험자에게 약한 반응을 일으켰습니다. 어떤 상징은 정반대의 반응을 일으켰지요. 일부 결과는 당혹스러웠습니다. 명시적으로는 긍정적이거나 부정적 내용이 없는 그림들이 모든 피험자에게 약한 반응을 일으키곤 했던 반면, 다른 '중립적' 그림들은 모든 피험자에게 강한 반응을 일으켰습니다. 그리고 일부 결과는 상당히 중요한 추측을 위한 재료가 되어주었는데, 실질적으로 모든 고전음악과 대부분의 유행 음악('고전' 로큰롤 포함)이 공통적으로 강한 반응을 일으킨 반면, 70년대 후반에 최초로 수용된 '하드' 록이나 '메탈' 록은 공통적으로 약한 반응을 나타냈습니다.

다이아몬드 박사가 잠시 주목했으나, 그것의 비상한 함의에 관해 깊이 분석하지 않은 또 다른 현상이 있습니다. 기만으로 알려진 진술이 담긴 테이프를 듣는 피험자들은 비록 화자가 진실을 말하는 것 같고 그 말이 설득력 있게 들린다 하더라도 테스트에서 약한 반응을 나타냈습니다. 입증 가능한 참된 진술이 담긴 녹음을 듣는 동안에는 피험자들은 공통적으로 강한 반응을 나타냈지요.[5] 이것이 바로 이 책의 저자이자 저명한 정신과 전문의 데이비드 R. 호킨스의 출발점이었습니다. 1975년, 호킨스 박사는 진실과 거짓에 대한 신체운동학적 반응을 연구하기 시작했습니다.

피험자는 시험하는 물질(혹은 쟁점)에 관해 의식적으로 알고 있을 필요가 없다는 것이 입증되었습니다. 이중맹검二重盲檢* 연구에서 그리고 강연에 참석한 청중 전체가 참여하는 대중 시연에서, 피험자들은 아무 표시 없이 인공감미료가 들어 있는 봉투에는 공통적으로 약한 반응을 보였고, 똑같이 생긴 인공감미료가 들지 않은 봉투에는 강한 반응을 보였습니다. 동일한 순진한 반응이 지적 가치들을 테스트하는 과정에서 나타났습니다.

작용하는 듯한 것은 일종의 공유의식인 *스피리투스 문디* *spiritus mundi*, 혹은 융의 뒤를 이어 호킨스가 명명한 바와 같은 '의식의 데이터베이스'입니다. 다른 사회적 동물에게 아주 일반적으로 나타나는 그 현상(무리의 한쪽 끝에서 유영하던 물고기가, 400미터 떨어진 곳의 동료가 포식자를 피해 도망칠 때 즉각 방향을 바꿉니다.)은 또한 어떤 무의식적인 방식으로 인간 종과도 관련됩니다. 먼 곳의 이방인들이 경험한 정보를 자신이 직접 체험한 것처럼 알게 된 개인들에 관한 기록은 너무 많이 남아 있어서, 우리는 이성적 의식으로 얻는 것 외에 다른 공유 지식의 형태가 있음을 부인할 길이 없습니다. 혹 어쩌면, 보다 단순하게, 건강에 이로운 것과 해로운 것을 구별할 수 있는 내면의 똑같은 비이성적 지혜의 불꽃이 진실과 거짓을 구별할 수 있는 건지도 모릅니다.

이 현상에서 대단히 암시적인 한 가지 요소는, 그 반응의 이진

* 이중맹검은 어떤 약물의 치료 효과를 판정하기 위해 환자에게 진짜 약과 가짜 약을 투여하면서 의사와 환자가 둘 다 모르게 하는 테스트이다. (이하 본문의 각주는 옮긴이 주임.)

법적 본성**입니다. 호킨스는 켜지지 않으면 꺼지는 신경 시냅스***처럼, '지식'의 가장 기본적이고 세포적인 형태처럼, 첨단을 걷는 물리학자들이 우리에게 말하는 우주 에너지의 핵심적 본성처럼, 답이 아주 명백하게 '예' 아니면 '아니오'로 나오도록 질문을 구성해야 한다는 것을 밝혀냈습니다. 어떤 원초적 수준에서, 인간 뇌는 우주의 에너지 장과 연결되어 있는, 자신이 안다고 생각하는 것보다 훨씬 더 많은 것을 알고 있는 경이로운 컴퓨터가 아닐까요? 그건 그렇다 칩시다. 호킨스 박사의 연구에서 가장 결실이 큰 발견은 상대적 진실의 등급을 측정하는 수단을 발견한 것이었습니다. 그 수단을 이용하여, 1에서 1,000에 이르는 범위에서 지적 위치, 진술, 이데올로기들의 서열을 매길 수 있습니다. 시험자는 "이 항목(책, 철학, 교사)은 200으로 측정됩니다. (예/아니오) 250으로 측정됩니다. (예/아니오)"라는 질문을 계속해 나갈 수 있는데, 그러다 마침내 일반적으로 약한 반응이 나와서 측정치가 정해지는 지점에 이르게 됩니다. 측정치가 갖는 엄청난 함의는, 인간 역사상 최초로 이데올로기의 유효성이 그 모든 대상 속의 내재적 성질로서 감정鑑定될 수 있다는 것이었습니다.

호킨스 박사는 20년에 걸친 비슷한 측정을 통해, 인간 의식 수준들의 스펙트럼 전체를 분석하여, 인간 경험의 지형에 관한 매혹

** 신체운동학 테스트에 대한 반응은 근육에 힘이 들어가거나 빠지거나 둘 중 하나인데, 그것은 이진법에서 0과 1이라는 두 개의 숫자로 모든 수를 표현하는 것과 같다는 의미에서 나온 표현이다.

*** 신경 접합부라고도 하는 시냅스에서는 뉴런의 전기 신호를 받아 신경전달물질을 방출하거나(켜짐) 방출하지 않거나(꺼짐) 할 뿐, 그밖의 다른 상태는 없다.

적인 지도를 그릴 수 있었습니다. 이 '의식의 해부학'은 인간의 전 全 상태에 대한 소묘이며, 개인과 사회와 인류 일반의 감정적 영적 발달에 대한 종합적 분석을 가능하게 해 줍니다. 그렇게 심원하고 너른 시야는, 우주에서 사람의 여정에 관한 새로운 이해를 제공해 주지요. 뿐만 아니라 우리와 우리 이웃이 영적 깨달음의 사다리 어디쯤에 있는지, 그리고 우리가 가능한 최선의 존재가 되기 위한 개인적 여정의 어디쯤에 있는지에 대한 이정표를 우리 모두에게 제시해 줍니다.

이 책에서, 호킨스 박사는 수십 년에 걸친 연구와 통찰의 열매에 고등입자물리학과 비선형동역학 분야의 혁명적 발견이라는 눈부시게 환한 조명을 비춥니다. 그는 서양의 지적 기록에서는 최초로, 과학의 차가운 빛은 신비가와 성인들이 자신과 신과 실상의 본성에 관해 항상 말해 온 것을 확증해 준다는 걸 보여 줍니다. 존재, 본질, 신성에 관한 그 통찰은 인간과 우주의 관계에 대한 그림을 내놓는데, 그것은 영혼과 이성을 다함께 만족시키는 능력에서 대단히 각별합니다. 이 책에는 풍요로운 지적 · 영적 수확이 담겨 있으니…… 독자들은 많은 것을 거둘 수 있고, 그리고 그 이상으로 자신을 내놓을 수 있습니다.

책장을 넘기십시오. 지금 미래가 시작됩니다.

— E. 휠렌

(바드 출판사 편집자)

애리조나 주, 1995

| 서문 |

이 책에 보고된 진실은 과학적으로 도출되고 객관적으로 조직되었지만, 모든 진실이 다 그렇듯 맨 먼저 사적으로 경험되었습니다. 어린 나이에 시작된 앎의 강렬한 상태의 평생에 걸친 연쇄는, 처음에는 이 책에서 마침내 형태를 취한 주관적 각성 과정을 향한 영감을 불러일으켰고, 그 다음에는 그 과정을 안내했습니다.

세 살 적에, 존재에 대한 갑작스러운 충만한 의식이 일어났습니다. 그것은 "나는 있다I Am."의 의미에 대한 비언어적이지만 완전한 이해였지요. 연달아 '나'는 아예 존재 속으로 들어오지 않았을 수도 있다는 공포스러운 각성이 일어났는데, 그것은 망각에서 존재 자체에 대한 의식적 앎으로의 찰나적 깨어남이었습니다. 바로 그 순간, 사적인 자기가 태어났으며 '있다Is'와 '있지 않다Is Not'의 이원성이 나의 주관적 앎으로 들어왔습니다.

어린 시절과 사춘기를 통틀어, 존재의 모순과 자기自己의 실상에 대한 의문은 계속 되풀이된 관심사였습니다. 때로 사적인 자기가 더욱 크고 비개인적인 나Self로 빠져들기 시작하면, 애초의 비존재에 대한 두려움, 무에 대한 근본적 두려움이 다시 치밀어 오르곤 했습니다.

깨어나는 현존

1939년, 나는 27킬로미터의 배달 구역을 담당하는 위스콘신 농촌의 신문 배달 소년이었습니다. 어느 어두운 겨울밤, 나는 집에서 몇 킬로미터 떨어진 곳에서 눈보라를 만났습니다. 영하 30도의 기온에서 얼어붙은 눈 덮인 들판 위로 자전거가 넘어졌습니다. 거센 바람에 바구니 속에 든 신문은 들판으로 산산이 날아가 버렸고 나는 좌절감과 피로로 눈물이 흘러내렸습니다. 옷은 뻣뻣하게 얼어붙었고 집은 멀었습니다. 나는 바람을 피하기 위해 높이 쌓인 눈더미의 얼어붙은 표면을 깨고 굴을 판 다음 그 속으로 기어들었습니다. 오한이 멎고 기분 좋은 온기가 느껴지더니…… 그 다음에 어떤 말로도 형용할 수 없는 평화로운 상태가 찾아왔습니다. 거기 함께한 것은 넘쳐흐르는 빛과 무한한 사랑의 현존Presence이었습니다. 그것은 시작과 끝이 없었고 나 자신의 본질과 구별되지 않았지요. 앎이 온전히 지금뿐인 그 밝아진 상태와 융합되면서 육체와 주변 환경은 가뭇없이 사라져 버렸습니다. 마음은 점차 침묵에 들었고, 생각은 완전히 그쳤습니다. 무한한 현존이 있었거나 있을 수 있는 전부였는데, 그것은 시간 너머에 있었으며 묘사하는 것이 불가능했습니다.

영겁과도 같은 시간이 흐른 뒤, 누군가 무릎을 흔드는 바람에 나는 어떤 앎으로 되돌아왔습니다. 뒤이어 아버지의 걱정스러운 얼굴이 나타났습니다. 육체와 그에 따른 모든 것으로 되돌아가는 게 영 내키지 않았으나…… 그러나 나는 아버지를 지극히 사랑했으므로, 그분의 고통으로 인해 나는 그렇게 하기로 했습니다. 어떤 초연한 방식으로 나는 나의 죽음에 대한 아버지의 두려움에 동감했지만, 동시에 죽음이라는 개념이 우스꽝스럽게 비쳤습니다.

그 주관적 경험에 대해선 어느 누구와도 토론한 적이 없었습니다. 그것을 이해하는 데 이용할 수 있는 맥락이 없었지요. 나는 그전에 (성인聖人들이 삶에서 보고한 것 외에는) 영적 체험에 관한 얘기를 들어 본 적이 없었습니다. 그러나 그 경험 뒤에 받아들여진 세계의 실상이 그저 임시적인 것으로 비치기 시작했습니다. 전통적 종교의 가르침은 의미를 상실했고, 역설적으로 나는 불가지론자不可知論者가 되었지요. 전 존재를 적시는 듯이 느껴졌던 신성Divinity의 빛에 비하면 전통적 종교의 신은 정말이지 둔한 빛을 발했습니다. 나는 종교를 잃어 버렸습니다…… 하지만 나는 영성을 발견했습니다.

***

2차 대전 기간, 나는 해군 소해정*에 배치되어 위험한 임무를 수행했는데 죽을 뻔한 적이 많았습니다. 그러나 동료 수병들과는 달리, 내게는 죽음에 대한 두려움이 없었습니다. 마치 죽음이 그 확실성을 상실한 것 같았지요. 종전이 된 다음에는 의대에 진학하여 학비를 벌며 공부했는데, 나는 마음의 복잡성에 매료되었고 정신의학을 공부하고 싶었습니다. 정신분석의 과정을 밟을 때 컬럼비아대 교수였던 내 지도교수 또한 불가지론자였는데, 우린 둘 다 종교를 회의적인 시각으로 바라보았습니다. 정신분석은 잘되었고, 의사로서의 이력 또한 잘 풀렸으며, 나는 크게 성공을 거

* 수중의 폭탄을 제거하는 장비를 갖춘 선박

두었습니다.

하지만 나는 직업 생활에 조용히 안주하지 못했습니다. 나는 그 어떤 치료법에도 반응하지 않는 치명적인 진행성 질환에 걸렸지요. 서른여덟이 되었을 때 나는 죽게 되리라는 걸 알았습니다. 나는 육체에 대해선 상관하지 않았으나 영은 극심한 고통과 절망 상태에 놓여 있었습니다. 최후의 순간이 다가왔을 때, 불현듯 어떤 생각이 마음을 스쳤습니다. "혹시 신이 있다면?" 그래서 나는 큰 소리로 기도했습니다. "만약 신이 계시다면, 지금 저를 도와주십시오." 나는 거기 있을지 모르는 어떤 신에게든 자신을 내맡기고 무의식으로 빠져들었습니다. 깨어나 보니 엄청난 변형이 일어나 있었고, 나는 경외심으로 말문이 막혔습니다.

전에 있었던 그 사람은 더 이상 존재하지 않았습니다. 사적인 자기나 에고는 남아 있지 않았고, 그저 무제한의 힘을 가진 무한한 현존Infinite Presence뿐이었습니다. 무한한 현존, 그것이 있는 전부였습니다. 그 현존이 '나'였던 것을 대체했고, 이제 육체와 육체의 움직임을 통제하는 것은 오직 현존의 무한한 의지뿐이었습니다. 세계는 무한한 하나임Infinite Oneness의 명료함으로 환히 밝혀졌고, 측량할 길 없는 아름다움과 완벽함 속에 드러난 일체로서 그 자체를 표현했습니다.

아홉 달 동안 그 멎어있음은 지속되었습니다. 내게는 자신만의 의지가 없었습니다. 육체적 실체는 명령받지 않아도 무한히 강하지만 절묘하게 부드러운 현존의 의지의 안내에 따라 제 할 일을 해 나갔습니다. 그 상태에서는 어느 것에 대해서도 생각할 필요가 없었습니다. 모든 진실은 자명했지요. 개념화는 필요하지도 않았거니와 가능하지도 않았습니다. 그와 동시에 신경계는 그 회로가 감당할 수 있는 이상의 에너지를 나르고 있는 것처럼 극도로 과부하가 걸린 느낌이었습니다.

세상에서 효율적으로 기능하는 것은 가능하지 않았습니다. 두려움, 불안과 더불어 평상시의 모든 동기부여가 자취를 감추었습니다. 구할 것이 없었는데 그것은 전부가 완벽했기 때문입니다. 명성, 성공, 돈은 무의미했습니다. 친구들은 나더러 실용적으로 진료를 재개하라고 촉구했지만, 그렇게 하고자 하는 유인이 없었습니다. 하지만 나는 성격personality 밑에 있는 실상을 지각할 수 있다는 걸 알았습니다. 나는 감정 질환의 기원은 자신이 곧 성격이라는 사람들의 신념에 있다는 걸 알았습니다. 그래서 저절로 그렇게 된 것처럼 진료를 재개했고, 결과적으로 그것은 엄청나게 커졌습니다.

미국 전역에서 사람들이 찾아왔습니다. 나는 1년에 1,000명의 신규 환자를 치료했습니다. 결국에는 50명의 치료사와 기타 직원들을 두게 되었지요. 외래환자는 2,000명에 달했고 25개의 진료실, 연구실, 뇌파실험실이 생겼습니다. 라디오 방송과 TV에서 출연 요청을 받았는데, 그중에는 「맥닐/레러 뉴스아워」, 「투데이 쇼」, 「바바라 월터스 쇼」가 있었지요. 1973년, 나는 『분자교정 정신의학Orthomolecular Psychiatry: Treatment of Schizophrenia』(노벨상 수상자 라이너스 폴링과 공저)이라는 책을 통해 내가 하던 연구에 대해 보고했습니다. 그 책은 수많은 이들에게 자극이 된 듯했습니다.

사랑, 광휘, 기적

신경계의 전체적 상태는 서서히 개선되었고 그 다음에 또 다른 현상이 시작되었습니다. 감미롭고 기분 좋은 에너지 띠가 쉴 새 없이 척추를 따라 올라가 머릿속으로 들어가기 시작했는데 그것은 거기서 강렬하고 지속적인 쾌감을 불러일으켰습니다. 삶의 모든 것이 공시성으로 일어나 완벽히 조화롭게 진화했으며, 기적적인 일이 일상사가 되었습니다. 세상에서 기적이라고 부를 일들은 사적인 자기가 아닌 현존에서 비롯되었습니다. 사적인 '나'에서 남은 것은 그런 현상에 대한 어떤 목격자뿐이었지요. 나 자신보다 혹은 그것이 전에 했던 생각들보다 더욱 깊은 곳에 있는 더욱 큰 '나'가 벌어지는 모든 일을 결정했습니다.

그 상태에 대해서는 여러 사람이 전한 바 있으므로, 나는 붓다, 황벽선사, 다른 깨달은 현인들을 포함하여 라마나 마하르시와 니사르가다타 마하라지 같은 근래의 스승들의 영적 가르침을 탐구하기에 이르렀습니다. 이렇게 해서 그런 경험은 특이한 것이 아니라는 게 확증되었지요. 불현듯 바가바드 기타가 완전히 이해되었습니다. 결국에는 스리 라마크리슈나와 기독교 성인들이 전한 것 같은 영적 황홀경이 일어났습니다.

세상의 모든 것 모든 사람이 다 환했고 형언할 수 없이 아름다웠습니다. 모든 살아 있는 것은 빛을 뿜게 되었으며, 그 광휘를 멎어있음과 장려함 속에서 표현했습니다. 전 인류가 사실상 내면의 사랑을 동기로 하지만 그저 그것을 알지 못하게 되었을 뿐이라는 것이 명백했습니다. 대부분의 사람들은 자신이 정말 누구인지에 대한 지각이 깨어나지 않은, 잠자는 사람처럼 살아갑니다. 모든 이들이 마치 잠든 것처럼 보였으나 믿을 수 없을 만큼 아름다웠습니다. 나는 모든 사람과 사랑에 빠졌습니다.

아침에 한 시간, 그리고 저녁 식사 전에 다시 한 시간씩 명상하는 습관을 버릴 필요가 있었는데, 왜냐하면 그것은 활동하는 것이 불가능할 정도로 지복을 강화시키곤 했기 때문이었습니다. 어렸을 적 눈더미 속에서 일어난 것과 비슷한 경험이 되풀이되곤 했고, 그런 상태를 떠나 보통의 삶으로 복귀하는 일이 점점 더 어려워졌습니다. 모든 것의 믿기 힘든 아름다움이 완성된 상태에서 빛을 발했고, 세상이 추함을 보는 곳에서 나는 오직 무시간적 아름다움을 볼 뿐이었습니다. 영적인 사랑이 나의 모든 지각에 스며들었습니다. 여기와 저기, 그때와 지금, 나와 너 사이의 모든 경계는 사라졌습니다.

그 세월은 내면의 침묵 속에서 흘러갔습니다. 그 사이에 현존의 강도는 더해졌지요. 내게 사적인 삶은 없었으며, 사적 의지는 더 이상 존재하지 않았습니다. 나는 무한한 현존의 도구였고, 그 현존의 의지대로 돌아다니고 행했습니다. 사람들은 현존의 오라 속에서 예사롭지 않은 평화를 느꼈습니다. 구도자들은 내게서 답을 구했지만 '데이비드'*와 같은 그런 개인은 더 이상 없었습니다. 그 사람들이 하고 있었던 것은 나의 것과 다르지 않은 그들 자신의 자기自己에서 답을 찾아내는 일이었습니다. 어느 사람을 바라보건,

* 저자 자신을 가리킨다.

나 자신이 그의 눈을 통해 빛을 발하는 게 보였습니다. *어떻게 내가 저 모든 육체 속에 들어간 걸까?* 나는 의아했습니다.

상식으로는 이해할 수 없는 기적적인 일들이 일어났습니다. 여러 해 동안 앓아 온 많은 고질병이 사라졌습니다. 시력은 저절로 정상으로 돌아왔고, 오랫동안 써 왔던 이중 초점 안경은 더 이상 필요 없었습니다. 이따금씩, 형언할 수 없는 지복의 에너지, 무한한 사랑이 불현듯 가슴에서 솟구쳐 어떤 재난 현장을 향해 뿜어지곤 합니다. 한번은 고속도로에서 운전하고 있는데 그 경이로운 에너지가 가슴에서 흘러나오기 시작했습니다. 모퉁이를 돌아가니 막 자동차 사고가 나 있는 게 보였습니다. 사실 전복된 차량의 바퀴들이 여전히 돌아가고 있었지요. 그 에너지는 맹렬한 기세로 나한테서 차에 타고 있는 이들에게 전해졌고, 그러다가 저절로 멈췄습니다. 또 한번은 어느 낯선 도시의 거리를 걷고 있을 때였습니다. 그 에너지가 앞쪽 블록을 향해 흘러나가기 시작했습니다. 나는 깡패들이 막 싸움을 벌이기 시작한 현장에 닿았습니다. 싸움꾼들은 물러서서 웃음을 터뜨렸지요. 그러자 그 에너지는 다시 한 번 그쳤습니다.

그럴 수 있을 것 같지 않은 상황에서 지각의 심원한 변화가 예고 없이 일어났습니다. 롱아일랜드의 어느 식당에서 혼자 식사하고 있는데 현존이 갑자기 강렬해지더니 보통의 지각에서는 분리된 것처럼 보이던 모든 사람, 모든 것이 무시간적 보편성과 하나임 Oneness 안으로 녹아들었습니다. 움직임이 없는 침묵 속에서, 나는 아무런 '사건'도 '일'도 없다는 걸 알았습니다. 그리고 실제로는 아무 일도 '생기지' 않는다는 걸 알았는데, 왜냐하면 과거, 현재, 미래는 태어나고 죽는 분리된 '나'라는 환상이 그런 것처럼, 지각의 가공물에 지나지 않기 때문이었습니다. 유한한 거짓 자기가 그것의 참된 기원인 보편적 참나 속으로 녹아들면서, 온갖 괴로움에서 벗어나 절대적 평화와 안도의 상태로 귀향한 것 같은 형언할 수 없는 느낌이 들었습니다. 그것은 모든 괴로움의 기원은 오직 개별성의 환상이기 때문입니다. 그러므로 사람이 곧 우주이고, 완전하며, 있는 전부와 하나이고, 끝없이 영원하다는 것을 깨달을 때, 더 이상의 괴로움은 가능하지 않습니다.

현존을 치유에 이용하다

환자들이 세계 전역에서 찾아왔습니다. 일부는 가망 없는 이들 중에서도 가장 가망 없는 이들이었지요. 이송용 방수포로 몸을 감싼 채 꿈틀거리는 괴기한 형상의 환자들이 먼 곳의 병원에서 실려왔습니다. 그들은 진행된 정신분열증과 치유 불가능한 중증 정신질환의 치료에 희망을 걸고 있었습니다. 일부는 긴장증* 환자였습니다. 많은 이들이 수년간 무언증을 나타내고 있었지요. 그러나 나는 어느 환자든, 불구가 된 겉모습 뒤에서 사랑과 아름다움의 빛나는 본질을 분명히 보았습니다. 아마도 그것은 보통 사람의 눈에는 너무도 희미해서, 그 또는 그녀는 이 세상에서 전혀 사랑받지

* 정신분열증의 일종. 환자는 극심한 운동능력의 상실이나 혹은 지속적인 활동의 항진상태를 경험한다. 때로는 몇 시간씩 강직된 자세를 취한 채 외부의 어떤 자극에도 반응하지 않는다.

못하게 되었을 것입니다.

어느 날, 말문을 닫은 긴장증 환자가 구속복에 몸이 묶인 채 병원으로 실려 왔습니다. 그녀는 중증 신경질환을 앓고 있었고 똑바로 일어서지 못했습니다. 바닥에서 꿈틀거리던 환자는 경련을 일으키더니 두 눈이 뒤로 돌아갔습니다. 헝클어진 머리에 옷은 갈가리 찢긴 채, 그녀는 그저 목쉰 소리 만을 토해낼 수 있을 뿐이었지요. 그녀의 가족은 대단히 부유했습니다. 그래서 그녀는 여러 해 동안, 세계 곳곳의 유명한 전문의를 비롯한 의사들을 숱하게 찾아다녔지요. 온갖 치료법을 시도했지만, 의료진은 결국 그녀의 상황에 대해 "가망 없다."고 말하고는 포기하곤 했습니다.

나는 그녀를 바라보며 말없이 물었습니다. "신이여, 이 여성이 어떤 일을 겪기를 원하십니까?" 나는 그때 내가 할 일은 그저 그녀를 사랑하는 것임을 깨달았습니다. 그것이 전부였습니다. 그녀 내면의 자기自己가 두 눈을 통해 빛을 발했고, 나는 그 사랑하는 본질과 연결되었습니다. 바로 그 순간, 그녀는 자신이 정말 누구인지를 스스로 인정함으로써 치유되었습니다. 마음이나 몸에 일어난 일은 더 이상 그녀에게 중요하지 않았습니다.

본질적으로 그와 같은 일이 무수히 많은 환자들에게 일어났습니다. 일부는 세상의 눈으로 볼 때 회복되었고 일부는 그렇지 않았지만, 임상적 회복이 일어났는지 여부는 환자들에게 더 이상 중요하지 않았습니다. 내면의 고뇌는 끝났습니다. 자신이 사랑받고 있음을 느끼며 내면이 평화로워질 때 고통은 그쳤습니다. 그러한 현상은 현존의 연민이 환자 개개인의 실상을 재맥락화하여, 그들이 세상과 세상의 외관을 초월한 어떤 수준에서 치유를 경험했다는 얘기로밖에는 설명할 수 없습니다. 내가 그 안에 존재했던 내적 평화는, 시간과 정체正體 너머에서 우리를 둘러싸고 있었습니다.

나는 *온갖 고통과 괴로움은 신이 아니라 오직 에고에서 일어난다*는 것을 알았습니다. 그것은 내가 환자들의 마음으로 말없이 전해준 진실이었지요. 여러 해 동안 말문을 닫고 있던 또 다른 긴장증 환자에게서 그런 정신적 차단을 직관했을 때, 나는 마음을 통해 그에게 말했습니다. "당신은 에고가 자신에게 한 일에 대해 신을 비난하고 있습니다." 그러자 환자는 벌떡 일어나서 말하기 시작했고, 현장을 목격한 간호사는 경악을 금치 못했습니다.

그러나 일은 점차 과중한 것이 되었고 결국에는 감당하기 어려울 정도가 되었습니다. 내가 관계했던 병원에서는 환자들을 수용하기 위해 병동을 하나 더 늘렸지만, 환자들은 줄지어 병상이 나기를 기다리고 있었습니다. 한번에 한 환자밖에 만날 수 없었기 때문에, 나는 인간고人間苦의 밀물 앞에서 엄청난 좌절을 느꼈습니다. 그것은 마치 작은 컵으로 바닷물을 퍼내려고 시도하는 것과 같았지요. 왠지 모를 권태감의 원인, 그리고 영적 번민과 인간고의 끝없는 흐름의 원인을 다루는 방법이 반드시 있을 거라는 느낌이 들었습니다.

***

신체운동학을 처음 접했을 때, 나는 그 잠재력 앞에서 곧장 경이로움을 느꼈습니다. 그것은 두 우주, 즉 물질 우주 및 마음과 영의 우주 사이의 '웜홀'이었고, 차원들 간의 접점이었습니다. 자신의 근원을 잃어버린 채 잠자는 이들로 가득한 세계에서, 높은 실상과의 잃어버린 연결을 회복시켜 주고 그것을 모두가 알 수 있도록 입증해 주는 도구가 여기에 있었지요. 나는 생각해 낼 수 있는 온갖 물질, 생각, 개념을 테스트하기 시작했고, 제자들과 연구 조수들도 같은 작업을 하도록 했습니다. 그때 나는 어떤 이상한 일에 주목했습니다. 모든 피험자들이 부정적 자극(형광등, 살충제, 인공감미료 같은)에 약한 반응을 보인 반면, 자신의 앎의 수준을 발전시킨 영적 훈련생들은 보통 사람들처럼 약해지지 않았습니다. 피험자의 의식 속에서 뭔가 중요하고 결정적인 것이 바뀌었습니다. 명백히 그들은 자신이 세상에 좌우되는 것이 아니라 자신의 마음이 믿는 바에 의해서만 영향받는다는 것을 깨달은 것입니다. 어쩌면 그것은 깨달음을 향한 진보 과정 바로 그 자체가 존재의 무상함에 저항하는 인간 능력을 높여준다는 걸 보여 주는 것일 수도 있습니다.

단순히 상상하는 것만으로 세상사를 변화시킬 수 있는 능력으로 하여 나는 점점 더 강한 충격을 받았습니다. 사랑이 '사랑 아닌' 것을 대체할 때마다 그것이 어떻게 세상을 바꾸는지가 보였습니다. 그 사랑의 힘을 특정 지점에 집중하면 문명의 전 체계가 현저히 바뀔 수 있습니다. 그런 일이 생길 때마다, 역사는 새로운 길로 접어들었습니다.

이제는 그런 중대한 통찰이 세상에 전달될 수 있을 뿐 아니라,

가시적으로 반박의 여지 없이 입증될 수 있을 것처럼 보였습니다. 인간 삶의 큰 비극은 항상 심령이 너무도 쉽게 속아 넘어간다는 데 있었던 것 같았습니다. 불화와 반목은 진실과 거짓을 구별하지 못하는 인류의 무능함의 불가피한 귀결이었지요. 하지만 그 근본적 딜레마에 대한 답이 여기 있었습니다. 그것은 의식의 본성 자체를 재맥락화해 주는, 그리고 다른 방법으로는 그저 추론할 수 있을 뿐인 것을 설명할 수 있게 해 주는 어떤 방식이었습니다.

영의 여정

5번가에는 아파트가, 롱아일랜드에는 큰 집이 있었던 뉴욕에서의 삶을 떠날 때가 되었습니다. 결국 나는 보다 중요한 어떤 것을 발견한 것입니다. 나는 세상과 그 속의 모든 것을 떠나 어느 작은 마을에서 은둔 생활을 시작했고, 그 후 7년간 명상과 연구를 하며 그곳에서 보냈습니다. 내 아이디어를 구체화시킬 수 있으려면, 그러한 의식 상태를 하나의 도구로 완성할 필요가 있었습니다.

하지만 구하지 않았는데도 압도적인 지복 상태가 되돌아오곤 했고, 결국 나는 신성한 현존Divine Presence 속에 있으면서 사회에서 여전히 기능하려면 스스로 배워야한다는 걸 깨달았습니다. 나는 세상 돌아가는 형편에 어두워져 있었습니다. 그래서 연구와 저술을 위해 모든 수행을 중단하고 형상 세계에 초점을 맞출 필요가 있었지요. 나는 세상사를 따라잡기 위해, 즉 누가 누구이고 요즘 사회적 대화의 본성이 어떤지를 알기 위해 신문을 읽고 TV를 시청하기 시작했습니다. 나는 누가 공직에 출마했는지, 누가 다이애

나 비인지 몰랐습니다. 하지만 요즘 뉴스를 다시 알게 되는 것이 하나의 즐거움이라는 걸 발견했습니다.

진실의 예외적이고 주관적인 경험(이는 신비가의 영역인데, 신비가는 자신의 수준이 갖는 에너지를 집단의식으로 보냄으로써 전 인류에게 영향을 미칩니다.)은 대다수 사람들에게는 단순히 이해 불능이며 따라서 구도자 이외의 사람들에게는 한정된 의미를 갖습니다. 나는 이제 평범해지고자 했습니다. 왜냐하면 그냥 평범하다는 것은 그 자체가 저절로 신성의 표현이기 때문입니다. 진짜 자신에 관한 진실은 일상생활의 도道를 통해 찾아낼 수 있습니다. 평범함과 신은 다르지 않습니다. 필요한 것은 오직 관심과 친절로 살아가는 일 뿐입니다. 나머지는 적당한 시기에 저절로 드러납니다.

그래서 멀찍이 돌아온 영의 여행 끝에, 나는 가능한 한 많은 동료 존재들이 내 삶을 바꾼 현존에 대한 이해에 조금이라도 더 가까이 갈 수 있게 해 주는 가장 중요한 일로 복귀했습니다.

***

현존은 침묵하며 평화로운 상태를 전달합니다. 그것은 무한히 부드럽지만 바위와 같습니다. 그것과 더불어 모든 두려움은 사라지고, 영적 기쁨이 설명하기 힘든 황홀경의 고요한 수준에서 일어납니다. 시간 경험이 그치므로 걱정, 후회, 고통이나 기대는 없습니다. 기쁨의 근원은 끝이 없으며 항상 존재합니다. 시작도 끝도 없고, 상실이나 슬픔, 욕망도 없습니다. 해야 할 일은 아무것도 없는데, 왜냐하면 일체가 이미 완전무결하기 때문입니다.

시간이 멎을 때 모든 문제는 사라집니다. 문제란 지각의 한 지점이 빚어낸 가공물에 지나지 않기 때문입니다. 현존이 지배할 때 몸이나 마음과의 동일시는 더 이상 일어나지 않습니다. 마음이 점차로 침묵할 때 "나는 있다.I Am."는 생각 또한 사라지고, 순수 앎Pure Awareness이 빛을 발하여 사람이 무엇이고, 무엇이었으며, 항상 무엇일 것인지를, 모든 세계와 모든 우주(무한한, 그리고 시간 너머에 있는) 너머에서 환히 밝혀 줍니다.

사람들은 *어떻게 그런 앎의 상태에 도달하는지*를 묻습니다. 나는 나 자신의 경험을 사람들과 나눌 수 있을 뿐인데, 그 단계를 따르는 이들이 극히 드물다는 점에 주목합니다. 그 단계를 따르는 이들이 드문 것은 그것이 아주 단순하기 때문입니다. 먼저, 그 상태에 이르고자 하는 욕구가 강했습니다. 그 다음에는 예외를 두지 않고, 일관되고 차별 없는 용서와 부드러움으로 행동하는 연습을 했습니다. 사람은 자기 자신과 자신의 생각을 포함하는 모든 것에 연민을 가져야 합니다. 그 다음에는 기꺼이 욕망을 정지시키고 매순간 사적 의지를 내맡기고자 했습니다. 모든 생각, 느낌, 갈망 혹은 행위를 신에게 내맡기자 마음은 점점 더 침묵에 들었습니다. 처음에는 마음속 모든 이야기와 논평을, 그 다음에는 관념과 개념을 신에게 넘겼습니다. 생각을 소유하려는 욕구를 놓아 버리면 생각은 더 이상 그런 정교함에 이르지 못하고 겨우 반쯤 형성되었을 때 조각나기 시작합니다. 마침내 생각이 되기도 전에 생각 자체의 배후에 있는 에너지를 넘기는 것이 가능했습니다.

단 한 순간도 명상 상태에서의 흐트러짐을 허용하지 않고 지속적이고 확고부동하게 초점을 고정시키는 일을 일상 활동 중에도 계속했습니다. 처음에 그것은 매우 어려운 것 같았으나, 시간이 흐를수록 습관적이고 자동적이며 힘들지 않은 것이 되었지요. 그 과정은 마치 로켓이 지구를 떠나는 것과 같습니다. 처음에는 엄청난 힘이 요구되지만, 로켓이 지구의 중력장을 벗어나면서 힘이 점점 덜 듭니다. 마침내 그것은 그 자체의 관성으로 우주 공간을 나아가지요.

아무런 징후 없이, 앎에서 문득 어떤 전환이 일어났습니다. 그리고 현존이 거기 있었지요. 그것은 명료했으며 전부를 아우르고 있었습니다. 자기自己가 죽는 동안 잠시 불안의 순간이 있었고, 그 다음에 현존의 절대성이 순간적으로 경외심을 불러일으켰습니다. 그 돌연한 비약은 장관이었으며, 이전에 경험한 어느 것보다 더 강렬했지요. 일상적 경험에는 그에 비견할 만한 것이 없습니다. 뒤이어 일어난 격심한 충격을 완화해 준 것은 현존의 사랑이었습니다. 그 사랑의 지지와 보호가 없으면 사람은 소멸할 것입니다.

에고가 무無가 되는 것을 두려워하며 자신의 존재에 매달릴 때 공포의 순간이 뒤따랐습니다. 하지만 에고가 죽자, 무가 되는 대신 그 자리에는 '일체임 Everythingness', '전부 All'로서의 참나가 들어섰습니다. 그 속에서 일체는 자신의 본질의 완벽한 표현으로 알려져 있고 자명합니다. 비국소성과 더불어, 사람은 항상 존재해 왔고 혹은 존재할 수 있는 전부라는 앎이 왔습니다. 사람은 모든 정체와 성별을 넘어서, 심지어는 인간존재 자체를 넘어서 전체적이고 완전합니다. 다시는 괴로움과 죽음을 두려워할 필요가 없습니다.

이 시점에서 육체에 벌어지는 일은 비물질적입니다. 영적 앎의 일정 수준에서, 육체의 질환은 치유되거나 저절로 사라집니다. 하지만 절대적 상태에서 그러한 고려는 무관한 것입니다. 육체는 예정된 경로를 밟을 것이고 그다음에 그것이 온 곳으로 되돌아갈 것입니다. 그것은 하등 중요하지 않은 문제입니다. 사람은 그것에 영향받지 않습니다. 육체는 '나'라기보다는 '그것'으로, 방 안의 가구 같은 또 다른 물체로 보입니다. 사람들이 육체가 개별적 인간인 것처럼 여전히 그것에 말을 거는 모습이 우스워 보일 수도 있지만, 자각하지 못한 이들에게 그런 앎의 상태를 설명할 길은 없습니다. 그냥 자신의 일을 해 나가고 섭리Providence가 사회적 적응을 맡도록 버려두는 것이 최선입니다. 하지만 지복에 이를 때, 그렇듯 강렬한 황홀경을 감추는 것은 지극히 어려워집니다. 그 지점에는 그 상태를 타인과 공유하고 그것을 모두에게 이롭도록 이용하고자 하는 일반적 욕구가 있습니다. 세상 역시 경탄의 대상이 될 수 있고, 동반되는 오라 속에 있기 위해 사람들이 멀리서 널리 찾아옵니다. 형이상학적 구도자들과 영적 호기심이 있는 이들이 기적을 찾아 이끌릴 수 있으며, 중병자들 역시 마찬가지입니다. 사람은 그들에게 자석이자 기쁨의 원천이 될 수 있습니다.

그 상태에 동반되는 황홀경은 절대로 안정적이지 않습니다. 거기에는 또한 큰 고뇌의 순간들도 있다는 걸 유념하십시오. 그 상태가 요동하다가 명확한 이유 없이 갑자기 그칠 때 가장 격렬한 순간이 벌어집니다. 그런 때는 깊은 절망의 시기, 현존Presence으로부터 버림받았다는 두려움을 불러일으킵니다. 그런 추락은 길을 힘겹게 만드는데 반전을 극복하기 위해서는 강한 의지가 요구됩니다. 이 수준을 초월해야 한다는 것, 안 그러면 견디기 힘든 '은총에서의 추락'으로 끊임없이 고통을 겪는다는 것이 마침내 자명해집니다. 그 다음에 이원성을 초월하는 힘겨운 과업에 들어설 때 황홀경의 영광은 포기해야 합니다. 이는 사람이 모든 대립물과 그러한 대립물의 상충하는 잡아당김을 넘어설 때까지의 일입니다. 그런데 황홀한 기쁨의 황금 사슬을 버리는 것은 에고의 쇠사슬을 즐거이 포기하는 것과는 전혀 다릅니다. 그것은 마치 신을 포기하는 것처럼 느껴집니다. 그리고 전혀 예상치 못한 새로운 수준의 두려움이 일어납니다. 그것은 절대 고독에 대한 최후의 공포입니다.

나의 경우에 비존재에 대한 두려움은 무시무시했고, 나는 그것으로부터 되풀이해서 뒷걸음질 쳤습니다. 그제야 고뇌의 목적, 영혼의 어두운 밤의 목적이 명확해졌습니다. 그것은 너무도 견디기 힘들고 그 격렬한 고통은 그것을 넘어서는 데 필요한 극한의 노력을 다하도록 사람을 몰아붙입니다. 천국과 지옥을 번갈아 오가는 것이 견딜 수 없어질 때, 존재 자체에 대한 욕망은 내맡겨져야 합니다. 오직 그렇게 할 때에야 사람은 마침내 전부임이냐 무냐, 존재냐 비존재냐를 넘어갈 수 있습니다. 그 내적 수행의 정점이 가장 어려운 국면이자 궁극적 분수령입니다. 사람은 여기서 초월하는 존재의 환상은 돌이킬 수 없다는 것을 똑똑히 압니다. 그 단계에서는 되돌아오는 것이 불가능한데, 그 돌이킬 수 없음의 유령이 마지막 장벽을 모든 것 중에서 가장 무시무시한 선택으로 보이게 만듭니다.

하지만 사실, 자기의 그 최종적 종말에서 유일하게 남아 있는 이원성(존재와 비존재의 이원성, 즉 정체 자체)은 보편적 신성Universal Divinity 속에서 녹아 버리고, 선택할 개별 의식은 남아 있지 않습니다. 그 다음에 마지막 걸음은 신께서 홀로 옮겨 놓으십니다.

***

이 흥미진진한 여정을 따라가십시오. 당신은 자신의 의식을 위력威力, force의 수준이 아닌 힘power의 수준까지 상승시키는 것이 얼마나 쉬울 수 있는지를 알게 될 것입니다. 그렇게 해서, 당신은 이 세상에서 각성한 아는 이들 중 하나가 될 수 있습니다. 당신의 삶은 분명코 같지 않을 것입니다.

| 서론 |

모든 인간 노력에는 자신의 경험을 이해하거나 그것에 영향을 미친다는 일반적 목적이 있습니다. 그러한 목표를 위해, 사람은 도덕, 철학, 심리학 등의 체험에 근거한 분석적 학문을 여럿 발전시켰습니다. 그리고 인간 동향을 예측하려는 시도에서, 어마어마한 시간과 돈을 데이터 수집과 분석에 투자합니다. 그러한 열광적 추구에는 어떤 궁극의 '답'을 찾는 데 대한 기대가 내재되어 있지요. 일단 '답'을 찾기만 하면 그것은 경제, 범죄, 국가 보건, 혹은 정치상의 문제들을 해결하게 해 줄 거라고, 우리는 끊임없이 믿고 있는 듯합니다. 하지만 지금까지 우리는 그 문제들 중 어느 것도 해결하지 못했습니다.

우리에게 정보가 부족한 것은 아닙니다. 우리는 실질적으로 정보의 홍수 속에 있습니다. 장애는 데이터의 의의를 해석할 올바른 도구가 우리에게 없다는 것입니다. 우린 아직 맞는 질문을 던지지 못했는데, 그것은 질문의 타당성이나 정확성을 재는 적당한 측정기가 없었기 때문입니다.

언제나 항상 그렇지만, 사람의 딜레마는 자신의 지적 가공물을 실상實相으로 오인한다는 것입니다.[1] 하지만 인위적 가설은 지각의 임의적 지점의 산물일 뿐입니다. 우리가 얻는 답의 불충분함은 질문자의 관점 속에 함축되어 있는 한계의 직접적 귀결입니다. 질문 작성에서의 사소한 오류가 이어지는 답에서 엄청난 오류로 귀결됩니다.

이해는 단순히 데이터를 검토하는 데서 생겨나지 않습니다. 이해는 특정한 맥락에서 데이터를 검토하는 데서 일어납니다. 우리가 그것이 *의미*하는 바를 알기까지는 정보는 무용지물입니다. 그런데 데이터의 의미를 이해하기 위해 꼭 맞는 질문을 하는 것만 필요한 것은 아니지요. 데이터를 추리고 기술하는 유의미한 과정에서, 그 데이터를 측정할 수 있는 적절한 도구 역시 필요합니다.

모든 사고방식의 치명적 결함은 주로 이렇습니다. 첫째, 주관과 객관을 구별하지 못하는 것. 둘째, 기본적 설계와 용어에 내재된 맥락의 한계를 무시하는 것. 셋째, 의식 자체의 본성에 대한 무지. 넷째, 인과의 본성에 대한 오해. 이러한 결점의 귀결은, 우리가 새로운 전망에서 새로운 도구를 가지고 인간 경험의 주요 영역을 답사하는 동안 명확해질 것입니다.

사회는 원인 대신 결과를 바로잡는 데 끊임없이 노력을 소모합니다. 그것은 인간 의식 발달이 그토록 느리게 진행되는 한 가지 이유입니다. 인간은 진화의 사다리에서 첫 번째 발판을 간신히 디뎠습니다. 우린 세계의 기아 같은 그런 원시적 문제조차 아직 해결하지 못했지요. 사실 여태까지 인류가 성취한 것은 거의 눈이 먼 채 시행착오를 거쳐 이룬 것으로는 대단히 인상적입니다. 해결책을 향한 마구잡이 탐사는 당황스러운 복잡성이라는 미로로 귀결되었습니다. 반면에 참된 답은 항상 단순성이라는 특징을 갖지요. 우주의 기본 법칙은 *경제성*입니다. 우주는 단 하나의 쿼크도 낭비하지 않습니다. 일체가 어떤 목적에 기여하며 어떤 균형 안에 들어가 있습니다. 우주에 외생적外生的 사건이란 없습니다.

사람은 외견상의 원인 너머를 보는 법을 배울 수 있기까지는 자신에 대한 지식 결핍에서 벗어나지 못합니다. 우리는 인간의 기록으로부터, 답은 세계 속의 '원인'을 확인하는 데서 나오는 일이 결코 없다는 것을 알아챌 수도 있습니다. 우린 세계 속의 '원인' 대신 표면적 원인의 저변에 있는 조건들을 확인할 필요가 있습니다. 그런데 그 조건들은 사람의 의식 자체 내에만 존재합니다. 사건들의 연쇄를 고립시키고 그것에 '인과'라는 정신적 개념을 투사하는 것으로는 어떤 문제에 대해서든 결정적 답을 발견할 수 없습니다. *관찰 가능한 세계 내에는 원인이 없습니다.* 앞으로 입증하겠지만, *관찰 가능한 세계는 결과의 세계입니다.*

살펴보면, 효율적 수단을 발견하는 데서의 어려움은, 본질적인 것과 비본질적인 것을 구별하는 능력이 우리에게 없다는 문제로 환원됩니다. 강력하고 효율적인 해결책과 약하고 비효율적인 해결책을 구별하는 방법을 제공하는 이론은 여태껏 없었습니다. 우리의 평가 수단 자체에는 현실적으로 사정査定할 수 있는 능력이 본래부터 없었습니다.

사회의 선택은 대개 편의주의, 통계상의 오류, 정서, 정치적 압력, 대중매체 압력, 혹은 사적인 편견과 기득권의 결과입니다. 전 세계인의 삶에 영향을 미치는 중대한 결정이 실질적으로 실패를 보증하는 조건에서 이루어집니다. 효율적 문제 해결책의 수립에 필요한 현실적 기초가 결여되어 있는 까닭에, 사회는 매우 경제적인 *힘*의 행사 대신 비용이 많이 드는 *위력*(전쟁, 법, 세제, 규칙, 규정 같은 다양한 표현을 갖는)에의 의존으로 자꾸만 후퇴합니다.

사람의 조작 능력의 두 가지 기본 유형은 이성과 느낌입니다. 이성과 느낌은 불안정했던 우리의 개별적 집단적 생존 역사가 증명해 주는 것처럼, 둘 다 본래부터 믿을 만하지 않습니다. 우리는 자신의 행동이 이성에서 나온다고 보지만, 사실 사람은 주로 패턴 인지에서 행동합니다. 데이터의 논리적 배열은 주로 어떤 패턴 인지 체계의 강화에 기여하고 그것은 그 다음에 '진실'이 됩니다.[2] 하지만 모든 것은 일정한 상황에서만 그리고 그 다음에는 진술되지 않는 것이 특징인 어떤 특수한 관점에서만, '진실'입니다.

결과적으로, 생각이 깊은 사람은 자신의 모든 문제가 '인식'의 어려움에서 비롯된다고 추론합니다. 궁극적으로 마음은 인식론에 이릅니다. 인식론은 사람이 대상을 어떻게 어느 정도로 인식하는가의 문제를 고찰하는 철학 분야입니다. 이 분야의 철학적 담론은 박식하게도 혹은 무관한 것으로도 보일 수 있지만, 거기서 제기하는 문제는 인간 경험의 핵심에 놓여있습니다. 인간 지식에 대한 고찰 어디서 시작하든, 우리는 항상 *앎*이라는 현상과 인간 의식의 본성을 바라보게 됩니다. 결국 우린 동일한 각성에 이릅니다. 그것은 인간의 상태가 더 이상 발전하기 위해서는 신뢰할 수 있는, 인식의 검증 가능한 기초가 요구된다는 것이지요.

그 다음에 사람의 발달을 가로막는 주요 장애는 의식 자체의 본성에 대한 지식 결핍입니다. 자신 안에서 마음의 시시각각의 과정을 바라본다면, 마음은 그것이 인정하는 것보다 훨씬 빠르게 움직인다는 것이 금방 눈에 띌 것입니다. 행위가 사려 깊은 결정을 바탕으로 한다는 관념은 큰 착각임이 분명해지게 됩니다. 의사 결정

과정은 의식 자체의 기능입니다. 마음은 수백만 개의 데이터와 그 데이터의 상호 관련 및 투사를 바탕으로 선택합니다. 선택은 의식적 이해를 훨씬 넘어선 곳에서 엄청나게 빠른 속도로 이루어지지요. 그것은 비선형 동역학이라는, 신과학에서 끌개attractor로 명명한 에너지 패턴들에 의해 지배되는 어떤 전역적全域的 기능입니다.[3]

의식은 자동적으로 그것이 순간순간 최고라고 여기는 것을 선택합니다. 왜냐하면 궁극적으로 의식이 할 수 있는 유일한 기능이 그것이기 때문입니다. 일정한 데이터에 부여되는 상대적 비중과 가치를 결정하는 것은 개별 마음이나 집단적 마음 안에서 작동하는 우세한 끌개 패턴입니다. 끌개 패턴은 감별하고, 기술하고, 측정할 수 있습니다. 이 정보로부터 인간 행동과 역사에 관한, 그리고 인류의 운명에 관한 완전히 새로운 이해가 일어납니다. 우리가 인간 문제의 본성을 탐사하는 동안, 역사 과정에서 인간의 동기와 경험을 측량하고 해석할 믿음직한 실험적 척도는 결코 없었다는 점이 분명해지게 됩니다.

***

신체운동학은 지금 실무율* 근육 반응 자극에 대한 테스트를 기반으로 하는 기초가 탄탄한 과학입니다. 긍정적 자극은 강한 근육

* 단일 근섬유, 신경섬유가 역치 이하의 자극에서는 반응하지 않고, 역치 이상의 자극에서 자극의 세기에 관계없이 반응의 크기가 일정하게 나타나는 현상

반응을 유발하지만, 부정적 자극은 시험 근육의 입증 가능한 약화로 귀결됩니다. 진단 기법으로서 임상신체운동학의 근육테스트는 지난 25년간 폭넓게 검증받았습니다. 존 다이아몬드 박사는 이 주제에 관한 조지 굿하트 박사의 원래 연구를 더욱 폭넓게 적용했지요. 다이아몬드 박사는 긍정적이지 않으면 부정적인 이 근육테스트 반응은 물질적 자극과 정신적 자극 둘 다에 대해 일어난다고 단정했는데, 그러한 주제는 그의 책을 통해 대중적 관심을 얻었습니다.

이 책에 반영된 연구는 다이아몬드 박사의 기법을 몇 단계 앞서서 취한 것입니다. 그것을 가능하게 해 준 것은 근육테스트 반응은 긍정적 자극과 부정적 자극뿐 아니라 동화적인(생명을 고양시키는) 것과 이화적인(생명을 소모시키는) 것을 구별하고, 가장 극적으로 진실과 거짓을 구별하는 인간 유기체의 능력을 반영한다는 발견이었습니다.

테스트 자체는 간단하고, 신속하며, 비교적 확실합니다. 긍정적 근육 반응은 명백하게 참된 진술에 대한 반응으로 일어나고, 부정적 반응은 피험자에게 거짓 진술을 제시할 경우에 일어납니다. 그런 현상은 주제에 대한 피험자 자신의 의견이나 지식과는 무관하게 일어나는데, 근육 반응은 어떤 인구 집단에서든 문화를 초월하여 유효하고 세월이 흘러도 일관되다는 것이 증명되었습니다. 인간 역사상 최초로 이 기법은 진실과 거짓의 식별을 위한 객관적 기초를 제공합니다. 이것은 무작위로 선정한 순진한 피험자들을 상대로 언제든 온전히 검증할 수 있습니다.

게다가 우리는 이 시험 가능한 현상이 인간 의식의 수준을 측정하는 데 이용될 수 있다는 것과 그 결과 자연수로 된 임의적 로그 척도가 출현한다는 것을 발견했습니다. 그 척도는 인간 경험의 전 분야에서 의식 수준이 갖는 상대적 힘을 층층이 나눕니다. 철저한 연구 결과 의식에 대한 측정된 척도가 유도되었는데, 그 척도에서는 1에서 1,000에 이르는 자연수들의 로그가 인간 삶의 가능한 모든 수준이 갖는 힘의 정도를 측정해 줍니다.

이러한 발견을 확증한 수백만 차례의 측정을 통해, 나아가, 인간사人間事에서 힘의 수준들의 층상層狀이 노출되며 '힘power'과 '위력force'의 뚜렷한 차이 및 각각의 성질이 드러났습니다. 이는 차례로 인간 행동을 통제하는 보이지 않는 에너지 장들을 감식하기 위한 인간 행동에 대한 종합적 재해석에 이르렀지요. 측정된 척도는 *'영원의 철학perennial philosophy'*에 나오는 위계의 수준들과 부합한다는 것이 밝혀졌습니다. 그것은 곧장 사회학, 임상 심리학, 전통적 영성 안의 감정적 지적 현상과의 상호 관련을 떠올리게 해 주었습니다.

이 책에서는 측정된 척도를 고등이론물리학 및 *카오스 이론*이라는 비선형동역학의 요즘 발견들에 비추어 고찰합니다. 우리는 측정 수준이 의식 영역 자체 내의 강력한 끌개장들을 나타낸다고 봅니다. 끌개장은 인간 존재를 지배하고 따라서 내용, 의미, 가치를 규정하며, 인간행동의 광범위한 패턴에 대해 조직화 에너지 노릇을 합니다.

끌개장들의 이 층상은, 의식의 부합하는 수준에 따라, 전 시대에 걸친 인간 경험을 재맥락화하는 새로운 패러다임을 제공합니다. 실용적 측면에서 우리 방식은 여태껏 접근할 길이 없었던 데이터에 접속함을 통해 역사 연구에 큰 도움이 되고 동시에 인류의 장래에 엄청난 이익을 안겨 주리라고 약속합니다. 연구 도구로써 이 기법의 가치를 강조하려는 시도에서, 폭넓은 인간 활동 영역에서 그것을 이용할 수 있는 예를 들었습니다. 이론적으로는 예술, 역사, 상업, 정치, 의료, 사회학, 자연과학. 실용적으로는 마케팅, 광고, 연구 개발. 경험적으로는 심리적, 철학적, 종교적 탐구. 그밖에 범죄학, 정보부, 중독학, 자기계발 같은 그런 다양한 분야에서의 특수한 적용을 제안했습니다.

***

'단순'한 것을 설명하는 것은 때로 거의 불가능할 수 있습니다. 하지만 단순한 한 가지라도 깊이 있게 이해할 수 있다면, 우리는 우주와 생명 자체의 본성을 이해하는 능력을 크게 확장시키게 될 것입니다.

이 책은 단순한 것을 명백한 것으로 만드는 과정에 태반을 할애했습니다. 이 책에서 제시하는 주제는 사실상 비상히 단순하기 때문에 복잡성에 매료된 세상에서는 그것을 내놓기가 어렵습니다. 평이함과 명료성에 대한 불신에도 불구하고, 세상에서는 크게 두 부류의 사람들을 볼 수 있지요. 그것은 믿는 이와 못 믿는 이입니다. 못 믿는 이에게, 일체는 진실임이 증명될 때까지는 거짓입니다. 믿는 이에게, 굳은 믿음 속에 있는 일체는 그렇지 않다는 게 증명되지 않는 한 십중팔구 진실입니다. 냉소적 회의론이라는 염세적 위치는 두려움에서 비롯됩니다. 반면에 정보를 수용하는 보다 낙관적 태도는 자신감에서 생겨나지요. 어느 쪽 스타일이든 작용하며, 각각 찬반이 나뉩니다. 따라서 나는 두 가지 접근법을 모두 만족시키는 방식으로 데이터를 제시한다는 문제에 직면했습니다.

따라서 이 책은 모순어법의 양식을 취하고 있습니다. 그것은 이 책이 이른바 '좌뇌적' 이해와 '우뇌적' 이해를 다 함께 촉진하기 위해 쓰여졌기 때문입니다. 실제에서, 인간은 패턴 인지를 통해 어떤 것을 인식하게 됩니다. 전혀 새로운 개념을 파악하는 가장 쉬운 길은 친숙해지는 것입니다. 그런 종류의 이해는 '완결'을 특징으로 하는 서술 양식으로 조장되지요. 생각을 표현하기 위해 빈약한 형용사나 사례들만을 이용하는 대신, 반복을 통해 개념들은 동나고 완료됩니다. 관념은 그 다음에 '종료'되고, 마음은 홀가분해지지요.

그런 접근방식은 3장을 읽는 마음이 1장을 읽는 마음과는 같지 않을 것이기 때문에 바람직합니다. 그 문제에 관해서라면, 1장부터 시작해서 끝까지 차근차근 읽어야 한다는 관념은 고정된 좌뇌적 개념에 불과합니다. 그것은 한정되어 있고 그리고 한정하는 세계관에 바탕을 둔, 뉴턴 물리학의 걸어가는 길입니다. 거기서는 모든 사건이 A→B→C 순으로 일어나는 걸로 되어 있습니다. 그 근시안적 형태는 시대에 뒤떨어진 실상의 패러다임에서 생겨납니다. 보다 폭넓고 훨씬 더 종합적인 우리의 관점은 최첨단 물리학,

수학, 비선형 이론의 정수를 이용할 뿐 아니라, 누구든 경험적으로 실증할 수 있는 직관을 이용합니다.

일반적으로 이런 자료를 제출하는 데서의 난점은, 비선형적 개념을 선형적인 문장 나열 구조로 이해한다는 모순에 있습니다. 데이터를 양산한 과학 분야들은 그것 자체로 충분히 복잡하고 어렵습니다. 예를 들면 고등이론물리학과 그에 관한 수학, 비선형 동역학, 카오스 이론과 그 수학, 첨단 행동신체운동학, 신경생물학, 난류 이론뿐 아니라 인식론과 존재론의 철학적 고려들이 있습니다. 이것들 외에도, 과학이 그 경계선에서 뒷걸음질 친 미답의 영역, 즉 인간 의식 자체의 본성을 다룰 필요가 있었습니다. 그러한 주제를 순수하게 지적인 관점에서 결론적으로 이해한다는 것은 한 평생의 연구를 요하는 엄청난 과업일 것입니다. 그런 가공할 과제에 착수하는 대신, 나는 매 주제에서 핵심을 뽑아내고자 (그리고 그것만을 가지고 연구하고자) 했습니다.

이 책의 근간이 되는 테스트 기법(그것은 처음에는 알려진 우주 법칙들을 초월하는 듯이 보이는데)의 작동을 설명하려는 초보적 시도조차, 불가피하게 우리를 고등이론물리학, 비선형 동역학, 카오스 이론의 지적 영역으로 인도합니다. 따라서 나는 그런 주제를 가능한 한 비전문 용어로 제시하려고 했습니다. 이 책의 내용을 소화하기 위해 고도의 지적 능력이 필요할 것이라고 걱정할 필요는 없습니다. 그렇지 않습니다. 우리는 동일한 개념 주변을, 그것이 독자들에게 자명해질 때까지 반복해서 맴돌 것입니다. 어떤 사례에 대한 해설로 돌아갈 때마다 더욱 큰 이해가 생겨날 것입니다. 이런 종류의 학습은 비행기를 타고 새로운 지형을 조사하는 것과 같습니다. 처음 지나갈 때는 모든 것이 낯설어 보입니다. 두 번째 무렵에는 어떤 기준점이 분간되지요. 세 번째는 이해되기 시작하는데, 우리는 단순한 노출을 통해 마침내 친숙해집니다. 나머지는 마음의 천부적 패턴 – 인지 기제가 처리합니다.

***

최선의 노력에도 불구하고 독자들이 이 책의 핵심적 메시지를 이해하지 못할지도 모른다는 나 자신의 두려움을 가라앉히기 위해, 나는 그것을 미리 말해 두고자 합니다.

개별적 인간 마음은 어떤 거대한 데이터베이스에 연결된 컴퓨터 단말기와도 같습니다. 그 데이터베이스는 인간 의식 자체이고 그것에 대해 우리 자신의 지식은 개별적 표현에 불과하지만, 그러나 그 개별적 표현들은 전 인류의 공통 의식 속에 뿌리박고 있습니다. 그 데이터베이스는 천재의 영역입니다. 인간이란 그 데이터베이스에 참여한다는 것이므로, 만인은 자신의 탄생 덕분에 천재에 접속되어 있습니다. 그 데이터베이스에 들어 있는 무한한 정보는 누구든, 어느 때, 어느 장소에서건, 몇 초 만에 쉽게 이용할 수 있도록 지금 드러나 있습니다. 이것은 정말 놀라운 발견인데, 그 속에는 개인과 집단이 아직 전혀 예상하지 못하는 정도로 삶을 바꿀 수 있는 힘이 들어있습니다.

그 데이터베이스는 시간과 공간을 그리고 개인의식의 모든 한계를 초월합니다. 이렇게 해서 그것은 미래 연구를 위한 독특한 도구로 우뚝 서고, 덕분에 아직 꿈도 못 꾸는 영역들에 대한 탐구가 가능해집니다. 그것은 인간의 가치, 행동, 신념 체계의 객관적 기초 확립에 대한 가망을 제시해 줍니다. 이 방법으로 얻어진 정보는, 인간 행동의 이해를 위한 새로운 맥락을 그리고 객관적 진실을 실증하는 새로운 패러다임을 드러내 줍니다. 이 기법 자체는 누구든, 어디서든, 어느 때건 이용할 수 있습니다. 따라서 그것은 관찰 가능하고 검증 가능한 진실을 바탕으로 하는 인간 경험의 신기원을 열 능력을 가지고 있습니다.

비록 이 주제는 강연이나 비디오를 통해서는 가르치기 쉽다는 것이 증명되었지만, 내게 주어진 과제는 그것을 읽을 만한 형태로 가공하는 것이었습니다. 증거 서류는 복잡할 수 있습니다. 하지만 시연은 초간단합니다. 아이들은 곧바로 알아듣고 즐겁게 따라합니다. 왜냐하면 아이들에게 놀라운 것은 거기에 아무것도 없기 때문입니다. 아이들은 자신이 그 데이터베이스와 연결되어 있다는 걸 항상 알고 있었습니다. 우리 어른들이 그걸 잊어버렸을 뿐이지요. 아이의 타고난 천재는 표면 가까이에 있습니다. 임금님이 벌거벗고 있다는 걸 알아본 것이 아이들인 것은 바로 그 때문입니다. 천재란 그런 것입니다.

진실과 거짓, 작용하는 것과 작용하지 않는 것, 선의를 가진 것과 악의를 가진 것, 우리는 그런 것을 정확히 구별하는 수단을 손에 쥐고 있습니다. 우리는 여태껏 간과되어 온, 인간 행동을 결정하는 숨은 위력들을 조명할 수 있습니다. 미해결의 개인적 사회적 문제에 대한 답을 찾아내는 수단이 우리의 처분에 맡겨져 있습니다. 더 이상 거짓이 우리 삶을 좌우하게 놔둘 필요가 없습니다.

***

이 책은 엄청난 약속을 합니다. 이제껏 독자에 대한 약속으로 이것보다 큰 것은 아마 없었을 것입니다. 이 책은 독자에게 자신이 오도되고 있는지 여부를 탐지해 낼 수단을 제공해 줄 수 있습니다. (먼저 테스트해 보지 않고 책을 읽거나 그 어떤 중요한 가르침을 살 필요가 없습니다. 그런 것은 지나치게 위험하고 비용이 많이 듭니다.) 이 개정본의 진실 수준은 810으로 측정되었습니다(부록 A를 볼 것). 그것은 이 시대 우리 문화에서는 비상히 높은 것입니다. 나는 이것이 나의 약속의 부분적 이행이기를 기도합니다.

사실, 우리 연구팀들은 모든 장, 절, 문장의 진실 수준을 측정하기 위해 책에서 묘사한 테스트법을 이용했습니다. (예를 들면 테스트 결과, 명성의 귀결로 자살한 명사들의 명단에 오류가 있음이 드러났습니다. 우리는 모든 단어를 점검했고, '존 레논'이라는 이름이 틀렸다는 게 밝혀졌지요. 그는 암살범에게 저격당했으므로 자살한 게 아니었습니다. 그의 이름을 삭제하자 그 문장의 진실 수준, 따라서 그 절과 페이지의 진실 수준이 그 장의 나머지 부분과 엇비슷하게 올라갔습니다.)

한 가지 흥미로운 사실이 관찰되었는데, 테스트한 개인들의 수치가 이 책 의 내용을 접한 뒤에 올라갔다는 것입니다. 데이터에 노출되기만 해도 대상자의 의식 수준은 '상승'한 듯합니다. 이 연구의 함의와 실용적 적용은 대단히 다양하기 때문에 내용의 어떤 측면이든 독자의 관심에 따라 확대할 수 있고 초점을 맞출 수 있습니다. 연구 일부는 다양한 특수 이익집단을 위한 발표에 임상적으로 기여했습니다.

하지만 여기서 상세히 묘사한 연구법에 관한 더 이상의 이용과 외삽*에 대해서는 거의 언급하지 않았습니다. 비록 이 책에서 기술한 결과는 20년간 여러 연구팀이 수천 가지 대상에 관해 조사하고 수백만 차례 측정한 산물이기는 하지만, 『의식 혁명』은 모든 예술과 과학 분야의 지식을 제고할 수 있는 근육테스트법의 잠재력에 대한 탐구의 시작을 나타낼 뿐입니다. 아마도 가장 중요한 것은 이 책이 의식의 가장 앞선 수준들과 심지어 깨달음 자체에 이르는 영적 성장과 성숙에서 하나의 도구가 되리라는 약속일 것입니다.

이 책은 그런 이해를 누구나 접근할 수 있는 것으로 만들 수 있습니다. 그러한 드러남이 의식의 생리, 인간 신경계의 기능, 우주물리학 간의 어떤 우연한 연결에서부터 시작된다는 것은 우리가 결국은 만유萬有와 만유가 연결되어 있는 우주의 일부임을 상기할 때 하등 놀랍지 않습니다. 이렇게 해서 적어도 이론상으로는, 우리가 그 모든 비밀에 접근하는 것은 가능합니다. 만일 우리가 어디

* 실험 범위 밖의 결과를 실험 범위 안의 결과를 이용해서 추정하는 것을 말한다.

를 (그리고 어떻게) 볼 것인지를 안다면 말입니다.

사람은 자력으로 자신을 들어 올릴 수 있을까요? 왜 안 되겠습니까? 우리가 해야 하는 건 자신의 부력을 높이는 일뿐입니다. 사람은 힘들이지 않고 더 높은 상태로 올라갈 것입니다. 위력으로는 그런 위업을 성취할 수 없습니다. 힘은 그렇게 할 수 있을 뿐 아니라, 부단히 그렇게 합니다.

사람은 자신이 살아가는 것은 자신이 통제할 수 있는 위력 덕분이라고 생각합니다. 그러나 사실 그는 드러나 있지 않은 근원에서 나온, 자신이 아무런 통제력을 갖고 있지 못한 힘에 지배당합니다. 힘은 노력이 필요 없는 까닭에 보이지 않고 드러나지 않게 움직입니다. 위력은 감각을 통해 경험되지만, 힘은 내적 앎을 통해서만 인지될 수 있습니다. 사람은 자신이 무의식적으로 가동시킨 엄청나게 강력한 끌개 에너지 패턴과 정렬함으로써 현 상태에 묶여 있습니다. 사람은 순간순간 위력의 에너지에는 구속당하고 힘의 에너지에는 추진되면서, 현재의 진화 상태에서 부유하고 있습니다.

개인은 의식의 바다에 떠 있는 코르크와도 같습니다. 그는 자신이 어디 있는지, 어디서 왔는지, 어디로 가는지를 알지 못하며 그리고 이유를 알지 못합니다. 인간은 끝없는 의문 속을 헤매고, 세기마다 똑같은 질문들을 던집니다. 우리는 의식의 양자 도약quantum leap을 이루지 못한 채 그렇게 계속될 터인데 맥락과 이해의 그러한 갑작스러운 확장의 한 가지 표식은 안심, 기쁨, 경외의 내적 경험입니다. 그런 경험을 한 모든 이들은 나중에 우주가 자신에게 귀중한 선물을 주었음을 느낍니다. 사실事實은 노력을 통

해 축적되지만, 진실眞實은 노력하지 않아도 저절로 드러납니다.[4]

독자들이 이 책을 덮을 때 쯤 "난 항상 그걸 알고 있었어!"라고 외친다면, 이 책은 성공한 것입니다. 이 책에 들어 있는 것은, 독자들이 이미 알고 있는데도 자신이 안다는 것을 모르고 있는 그것의 한 반영일 뿐입니다. 여기서 시도하는 것은 숨은 그림이 드러나도록 점과 점을 연결하는 일뿐입니다. 이 연구가 고통, 괴로움, 실패의 근원을 해소하는 데, 그리고 우리들 각자의 인간 의식 진화가 기쁨의 수준까지 오르는 데 보탬이 되기를 희망합니다. 모든 인간 존재의 경험의 본질은 기쁨이어야 합니다. 이 책을 통해, 독자들이 그런 개인적 드러남에 관해 이해하고 그 다음에 그것을 위한 조건을 준비할 수 있기를 바랍니다. 그렇게 하는 것은 궁극의 모험입니다.

— 데이비드 R. 호킨스, M.D., Ph.D.
애리조나 주 세도나, 고등영성연구소, 2002

POWER VS. FORCE

/ 1부 / 도구

POWER VS. FORCE

01

지식의 임계적 발전

1965년에 시작된 이 책의 진화는 여러 과학 분야의 발전으로 촉진되었다. 하지만 그러한 발전 가운데 특별히 중요한 것은 몇 가지뿐이었다. 신경계의 생리와 인간 유기체의 전체적 기능에 관한 임상적 연구는 1970년대에 *신체운동학*이라는 신과학의 발달로 귀결되었다.[1] 그사이에 과학기술의 장에서는 인공지능의 새로운 도구들을 가능하게 만들며, 밀리 초에 수백만 번의 연산을 수행할 수 있는 컴퓨터가 설계되고 있었다.[2] 예전에는 상상도 할 수 없었던 분량의 데이터에 대한, 그렇듯 갑작스러운 접근은 자연현상에 대한 혁명적 전망을 낳았다. 그것이 바로 *카오스 이론*이다. 그와 동시에, 이론과학에서, 양자역학은 고등이론물리학에 이르렀다. 그리고 그것과 결합된 수학을 통해 *비선형 동역학*이라는 완전히 새로운 연구 분야가 출현했는데, 그것은 현대과학의 가장 원대한 발달 가운데 하나로 그것의 장기적 충격은 아직도 실현되지 않았다.[3]

신체운동학은 마음과 몸 사이의 밀접한 관련을 처음으로 노출시켰고, 마음은 몸 자체를 가지고 '생각'한다는 것을 드러냈다. 따라서 신체운동학은 의식이 질병 과정의 배후에 있는 미묘한 메커니즘 안에서 그 자체를 드러내는 방식들에 대한 탐구 수단을 제공했다.[4]

방대한 분량의 데이터를 그래픽을 통해 묘사하는 것을 가능케 하는 발전된 컴퓨터는, 뉴턴 물리학이 해독 불능의 데이터 혹은 무의미한 데이터(카오스)라고 무시했던 것 내부에 있는 의외의 계界들을 노출시켰다.[5] 다양한 분야의 이론가들이 종잡을 수 없거나 *비선형적*nonlinear이라고 여겼던 데이터(산만하거나 혼돈스러운, 따라서 관습적인 확률 논리 이론과 수학을 통해서는 접근할 수 없었던)를 이해하는 조리 있는 방식들을 갑자기 드러낼 수 있었다.

그 '종잡을 수 없는' 데이터에 대한 분석을 통해, 겉으로 두서없어 보이는 자연 현상의 배후에 있는 숨은 에너지 패턴 혹은 (비선형 방정식의 고등수학을 통해 추정된) 끌개장들이 확인되었다.[6] 컴퓨터 그래픽은 끌개장의 구조를 명확히 입증했다. 유체역학, 인간 생물학, 항성 천문학 같은 이질적 분야에서 예측 불가능한 것으로 추정되는 계들을 분석할 수 있는 그 함축된 잠재력에는 한계가 없는 것처럼 보였다. (하지만 대중은 비선형 동역학 분야에 대해서는 일반적으로 잘 모르고 있는데, 한가지 예외는 '프랙탈' 기하학에 의해 생성된 흥미로운 새 컴퓨터 그래픽 패턴 시장에서 비선형 동역학의 출현이다.)

이러한 드러남이 있기 전 시기에, 선형적 과학은 생명 자체의 기초에 대한 관심에서 점차 멀어지게 되었다. (사실 모든 생명 과정은 비선형적이다.) 그러한 차단은 의학의 특징이기도 했다. 의학은 신체운동학의 놀랍기 짝이 없는 발견들이 제출되었을 때 그 정보를 무시하고 말았는데, 왜냐하면 신체운동학에는 그것을 이해하는 데 도구가 될 맥락도, 실상의 패러다임도 없었기 때문이었다. 의학은 그것이 하나의 술術이라는 것, 그리고 과학은 술術의 도구에 지나지 않는다는 것을 망각했다.

의학 내부에서, 전통주의자들은 항상 정신의학과 일정한 거리를 두었다. 왜냐하면 정신의학은 인간의 측량할 수 없는 면을 다룬다는 측면에서 덜 '과학적'(말하자면, 뉴턴적 관점에서는)으로 보였기 때문이었다. 사실 이론 정신의학은 1950년대 이래 정신약물학에서 과학적 약진을 이루었다. 하지만 정신의학은 의학에서 가장 비선형적 분야로 남아있으며, 직관, 의사결정, *과정*으로서의 전全 생명 현상 같은 주제를 고찰한다. 비록 이론 정신의학 문헌에는 사랑, 의미, 가치 혹은 의지 같은 것에 대한 언급이 거의 없지만, 정신의학 분야는 적어도 다른 전통의학 분야보다는 인간에 대해 다소라도 폭넓은 관점을 의도한다.

***

어떤 탐구 분야에서 출발하든, 그것이 철학이든 정치 이론이든 신학이든 간에 모든 조사는 결국 어떤 공통적 합류 지점으로 수렴된다. 그것은 바로 순수의식의 본성에 관한 조직적 이해의 추구다. 그러나 위에서 논한 인간 지식의 모든 주요 사업들은, 신체운동학과 비선형 동역학조차 포함하여 인간 지식에 대한 마지막 장벽인 의식 자체의 본성에 대한 조사 앞에서 멈춰 섰다. 일부 앞선 사상가들이 각자 분야의 경계를 넘어서 우주와 과학과 그리고 마음으로 경험되는 의식 간의 관계에 대해 질문을 던지기 시작한 것은 사실이다.[7] 앞으로 우리는 그들의 이론과 그것이 인간 이해의 발전에 미친 충격에 관해 언급할 것이다.

이 책의 논제는 몇몇 과학 분야를 우아하게 단순하면서도 보상이 큰 어떤 방법론으로 결합하는 작업에서 비롯된다. 우리는 그 작업을 통해 의식은 정말로 연구할 수 있는 것임을 발견했다. 비록 이제껏 의식 연구를 위한 도로 지도는 없었지만, 의식이라는 주제에 관한 연구는 그것 자체의 연구설계를 산출했고 더불어 연구에서 발견된 것들을 이해하는 데 필요한 맥락을 산출했다.

우주 속 모든 것이 다른 모든 것과 연결되어 있는 한,[8] 이 연구의 일차적 목표 중 하나(의식의 에너지 장들에 관한 지도)가 다른 모든 연구방법과 상관되고 그에 의해 보강되며, 전부를 아우르는 어떤 패러다임 내에서 인간경험의 다양성을 그러한 다양성의 표현들과 통합시킨다는 것은 놀랍지 않다.[9] 그러한 통찰은 이원성의 환상을 창조하는 유한한 시점을 초월하면서 주체와 객체의 인위적 양분을 우회할 수 있다. 주관과 객관은 사실 하나이자 같은 것이다.[10] 이는 비선형 방정식이나 컴퓨터 그래픽에 의존하지 않고도 입증할 수 있다.

주관과 객관이 동일한 것임을 확인함으로써 우리는 시간 개념의 속박을 초월할 수 있다. 시간 개념은 바로 그것의 정의定義에 의해, 생명의 본성을 특히 인간 경험으로의 그 표현에서 이해하는 데 있어 주된 방해물이다. 만일 실제로 주관과 객관이 하나이자 같은 것이라면, 그렇다면 우리는 자신의 내면을 바라보는 것만으로 모든 질문에 대한 답을 찾아낼 수 있다. 단순히 관찰 결과를 기록하기만 해도, 우리는 더 이상의 연구와 관련하여 아무런 한계를 드러내지 않는 어떤 웅장한 그림이 떠오르는 것을 볼 수 있다.

우리들 각자는 가장 정교한 인공지능기계보다 훨씬 앞선 컴퓨터를 소유하고 있는데, 어느 때건 이용할 수 있는 그 컴퓨터는 바로 인간 마음 자체다. 모든 측정 기구의 기본적 기능은, 단순하게, 사소한 변화를 매개로 하는 검출을 가리키는 신호를 발하는 것이다. 이 책에서 묘사할 실험들에서는 인간 신체의 반응이 상태 변화에 대한 그런 신호를 제공한다. 앞으로 보게 될 것처럼, 몸은 생명을 지지하는 것과 생명을 지지하지 않는 것 간의 차이를 가장 미세한 정도까지 식별할 수 있다.

그것은 놀라운 일이 아니다. 결국 살아 있는 것은 생명을 지지하는 것에는 긍정적으로 반응하고, 그렇지 않은 것에는 부정적으로 반응한다. 이것이 바로 생존의 근본 메커니즘이다. 모든 생명체에는 변화를 탐지하고 그에 대해 교정하는 것으로 반응하는 능력이 내재되어 있다. 그래서 나무는 고도가 높아질수록, 대기 중의 산소가 희박해짐에 따라 더 작아지게 된다. 인간 원형질은 나무의 원형질보다 훨씬 더 민감하다.

비선형 동역학에 대한 연구에서 시작된 방법론은 *끌개 연구*로 알려져 있는데, 우리는 인간 의식의 분야들에 관한 지도를 개발하는 이 작업에서 그것을 채용했다. 끌개 연구는 에너지장들이 갖는 힘의 범위를, *임계점 분석*을 이용하여 감정鑑定하는 것과 관련된다.[11] (임계점 분석은, 모든 고도의 복잡계에는 최소의 입력으로 최대의 변화가 초래되는 특정한 임계점이 존재한다는 사실에서 비롯되는 기법이다. 예를 들면, 정확한 탈출 장치를 살짝 건드려 주는 것으로 풍차의 거대한 톱니바퀴를 정지시킬 수 있으며, 그리고 정확히 어디에 손가락을 대야 하는지를 알고 있다면 거대한 기관차를 마비시키는 것이 가능하다.)

비선형 동역학은 유의미한 패턴들이 불규칙성이나 해독 불가능한 데이터 무더기에 가려져 있을 때조차도, 복잡한 외양 속에서 그것을 감별해 낼 수 있다. 비선형 동역학은 세상이 익히 알고 있는 것과는 전혀 다른 접근법과 총체적으로 다른 문제 해결 방식을 이용하여, 세상이 무관한 것으로 폐기한 것 안에서 유관함을 찾아낸다.[12]

세상은 문제 처리 과정은 알려져 있는 것(질문 혹은 조건)에서 출발하여 알려져 있지 않은 것(답)을 향해 명확한 단계와 논리적 진행을 따라 시간연쇄적으로 이동할 것을 요구한다고 관습적으로 가정한다. 비선형 동역학은 반대 방향으로 움직인다. 즉, 알려져 있지 않은 것(질문이라는 비결정론적 데이터)에서 알려져 있는 것(답)으로! 그것은 인과의 다른 패러다임 내에서 작용한다. 문제는

(미분 방정식으로 문제를 풀 때처럼) 논리적 연쇄라기보다는 정의와 접근의 문제로 보인다.[13]

하지만 이 연구에서 던지는 질문들을 더 이상 정의하려고 시도하기 전에, 우리가 상세히 소개한 이론을 일부 살펴보기로 하자.

끌개

*끌개*는 표면상으로 무의미한 데이터의 무더기에서 출현한 어떤 감별 가능한 패턴에 붙은 이름이다. 에드워드 로렌츠는 불규칙해 보이는 모든 것 속에는 숨은 규칙이 있다는 것을 자연 속에서 최초로 입증했다. 로렌츠는 장기간의 기상 패턴에서 유도한 컴퓨터 그래픽에 대해 연구했는데, 그가 확인한 끌개 패턴은 '로렌츠의 나비'라는 이름으로 잘 알려져 있다.

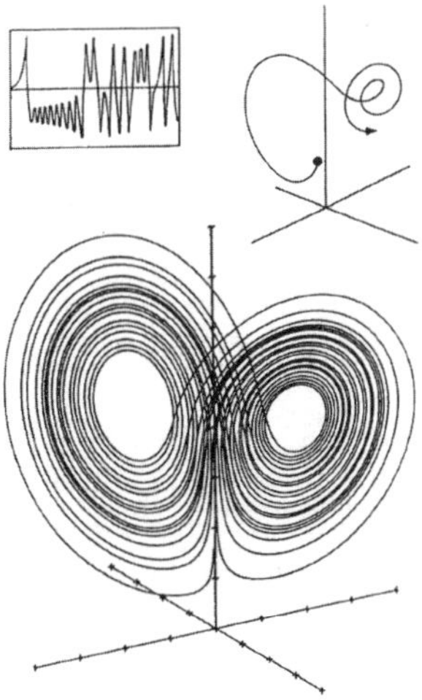
로렌츠의 나비

다른 유형의 끌개는 다른 이름으로 표시되는데, 예컨대 *기이한 끌개*가 그것이다. 그러나 우리 연구에 가장 중요한 것은 일부 패턴은 매우 강하고 다른 일부는 훨씬 약하다는 발견이다. 그리고 별개의 두 부류를 구별해 주는 임계점이 있다. 이 현상은 화학 결합의 수학에서 높고 낮은 에너지 결합과 유사하고 그리고 그것의 결과이다.

지배 장

지배 장은 높은 에너지 패턴이 약한 에너지 패턴에 영향을 미치는 것을 통해 드러난다.

이것은 작은 자기장이 훨씬 더 큰 거대한 전자기장 내에 공존하는 것에 비할 수도 있다. 현상적 우주는 갖가지 세기를 갖는 무한한 끌개 패턴들의 상호작용의 표현이다. 생명의 끝없는 복잡성은 장들의 조화 및 기타 상호작용이 복합된, 장들의 증대와 축소라는 무한한 여진餘震의 반영이다.

임계점 분석

전통적인 뉴턴적 인과 개념(다음 페이지를 볼 것)은 그 모든 '비결정론적' 데이터를 배제했는데 그것은 그런 정보가 자신의 패러다임과는 들어맞지 않았기 때문이었다. 하지만 아인슈타인, 하이젠베르크, 벨, 보어를 비롯한 기타 위대한 혁신가들의 발견과 더불어, 우리의 우주 모형은 급속히 확대되었다. 고등이론물리학은 우주의 모든 것은 다른 모든 것에 미묘히 의존한다는 것을 입증했다.[14]

고전적인 뉴턴적 4차원 우주는, 시간 속의 선형적 과정들을 나타내는 3차원 공간을 갖는 거대한 시계 장치로 묘사된다. 보다 간단한 시계 장치를 보면 어떤 톱니바퀴는 느리고 묵직하게 돌아가는 반면 어떤 것은 매우 빠르게 돌고, 자그마한 진자들이 흔들리는데 탈진기脫進機가 시소 운동을 하는 것이 눈에 띌 것이다. 돌고 있는 커다란 톱니바퀴 중 하나에 압력을 가해도 기계 장치에는 아무 영향을 주지 못할 것이다. 하지만, 그곳 어딘가에는 살짝만 건드려도 시계 전체가 멈춰서는 민감한 진자 장치가 있다. 그것은 '임계점'으로 감별되며 최소한의 물리력이 최대의 효과를 발휘하는 지점이다.

인과因果

관찰 가능한 세계 내에서, 인과는 다음과 같은 방식으로 작용한다고 관습적으로 추정되었다.

A➔B➔C

이것을 결정론적인 선형적 연쇄라고 하는데, 이는 당구공들이 연쇄적으로 상대를 때리는 것과 같은 것이다. 암묵적으로 추정되는 바는, A는 B를 일으키고 B는 C를 일으킨다는 것이다.

그러나 우리 연구에 따르면 인과는 완전히 다른 방식으로 작용한다.

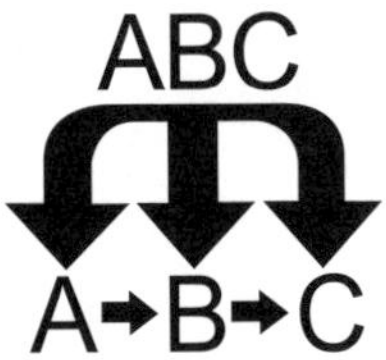

이 도형에서, 우리는 관찰 불가능한 원인(ABC)이 측량 가능한 3차원 세계 내의 관찰 가능한 현상 A→B→C 연쇄로 귀결되는 것을 본다. 세계가 처리하려고 하는 전형적 문제들은 관찰 가능한

A→B→C 수준에 존재한다. 그러나 우리 작업은 고유한 끌개 패턴, 즉 그 속에서 A→B→C가 솟아나는 ABC를 찾아내는 것이다.

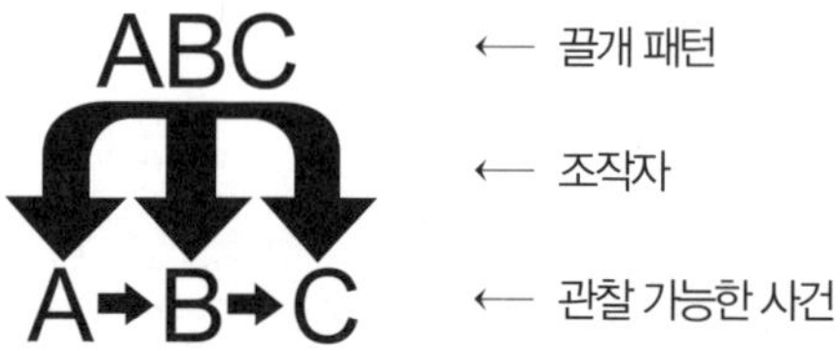

이 단순한 도형에서, 조작자는 관찰 가능한 것과 관찰 가능하지 않은 것을 공히 초월한다. 우리는 조작자를 결정론적 영역과 비결정론적 영역을 이어 주는 무지개로 상상할 수도 있다. (다음과 같은 질문을 던짐으로써 조작자의 존재를 추론해 볼 수 있다. "가능한 것과 불가능한 것, 알려져 있는 것과 알려져 있지 않은 것을 모두 아우르는 것은 무엇인가?" 말하자면, 모든 가능성의 모체는 무엇인가?)

우주의 운행 방식에 대한 이러한 묘사는 물리학자 데이비드 봄의 이론과 일치하는데, 그는 보이지 않는 숨은('접혀진') 질서와 나타난 · 전개된('펼쳐진') 질서를 가진 홀로그램 우주에 관해 묘사했다.[15] 그런 과학적 통찰은, 의식을 넘어 순수 앎의 상태까지 진화한, 깨달은 현인들이 전 역사에 걸쳐 경험한 실상관實相觀과 부합한다.[16] 봄은 전개된 영역과 숨은 영역을 공히 초월한 어떤 *근원*을 가정하는데, 그것은 현인들이 묘사한 순수 앎의 상태와 대단히 흡사하다.[17]

***

인공지능 슈퍼컴퓨터가 도래하며 비선형 동역학 이론을 *신경 생리 모델링* 기법을 통해 뇌기능 연구에 적용할 수 있게 되었다.[18] 기억 기능은 특히 신경 모델을 수단으로 연구되고 있는데 그 신경 모델 중에서 끌개 회로망이 감별되었다. 요즘 연구의 결론은 뇌신경 회로는 끌개로 작용한다는 것이고, 그래서 개별 뉴런 하나하나는 임의적으로 행동할 수도 있지만, 계 전체는 임의적 방식으로 행동하지 않는다는 것이다.[19]

의식의 신경 모델은 '제약만족계'로 불리는 신경회로망의 한 부류를 노출시킨다.[20] 이 계에서는 서로 연결되어 있는 뉴런 단위로 이루어진 회로가 일련의 제한 속에서 작용하고 그리하여 끌개 패턴을 구성하는데, 지금 그 끌개 패턴의 일부가 정신병리학에서 확인되고 있다.[21] 이런 종류의 모델링은 행동을 생리학과 상관지으며 근육테스트 결과와도 부합하여 마음과 몸의 연결을 입증해 준다.

카오스 이론의 용어로 말하면, 이제부터 기술할 임상 연구에서는 인간 의식 진화의 전 범위를 아우르는 어떤 *위상 공간*이 감별되었다. 그 범위 내에서 점증하는 힘을 갖는 수많은 끌개 패턴이 표시되었다. 끌개 패턴은 에너지 장들을 나타내며 특정 개인의 성질이라기보다는 의식 자체의 성질인데, 그것은 끌개 패턴이 시험자나 시험 대상과는 독립적으로 장기간에 걸쳐 큰 모집단 전체에서 발생한 것을 통해 입증된다.

의식 진화와 인간 사회의 발달을 비선형 동역학의 수학數學 용어로 기술하는 것이 가능하다. 우리 연구는 의식 진화와 인간 사회의 발달 자체를 1에서 1,000에 이르는 것으로 측정되는 의식의 일련의 제한된 매개변수들과 관련지었다. 숫자는 각 장場이 갖는 힘의 로그값(밑을 10으로 하는 상용로그)을 나타낸다. 의식 자체의 전全 장 혹은 전 위상공간에는 한계가 없어서, 그것은 무한까지 이른다. 1에서 600까지의 범위는 대부분의 인간 경험의 영역을 나타내며, 이 연구의 일차적 범위다. 600에서 1,000에 이르는 수준은 깨달음, 현인, 가장 높은 영적 상태들이라는 범상치 않은 진화 영역인데, 그에 관해서도 기술할 것이다.

연구 대상인 장場 전체 안에서, 연쇄적 패턴들이 끌개장들의 점진적 힘을 감별해 주면서 출현했는데 그 속에는 국소적 변이가 있었지만 전역적 일관성이 있었다. 기이한 끌개들은 높은 에너지를 띨 수도 있고 낮은 에너지를 띨 수도 있는데, 우리 데이터에서 임계점은 측정 범위 200으로 보였다. 200 이하에서 끌개장들이 갖는 힘은 약하거나 부정적이라고 묘사할 수 있고, 그 이상에서는 강하거나 긍정적이라고 묘사할 수 있다. 600의 측정치에 도달할 무렵에는 끌개들이 엄청나게 강력했다.

이러한 의식 진화를 이해하는 데 도움이 되는 카오스 이론의 중요한 요소가 *초기조건에의 민감한 의존* 법칙이다.[22] 이는 일정 기간의 지극히 사소한 변이가 심원한 변화를 일으키는 효과를 낼 수 있다는 사실을 가리키는데[23], 그것은 선박의 방위가 나침반 상에서 1도 벗어나면 결국에는 진로를 수백 마일 이탈하게 되는 것과 흡사하다. 나중에 좀 더 상세히 언급할 터이지만, 이 현상은 모든 진화의 본질적 메커니즘이며 또한 창조적 과정의 잠재력 저변에 있다.

***

돌이켜 보면, 사람은 예전부터 인간 행동의 엄청난 복잡성과 잦은 예측 불가능성을 납득하려고 애써 왔다는 것을 알 수 있다. 이해할 수 없는 것을 이해할 수 있는 것으로 만들려는 시도에서 수많은 이론이 구축되었다. '납득'할 수 있다는 것은 보통 선형적인 용어로 정의할 수 있다는 것, 논리적이고 합리적이라는 것을 뜻했다. 그러나 생명 자체의 과정 따라서 생명의 경험은 유기적이다. 다시 말해 그것은 정의상으로 비선형적이다. 이것이 바로 인간의 피할 수 없는 지적 좌절의 근원이다.

하지만 이 연구에서 테스트 반응은 피험자들의 신념 체계나 지적 내용과는 무관했다. 연구 과정에서 출현한 것은 개인의 정체와는 무관한, 의식 자체의 측면인 에너지장들의 패턴이었다. 일반적 좌뇌/우뇌 용어로 말하면, 피험자들은 좌뇌적 논리, 이성, 연쇄적 사고방식에서의 개인차와는 무관하게 전반적으로 어떤 끌개장에 반응했다고 할 수 있다. 연구 결과는 그지없이 강력한 패턴들이 인간 행동을 조직한다는 것을 가리켰다.

그 다음에 우리는 무한한 잠재력을 갖는 무한한 영역(의식 자체)을 직관할 수 있는데, 그 속에는 모든 인간 행동을 '인간존재'

에 고유한 것으로 조직화하는 엄청나게 강력한 끌개장이 있다. 그 거대한 끌개장 내부에는 그 에너지와 힘이 점진적으로 낮아지는 연쇄적 장들이 들어 있다. 장들은 그 다음에 행동을 지배하여, 정의할 수 있는 패턴들이 전 인간 역사에서 다양한 문화와 시대에 걸쳐 일관되게 나타난다. 끌개장 내의 변이變異들의 상호작용이 문명과 인류 역사를 구성한다. (이 책에서 보고하지 않은 부가 연구에 따르면, 동물계와 식물계 역시 마찬가지로 위계적 힘을 갖는 끌개장들에 통제된다.)

우리 연구는 칼 프리브람Karl Pribram의 홀로그램 뇌-마음 기능 모델은 물론이고 루퍼트 셸드레이크Rupert Sheldrake의 '형태발생장' 가설과 밀접히 상관된다.[24] (홀로그램 우주에서는 모든 개인의 성취가 전체의 발전과 안녕에 기여한다는 것에 주목하라.) 우리 연구는 또한, 뇌는 마음 자체 속에 거하는 에너지 패턴들에 대해 수신기 역할을 하고, 그리고 마음은 생각 형태로 표현된 의식으로 존재한다는 노벨상 수상자 존 에클레스 경의 결론과 상관된다.[25] 생각이 '나의 것'이라고 주장하는 것은 에고의 허영이다. 반면에, 천재는 일반적으로 앎의 창조적 도약의 근원을 전통적으로 신성이라 불려 온 저 모든 의식의 기초에 돌린다.

POWER VS. FORCE

02 역사와 방법론

이 책의 기초를 이루는 것은, 20년에 걸쳐 시행된 모든 연령대와 성격 유형을 망라하는 각계각층의 피험자 수천 명에 대한 수백만 건의 측정을 포함하는 연구다. 설계상으로 연구 방법이 임상적이어서 그것은 폭넓은 실용적 함의를 갖는다. 근육테스트법은 모든 형태의 인간 표현에 대한 적용에서 유효하기 때문에 문학, 건축, 예술, 과학, 세계사, 복잡다단한 인간관계에 대한 측정치가 성공적으로 추출되었다. 데이터를 결정하기 위한 테스트 공간은 전 시대에 걸친 인간 경험 총체이다.

정신적으로 피험자들은 세상이 '정상'이라고 부르는 것에서부터 중증의 정신과 환자들에 이르는 범위에 분포했다. 피험자들에 대한 테스트는 캐나다, 미국, 멕시코, 남미 전역, 북유럽, 극동에서 이루어졌다. 그들은 온갖 국적, 인종적 배경, 종교에 속해 있었고, 연령상으로는 어린이에서 90대 노인까지 있었으며, 신체적 정서적 건강에서 폭넓은 스펙트럼을 나타냈다. 피험자 개인과 집단이 수많은 시험자와 시험자 그룹의 테스트 대상이 되었다. 그러나 모든 경우에 예외 없이 결과는 동일했고, 전적으로 재현 가능했으며, 과학적 방법의 기본 요구를 충족시켰다. 즉 완벽한 실험 재현성을 가졌다.[1]

피험자들은 무작위로 선정되었으며, 대단히 다양한 신체 조건과 행동 환경에서 테스트가 이루어졌다. 산꼭대기에서, 바닷가에서, 휴일의 파티장에서, 일상 업무를 하는 도중에, 기쁜 순간에, 슬픈 순간에. 이런 환경들 중 어떤 것도 테스트 결과에 영향을 미치지는 못했고, 테스트 결과는 그 어떤 외부적 요인과도 관계없이 보편적으로 일관되다는 것이 밝혀졌다. 한 가지 예외는 테스트 절차 자체의 방법론이었다. 이 요인이 갖는 의의 때문에 테스트법을 상세히 서술하기로 한다.

역사적 배경

1971년, 세 명의 연구자가 근육테스트에 대한 완성된 연구를 책으로 펴냈다.[2] 미시건 주 디트로이트의 척추교정사 조지 굿하트는 근육테스트 기법을 임상에서 폭넓게 연구하던 중, 모든 근육의 강함이나 약함은 그와 대응하는 특정한 신체 기관의 건강이나 병리와 결부되어 있다는 획기적 발견을 했다.[3] 나아가 그는 각각의 개별 근육은 경락經絡과 연결되어 있다고 판단하고, 자신의 연구를

경락의 의학적 의의에 관한 의사 펠릭스 만Felix Mann의 연구와 결부시켰다.[4]

1976년까지, 응용 신체운동학에 관한 굿하트의 책은 12쇄를 찍었다. 그는 그 기법을 동료들에게 가르치기 시작했고, 또한 매달 연구 녹음테이프를 내놓았다. 그의 작업은 사람들에게 급속히 받아들여졌으며 급기야 국제 응용신체운동학 연구소International College of Applied Kinesiology가 설립되기에 이르렀다. 게다가 그 연구소의 많은 회원들은 예방의학 학회에도 소속돼 있었다. 응용신체운동학이라는 장의 발달에 관한 자세한 설명은, 역시 1976년에 출간된 응용신체운동학에 대한 데이비드 월서David Walther의 두터운 책에 기술되었다.[5]

초기 신체운동학의 발견 중에서 가장 충격적인 것은, 몸이 해로운 자극에 노출되었을 때 근육이 즉각 약해진다는 분명한 증거였다. 예를 들어 기능성 저혈당증 환자가 혀에 설탕을 올려놓고 근육테스트를 하면, 삼각근(지표 근육으로 흔히 이용되는 근육)은 곧장 약해졌다.* 따라서 몸에 치료 효과가 있는 물질은 근육을 즉각 강하게 한다는 것이 밝혀졌다.

특정 근육이 약해지는 것은 해당 근육과 대응되는 기관에 어떤 병리적 과정(진맥과 신체검사 혹은 화학검사로 확증되는)이 현존한다는 것을 가리켰으므로, 그것은 질병을 탐지하는 데 지극히 유용

* 설탕은 혈당을 빨리 올려 주지만 인슐린 분비를 촉진하여 결국에는 오히려 저혈당 상태를 유발한다. 그래서 저혈당 환자가 설탕을 머금는 것은 일시적으로 도움이 되지만 장기적으로는 병을 악화시킨다.

한 임상적 도구였다. 수천 명의 시험자들이 그 방법을 이용하기 시작했고, 데이터는 급속히 축적되어 신체운동학이 치료에 대한 환자 반응을 정확히 모니터할 수 있는 중요하고도 믿을 만한 진단 기법임을 보여 주었다.

근육테스트 기법은 많은 분야의 전문가들에게 폭넓게 수용되었는데, 비록 주류 의학에서는 받아들여지지 않았지만 전인의학적 지향을 갖는 의사들 사이에서는 널리 이용되었다. 그것을 받아들인 의사들 중에는 정신과의사 존 다이아몬드 박사가 있었다. 그는 정신과 환자의 진단과 치료에 신체운동학을 이용하기 시작했고, 그러한 신체운동학을 '행동신체운동학'으로 명명했다.[6]

다른 연구자들이 알레르기, 영양장애, 투약 반응을 알아내는 데서 근육테스트법의 유용성을 연구하는 동안, 다이아몬드 박사는 그 기법을 이용하여 여러 형태의 예술, 음악, 얼굴 표정, 목소리 억양, 감정적 스트레스 같은 대단히 다양한 심리 자극의 이로운 효과나 역효과에 관해 연구했다. 그는 탁월한 교사였다. 그의 세미나는 수천 명의 전문가들을 끌어모았고, 참석자들은 새로워진 흥미와 호기심을 가지고 일터로 돌아가 그 기법의 적용을 탐구했다.

포괄적 적용성 외에도, 근육테스트는 빠르고, 간단하고, 수행하기 쉽고, 대단히 명확했다. 모든 연구자들이 테스트 결과의 절대적 재현성을 확증했다. 예컨대 인공감미료는 모든 피험자를 약하게 만들었다. 그것을 피험자의 혀에 올려놓든, 포장지로 싼 채 태양신경총에 대고 있든, 혹은 아무 특징 없는 봉투 속에 감춰 놓든(내용물에 대해서는 시험자도 피험자도 모르게 하고) 결과는 마찬가지였다.

마음이 순진할 때조차 신체는 반응한다는 것은 대단히 인상적이었다. 대부분의 조사자들이 직접 검증 연구를 했는데, 그들은 다양한 물질을 아무 특징 없이 번호만 매겨 놓은 봉투에 넣고 순진한 사람들을 시험자와 피험자로 나눠 테스트했다. 압도적인 결론은, 신체는 의식적 마음이 모르고 있을 때조차 정말로 정확하게 반응한다는 것이었다.

테스트 경험의 신뢰도는 대중과 환자들을 끊임없이 놀라게 했는데, 그 문제에 관해서라면 조사자들 자신도 마찬가지였다. 나는 순회강연을 할 때, 천 명의 청중에게 인공감미료를 담은 봉투 5백 개와 유기농 비타민C를 담은 똑같이 생긴 봉투 5백 개를 함께 돌리곤 했다. 청중들은 조를 나눠 번갈아 서로를 테스트했다. 그리고 봉투를 열어 보고 인공감미료에 대한 반응으로는 모두가 약해지고 비타민C에 대한 반응으로는 모두가 강해졌다는 걸 알고 한결같이 놀라면서도 즐거워했다. 이 간단한 시연을 통해 나라 전역에서 수많은 가정의 영양 습관이 바뀌었다.

1970년대 초, 일반 의료계, 특히 정신의학 분야에서는 영양이 정서적 건강이나 뇌 기능은 말할 것도 없고 건강과 깊이 관련된다는 개념에 대해 드러내놓고 적대적이진 않다 해도 저항이 매우 심했다. 나와 노벨상 수상자 라이너스 폴링이 공동 출간한 『분자교정 정신의학』은 매우 다양한 독자층에 호의적으로 수용되었으나 의료계에서는 받아들여지지 않았다.[7] (흥미롭게도, 20년 이상이 지난 뒤, 그 책에서 제시한 개념들은 현대의 정신질환 치료법에서 기본적인 것이 되었다.)

그 책의 요지는, 정서장애 같은 가벼운 정신질환은 물론이고 정신증 같은 중증 정신질환은 뇌 속의 비정상적인 생화학적 경로를 포함하는 유전적 기초(이는 분자 수준에서 교정될 수 있는 분자적 기초다)를 갖는다는 것이다. 따라서 조울병, 정신분열증, 알콜중독, 우울증은 투약은 물론이고 영양에 영향받을 수 있다. 1973년, 『분자교정 정신의학』이 출간되었을 때, 정신의학계는 여전히 정신분석적 지향이 강했다. 그 책은 주로 전인의료인들에게 받아들여졌다. 거기서 제안하는 치료법과 결과는 근육테스트로 빈번히 검증되었다.

하지만 몸이 건강하지 않은 감정상의 태도 혹은 (가장 오래 지속되는 임상적 영향력을 갖는)정신적 스트레스에 대한 반응으로 즉각 약해진다는 것을 입증한 것은 다이아몬드 박사였다. 그가 개량한 근육테스트 기법은 대부분의 조사자들이 이용하는 기법으로 15년간 이 연구에서 이용되었다. 테스트 반응은 피험자의 신념 체계, 지적 의견, 이성이나 논리에서 완전히 독립해 있다는 것이 조사자와 연구자들이 공통적으로 관찰한 사실이었다. 또한 피험자가 약해지는 테스트 반응에는 대뇌반구의 탈동기화脫同期化가 수반된다는 것이 관찰되었다.[8]

테스트 기법

테스트를 시작하려면 두 사람이 필요하다. 한 사람은 피험자 역할을 하여 한 팔을 지면과 평행하게 든다. 다른 사람은 뻗은 팔의 손목을 두 손가락으로 누르면서 "힘주세요."라고 말한다. 피험자는 누르는 압력에 힘껏 버틴다. 이게 전부다.

진술은 어느 쪽이 해도 상관없다. 피험자가 어떤 진술을 마음속에 떠올리고 있는 동안, 시험자는 내리누르는 압력으로 피험자의 팔 강도를 테스트한다. 만일 진술이 부정적이거나 거짓이라면 혹은 200 이하의 측정치를 반영한다면(3장의 의식 지도를 볼 것) 피험자는 약해질 것이다. 만일 답이 '예'이거나 200 이상으로 측정된다면 그는 강해질 것이다.

절차를 시연하기 위해, 피험자에게 테스트하는 동안 에이브러햄 링컨의 모습을 떠올리게 하고, 그 다음에는 대비를 위해 아돌프 히틀러의 모습을 떠올리게 할 수 있다. 두렵거나 밉거나 혹은 어떤 강한 유감의 대상이 되는 사람과 대비하여 사랑하는 사람을 마음속에 떠올리는 것으로 똑같은 효과를 입증할 수 있다.

일단 어떤 수치 척도가 나와 있다면(아래를 볼 것), 다음과 같은 진술을 통해 측정치를 얻을 수 있다. 부정적 반응이 나올 때까지, "이 항목은"(예 이 책, 이 단체, 이 사람의 동기 등은), "100 이상입니다.", 그 다음에는 "200 이상입니다.", 그 다음에는 "300 이상입니다."라고 진술한다. 그 다음에 측정치를 세밀히 쪼갤 수 있다. "이것은 220, 225, 230입니다." 등으로 말이다. 시험자와 피험자는 역할을 맞바꿀 수 있는데 결과는 같을 것이다. 일단 이 기법에 익숙해지면 그것을 이용하여 기업, 영화, 개인, 역사적 사건들을 평가할 수 있고, 또한 현재의 삶의 문제를 진단할 수 있다.

이 절차는 어떤 *서술문*이 참인지 거짓인지를 검증하기 위해 근육테스트를 이용하는 것이라는 점에 주목하기 바란다. 이런 형식으로 질문하지 않는다면 믿을 수 없는 반응이 나올 것이다. 미래에 관한 질문에 대해서는 신빙성 있는 결과를 얻을 수 없다. 실재하는 조건이나 사건에 관한 진술만이 일관된 답을 낳을 것이다.

절차를 진행하는 동안 긍정적이거나 부정적인 감정이 전달되는 것을 막으려면 사사로운 태도를 버릴 필요가 있다. 피험자가 눈을 감도록 하면 정확성이 높아진다. 배경에는 음악이 없어야 한다.

테스트는 거짓말처럼 단순하기 때문에, 조사자는 스스로 만족할 만큼 그것의 정확성을 먼저 검증해야 한다. 반응은 교차 질문을 통해 점검할 수 있다. 이 기법에 정통하게 된 사람들은 모두 그것이 믿을 만하다는 것을 스스로에게 납득시킬 수 있는 요령을 생각해 낸다.[9] 모든 피험자에게 동일한 반응이 관찰된다는 것, 질문하는 주제에 대해 피험자가 어떤 지식을 갖고 있을 필요가 없다는 것, 그리고 반응은 질문에 관한 피험자의 개인적 의견과는 항상 무관하다는 것이 금세 밝혀질 것이다.

우리는 질문을 던지기 전에, "나는 이 질문을 해도 좋습니다."라는 진술을 먼저 테스트하는 것이 도움이 된다는 것을 발견했다. 그것은 컴퓨터 단말기 상에서 로그인을 하는 것과 유사한데, 이따금씩 '아니오'라는 답이 나오는 수가 있다. 그것은 그 질문을 놔둬야 하거나 혹은 그 '아니오'에 대해 이유를 물어봐야 한다는 것을 가리킨다. 아마도 질문자는 그 시점에서 그 답으로 인해 혹은 그 답에 함축된 의미로 인해 마음이 괴로웠을 것이다.[10]

이 연구에서는 피험자들에게 특정한 생각, 느낌, 태도, 기억, 관계 혹은 삶의 환경에 집중할 것을 요청했다. 테스트는 종종 많은 사람들이 모인 곳에서 이루어졌다. 시연을 목적으로, 우리는 먼저 기준선부터 설정했다. 우리는 눈을 감고 있는 피험자들에게 화났을 때, 당황했을 때, 질투를 느꼈을 때, 우울했을 때, 죄책감이나 두려움을 느꼈을 때의 기억을 마음에 떠올리고 있도록 요청했다. 그런 지점에선 모두가 공통적으로 약해졌다. 그 다음에는 사랑하는 사람이나 사랑하는 삶의 상황을 떠올리고 있도록 요청하곤 했는데 그러면 모두가 강해졌고, 으레 청중들 속으로 방금 발견한 것의 함의에 놀란 웅성거림이 퍼져나가곤 했다.

그 다음에 시연된 것은, 어떤 것의 영상을 마음속에 떠올리기만 해도 그것을 물리적으로 신체에 접촉한 것과 같은 반응이 빚어지는 현상이었다. 예를 들면 우리는 살충제를 뿌려 키운 사과를 들고, 청중들에게 테스트하는 동안 그것을 똑바로 보고 있도록 요청하곤 했다. 모두가 약해졌다. 그 다음에는 오염물질이 없는 유기농 사과를 집어 들었는데, 청중들은 그것에 초점을 맞추고 있는 동안 순식간에 강해지곤 했다. 청중들 중에서 어느 사과가 어느 사과인지 아는 이들은 없었고, 그 점에 관해서라면 그런 테스트를 예상조차 못했으므로 그 방식의 신뢰도는 모두가 납득할 만큼 입증되었다.[11]

사람들은 경험을 다르게 처리한다는 것을 기억하라. 어떤 이들은 일차적으로 촉각 양식을 택하고, 어떤 이들은 보다 청각적인 양식을, 또 다른 이들은 보다 시각적인 양식을 채택한다. 따라서 테스트할 때 어떤 사람, 상황, 경험에 대해 "당신은 어떻게 느끼십니까?"라거나 "그게 어떻게 보입니까?"라거나 "그게 어떻게 들립

니까?"라고 질문하는 것을 피해야 한다. 만일 습관적으로 "그 상황(혹은 사람, 장소, 것, 느낌)을 마음속에 떠올리고 계세요."라고 말한다면, 피험자는 본능적으로 자신에게 맞는 양식을 고를 것이다.[12]

이따금씩, 피험자들은 자신의 반응을 위장하려는 아마도 의식조차 하지 못한 노력에서 자신의 습관적 처리 양식이 아닌 양식을 택할 것이고, 그리하여 거짓 반응을 나타낼 것이다. 시험자는 그런 반응이 유도될 때는 질문을 고쳐 말해야 한다. 예를 들면 어머니를 향한 분노에 죄책감을 느끼고 있는 환자는 어머니의 어떤 사진을 마음속에 떠올릴 수 있고, 그래서 강한 테스트 반응을 나타낼 수 있다. 하지만 시험자가 어머니에 대한 현재의 태도를 떠올리라고 고쳐 말하면, 그는 즉각 약해질 것이다.

테스트의 정확성을 유지하기 위한 기타 주의사항에는 안경, 특히 금속 안경테가 달린 안경과 모자(머리에 합성 물질을 올려놓으면 모든 사람이 다 약해진다.)를 벗어 놓는 것이 포함된다. 테스트하는 팔에는 귀금속을 걸치지 말아야 하는데, 특히 석영 손목시계는 안 된다. 불규칙한 반응이 일어날 때 계속 조사해 보면 결국 원인이 드러나게 될 것이다. 예를 들면, 시험자가 뿌리고 나온 향수에 피험자가 거부반응을 가지고 있어서 거짓 부정 반응이 나올 수도 있다. 만일 어떤 시험자가 정확한 반응을 이끌어 내려는 시도에서 반복적으로 실패를 경험한다면, 그의 목소리가 피험자들에게 갖는 효과가 평가되어야 한다. 일부 시험자는, 적어도 어떤 때는, 테스트 결과에 영향을 미치기에 충분한 만큼의 부정적 감정이

목소리에 표현될 수도 있다.[13]

일관되지 않은 반응에 직면했을 때 고려해야 하는 또 다른 요인은, 관련된 기억이나 영상이 속한 시기다. 만일 피험자가 일정한 인물 및 그 인물과의 관계를 떠올리고 있다면, 반응은 기억이나 영상이 속한 시기에 따라 다를 것이다. 만일 피험자가 어린 시절 형과의 관계에 대한 기억을 떠올리고 있다면, 오늘날의 형제 관계에 대한 영상을 떠올리는 것과는 다른 반응이 나올 수 있다. 질문은 늘 아주 구체적으로 범위를 좁혀서 해야만 한다.[14]

일관되지 않은 테스트 반응이 나오는 다른 한 가지 원인은, 스트레스로 인한 혹은 매우 부정적인 에너지 장과 마주쳐 흉선 기능이 억제된 것으로 인한 피험자의 신체 상태다. 흉선은 흉골 상부 바로 뒤쪽에 위치하며, 몸의 경락 에너지계의 중앙통제소이다. 경락 에너지가 낮을 때, 테스트 결과에는 일관성이 없다. 이것은 존 다이아몬드 박사가 발견하고 '흉선 치기'로 명명한 단순한 기법을 통해 몇 초 만에 쉽게 교정된다. 미소를 지은 채 사랑하는 사람을 생각하면서 주먹으로 흉선 부위를 율동적으로 몇 번 쳐준다. 주먹으로 칠 때마다, "하, 하, 하."라고 말한다. 다시 테스트해 보면 이제는 흉선 지배가 재개되었음이 드러나고, 테스트 결과는 정상으로 돌아올 것이다.[15]

이 연구에 이용된 테스트 절차

위에 서술한 테스트 기법은 다이아몬드 박사가 『행동신체운동학』에서 권고한 것이다. 우리가 연구에 도입한 유일한 변화는 반응을 로그 척도와 상관지은 것인데, 그것은 서로 다른 태도, 생각, 느낌, 상황, 관계의 에너지가 갖는 상대적 힘을 측정하기 위한 것이었다. 테스트는 신속하여 사실상 10초 미만에 끝나기 때문에, 이런 문제들에 대한 방대한 분량의 정보를 짧은 시간 내에 처리하는 것이 가능하다.

피험자들로부터 자연적으로 도출된 수치 척도는, 단순한 물질적 존재의 값인 1에서 보통 의식의 절정인 600에 이르고 그 다음에 계속해서 깨달음의 앞선 상태들을 포함하며 1,000에 이르기까지 분포한다. 단순한 '예' 또는 '아니오' 답의 형태를 취하는 반응이 피험자의 측정치를 결정한다. 예를 들면, "그저 살아 있는 것이 1이라고 할 때, 사랑의 힘은 200 이상입니다." (피험자는 강해져서 '예'를 지시한다.) "사랑은 300 이상입니다." (피험자는 여전히 강하다.) "사랑은 400 이상입니다." (피험자는 계속 강하다.) "사랑은 500 또는 그 이상입니다." (피험자는 여전히 강하다.) 이 경우에 사랑은 500으로 측정되었는데, 그 수치는 몇 명의 피험자를 테스트했느냐와는 관계없이 재현 가능하다는 것이 증명되었다. 반복 테스트(개인과 집단 시험자가 개인이나 집단 피험자를)를 통해 일관된 척도가 출현했는데, 그것은 심리학, 사회학, 정신분석학, 철학, 의학의 발견들은 물론이고 인간 경험, 역사, 여론과 훌륭히 상관된다. 그것은 또한 영원의 철학에서 제시하는 의식의 지층地層과 아주 정확히 상관된다.[16]

시험자는 어떤 질문에 대한 답은 피험자에게 대단히 심란한 것이 될 수도 있음을 깨닫고, 조심스러워야 한다. 이 기법을 무책임하게 사용해서는 안 되며, 참여에 대해 피험자의 자발성을 항상 존중해야 한다. 이것을 결코 대결적 기법으로 이용해서는 안 된다. 임상에서는 치료적 목적과 관련되지 않는다면 피험자에게 결코 사사로운 질문을 던지지 않는다. 하지만 피험자 쪽과 사적인 관련이 없는 질문을 던지는 것은 가능한데, 그때 피험자는 측정 목적에 대해 하나의 지시기로 기능할 뿐이다.

테스트 반응은 피험자의 완력과는 무관하다. 우락부락한 운동선수들이 유해한 자극에 대한 반응으로 여느 사람과 마찬가지로 약해질 때, 그들은 흔히 어안이 벙벙해진다. 시험자는 45킬로그램이 채 안 나가는 가냘픈 여성이라도 무방하고, 피험자는 100킬로그램에 육박하는 프로 미식축구선수일 수도 있다. 하지만 시험자 여성이 단 두 개의 손가락으로 피험자의 힘센 팔을 누를 때, 테스트 결과는 똑같이 나올 것이다.

정확한 결과를 위해서는 근육테스트를 수행하는 두 사람이 다 200 수준(온전성)이나 그 이상으로 측정되어야 하고 동기가 온전해야 한다. 수치 측정을 위해서는 이 연구에서 묘사한 특정 척도를 언급하는 것 또한 필요하다. 예를 들면, "200이 온전성이나 진실의 수준인, 1에서 1,000에 이르는 척도 상에서, 이 ______은 ______으로 측정됩니다." 아니면 척도를 언급하기만 해도 되고, 그것을 쳐다보거나 상상하기만 해도 된다. 말하자면, "기준 척도에 따르면, 이 ______은 ______으로 측정됩니다." 특정 척도를 언급하지 않는다면 오류가 심한 반응들이 나올 수 있다.

POWER VS. FORCE 03

테스트 결과와 해석

이 연구의 목표 중 하나는 인간 연구의 미답의 영역이 갖는 범위와 그 일반 지형을 묘사할 수 있도록, 의식의 에너지 장에 관한 실용적 지도를 작성하는 것이다. 독자들이 그 지도를 보다 쉽게 이해할 수 있도록, 다양한 에너지 장에 관해 나온 수적數的 지시를 반올림해서 상대적 수치로 만들었다.

의식 지도(다음 페이지)를 볼 때, 측정 수준은 의식의 특정 과정, 즉 감정, 지각, 태도, 세계관, 영적 신념과 상관있다는 것이 분명해지게 된다. 지면이 허락한다면 도표를 인간 행동의 전 분야를 망라하도록 확대할 수 있다. 시종여일하게, 연구 결과들은 서로가 서로를 뒷받침했다. 조사가 자세하고 광범위할수록 상호 뒷받침은 더욱 커졌다.

의식 지도

신에 대한 관점	자기에 대한 관점	수준	로그	감정	과정
참나	있음	깨달음	700 ~1,000	형언할 수 없는	순수 의식
전존재	완벽한	평화	600	지복	빛비춤
하나	완전한	기쁨	540	평온	변모
사랑하는	온건한	사랑	500	경외	드러남
현명한	의미 있는	이성	400	이해	추상
너그러운	조화로운	수용	350	용서	초월
영감을 주는	희망적인	자발성	310	낙관주의	의도
할 수 있게 해 주는	만족스러운	중립	250	신뢰	풀려남
허락하는	실행할 수 있는	용기	200	긍정	힘의 부여
무관심한	요구가 많은	자부심	175	경멸	팽창
복수심을 품은	적대하는	분노	150	미움	공격
부정하는	실망스러운	욕망	125	갈망	노예화
벌하는	겁나는	두려움	100	불안	위축
냉담한	비극적인	슬픔	75	후회	낙담
선고하는	희망 없는	무감정, 증오	50	절망	포기
보복하는	악	죄책감	30	비난	파괴
멸시하는	가증스러운	수치심	20	치욕	제거

의식 척도에서 임계적 반응점은 200 수준으로 측정되는데, 그것은 온전성 및 용기와 결합된 수준이다. 그 수준 이하의 모든 태도, 생각, 느낌, 단체, 실체, 역사적 인물은 사람을 약하게 한다. 그 이상으로 측정되는 것은 피험자를 강하게 한다. 200 수준은 약한 끌개장과 강한 끌개장, 부정적 영향력과 긍정적 영향력 사이의 평형점이다.

200 이하의 수준들에서는 개인의 생존이 일차적 추진력이지만, 희망 없음과 우울의 지대인 의식 척도 맨 밑바닥에는 그러한 동기조차 결핍되어 있다. 두려움과 분노라는 보다 높은 수준들은 개인의 생존 욕구에서 일어나는 에고중심적 충동을 특징으로 한다. 자부심의 수준에서는 생존 동기가 타인의 생존 또한 포섭할 만큼 확장될 수 있다. 사람이 부정적 영향력과 긍정적 영향력 사이의 분계선을 넘어 용기로 진입하면서 타인의 안녕이 점점 더 중요해지게 된다. 500 수준까지는 타인의 행복이 본질적 동기부여 요인으로 출현한다. 500대 후반의 특징은 자신과 타인 모두를 위한 영적 앎에 대한 관심이고, 600대는 인류 이익과 깨달음의 추구가 일차적 목표다. 700에서 1,000까지 삶은 전 인류의 구원에 봉헌된다.

토론

이 의식 지도에 대한 성찰을 통해 다양한 표현을 갖는 생명에 대한 공감이 심원하게 확장될 수 있다. 표면적으로 '미덕'이 덜한 감정상의 태도들을 살펴볼 때, 우리는 그런 것이 좋은 것도 나쁜 것도 아니란 걸 깨닫는다. 도덕주의적 판단은 그것을 낳은 관점의 기능에 불과하다.

예를 들어, 우리는 75라는 낮은 에너지 수준으로 측정되는 슬픔에 빠져있는 사람은 150으로 측정되는 분노로 상승하면 상태가 훨씬 나아지리라는 걸 안다. 분노는 그 자체로 파괴적 감정이며 여전히 의식의 낮은 상태이다. 그러나 사회사社會史에서 볼 수 있는 것처럼, 무감정은 개인들은 물론이고 하위문화 전체를 구속할 수 있다. 만일 희망 없음이 더 나은 어떤 것을 원하는 데(욕망, 125 수준) 이르고 그 다음에 150 수준의 분노 에너지를 이용하여 자부심(175)을 불러일으킬 수 있다면, 사람들은 그 다음에 200으로 측정되는 용기를 향한 걸음을 내딛고 개인적 집단적 조건을 개선하는 데로 나아갈 수 있을 것이다.

역으로, 습관적으로 된 무조건적 사랑의 상태에 도달한 사람은 수용할 수 없는 것들이 줄었다는 걸 알게 될 것이다. 사람들이 개인적 의식 진화에서 발전을 이루면서, 의식 진화 과정은 항구적으로 되고 자가교정하기 시작하여 자기개선이 삶의 방식이 된다. 그것은 자기연민이나 편협성 같은 부정적 태도를 극복하기 위해 부단히 노력하는 12단계 모임 회원들 사이에서 일반적으로 관찰되는 현상이다. 의식 척도 상에서 좀 더 아래쪽에 있는 이들은 똑같은 태도를 수용 가능한 것으로 그리고 아주 정당하게 자신을 방어해 주는 것으로 생각할 수 있다.

전 역사를 통틀어, 세계의 모든 위대한 영성 분야는 의식 수준들을 통과하여 상승할 수 있는 기법에 관심을 가져 왔다. 또한 대부분의 영성 분야에서는 사다리를 올라가는 것이 힘겨운 과제임을 암시했거나 명시적으로 그렇게 진술하기조차 했다. 성공은 수행자에게 특정한 교육과 영감을 제공할 스승(또는 적어도 가르침)이 있는지에 달려 있다. 그렇지 못할 경우 그는 도움 없이 목표를 성취할 수 있는 능력이 자신에게 없다는 데 절망할 것이다. 이 도표가 궁극의 인간 노력을 촉진하는 데 보탬이 되기를 바란다.

이 도식에 대한 앎의 인식론적 효과는 미묘하지만 널리 미칠 수 있다. 여기서 발견된 것들이 갖는 함의는 스포츠, 의학, 정신의학, 심리학, 인간관계, 일반적 행복 추구에 실용적으로 적용된다. 예컨대, 의식 지도를 성찰하면 인과에 대한 이해가 변형될 수 있다. 지각知覺 자체가 사람의 의식 수준과 함께 진화함에 따라, 세상이 원인의 영역이라고 부르는 것이 사실은 결과의 영역임이 자명해지게 된다. 자신의 지각의 귀결에 책임짐으로써, 관찰자는 피해자 역할을 초월하여 '저 밖의 어떤 것도 나를 지배하는 힘을 갖지 못한다.'는 이해에 이를 수 있다. 인생사가 삶에 긍정적 효과를 갖는지 부정적 효과를 갖는지 여부, 그것이 기회로 경험되는지 아니면 스트레스로 경험되는지 여부를 결정하는 것은 인생사 자체가 아니다. 그러한 것을 결정하는 것은 사람이 인생사에 반응하는 방식과 그것에 대한 태도이다.

심리적 스트레스는 사람이 저항하고 있는 어떤 조건의 총 결과다. 그러나 그 조건은 그 자체로는 아무런 힘이 없다. 아무것도 스트레스를 '창조'하는 힘을 갖지 못한다. 이 사람에게는 혈압을 높이는 시끄러운 음악이 저 사람에게는 즐거움의 원천이 될 수 있다. 원치 않은 이혼은 상처가 될 수 있지만, 원하는 것일 때 그것은 자유를 가져다주는 해방이 될 수 있다.

의식 지도는 또한 역사 진보에 새로운 빛을 던져 준다. 위력force과 참된 힘power의 구별은 이 연구의 목적에 가장 중요한 것이다. 예를 들면, 우리는 인도의 영국 식민주의 말기 같은 역사적 시기를 조사할 수 있다. 그 당시 자기이익과 착취에 속해 있던 대영제국의 위치를 측정하면 의식 척도 상에서 200이라는 임계 수준 훨씬 이하로 나오는 걸 보게 된다. 마하트마 간디(700으로 측정되는)의 동기는 인간 의식의 정상正常 범위에서 거의 정상頂上에 가까웠다. 간디가 그 투쟁에서 이긴 것은 그의 위치가 훨씬 더 큰 힘에 속해 있었기 때문이었다. 대영제국은 위력force을 나타냈는데(175로 측정), 위력은 힘power과 맞닥뜨릴 때 백이면 백 결국 궤멸된다.

우리는 사회가 전 역사에서 입법 행위, 전쟁, 시장 조작, 법률, 금지령 등 위력의 모든 현시를 통해 사회 문제를 '처리'하려고 했다는 것과, 그런 요법에도 불구하고 문제는 지속되거나 재발되었을 뿐이었다는 걸 관찰할 수도 있다. 비록 위력의 위치에서 일어난 정부(또는 개인)들은 근시안일 수도 있지만, 예민한 관찰자의 눈에는 사회적 갈등상태는 저변의 기원이 노출되고 '치유'되기 전까지는 사라지지 않으리라는 것이 결국 명백해지게 된다.

*치료*와 *치유*의 차이는, 전자는 맥락이 동일하게 유지되는 반면, 후자는 임상적 반응이 맥락의 변화를 통해 유도된다는 것이다. 맥락의 변화는 단순히 증상에서 회복되기보다는 그 상태를 일으킨 원인이 절대적으로 제거되게 해 준다. 고혈압에 항고혈압제를 처방하는 것과, 환자가 더 이상 화내고 억압하지 않도록 그의 삶의

맥락을 확장시키는 것은 전혀 다르다.

이 의식 지도를 성찰하는 데서 비롯되는 공감이 기쁨Joy에 이르는 길을 더욱 단축시켜 주기를 바란다. 기쁨으로 가는 열쇠는 자신의 생명을 포함하는 전 생명에 대한 무조건적 친절이다. 우리는 그것을 가리켜 *연민*이라고 한다.[1] 연민 없이는 인간 노력에서 그 어떤 유의미한 것은 거의 성취되지 않는다. 우리는 개인의 치료에서 더욱 큰 사회적 맥락으로 일반화시킬 수도 있는데, 더욱 큰 맥락에서 환자는 자신과 타인 모두를 향한 연민의 힘을 불러일으키기 전까지는 진실로 낫거나 근본적으로 치유될 수 없다. 그리고 자신과 타인 모두에게 연민을 갖게 된 지점에서, 치유된 이는 치유하는 이가 될 수도 있다.

POWER VS. FORCE

04 인간 의식의 수준들

이 연구를 하는 세월 동안 수백만 건의 측정을 통해 전자기장이 쇳가루를 끌어모으듯 특정한 끌개 에너지 장들에 의해 자리 잡힌, 널리 인정되는 일련의 태도 및 감정과 정확히 일치하는 가치들의 범주를 정의할 수 있었다. 우리는 그 에너지 장들이 임상적으로 정확한 것은 물론 쉽게 이해될 수 있도록 그에 관해 다음의 분류를 채택했다.

측정치가 산술급수가 아닌 로그급수를 나타낸다는 것은 기억해야 할 매우 중요한 사항이다. 그래서 300 수준은 150이라는 크기의 두 배가 아니다. 그것은 10을 300번 거듭제곱한 것이다(10^{300}). 따라서 단 몇 점의 증가도 힘의 큰 발전을 나타낸다. 우리가 의식 척도를 따라 상승 이동하는 동안 힘의 증가율은 엄청나다.

인간 의식의 다양한 수준들이 그 자체를 표현하는 방식은 심원하고도 광범위하다. 그리고 그 효과는 굵직하고도 미묘하다. 200 이하의 모든 수준은 개인과 사회 전반에 걸쳐 생명에 파괴적이고, 200 이상의 모든 수준은 힘의 건설적 표현들이다. 200이라는 결정적 수준은 위력과 힘의 일반 영역을 가르는 지레 받침이다.

의식 에너지 장의 감정상의 상관물을 묘사하는 데서, 그것이 개인에게 순수한 상태로 나타나는 일은 거의 드물다는 것을 유념하라. 의식의 수준들은 항상 혼재되어 있다. 사람은 일정한 삶의 영역에서는 이 수준에서, 또 다른 영역에서는 전혀 다른 수준에서 기능할 수 있다. 개인의 전체적 의식 수준은 다양한 수준들의 합계 효과이다.

에너지 수준 20: 수치심

수치심Shame의 수준은 위험하리만큼 죽음에 가깝다. 죽음은 수치심으로 인해 의식적 자살로서 선택될 수도 있고, 혹은 삶을 연장하기 위한 조처의 불이행으로 보다 미묘하게 결정될 수도 있다. 이 수준에서는 피할 수 있는 사고에 의한 죽음이 흔하다. 우리 모두는 '창피'를 당하고, 명예를 잃어버 리고, 존재를 무시당한 것 같은 고통에 대해 어느 정도는 알고 있다. 수치심에서 우리는 목을 매달고, 눈에 띄지 않기를 바라며 슬그머니 도망친다. 추방은 수치심의 전통적 동행이며, 우리 모두가 기원한 원시 사회에서 추방은 죽음과 맞먹는다.

성적 학대 같은, 수치심으로 이끄는 어린 시절의 경험은, 치료를 통해 문제를 해결하지 않는다면 한평생 성격을 왜곡한다. 프로이트가 단정한 것처럼 수치심은 신경증을 낳는다. 수치심은 감정적·심리적 건강을 무너뜨리며, 낮은 자존감의 귀결로 신체 질환을 일으키는 경향이 있다. 수치심이 바탕에 깔려 있는 성격은 수줍고, 위축되어 있으며, 내향적이다.

수치심은 학대의 도구로 이용되며, 수치심의 희생자는 종종 스스로 잔인해지게 된다. 수치심을 느끼는 아이들은 동물을 그리고 서로를 학대한다. 고작 20대의 의식 수준에 있는 이들의 행동은 위험하다. 그들은 피해망상은 물론 비난성 환각을 일으키는 경향이 있다. 일부는 정신병자가 되거나 기괴한 범죄를 저지른다.

수치심이 바탕에 깔려 있는 일부 개인들은 완벽주의와 완고함으로 보상하며, 강박적이고 편협해지게 된다. 악명 높은 사례는 자경단을 조직하는 도덕적 극단주의자들인데, 그들은 자신의 무의식적 수치심을 타인에게 투사한 다음 타인을 정당하게 공격하는 것이 당연하다고 느낀다. 연쇄살인자들은 흔히 '나쁜' 여자를 응징한다는 정당화를 가지고 성적 도덕주의를 행동화했다.

수치심은 성격의 전 수준을 끌어내리기 때문에 다른 부정적 감정에 대한 취약성으로 귀결되며, 따라서 그릇된 자부심과 분노, 죄책감을 흔하게 일으킨다.

에너지 수준 30: 죄책감

조종하고 처벌하기 위해 우리 사회에서 그토록 일반적으로 이용되는 죄책감Guilt은 후회, 자책, 피학성애, 피해자역의 그 모든 증상 같은 각양각색의 표현으로 그 자체를 나타낸다. 무의식적 죄책감은 심인성 질환, 사고 경향성, 자살 행동으로 귀결된다. 수많은 이들이 평생토록 죄책감과 싸우는 반면, 어떤 이들은 도덕관념 없이 죄책감을 완전히 부정함으로써 필사적으로 그것에서 도망치려고 한다.

죄책감의 지배는 결국 '죄'에 대한 집착으로 귀결되는데, 죄란 강압과 통제를 위해 죄책감을 이용하는 종교 선동가들이 빈번히 남용하는, 용서할 줄 모르는 감정적 태도이다. 처벌에 사로잡혀 있는 그러한 '죄와 구원'의 상인들은, 자신의 죄책감을 행동화하거나 타인에게 투사하기 쉽다.

자신의 몸을 채찍질하는 이상행동을 보여 주는 하위문화는, 공개적 의식으로 치러지는 동물 살해 같은 다른 풍토적 형태의 잔학 행위를 종종 나타낸다. 죄책감은 분개를 유발하며, 살해는 빈번히 죄책감의 표현이다. 사형은 살해가 죄책감에 시달리는 주민을 어떻게 충족시켜 주는지를 보여 주는 사례다. 예를 들면 용서할 줄 모르는 미국 사회는 언론에서 죄책감의 희생자들을 경멸하고, 그 어떤 억제 효과나 교정 효과를 갖는다는 것이 입증된 적 없는 처벌을 내린다.

에너지 수준 50: 무감정

이 수준의 특징은 가난, 절망, 희망 없음이다. 세계와 미래는 황량해 보이고 비애가 삶의 주제다. 무감정Apathy은 무력함의 상태다. 모든 면에서 결핍되어 있는 무감정의 희생자들은 자원뿐 아니라 이용 가능한 것을 이용할 수 있는 에너지가 결여되어 있다. 돌보는 이들이 외부 에너지를 공급해 주지 않는다면, 수동적 자살을 통한 죽음이 초래될 수 있다. 희망 없는 이들은 살려는 의지 없이 텅 빈 눈으로 응시하며 자극에 반응하지 않는다. 눈동자는 대상을 좇아 움직이는 것을 멈추고, 제공된 음식을 삼킬 수 있는 에너지조차 모자란다.

이것은 노숙자와 사회 낙오자들의 수준이다. 이것은 또한 만성 질환이나 진행성 질환으로 고립된 많은 노인과 여러 사람의 운명이기도 하다. 무감정에 빠진 사람은 의존적이다. 이들은 주변 사람들에게 '버겁고' 짐스럽게 느껴진다.

너무도 흔하게, 사회는 이 수준에 있는 (개인은 물론) 문화에 대해 그 어떤 실제적 도움을 주려는 충분한 동기부여가 결여되어 있다. 왜냐하면 그런 개인이나 문화는 자원의 유출구로 보이기 때문이다. 그것은 캘커타 거리의 수준인데, 오직 마더 테레사와 그 추종자들 같은 성스러운 이들만이 감히 그 땅을 밟을 용기를 냈다. 그것은 희망을 포기한 수준이며, 그것의 얼굴을 정말로 들여다볼 용기를 가진 이들은 극히 적다.

에너지 수준 75: 슬픔

이것은 비애, 상실, 낙담의 수준이다. 우리들 대부분은 일정 기간 슬픔Grief을 경험하지만, 이 수준에 머물러 있는 이들은 지속적 후회와 우울의 삶을 산다. 이것은 한탄, 애도, 과거에 대한 후회의 수준이다. 이것은 또한 습관적 패배자들의 수준이며, 실패를 자신의 생활양식의 일부로 받아들이는 상습적 노름꾼들의 수준이다. 그런 삶은 돈과 건강의 상실은 물론이고 직업, 친구, 가족, 기회의 상실로 귀결된다.

생애 초기의 큰 상실은 나중에 슬픔을 순순히 수용하는 것을 어렵게 만든다. 마치 슬픔은 삶에 치르는 값인 것 같다. 슬픔에 빠져 있는 이는 모든 곳에서 비애를 본다. 어린아이들에 대한 비애, 삶 자체에 대한 비애. 이 수준은 존재에 대한 사람의 시각 전체를 물들인다. 슬픔 증후군의 일부는 잃어버린 것이나 혹은 그것이 상징하는 바를 대체할 수 없다는 생각이다. 특수한 것의 일반화로 하여, 사랑하는 이의 상실은 사랑 그 자체의 상실과 동등해진다. 이 수준에서 그와 같은 감정적 상실은 심각한 우울증이나 죽음을 유발할 수도 있다.

비록 슬픔은 삶의 무덤이지만, 그래도 이것은 무감정에 비하면 많은 에너지를 보유하고 있다. 그래서 정신적 외상을 입은 무감정 환자가 울기 시작하면 우리는 그가 좋아지리라는 것을 안다. 일단 울기 시작하면, 그는 다시 먹을 것이다.

에너지 수준 100: 두려움

100 수준에는 이용할 수 있는 생명 에너지가 더욱 많은데, 위험한 것에 대한 두려움은 건강하다. 두려움은 세상의 많은 부분을 움직이며 끝없이 이어지는 활동에 박차를 가한다. 적, 노화나 죽음, 거절에 대한 두려움은 다수의 사회적 두려움과 더불어 대부분의 사람들의 삶에서 기본적 동기 유발 요인이다.

이 수준의 관점에서 볼 때, 세상은 위험해 보이며 함정과 위협으로 가득한 듯하다. 두려움은 억압적인 전체주의 기관에서 애용하는 공식적 통제 수단이고, 불안감은 시장의 큰손 시세 조작자들의 장사 밑천이다. 대중매체와 광고는 시장 점유율을 높이기 위해 두려움에 영합한다.

두려움은 인간의 상상력만큼이나 무한히 증식한다. 사람이 일단 두려움에 초점을 맞추면, 끝없이 이어지는 걱정스러운 세상사들이 그것에 연료를 공급한다. 두려움은 강박적으로 되며 어떠한 형태라도 취할 수 있는데, 예를 들어 어떤 인간관계를 상실하는 데 대한 두려움은 질투와 만성적으로 높은 스트레스 수준으로 인도한다. 두려운 생각은 점점 부풀어 올라 피해망상이 되거나 신경증적인 방어 구조를 발생시킬 수 있다. 그리고 그것은 전염성이 있기 때문에 지배적인 사회적 경향이 된다.

두려움은 인격의 성장을 제한하고 억압으로 인도한다. 두려움을 딛고 일어서는 데는 에너지가 필요하기 때문에, 억눌린 자는 도움 없이는 더 높은 수준에 도달할 수 없다. 그래서 두려워하는 이들은 자신들을 두려움에 대한 예속에서 벗어나게 해 줄, 두려움을 극복한 것처럼 보이는 강한 지도자를 구한다.

에너지 수준 125: 욕망

이 수준에는 이용할 수 있는 에너지가 한층 더 많다. 욕망Desire은 경제를 포함하는 인간 활동의 방대한 분야에 동기를 부여한다. 광고인들은 본능적 욕구와 연결되어 있는 필요재로 우리를 프로그램하기 위해 욕망을 이용한다. 욕망은 우리를 움직여 목표 달성이나 보상 획득을 위해 엄청난 노력을 쏟아붓게 한다. 돈과 명망 혹은 권력에 대한 욕망은 삶의 유력한 동인으로서의 두려움을 넘어선 많은 이들의 삶을 지배한다.

욕망은 또한 중독의 수준이기도 한데, 중독 수준에서 욕망은 생명 자체보다 더 중요한 갈망이 된다. 욕망의 희생자들은 사실상 자신의 동기 밑바탕에 있는 것을 알지 못할 수도 있다. 어떤 이들은 주목받으려는 욕망에 중독되어 끊임없는 요구로 타인들을 쫓아 버린다. 성적性的으로 인정받고 싶은 소망은 화장품 산업과 패션 산업 전체를 창출해 냈다.

욕망은 축적 및 탐욕과 관련된다. 그러나 욕망은 만족할 줄 모르는데 왜냐하면 그것은 진행 중인 에너지 장이기 때문이다. 그리하여 한 가지 욕구의 충족은 다른 어떤 것에 대한 만족을 모르는 갈망으로 대체될 뿐이다. 예를 들면 백만장자들은 더욱 더 많은 돈을 모으는 일에 사로잡혀 있는 경향이 있다.

명백히 욕망은 무감정이나 슬픔보다는 훨씬 높은 상태이다. '얻기' 위해서는 먼저 '원'하려는 에너지를 가져야 한다. TV는 수많은 억눌린 사람에게 큰 영향을 미쳤는데, 그것은 사람들이 무감정에서 벗어나 더 나은 삶을 추구하기 시작할 정도로 그들에게 원하는 것을 심어 주었고 동경에 에너지를 불어넣어 주었다. 원하는 것은 성취를 향한 길 위에 우리를 세울 수 있다. 그러므로 욕망은 삶의 한층 더 높은 수준들을 향한 도약대가 된다.

에너지 수준 150: 분노

비록 분노Anger는 살인과 전쟁으로 인도할 수도 있지만, 하나의 에너지 수준으로서의 분노는 그 밑에 있는 것들에 비해 죽음에서 훨씬 멀어져 있다. 분노는 건설적 행위에도 혹은 파괴적 행위에도 이를 수 있다. 사람들이 삶의 방식으로서의 두려움Fear을 극복하기 위해 무감정과 슬픔에서 빠져나올 때, 그들은 원하기 시작한다. 욕망은 좌절로 인도하고 좌절은 차례로 분노로 인도한다. 그래서 분노는 억눌린 이들이 그것을 딛고 결국 자유를 향해 도약하는 발판이 될 수 있다. 사회적 불의, 피해자화, 불공평함에 대한 분노는 사회 구조의 큰 변화로 이어진 대대적 운동을 일으켰다.

하지만 분노는 가장 흔히 분개와 복수심으로 그 자체를 표현하며 따라서 불붙기 쉽고 위험스럽다. 하나의 생활양식으로서의 분노는 '성질 더러운' 격한 사람들을 통해 예시되는데, 그런 사람들은 무시당하는 것에 과민하며, 논쟁적이고 호전적인 혹은 소송하기 좋아하는 '불의不義 수집가'가 된다.

분노는 좌절된 욕구에서 비롯되므로, 분노의 바탕에는 그 밑의 에너지 장*이 있다. 좌절감은 욕망의 중요성을 과장한 귀결이다. 분노한 사람은 욕망을 좌절당한 유아처럼 격하게 날뛸 수도 있다. 분노는 쉽게 증오에 이르는데, 증오는 개인의 삶의 모든 영역에 파괴적 영향을 미친다.

---

* 이것은 욕망의 에너지 장을 가리킨다.

에너지 수준 175: 자부심

175로 측정되는 자부심Pride은 미 해병대를 움직이기에 충분한 에너지를 갖는다.* 자부심은 오늘날의 인류 대부분이 동경하는 수준이다. 사람들은 그 밑의 에너지 장들과는 대조적으로 이 수준에 도달할 때 긍정적으로 느낀다. 그런 자존감 상승은 낮은 의식 수준들에서 경험되는 모든 고통에 대한 진통제이다. 자부심은 괜찮아 보이며 그리고 그렇다는 것을 안다. 자부심은 삶의 퍼레이드에서 자신이 가진 것을 뽐낸다.

자부심Pride은 수치심Shame, 죄책감Guilt, 혹은 두려움Fear**에서 충분히 멀리 떨어져 있는데, 예컨대 빈민가의 절망에서 해병대원이라는 자기존중으로 올라가는 것은 엄청난 도약이다. 자부심은 그 자체로는 일반적으로 좋은 평판을 누리며 사회적으로 장려된다. 하지만 의식 수준에 관한 도표에서 볼 수 있는 것처럼, 그것은 임계 수준 200 이하에 잔류하리만큼 충분히 부정적이다. 자부심이 그보다 낮은 수준과 대비되는 경우에 *한해서만* 괜찮게 느껴지는 이유가 바로 그것이다.

문제는, 우리 모두가 알다시피, "자부심에는 멸망이 따른다."***는 것이다. 자부심은 방어적이고 상처받기 쉬운데, 왜냐하면 자부심

* 미 해병대 훈련의 주된 목표 중 하나는 대원들에게 자신과 자신의 임무에 대한, 그리고 해병대와 국가에 대한 '자부심'을 불어넣는 것이라고 한다.

** 대문자로 쓰인 이 감정상의 태도들은 일시적이거나 부차적인 것이 아니라, 사람에게 하나의 의식 수준으로 지배적 태도임을 나타낸다.

*** 저자는 구약성경 잠언 16장에 나오는 '거만엔 재난이 따르고 불손엔 멸망이 따른다.'는 구절을 변형시켜 인용했다.

은 외적 조건에 의존하고 있어서 그러한 조건 없이는 더 낮은 수준으로 갑자기 복귀할 수 있기 때문이다. 팽창된 에고는 공격받기 쉽다. 자부심은 발판에서 떨어져 수치심으로 곤두박질칠 수 있기 때문에 여전히 약하다. 이는 자부심 상실에 대한 두려움에 불을 댕기는 위협이다.

자부심은 분열시키고 파벌주의를 발생시킨다. 그런 귀결은 값비싼 대가를 요구한다. 인간은 습관적으로 자부심을 위해 죽었으며, 군대는 *민족주의*라는 자부심의 한 측면을 위해 여전히 정기적으로 서로를 살육한다. 종교 전쟁, 정치 테러, 정치적 열광, 중동과 중부 유럽의 무시무시한 역사. 이 모두는 전 사회가 자부심에 치른 값이다.

자부심의 그늘은 오만함과 부정否定이다. 이런 특징은 성장을 가로막는다. 자부심 안에서는 중독에서 회복되는 것이 불가능한데, 왜냐하면 자부심은 감정상의 문제나 성격 결함을 부정하기 때문이다. 부정의 문제 전체가 자부심의 문제다. 그래서 자부심은 진짜 힘의 획득을 가로막는 육중한 장애물인데, 진짜 힘은 진정한 위상과 위신으로 자부심을 대체한다.

에너지 수준 200: 용기

200 수준에서 처음으로 힘이 나타난다. 200 이하의 모든 에너지 수준에 있는 대상을 테스트할 때는 누구나 약해진다는 것이 밝혀지는데, 이는 쉽게 검증할 수 있다. 누구나 200 이상의 생명을 지지하는 장들에 대한 반응으로 강해진다. 200은 생명에 대

한 긍정적 영향력과 부정적 영향력을 구별해 주는 임계선이다. 용기Courage 수준에서 참된 힘의 달성이 일어나고 따라서 이것은 힘이 부여되는 수준이기도 하다. 이것은 탐험, 성취, 불요불굴, 결단의 지대다. 낮은 수준들에서 세상은 희망 없고, 슬프고, 겁나고, 혹은 좌절을 안겨 주는 곳으로 보이지만, 용기 수준에서 삶은 흥분을 불러일으키는 것이자 도전적이고 자극적인 것으로 보인다.

용기는 새로운 일을 시도하려는 그리고 삶의 변화와 도전에 대처하려는 자발성을 의미한다. 힘이 부여되는 이 수준에서, 사람은 삶의 기회에 대응할 수 있고 그러한 기회를 효과적으로 다룰 수 있다. 예컨대 200 수준에는 새로운 직업 기술을 배울 가용 에너지가 있다. 성장과 교육은 달성 가능한 목표가 된다. 두려움이나 인격적 결함을 직시할 수 있고 그런 것에도 불구하고 성장할 수 있는 능력이 있다. 또한 진화의 낮은 단계들에서 그렇듯 불안이 노력에 지장을 주지는 않는다. 의식이 200 이하인 이들에게 패배를 안겨 주는 장애가, 참된 힘의 첫 번째 수준으로 진화해 온 이들에게는 자극제 역할을 한다.

이 수준에 있는 사람들은 자신이 받은 만큼의 에너지를 세상에 돌려준다. 낮은 수준에서는 개인은 물론이고 집단은 보답하지 않으며 사회로부터 에너지를 빨아들이기만 한다. 성취는 긍정적 피드백으로 귀결되기 때문에 자기보상과 자존감은 점차 강화된다. 이곳이 생산성이 시작되는 지점이다.

인류 의식의 집단적 수준은 여러 세기 동안 190에 머물러 있었는데, 흥미롭게도 지난 10년간 현재 수준 207로 뛰어올랐다.

에너지 수준 250: 중립성

우리가 *중립*Neutral으로 명명한 수준에 이를 때 에너지는 매우 긍정적으로 된다. 그것은 중립은 낮은 수준들에서 전형적으로 나타나는 위치성들에서의 해방으로 요약되기 때문이다. 250 이하에서 의식은 양분兩分을 보고 고정된 위치를 점하는 경향이 있는데, 그것은 단색조가 아닌 복잡하고 다원적인 세상에서 하나의 걸림돌이다.

고정된 위치를 갖는 것은 극성極性을 창조하고 극성은 차례로 대립과 분할을 창조한다. 무술에서와 마찬가지로 고정된 위치는 허점이 된다. 휘어지지 않는 것은 부러지기 쉽다. 사람의 에너지를 흩어 놓는 장벽이나 대립을 넘어서면서, 중립 상태는 유연성을 그리고 문제에 대한 비분별적이고 현실적인 평가를 가능하게 해 준다. 중립적이라는 것은 상대적으로 결과에 집착하지 않음을 뜻한다. 자기 마음대로 하지 못하는 것이 더 이상은 패배, 끔찍한 일, 혹은 좌절을 안겨 주는 것으로 경험되지 않는다.

중립 수준에 있는 사람은 이렇게 말할 수 있다. "글쎄, 이 일을 못 잡으면 다른 일자리를 구하지 뭐." 그것은 내적 자신감의 시작이다. 자신의 힘을 느낄 때, 사람은 쉽사리 겁먹지 않으며 뭔가를 증명하려는 충동에 사로잡히지 않는다. 오르막과 내리막이 있는 삶에서, 펀치가 날아올 때 잠간 뒤로 물러설 줄 안다면 삶은 기본적으로 괜찮을 거라는 기대, 이것이 바로 250 수준의 태도다.

중립성에 있는 사람들에게는 잘 지낸다는 느낌이 있다. 이 수준의 표식은 세상을 살아가는 자신감 넘치는 능력이다. 이것은 안전의 수준이다. 이 수준에 있는 사람들과는 잘 지내기가 쉽고 안전하게 교제할 수 있는데, 그것은 그들이 갈등, 경쟁, 혹은 죄책감에 관심이 없기 때문이다. 그들은 편안하며 기본적으로 감정이 차분하다. 그런 태도는 비분별적이며 타인의 행동을 통제하려는 그 어떤 필요에도 이르지 않는다. 이와 비슷하게, 중립적인 백성은 자유를 소중히 여기기 때문에 통제하기가 어렵다.

에너지 수준 310: 자발성

매우 긍정적인 이 에너지 수준은 더 높은 수준들에 이르는 관문으로 비칠 수 있다. 예를 들면 중립 수준에 있는 이들은 일을 적당히 하지만, 자발성 수준에 있는 이들은 일을 잘하고 또 모든 노력에서 성공하는 것이 일반적이다. 여기서 성장은 빠르다. 그들은 발전을 위해 선택된 사람들이다. 자발성은 사람이 삶에 대한 내적 저항을 극복했다는 것과 참여에 몰두한다는 것을 의미한다. 200이라는 측정치 이하에서 사람들은 마음이 닫혀 있는 경향이 있지만, 310 수준에 도달할 무렵까지는 마음에 커다란 틈이 생긴다. 이 수준에서 사람들은 진정으로 우호적이 되고, 사회적 · 경제적 성공이 자동적으로 뒤따르는 듯하다. 자발적인 이들은 실업으로 곤란을 겪지 않는다. 그들은 필요하다면 어떤 직업이라도 가질 것이고, 또는 경력을 쌓거나 자영업자가 될 것이다. 그들은 서비스직에 종사한다거나 '밑바닥'에서 시작한다고 해서 품위가 떨어진다고 느끼지 않는다. 그들은 남을 도우며 사회에 기여한다. 그들은 또한 자발적으로 내면의 문제를 직시하며, 큰 학습 장애가 없다.

이 수준에서는 자존감이 높은데 그것은 인정, 공감, 보상의 형태로 사회로부터 받는 긍정적 피드백에 의해 강화된다. 자발성은 타인의 필요에 동정적이며 반응한다. 자발적인 사람들은 사회의 건설자이며 기여자다. 그들은 역경을 딛고 다시 일어서는 능력과 경험에서 배우는 능력으로 자가교정적으로 되는 경향이 있다. 그들은 자부심을 놓았으므로 기꺼이 자신의 결함을 보고 타인으로부터 배우고자 한다. 자발성의 수준에서, 사람들은 뛰어난 학생이 된다. 그들은 가르치기가 쉬우며 사회에 대해 힘의 상당한 근원을 대표한다.

에너지 수준 350: 수용

삶의 이 수준에서는, 사람이 자신의 인생 경험의 근원이자 창조주라는 이해와 더불어 큰 변형이 일어난다. 그러한 책임을 받아들이는 것은 이 진화 정도에 특유한데, 이 단계의 특징은 삶의 위력과 조화롭게 살 수 있는 능력이다.

200 이하의 수준에 있는 모든 이들은 삶에 휘둘리는 채로 무력한 경향이 있고 자신을 피해자로 바라보는 경향이 있다. 그것은 행복의 근원이나 자신의 문제의 원인이 '저 밖에' 있다는 신념에서 비롯된다. 행복의 근원이 자기 안에 있다는 각성과 더불어 자신의 힘을 되찾는 엄청난 도약이 이 수준에서 완성된다. 보다 진화된 이 단계에서는 '저 밖에' 있는 것 중에서 사람을 행복하게 만들 능력이 있는 것은 없으며, 사랑은 제삼자한테서 받거나 빼앗기는 어떤 것이 아니라 내면에서 창조되는 것으로 존재한다.

이 수준을 무감정의 증상인 수동성과 혼동해서는 안 된다. 수용은 삶을 어떤 일정에 끼워 맞추려 하지 않고 그것 자체의 조건에 따라 삶에 참여하도록 해 준다. 수용과 더불어 감정적 평온이 찾아오고, 부정否定을 넘어섬에 따라 지각은 확장된다. 사람은 이제 왜곡이나 그릇된 해석 없이 세상을 바라본다. 경험의 맥락이 확장되어 '그림 전체'를 보는 것이 가능하다. 수용은 본질적으로 균형, 비례, 적절함과 관련된다.

수용 수준에 있는 개인은 옳고 그름을 판정하는 데 관심이 없는 대신, 쟁점 해결에 전념하고 문제 처리를 위해 무엇을 해야 하는지를 알아내는 데 전념한다. 힘든 일이 불편함이나 낙담을 불러일으키진 않는다. 장기적 목표가 단기적 목표보다 우선한다. 자기규율과 통달이 두드러진다.

수용의 수준에서 우리는 갈등이나 대립에 의해 양극화되지 않는다. 우리는 타인에게도 우리와 꼭같은 권리가 있다는 걸 알며, 평등을 존중한다. 낮은 수준들은 경직성을 특징으로 하는 반면, 이 수준에서는 문제 해결의 한 형태로서 사회적 다원성이 출현하기 시작한다. 그러므로 이 수준은 차별이나 편협성에서 자유롭다. 여기에는 평등이 다양성을 배제하지 않는다는 앎이 있다. 수용은 거부하기보다는 포용한다.

에너지 수준 400: 이성

지성과 합리성은 낮은 수준들의 감정주의가 초월될 때 전면으로 부상한다. 이성은 대량의 복잡한 데이터를 처리할 수 있고, 신속 정확한 판단을 내릴 수 있으며, 여러 관계와 점진적 변화, 미세한 구별의 복잡성을 이해할 수 있다. 그리고 추상적 개념이 중요성을 더해감에 따라 능숙하게 상징을 조작할 수 있다. 이것은 과학과 의학의 수준이며, 전반적으로 높아진 개념화 능력 및 이해 능력의 수준이다. 지식과 교육은 여기서 하나의 자본으로 추구된다. 이해와 정보가 성취의 주요 도구이며 400 수준의 특색이다. 이것은 노벨상 수상자, 위대한 정치가, 대법관의 수준이다. 아인슈타인과 프로이트, 그밖에 역사의 다른 많은 위대한 사상가들 역시 이 수준으로 측정된다.

이 수준의 결함은 상징과 그 상징이 나타내는 것 간의 차이를 명확히 구별하지 못하는 것이고, 그리고 객관적 세계와 주관적 세계를 혼동하는 것이다. (이는 인과에 대한 이해를 제한한다.) 이 수준에서는 나무를 보되 숲을 보지 못하기 쉬우며, 개념과 이론에 심취하게 되어 결국 핵심을 놓치기 십상이다. 지식화 자체가 목적이 될 수 있다. 이성은 어떤 복잡한 쟁점의 본질 혹은 임계점을 식별할 능력을 갖지 못한다는 점에서 한계가 있다.

이성은 그 자체로 진실의 길잡이를 제공하지 않는다. 이성은 막대한 분량의 정보와 문서를 생산해 내지만, 데이터와 결론의 불일치를 해결할 능력이 결여되어 있다. 모든 철학적 논증은 그 자체로 설득력을 갖는 것처럼 보인다. 비록 이성은 논리의 방법론이 지배하는 기술 세계에서는 대단히 효율적이지만, 모순되게도 이성 자체는 의식의 높은 수준에 이르는데 큰 장애다. 이 수준의 초월은 우리 사회에서 상대적으로 드물다.

에너지 수준 500: 사랑

대중매체에서 그리는 사랑은 이 수준에 있는 그것이 아니다. 세상에서 일반적으로 사랑이라 말하는 것은 신체적 매력, 소유욕, 통제, 중독, 성욕, 신기함과 결합하는 어떤 격렬한 감정 상태다. 그것은 대개 덧없고, 동요하며, 달라지는 조건에 따라 차고 이지러진다. 좌절당할 때, 그 감정은 흔히 그것이 감추고 있던 저변의 분노와 의존성을 드러낸다. 사랑이 미움으로 변할 수 있다는 것은 흔한 지각이지만, 거기서 말하는 것은 사랑Love이라기보다는 중독을 일으키는 감상성이기 쉽다. 그런 관계에서는 십중팔구 진짜 사랑이 없었을 것이다. 왜냐하면 미움Hate은 사랑이 아닌 자부심Pride에서 비롯되기 때문이다.

500 수준은 무조건적이고, 변치 않으며, 영속적인 한 사랑의 발달을 특징으로 한다. 그러한 사랑은 동요하지 않는데, 그것은 그 근원이 외적 요소에 의존하지 않기 때문이다. 사랑함은 존재의 상태다. 그것은 용서하고 양육하며 지지하는 방식으로 세상과 관계 맺는 것이다. 사랑은 지적인 것이 아니고 마음에서 시작되지 않는다. 사랑은 가슴에서 흘러나온다. 사랑은 그 동기의 순수성으로 하여 타인을 고양시키고 위대한 업적을 이룰 수 있는 능력을 갖는다.

이 발달 수준에서는 본질을 식별하는 능력이 우세해져서, 쟁점의 핵심이 초점의 중심에 놓이게 된다. 이성을 우회함에 따라 문제 전체의 즉각적 인지 능력이 생겨나고, 특히 시간 및 과정과 관련된 맥락이 크게 확장된다. 이성은 단지 특수를 다루는 반면 사랑은 전체를 다룬다. 흔히들 직관 덕분으로 돌리는 그 능력은 연쇄적 상징 처리에 기대지 않는 즉각적 이해 능력이다. 그러한 현상은 겉보기에 추상적이지만 사실상 대단히 구체적이어서, 뇌 속의 계량 가능한 엔도르핀 분비가 그것에 동반된다.

사랑은 위치를 점하지 않으며 그리하여 분리를 넘어서 전역적全域的이다. 그 다음에는 더 이상 어떤 장벽도 없기 때문에 '다른 것과 하나로' 존재하는 것이 가능하다. 그러므로 사랑은 포용하며 점진적으로 자기감自己感을 확장시킨다. 사랑은 갖가지로 표현되는 생명의 선함에 초점을 맞추고, 긍정적인 것을 증대시킨다. 사랑은 부정성을 공격하기보다는 그것을 재맥락화함으로써 녹여낸다.

이것이 참된 행복의 수준이다. 비록 세상은 사랑이라는 주제에 홀려 있고 모든 생명력 있는 종교는 500이나 그 이상으로 측정되지만, 세계 인구의 4퍼센트만이 의식 진화의 이 수준에 도달한다는 것은 주목할 만한 흥미로운 사실이다.

에너지 수준 540: 기쁨

사랑이 점점 더 무조건적으로 되어 감에 따라 그것은 내면의 기쁨Joy으로 경험되기 시작한다. 이는 사건들의 만족스러운 전환에 대한 갑작스러운 기쁨이 아니라 모든 활동에 대한 항상적 반주伴奏이다. 기쁨은 그 어떤 다른 근원에서가 아닌 존재의 매 순간에 내면에서 솟아오른다. 540은 또한 치유의 수준이자 영성에 기초한 자조 모임들의 수준이다.

540 수준 이상부터는 성인, 앞선 영적 제자와 치유자들의 영

역이다. 이 에너지장의 특징은 엄청난 인내심을 가질 수 있는 능력 및 기나긴 역경 속에서도 긍정적 태도를 견지할 수 있는 능력이다. 이 상태의 특징은 연민이다. 이 수준에 도달한 이들은 남들에게 괄목할 만한 효과를 발휘한다. 이들은 한동안 똑바로 응시할 수 있는데 그 응시는 사랑과 평화의 상태를 유도한다.

500대 후반에서, 사람이 바라보는 세상은 절묘한 아름다움과 창조의 완벽함으로 빛 비춰진다. 일체는 공시적共時的으로 저절로 일어나며, 세상과 그 속의 모든 것은 사랑과 신성의 표현으로 보인다. 개인의 의지는 신성의 의지와 융합된다. 어떤 현존Presence이 느껴지는데, 그것의 힘은 실상에 대한 관습적 기대를 벗어난, 보통의 관찰자가 *기적적*이라고 칭하는 현상을 촉진한다. 그러한 현상은 개인의 힘이 아닌 에너지 장의 힘을 나타낸다.

이 수준에서 타인에 대한 책임감은 낮은 수준에서 볼 수 있는 것과는 사뭇 다른 성질을 띤다. 여기에는 자신의 의식 상태를 특별한 개인보다는 생명 자체의 이익을 위해 사용하려는 욕구가 있다. 많은 사람을 동시에 사랑할 수 있는 이 능력에 동반되는 것이, 사람은 사랑할수록 더 많이 사랑할 수 있다는 발견이다.

사람들은 변형 효과를 특징으로 하는 임사 체험을 통해 540에서 600 사이의 에너지 수준을 체험하게 되는 일이 종종 있다.

에너지 수준 600: 평화

이 에너지 장은 *초월, 참나 각성, 신 의식* 같은 용어가 지시하는 경험과 관련된다. 이것은 지극히 드물어서, 천만 명 중 단 한 명이 거기 도달한다. 이 상태에 이를 때 주체와 객체 간의 구별은 사라지고, 지각에는 특정한 초점이 없다. 이 수준에 있는 개인들은 왕왕 세상에서 물러나는데, 그것은 뒤이어 일어나는 지복 상태가 일상 활동을 불가능하게 만들기 때문이다. 어떤 이는 영적 스승이 되고, 또 어떤 이는 이름 없이 인류의 향상을 위해 노력한다. 몇몇은 각자의 분야에서 위대한 천재가 되어 사회에 크게 기여한다. 그들은 성인 같고 결국 공식적으로 성인으로 시성될 수도 있는데, 하지만 이 수준에서는 일반적으로 형식적 종교는 초월되며 모든 종교가 그 속에서 기원하는 순수한 영성이 그 자리에 들어선다.

600과 그 이상의 수준에서는 지각은 슬로모션으로 일어나고 시간적 공간적으로 멎어 있다는 보고가 이따금씩 흘러나온다. 아무것도 죽어 있지 않으며, 전부가 살아 있고 광채를 발한다. 비록 세상은 남들이 보는 것과 같지만 그것은 절묘하게 조율된 진화의 춤 속에서 끊임없이 흐르고 진화하게 되었으며, 그 속에서 의의와 근원은 압도적이다. 그 인상적 드러남은 비합리적으로 일어나서 마음은 무한한 침묵에 잠기고 그로 인해 개념화는 멈춘다. 목격하고 있는 것과 목격되는 것은 정체가 동일하다. 관찰자는 풍경 속으로 녹아들어 동시에 관찰되는 것이 된다. 일체는 어떤 현존Presence에 의해 다른 일체와 연결되어 있는데, 그 현존의 힘은 무한하며 절묘하게 부드럽지만 바위처럼 단단하다.

600에서 700 사이로 측정되는 미술, 음악, 건축물의 걸작품은 일시적으로 우리를 의식의 높은 수준으로 데려갈 수 있으며, 그리고 그러한 것들은 영감을 불러일으키는 무시간적인 것으로 보편적으로 인정받는다.

에너지 수준 700~1,000: 깨달음

이것은 역사 속의 위대한 이들의 수준이다. 이들은 무수히 많은 사람들이 전 시대를 통해 뒤따르는 영적 패턴의 기원이 되었다. 모두가 신성과 결합되어 있으며, 흔히 신성과 동일시된다. 이것은 강력한 영감의 수준이다. 이 존재들은 전 인류에게 영향을 미치는 끌개 에너지 장을 자리 잡아 놓았다. 이 수준에는 타인과 분리된 개별적인 사적 자기의 경험은 더 이상 없고, 오히려 참나는 의식 Consciousness 및 신성 Divinity과 동일시한다. 나타나지 않은 것 Unmanifest은 마음 너머에 있는 참나로 경험된다. 에고의 이러한 초월은 그런 상태가 결국 어떻게 성취될 수 있는지를 타인에게 가르치는 사례로도 기여한다. 이것은 인간계에서 의식 진화의 정점이다.

위대한 가르침은 대중을 향상시키고 전 인류의 앎의 수준을 높여 준다. 그러한 시야를 갖는 것을 은총 grace이라고 하는데, 그것이 가져다주는 선물은 정의내릴 수 없으며 언어 너머에 있는 것으로 묘사되는 무한한 평화이다.[1] 각성의 이 수준에서, 사람의 존재감각은 모든 시간과 모든 개별성을 초월한다. 육체와 '나'의 동일시는 더 이상 없으며, 따라서 육체의 운명은 관심사가 아니다. 육체는 마음의 개입을 통한 의식의 도구일 뿐으로 보이는데, 육체의 주된 가치는 의사소통의 도구로서의 가치다. 자기自己는 도로 참나와 융합된다. 이것은 비이원성 또는 완전한 하나임 Oneness의 수준이다.

의식의 국소화는 없다. 앎은 어디에나 동시에 현존한다.[2]

깨달음Enlightenment의 수준에 이른 개인을 묘사한 미술의 걸작품은 특징적으로 *무드라*라는 특정한 손 모양(여기서 손바닥은 축도를 방사한다)을 한 스승을 보여 주는데, 그것은 인류 의식에 깨달음의 에너지 장을 전달하는 행위다. 이 신성한 은총의 수준은 최대 1,000으로 측정되며, 그것은 기록된 역사 시대를 살았던 이들이 이제껏 도달한 최고의 수준이다. 그 수준에 도달한 이들은, 말하자면 '주Lord'라는 호칭이 적당한 – 주 크리슈나, 주 붓다, 주 예수 그리스도 – 위대한 화신Great Avatar들이다. .

P O W E R V S . F O R C E 05

의식 수준의 사회적 분포

세계 인구의 에너지 수준의 분포를 그림으로 나타내면 탑의 지붕 모양과 비슷할 것이다. 거기서 인류의 85퍼센트는 임계 수준 200 이하로 측정된다. 반면에 오늘날 인간 의식의 전체 평균 수준은 대략 207이다.[1] 정상부의 상대적으로 극소수인 개인들의 힘이 바닥 쪽에 있는 대중의 약함을 상쇄하여 이 전체 평균을 달성한다. 앞서 언급한 바와 마찬가지로, 세계 인구의 4퍼센트만이 500이상의 에너지 장으로 측정된다. 600 이상으로 측정되는 의식 수준에 도달하는 것은 천만 명 중 단 한 명이다.

첫눈에 이 수치는 그럴법하지 않게 보일 수도 있지만, 세상의 상태를 살펴보면 우리는 여러 아대륙亞大陸의 전체 인구가 근근이 연명하는 수준에서 살아간다는 것을 금세 상기하게 될 것이다. 그런 곳에서는 정치적 억압과 사회적 자원 결핍을 자주 동반하는 기근과 질병이 흔하다. 그런 국민 다수가 무감정 수준으로 측정되는 희망 없음의 상태에서 비참한 가난을 체념한 채 살아간다. 우리는 또한 원시적 세계는 물론이고 문명화된 세계에 이르기까지 세계 인구의 나머지 대다수가 일차적으로 두려움 속에서 살아간다는 것을 각성해야 한다. 인류 대부분은 이런저런 형태의 안전을 추구하며 삶을 보낸다. 생활이 재량에 따른 선택지들을 허용할 정도로 생존의 명령을 초월해 있는 이들은 욕망으로 구동되는 세계 경제의 방앗간에 들어가는 곡식이 된다. 그리고 욕망을 충족시키는 데서의 성공은 기껏해야 자부심으로 인도한다.

일체의 유의미한 인간 속죄는 250 수준에 이르기까지는 시작조차 될 수 없는데, 그 수준은 의식 진화에서 어느 정도의 자신감이 긍정적 인생 경험의 기초로 출현하기 시작하는 지점이다.

문화적 상관관계

- **200 이하**의 에너지 장들은, 사람들이 근근이 연명하는 **극단적으로 원시적인 조건**에서 가장 흔하다. 입을 것은 드물고, 문맹이 규칙이고, 영아 사망율은 높고, 질병과 영양실조가 만연하며, 사회적 힘은 진공이다. 기술은 초보적이어서 연료와 식량을 모으고 은신처를 준비하는 기술이 주가 된다. 또한 변덕스러운 인접 환경에 대한 전적인 의존 상태가 있다. 이것은 동물 존재보다 나을 것이 없는 석기문화의 수준이다.

• **200대 초반**의 의식 수준을 특징으로 하는 인구는 미숙련 노동, 초보적 기술, 나무속을 파내 만든 카누 같은 단순한 수공품 제작, 일시적 주거가 전형적이다. 이동 능력은 **유목 생활**에서 그 자체를 표현하기 시작한다. 의식 평균이 다소 높은 인구에서 농경이 출현하며 물물교환은 화폐 이용으로 진화해 간다.

• **200대 중반**은 **반숙련 노동**과 결합되어 있다. 단순한 그러나 생명을 유지하는 주거와 식량 경제는 믿음직스럽게 이용 가능해지게 된다. 입을 것은 넉넉하고 초등 교육이 시작된다.

• **200대 후반**은 숙련 노동, 육체 노동자, 상인, 소매업, 산업으로 대표된다. 예를 들면, 더 낮은 수준들에서 고기잡이는 개인 활동이거나 부족 활동인데 200대 중반 이상에서는 하나의 **산업**이 된다.

• **300 수준**에서 우리는 기술자, 숙련된 고급 기능공, 일반 관리자, **보다 정교한 기업 구조**를 발견한다. 중등 교육 이수가 관습적으로 된다. 스타일, 운동, 대중오락에 대한 관심이 출현한다. TV는 이 수준에서 굉장히 좋은 소일거리다.

• **300대 중반**에서 우리는 **고급 관리자, 장인, 교육자**들을 발견하는데, 이들은 공적 사건들에 대해 자세히 알고 있으며 부족과

지역 혹은 도시를 넘어 국가 전반과 국민 복지에까지 미치는 세계관을 갖고 있다. 사회적 대화가 의미 있는 관심사가 된다. 문명화된 사회로 기능하기에 충분한 기술과 정보의 획득에 의해 생존은 보장되었다. 사회적 이동성과 유연성이 있으며, 제한적이나마 여행을 그리고 기타 활력을 불어넣는 오락을 가능하게 해 주는 자원이 있다.

• **400대**는 **지성이 깨어나는 수준**이다. 참된 문해文解, 고등교육, 전문직, 경영자, 과학자를 여기서 찾아볼 수 있다. 더 낮은 수준들에서는 가정에 읽을거리가 부족하지만, 이 수준은 잡지, 정기간행물, 꽉 찬 서가를 과시한다. TV 교육 채널에 관심이 있고, 보다 정교한 정치적 앎이 있다. 능란한 의사소통, 지적 몰두, 예술적 창조성이 일반적이다. 오락 활동은 체스, 여행, 연극, 연주회의 형태를 띤다. 사회 환경 개선을 취지로 하는 시민 활동이 진지한 관심을 모은다. 대법원 판사, 대통령, 정치인, 발명가, 업계 지도자들이 이 일반 범위를 차지한다.
이 수준의 토대는 교육이기 때문에, 개인들은 종합대학 같은 정보와 교육의 수원지水源池에 접근할 수 있는 대도시 지역에 모이는 경향이 있다. 어떤 이들은 교수직을 동경하는 반면, 어떤 이들은 변호사나 기타 전문직종의 구성원이 된다. 동료 인간의 복지가 공통 관심사이긴 하나 아직 그것이 추동력은 아니다. 400대 후반은 각 분야 지도자, 높은 사회적 명망, 성취와 결합되어 있고 어울리는 사회적 장식과 결합되어 있다.

아인슈타인과 프로이트는 499로 측정된다. 그러나 400대는 대학과 박사학위의 수준인 반면, 한정되어 있고 그리고 한정하는 뉴턴적 우주관의 원천이자 육체와 정신의 데카르트적 분열의 원천이기도 하다(뉴턴과 데카르트 역시 499로 측정된다).

- 200 수준이 의식의 임계적 변화의 분기점인 것과 마찬가지로, **500**은 앎이 또 한 번 크게 도약하는 지점이다. (이는 그냥 힘이 아닌 힘의 *성질* 변화로 인한 것이다.) 개인의 생존이 여전히 중요하긴 하지만 사랑이라는 동기부여가 모든 행위를 물들이기 시작하고, 창조성이 몰두와 헌신 그리고 카리스마의 표현을 동반한 채 전면적으로 표현되게 된다. 여기서는 스포츠에서 과학 연구에 이르는 **인간 노력의 전 분야에서 탁월함**이 일반적이다. 이타주의가 원칙에 대한 헌신과 더불어 동기를 부여하는 요소가 된다. 지도자의 자리는 추구되기보다는 수용된다. 이 수준에서 위대한 음악, 미술, 건축이 출현하고, 단순한 현존만으로 타인을 고양시키는 능력이 출현한다.

  500대 후반에서는 영감을 불어넣는 지도자들을 찾아볼 수 있다. 그들은 나머지 사회에 본보기가 되며, 각 분야에서 전 인류에게 광범위한 함의를 갖는 새로운 패러다임을 창조한다. 비록 그들 스스로가 자신에게 여전히 결함과 한계가 있다는 것을 잘 알고 있지만, 이 수준에 있는 이들은 일반 대중에게 심상치 않게 보이는 일이 많고 남다름의 표식이 인지될 수도 있다. 500대 중반에서는 많은 이들이 심오한 의의를 갖는 영적 경험을 하기 시작하고 영적 추구에 빠져들게 된다. 일부는 실상의 새로운 주관적 맥락으로의 돌연한 진입으로 친구와 가족들을 깜짝 놀라게 한다. 이 수준에 있는 의식을 *미래안*未來眼으로 묘사할 수 있는데, 그것은 전체로서의 사회를 향상시키는 데 초점을 맞출 수도 있다. 몇몇은 600으로 측정되는 영역으로 크게 도약하기조차 한다. 그 지점에서 개인의 삶은 전설적인 것이 될 수도 있다. 600대의 표지는 모든 동기부여와 행위에 스며 있는 *연민*이다.

의식의 진보

비록 우리가 묘사한 수준들은 넓은 진폭을 갖지만, 개인이 한 생애에 한 수준에서 다른 수준으로 이동하는 것은 흔치 않은 일이다. 태어날 때 측정된 개인의 에너지 장은 평균 약 5점까지 증가하는 데 그친다. 개인의 의식 수준이 날 때부터 이미 발효發效돼 있다는 것은 심오한 함의를 갖는, 정신이 번쩍 들게 하는 개념이다. 의식 자체는 인간 문명으로의 그 표현에서 정말 서서히 무수히 많은 세대를 거쳐 진화한다.

사람들 대부분은 자신의 인생 경험을 타고난 에너지 장의 변종들을 정교히 가다듬고 표현하는 데 이용한다. 비록 많은 이들이 상당한 내적 발전을 이룰 수도 있지만, 타고난 에너지 장 너머로 용케 이동하는 개인은 드물다. 그 이유는 사람의 수준을 규정하는 것이 동기부여임을 알 때, 보다 쉽게 이해될 수 있다. 동기부여는 의미에서 시작되고, 의미는 차례로 맥락의 한 표현이다. 그리하여 성취는 맥락에 종속되는데, 맥락은 동기부여와 상응하게 정렬될 때 개인의 상대적 힘을 결정한다.

생애 평균 불과 5점의 상승은 물론 통계 수치다. 이는 무엇보다도 사람들의 삶에 누적되는 수많은 선택이 자신의 의식 수준의 최종적 저하로 귀결된다는 불행한 사실로 하여 빚어진다. 나중에 조목조목 설명할 터이지만(23장을 볼 것), 의식이 앞선 극소수 개인들의 영향력이, 낮은 수준에 있는 인구 전체를 상쇄한다. 하지만 거꾸로 몇몇 비뚤어진 개인의 극단적 부정성은 전 문화를 뒤흔들어 놓을 수 있고 또한 의식의 전체적 수준에 광범위한 거치적거림을 빚어 낼 수 있는데, 이는 역사 속에 너무도 잘 예시되어 있다. 근육테스트는 불과 2.6퍼센트의 인구가 72퍼센트의 사회문제에 책임이 있음을 가리키는데, 그 2.6퍼센트는 비정상적인 신체운동학적 극성(부정적 끌개장에는 강한 반응을 그리고 긍정적 끌개장에는 약한 반응을 나타내는 것)을 통해 확인 가능하다.

그럼에도 불구하고, 수백 점에 이르기조차 하는 갑작스러운 긍정적 도약은 가능하다. 만일 사람이 진실로 200 이하 끌개장들의 에고 중심적 끌어당김을 피하면서 생명에 우호적인, 성실한, 친절한, 용서하는 접근방식을 의식적으로 선택하고 마침내 타인을 향한 관대함을 일차적 초점으로 삼을 수 있다면, 더 높은 수준에 도달하는 것은 확실히 가능하다. 실천적으로는 큰 의지가 요구될 것이다.

이렇듯, 사람이 한 생애에 하나의 에너지 장에서 나와 다른 에너지 장으로 이동하는 것은 흔치 않지만, 기회는 여전히 존재한다.

그런 잠재력을 활성화시키는 것은 여전히 동기부여다. 선택하지 않는다면 진보는 일어나지 않을 것이다. 힘의 측정 수준들의 진보가 로그값을 취한다는 것에 유념할 필요가 있다. 그리하여 개인의 선택은 막강한 효과를 낼 수 있다. 유의미한 것은 힘의 수준이다. 예를 들면, 361.0과 361.1 간의 힘 수준의 차이는 매우 큰 의미를 가지며, 사람의 삶을 바꾸고 일반 세계에 대한 그의 영향력을 바꿔 놓을 수 있다.

P O W E R V S . F O R C E 06

연구의 새로운 지평

이제까지 우리의 관심사는 위력과 힘의 메커니즘을 약간 참고하여, 일차적으로 의식의 해부학적 구조를 해명하는 것이었다. 하지만 그것은 결코 순수하게 이론적인 주제가 아니다. 이 책에서 묘사하는 연구법의 독특한 본성은 지금까지 접근할 수 없었던 잠재적 지식 분야들에 대한 탐구를 가능하게 해 준다. 그리고 그 연구법은 가장 앞선 이론적 탐구에 적용할 수 있는 만큼이나 가장 일상적인 실용적 질문들에 대해서도 적용할 수 있다. 몇 가지 일반적 사례를 조사해 보기로 하자.

사회 문제

마약과 알코올중독은 엇비슷한 범죄, 빈곤, 복지 문제를 양산하는 중대한 사회적 관심 사안이다. 중독은 이제껏 가장 기본적 설명 외에는 이해된 것이 없는 난치성의 사회적 임상적 문제임이 증명되었다. 우리가 말하는 중독이라는 용어는, 심각한 귀결에도 불구하고 알코올이나 마약에 지속적으로 의존한다는 고전적 의미에서의 임상적 중독을 의미한다. 그것은 의지 자체가 무력해졌기 때문에 도움 없이 그 물질을 끊는 것이 이용자의 능력을 벗어나 있는 어떤 상태다. 중독의 핵심적 본성은 무엇이고, 중독자는 정말로 무엇에 중독되는 것일까?

일반적 신념에 따르면, 피해자는 열락감悅樂感이라는 '도취' 상태를 창조하는 중독 물질의 힘으로 인해 그러한 물질 자체에 중독되게 된다는 것이다. 그러나 여기서 약술한 방법론으로 중독의 본성을 다시 살펴보면, 중독 과정에 대한 다른 정식화가 출현한다. 알코올이나 마약에는 어떤 '도취'를 창조할 수 있는 힘이 없다. 알코올이나 마약은 고작 100(야채의 수준)으로 측정된다. 마약이나 알코올 사용자가 경험하는 이른바 '도취'는 350~600으로 측정될 수 있다. 마약의 실제 효과는 낮은 에너지 장을 억누르는 것에 불과하며, 그럼으로써 사용자가 독점적으로 높은 에너지 장만을 경험하게 해 준다. 그것은 마치 무슨 필터를 가지고 오케스트라에서 나오는 모든 저음을 차단하여 고음만 들을 수 있게 만드는 것과 같다. 저음을 억제한다고 고음이 창조되지는 않는다. 그저 고음이 드러날 뿐이다.

의식 수준들 안에서 높은 주파수대는 지극히 강력한데, 일상적으로 높은 주파수대를 순수한 상태로 경험하는 이들은 거의 없다.

왜냐하면 그것은 불안, 두려움, 분노, 분개 등의 낮은 에너지 장으로 덮여 있기 때문이다. 평균적인 사람이 황홀경은 말할 것도 없고, 예컨대 두려움 없는 사랑이나 순수한 기쁨을 경험하는 일은 드물다. 그러나 그런 높은 상태는 대단히 강력하여 한번 경험하면 결코 잊히지 않으며 그 뒤에 끊임없이 추구된다.

사람들이 중독되는 것은 높은 상태의 경험이다.[1] 훌륭한 예증은 고전 영화 「잃어버린 지평선Lost Horizon」이다. (영화에서 무조건적 사랑과 아름다움을 은유하는) 개념으로서의 샹그릴라는 600으로 측정되는데, 일단 경험되면 그것은 경험자를 재프로그램하여 그는 다시는 보통 의식에 만족하지 못한다. 영화 주인공은 샹그릴라에서 돌아온 뒤 보통 세상에서 다시 행복을 찾지 못하게 되자 그 사실을 알게 된다. 그러자 그는 그러한 의식 상태를 찾아내고 그것으로 복귀하기 위해 모든 것을 포기한 채 샹그릴라를 다시 찾아내려는 몸부림 속에서 세월을 보낸다. 그것은 그에게 거의 목숨을 건 일이다.

그것과 동일한 재프로그래밍 과정이, 임사 체험이나 깊은 명상을 통한 *삼매* 체험 같은 다른 수단을 통해 의식의 높은 상태에 도달한 이들에게 일어난다. 그런 개인들은 영구적으로 변모한 것으로 관찰되는 일이 잦다. 그런 이들이 물질세계가 나타내는 모든 것을 떠나 진실을 찾는 구도자가 되는 일은 드물지 않다. 1960년대에 LSD로 초월적 경험을 한 많은 이들이 바로 그러했다. 그런 높은 상태는 또한 사랑의 체험과 종교 체험, 고전음악이나 예술, 혹은 영성 수련을 통해서도 달성된다.

어떤 수단을 통해서든 사람들이 구하는 도취 상태는 사실 자신의 의식의 경험장(참나)이다. 만일 그들이 영적으로 순박하고 그런 경험을 이해할 만한 맥락을 갖고 있지 못하다면, 그들은 그런 도취 상태가 '저 밖'의 어떤 것(예컨대 구루, 음악, 마약, 연인 등)으로 하여 창조되었다고 믿는다. 실제로 벌어진 일은, 특별한 상황에서 그들은 실제로는 '이 안'에 있는 것을 경험했을 뿐이라는 것이다. 대부분의 사람들은 자신의 순수 의식 상태와 절연되어 있는 나머지 그것을 경험하면서도 인지하지 못한다. 왜냐하면 사람들은 자신의 낮은 에고 상태와 동일시하고 자신에게 있는 최하의 공통분모와 동일시하기 때문이다. 부정적 자기 이미지는 자신의 정체正體, identity의 참된 본질인 기쁨에 찬 광휘를 덮어 그것은 인지되지 않게 된다. 기쁘고 평화로운 충족 상태가 정말로 사람의 본질이라는 것이 모든 위대한 영적 지도자들의 기본 교의였다.(예 "하늘나라는 너희들 안에 있다.")[2]

'도취'는 사람의 평소의 앎의 수준을 넘어선 일체의 의식 상태를 말한다. 따라서 두려움Fear 속에서 사는 이가 분노로 상승하는 것(예컨대, 제삼세계 빈민가의 폭도들)은 하나의 도취다. 두려움은 적어도 절망Despair보다는 낫게 느껴지고, 자부심Pride은 두려움보다 훨씬 낫게 느껴진다. 수용Acceptance은 용기Courage보다 훨씬 더 편안하다. 사랑Love은 그것보다 낮은 일체의 상태를 상대적으로 매력 없는 것으로 느껴지게 만든다. 기쁨Joy이 그보다 못한 모든 인간 감정을 능가하는 반면, 황홀경은 견줄 만한 것이 없는, 드물게 느껴지는 감정이다. 극치의 경험은 무한한 평화 상태다. 그것은 너무도 절묘하여 그에 대해 묘사하려는 모든 시도와 어긋난다.

그러한 각 상태의 성취가 고도화될수록 그것이 대상자의 삶 전체를 재프로그램하는 힘은 커진다. 아주 높은 상태에서의 한 순간은 사람의 목표와 가치관은 물론이고 삶의 지향을 완전히 바꿔 놓을 수 있다. 있었던 사람은 더 이상 없으며 그 경험에서 새 사람이 탄생한다고 말할 수 있다. 헌신하는 영적 길에서 힘들게 얻어지는 진보를 통하는, 이것이 바로 영적 진화의 메커니즘이다.

헌신적인 내적 수행의 생애를 통해서만 합법적으로 도달할 수 있는 영속적인 높은 상태의 경험은 인위적 수단을 통해서도 얻을 수 있다. 하지만 그것은 *일시적*이다. 애써 노력하지 않고 그런 상태를 인위적으로 얻어 내는 것은 빚이 되며, 그 부정적 불균형은 부정적 귀결을 낳는 것이 자연의 균형이다. 그런 도둑질한 쾌락의 대가는 중독의 절망이고, 중독자와 사회가 끝내 그 비용을 함께 치른다.

우리 사회는 쾌락 없는 상태, 다시 말해 근면, 금욕주의, 자기희생, 자제 등을 이상화하고, 대부분의 보다 단순한 형태의 쾌락을 비난하며 그런 것을 빈번히 불법으로 선언하기조차 하는 곳이다. (정치인들은 세속에 있든 성직에 있든 이 현상을 잘 이해한다. 오늘의 뉴스에 크게 취급되기 위한 지방 정치인들의 단골 레퍼토리 일부는, 예를 들면 교도소 내에서 외설적 잡지를 금지할 작정이라거나 혹은 수감자들의 흡연과 TV 시청을 막을 작정임을 공개적으로 천명하는 일이다.)[3] 우리 사회에서는 이행되지 않는 약속과 유혹이 합법적이다. 그러나 만족시키는 일은 부정된다. 예를 들어 제품 판매를 위해 상업적인 성적 유혹은 끝없이 이용되지만, 실제로 상업적 섹스를 즐기는 일은 부도덕한 것으로 금지된다.

역사적으로, 모든 지배계급은 모종의 청교도적 윤리로 사회를 통제함으로써 지위와 부를 이룩했다. 밑에 있는 사람들은 열심히 일할수록 빈약한 쾌락을 얻게 되지만, 반대로 지배계급은 신정이든, 귀족정치든, 과두제든, 기업형 산업 왕국이든 관계없이 더욱 풍요로워질 것이다. 그런 권력은 일하는 사람들의 박탈당한 쾌락 위에 건설된다. 경험적으로, 우리가 보았던 것처럼, 쾌락이란 높은 에너지에 지나지 않는다. 하층계급에게는 거부된 쾌락이라는 부를 특권층을 위해 생산하기 위해, 대중의 에너지는 여러 세기에 걸쳐 전용轉用되었다.

진실로, 생명 에너지의 쾌락은 인류의 기본 자산이다. 그것을 사람한테서 빼앗은 결과 '가진' 자와 다수의 '못 가진' 자들 사이에 깊은 골이 패이게 되었다. 일하는 계급이 상류계급의 삶에서 선망하는 것은 적절하게도 갖가지 형태의 권력을 휘두르는 기쁨에서 방종의 아름다운 전리품에 이르는, 상류계급의 쾌락이다. 자신이 거부당한 쾌락을 타인이 즐기고 있다는 각성은 혁명의 격노를 초래했거나, 아니면 동료들의 쾌락을 막는 억압적 법률의 압제를 승화시켰다.

이렇듯 도덕률은 계산된 가치 왜곡을 통해 대중의 생명 에너지에 대한 합리화된 강탈로 기능한다. 그것이 제공하는 환상은 삶이 지옥 같을수록 보상은 더욱 천국 같으리라는 것이다. 쾌락과 괴로움의 왜곡된 짝짓기는 도덕적으로 도착된 사회 환경을 빚어냈고,

그 속에서 고통은 쾌락과 결합되게 된다. 그런 분위기에서, 중독에서 전형적으로 나타나는 괴로움과 열락감의 미친 듯한 교대는 금지된 도취감을 따고 잃는 치명적으로 반사회적인 게임에서 적어도 일시적으로는 방어할 수 있는 것이 된다.

같은 인생관으로부터, 게임의 한쪽 편 역할을 하여 약물 남용의 본성을 부정함으로써 '문제를 처리'하는 사회의 현행 방식이 생겨난다. 그렇게 함으로써 우리는 대단히 수지맞는 그리고 진입하기 쉬운 시장을 창조했고, 결과적으로 범죄 산업 전체가 여러 수준의 삶을 타락으로 이끌며 융성하고 있다. 예컨대, 마약왕 체포는 마약 문제에 아무런 효과를 내지 못한다. 마약왕이 수감되기도 전에 그의 자리에는 이미 새로운 분신이 들어섰을 것이다. 일례로 최근 남미의 마약왕 파블로 에스코바르가 사망했을 때, 세 명의 새로운 우두머리가 곧장 그를 대체했다. 그래서 히드라는 이제 하나가 아닌 세 개의 머리를 갖고 있다.[4]

사회의 마약 문제는 350으로 측정되는 사회적 접근법을 요구하는데, 우리의 현행 반마약 프로그램은 고작 150으로 측정된다. 따라서 그것은 비효율적이며 거기 쓰이는 돈은 낭비된다.

산업 연구와 과학 연구

우리가 설명한 진단법은 과학과 산업에서의 연구 개발을 위해 결실이 풍부한 분야를 신속히 탐지해 낸다. 역사적 사례들은 이 방법을 이용하는 것으로 어떻게 수년에 걸친 노력과 수백만 달러의 돈을 절약할 수 있는지를 예시해 준다.

재료 연구

토머스 에디슨은 자신의 역사적 발명품, 백열등에 쓰일 최적의 소재가 텅스텐이라는 결론에 도달하기까지 1,600가지가 넘는 물질을 테스트했다.[5] 최고의 재료를 탐지해 내는 보다 쉬운 방법은, 가능성 있는 후보들을 두 개의 군群으로 나눈 다음 이렇게 질문하는 것이다. "그 물질은 이 군에 속했습니다." (예/아니오) 이렇게 판정한 뒤에 군을 다시 나누고 질문을 계속한다. 이 방법을 이용해서 몇 년이 아닌 단 몇 분 만에 답을 이끌어 낼 수 있다.

제품 개발

RJR 나비스코 사는 흡연이 일차적으로 구강 습관이라는 잘못된 추정을 근거로 무연 담배의 연구와 생산에 약 3억5천만 달러를 낭비했다.[6] (사실, 사람들이 시력을 상실하면 담배를 끊는 경향이 있음이 밝혀진 것은 그 다음이었다. 흡연에는 여러 가지 근거가 있는데 구강 만족은 그중 하나일 뿐이다.)[7] 가능성 있는 모든 제품의 시장 생존력에 대한 근육테스트는 마케팅의 대중적 수용 가능성과 타당성에 관해 1분 안에 명쾌한 결론을 내려줄 수 있다. 제품의 수용 가능성과 수익성은 질문을 정밀하게 작성하고 타이밍, 시장, 광고, 제품을 소비하게 될 소집단을 포함하는 모든 우연성을 조사할 경우, 매우 정확하게 결정될 수 있다.

과학 연구

과학은 근육테스트를 매개로 하는 탐험의 장을 제공하는데, 그것은 일단의 탐구자에게 그 어떤 응접실 게임도 능가하는 흥분을 불러일으킨다. (한 집단이 자신들의 발견을 같은 방법을 쓰는 다른 집단의 발견과 비교하는 것 또한 흥미진진한 일이다.) 보다 일반적 적용에선 결실을 맺는 연구법이 신속히 감별될 수 있다는 것과 그 결과 얻어지는 가장 귀중한 통찰은 흔히 연구의 범위 및 차원과 관련된다는 것이 밝혀질 것이다. 근육테스트법은 맥락의 한계를 우회하기 때문에 그것의 가장 귀중한 용도의 하나는 과정 자체, 즉 연구가 올바른 방향을 취하고 있는지 여부에 대한 점검이다. 우리는 이렇게 해서 연구의 바탕에 있는 기본 전제가 유효하다는 것을 확증할 수도 있다.

예를 들면, 외계의 생명을 찾는 인간의 탐색은 현재 수학기호 π(파이)를 우주 공간으로 방송하는 형태를 취한다. 거기 함축된 것은 어떠한 문명도 그런 수학 개념을 이해하지 못하고서는 무선 송신을 개발할 수 없다는 추정이다. 하지만 다른 어딘가에 있는 생명이 3차원적이라거나 혹은 인간 감각으로 탐지 가능하다고 추정하는 것은 심하게 주제넘은 일이다. 더구나 외계의 생명이 지성을 이용하여 문제를 해결한다고, 그리고 공간과 시간을 가로질러 의사소통하기 위해 기호를 사용하는 산재散在된 생명 단위로 구성되어 있다고 추정하는 것은 더 말할 나위가 없다.

의학

근육테스트 진단은 국제 응용신체운동학회International College of Applied Kinesiology에서 주관하는 적법한 과학이다. 인체의 각 기관은 대응하는 지표근육을 갖는데, 지표근육의 약함은 대응 기관의 병리를 신호한다. 근육테스트는 진단 및 가능성 있는 요법의 효험 확증에 이미 폭넓게 이용되고 있다. 환자의 근육테스트 반응을 통해 맞는 약과 적절한 용량을 정할 수도 있다. 이와 비슷하게, 알레르기를 탐지해 내는 것이 가능하며, 영양 보충제의 필요성을 판정할 수도 있다.

신학, 인식론, 철학 연구

비록 그 적용의 유효성은 관찰자의 앎의 능력에 따라 달라질 수도 있지만, 진실 자체를 규명하기 위해 근육테스트를 이용하는 기법은 600 수준으로 측정된다. 이는 근육테스트법이 어느 정도 신뢰성이 있다는 것과 그것은 이원성이나 우리가 일상생활에서 알고 있는 바와 같은 보통 의식의 영역 너머에 있다는 것을 의미한다. 전체로서 이 책의 진실 수준은 약 810이다. 그 수준을 시종일관 유지하기 위해 모든 장, 페이지, 절, 문장의 진실을 근육테스트법을 이용하여 살폈고, 모든 진술과 결론을 비슷하게 검증했다.

진실의 본성을 둘러싼 혼란은 답의 진실 수준뿐 아니라 질문의 진실 수준을 측정할 경우에 완화될 수 있다. 모순과 모호함은 의식 수준들을 혼동하는 데서 일어난다. 답은 그것 자체의 의식 수준에서만 진실이다. 그리하여 우리는 어떤 답이 '정답'이지만 동시에 '유효하지 않다'는 걸 발견할 수도 있는데, 그것은 마치 음표가 악보의 엉뚱한 자리에서 그러나 정확하게 연주되는 것과 같다. 모든 관찰 결과는 의식의 특정한 수준의 반영이며, 오직 그 수준에서만 유효하다. 따라서 어떤 주제에 대한 모든 접근 수단은 그 주제 자체에 내장된 한계를 갖는다.

어떤 진술은 높은 이해 수준에서는 진실이지만 평균적 마음에는 납득할 수 없는 것일 수 있다. 그 진술이 청자의 한계로 인해 왜곡될 때 그것의 가치는 따라서 하락할 수 있다. 이것이 바로 전 시대에 걸친 종교들의 운명이었는데, 앎의 높은 수준에서 기원한 선언들이 나중에 권위를 부여받은 추종자들에 의해 잘못 해석되었다.

그러한 왜곡은 모든 종교의 근본주의 분파에서 볼 수 있다. 종교적 가르침에 대한 근본주의자의 해석은 부정성을 강조하는데 오직 진실에 의해서만 그 부정성에서 놓여난다. 신격神格에 관한 가장 저열한 묘사는 질투하는, 복수하는, 분노한 어떤 신에 관한 묘사인데 그것은 자비와 사랑의 신God과는 동떨어진 죽음의 신god이다. 정의로운 부정성의 신은 부정적인 것에 대한 미화를 나타낸다. 그리고 그러한 신은 인간의 잔학 행위와 폭력을 정당화함으로써 추종자들에게 책임 회피를 제공한다. 일반적으로, 고통pain과 괴로움*은 사람이 의식의 바닥 수준들에 가까워질수록 더욱 커진다.

* suffering, 저자는 1980년대에 '기적수업A Course in Miracles' 회원들을 대상으로 한 어느 강연에서, 고통과 괴로움은 같은 것이 전혀 아니며, 둘을 똑같다고 보는 것은 신념체계일 뿐이라고 말한다. 육체 속에 고통이 존재하더라도 그러한 고통을 상대적으로 적게 경험하거나 아예 경험하지 않는 것, 혹은 그러한 고통으로 인해 괴로움을 겪지 않는 것이 가능하다고 한다. 마음은 모든 고통이 괴로울 것이라고 예상하고, 그러한 고통에 저항하도록 이미 프로그래밍되어 있지만, 저항함으로써 고통을 없앨 수 있다고 보는 것은 마음의 환상이다. 괴로움은 저항으로 인한 것이며, 괴로움에서 벗어나기 위해서는 저항을 내맡겨야 한다.

의식의 각 수준의 진실은 자가증명하는데, 그것은 각 수준마다 타고난 지각의 범위가 있고 그리고 지각은 이미 진실로 여기는 것을 확증해 주기 때문이다. 그리하여 만인은 자신의 행동과 신념의 바탕에 있는 관점에서 정당하다고 느낀다. 이것이 모든 '정당성'의 본질적 위험이다. 누구든 정당할 수 있다. 자신의 격분을 정당화하는 살인자에서, 성직에 있는 선동가와 온갖 신조를 가진 정치적 극단주의자에 이르기까지 말이다. 맥락을 왜곡하면 거의 모든 인간 행동을 합리화하고 정당화하는 것이 가능하다. 모든 전쟁은 그 도발자들의 진술에 의하면 '정당하다'.

***

인간 대화는 그 방대함과 미묘함이 놀랍기 그지없다. 그것은 사람의 의식을 구성하는 강력한 끌개 에너지 장들의 변화무쌍한 상호작용을 반영한다. 2,500년에 걸친 세계의 위대한 철학자들의 명석함은 그 범위와 복잡성에 있어 압도적이었다. 하지만 진실의 본성에 관해 합의가 이루어진 분야는 전체적으로 거의 없다. 그동안 살았던 모든 개인은, 객관적 잣대 없이, 자신만의 진실을 식별하기 위해, 변천하는 삶의 그림자를 샅샅이 살펴야만 했다. 그것은 끝이 없는 투쟁인 듯하다. 인간은 자신의 정신적 구조로 말미암아 그런 투쟁을 선고받았다.

인간의 정신 구조는 어떤 진술이든 일정한 맥락 안에서만 진실일 것임을 암시한다. 맥락의 정의와 파생물은 보이지 않고 진술되지 않는다는 사실에도 불구하고 말이다. 그것은 마치 모든 개인이 각자 독특하게 조절된 나침반을 가지고 삶을 탐험하는 것과 같다. 그 어떤 의미 있는 대화가 가능하다는 것은 자신의 상태에 대한 인간의 한량없는 연민을 가리키며, 그리고 전체에 응집력을 부여하는 것은 가능태의 현실태로의 나타남을 촉진하는 대단히 포괄적이고 종합적인 어떤 끌개장임을 증거한다.

외견상의 혼돈 뒤에 숨어 있는 조직화 패턴들로부터 조화가 출현한다. 그리하여 인류의 진화는 매순간 개인들의 외견상으로 일탈적인 신호에도 불구하고 전진한다. 혼돈은 유한한 지각일 뿐이다. 모든 것이 더욱 큰 전체의 일부다. 모든 사람이 의식 자체인 대단히 포괄적인 끌개장의 진화에 포함되어 있다. 의식의 전체적 장이 천부적으로 타고난 진화가 인류의 구원을 보증하고 더불어 전 생명의 구원을 보증한다. 인간의 고귀함은, 자신이 부탁한 적 없는, 거울의 집인 세계 내에서의 자신의 존재와 항상적으로 투쟁하는 데 있다. 그의 존재는 그의 유일한 버팀목이고, 그의 믿음은 삶의 과정 자체에 대한 것이다.

POWER VS. FORCE

07 일상적 임계점 분석

여태까지 묘사한 연구 적용은 이 방법을 적용할 수 있는 무한한 용도에 관해 시사하는 바가 있다. 에너지 끌개장들과 인간 의식의 상호작용이 마음과 몸의 상호작용 안에서 그 자체를 드러냄에 따라, 어떤 사업에서든, 이용 가능한 에너지의 기본적 수준을 누구나, 어디서나, 아무 때나 측정할 수 있다. 두 사람만 있으면 되는데, 둘 중 한 사람은 이 연구서에서 기술한 근육테스트 기법을 잘 알아야 한다. 실용적 함의는 압도적이다. 이 도구는 이때까지 자연과학 분야에서 이루어진 그 모든 대발견과 마찬가지로 사회의 계속적 진화에 중요할 수 있다. 이것이 일상생활에서 가질 수 있는 의미에 관해, 보다 실용적인 세부를 자세히 살펴보기로 하자.

감별된 끌개 패턴의 측정된 힘이 그것의 진실 수준과 직접 관련되는 한, 참과 거짓, 건설적인 것과 파괴적인 것, 실용적이고 효율적인 것과 쓸모없고 낭비적인 것을 명확히 구별하는 것은 가능하다. 우리는 일체의 프로젝트나 개인들 속에서 동기, 일정, 목표를 감별해 낼 수 있다. 양의 탈이 더 이상 늑대를 감춰 주지는 않는다.

우리가 본 것처럼, 의식은 진실과 거짓의 차이에 단호하게 반응한다. 자신의 진짜 나이를 진술하는 것으로 이를 즉각 재확인할 수 있다. (가령 나이가 마흔셋이라고 하자.) "나는 마흔세 살입니다."라고 말하고 다른 사람에게 자신이 뻗은 팔을 누르게 한다. 팔은 여전히 강할 것이다. 이제 "나는 마흔다섯입니다."라고 말한다. 그러면 팔은 금세 약해질 것이다. 컴퓨터처럼, 의식은 0 아니면 1, 진실 아니면 거짓으로 단순하게 대답한다. (과정 속의 일체의 모호함은 대답의 메커니즘이 아니라 질문하는 방식을 통해 도입된다. 2장, 부록 B, 그리고 아래를 보라.)

우리는 일체의 진술, 신념체계, 또는 지식체의 진실 수준을 감별할 수 있다. 우리는 일체의 문장, 절, 장이나 이 책을 포함하는 책 전체의 진실을 정확히 잴 수 있다. 우리는 일체의 사업에서 자신의 의식이나 동기의 수준을 믿을 만하게 감별할 수 있다. 우리는 지금, 전에 결코 가능하지 않았던, 사회 운동과 역사에 대한 어떤 전망을 손에 넣었다. 정치 연구는 현재에 국한되지 않으며, 예컨대 우리는 고르바초프와 스탈린, 트로츠키와 레닌 등등을 비교 측정하기 위해 역사를 돌이켜 볼 수 있다.

이 모든 연습에서, 근육테스트는 숨어 있는 함축된 질서를 펼쳐 놓음으로써 그것을 드러내고 그것의 진정한 본성을 노출시킨다.

근육테스트 방식을 이용하는 것은 자가교육적이고 자가지도적이다. 각각의 답은 다음 질문으로 인도하는데, 행복하게도 그것은 상승하는 유익한 방향을 취한다는 것이 밝혀질 것이다. 우리는 자신에 대한 진실을 발견하는데 그것은 우리의 질문 자체가 자신의 동기, 목표, 앎의 수준의 반영일 뿐이기 때문이다. 답이 아닌 *질문을 측정하는 것*이 항상 유익하다.

그 과정을 논하면서, 우리는 보다 특정하게, 질문하는 형태의 어떤 측면들을 재차 강조해야 한다. *최고로 중요한 것은 질문의 정밀함이다.* 예를 들면 "이 결정은 좋은 것인가?"라고 질문할 수 있다. 그러나 우리가 '좋다'는 말로 의미하는 것은 무엇인가? 누구에게, 어떤 시간 틀 안에서 좋다는 건가? 질문을 매우 조심스럽게 정의해야 한다. 우리가 생각하는 것이 좋다거나 나쁘다는 것은 주관적일 뿐이다. 그것에 대한 우주의 '생각'은 전혀 다를 수 있다.

질문하는 동기는 의미심장하다. 항상 "이 질문을 해도 되는가?"를 먼저 물으라. 답을 들을 준비가 되어 있지 않은 질문은 결코 하지 마라. 사실事實은 내가 지금 믿고 있는 것과는 전혀 다를 수 있다. 비록 이 방법을 현명치 못하게 사용하면 감정적 혼란이 일어날 수도 있지만, 경험에 따르면 같은 계통의 조사를 계속하는 것은 맥락을 확장시키고 혼란을 치유한다. 가령 어느 젊은 여성이 이런 질문을 한다고 하자. "내 남자 친구는 정직한가?" "그는 내 인생에 이익이 되는가?" 답은 부정적이다. 결과적으로 그녀는 그의 사랑은 이기적이고 그의 관심은 착취적이라는 걸 알고 실망하게 된다. 그러나 그 이상의 질문을 통해 해결책이 제시된다. "나는 그걸 지금 인식함으로써 큰 불행을 겪는 걸 미연에 방지하고 있습니다." (예.) "나는 이 경험에서 배울 수 있습니다." (예.)

보다 세속적 수준에서, 같은 기법으로 어떤 투자가 정직한 것인지 여부, 혹은 어떤 시설이 신뢰할 만한지 여부를 판단할 수 있다. 우리는 마케팅뿐 아니라 의학 연구나 의공학 분야에서 새롭게 개발된 것들의 잠재력을 정확히 예측할 수 있다. 우리는 거대한 유조선에서 채용한 안전책을 점검할 수 있다. 우리는 어떤 군사전략이 권장할 만한지를 사전에 판단할 수 있다. 우리는 통치자로 누가 적합한지 확인할 수 있고, 정치가와 단순한 정치인을 구별할 수 있다. 방송 프로그램의 경우에는 면담자나 피면담자가 진실을 말하고 있는지 여부, 만약 진실을 말하고 있다면 어떤 수준의 진실이 표현되고 있는지를 즉석에서 알 수 있다. (뉴스 시간에 이 방법을 써 보면 뜻밖의 충격적인 사실을 알게 될 수도 있다. 많은 경우에, 방송에 나온 공인들 *전부가* 거짓말을 하고 있다.)

저 중고차가 살 만한 것인지 알고 싶은가? 그건 쉽다. 판매원이 진실을 말하고 있는지는? 그건 간단하다. 새롭게 낭만적 관심이 가는 상대가 괜찮은 사람인지는? 이건 믿을 만한 제품인지? 저 직원은 신뢰할 만한지? 새로운 장치의 안전도는 어느 정도인지? 특정한 의사나 변호사의 온전성과 기술과 능력 수준은 어떠한지? 최고의 치료사, 교사, 코치, 수리원, 기계공, 또는 치과의사는 지금 누구인지? 특정 공직의 임무를 제대로 수행하기 위해서는 어떤 수준의 의식이 요구되며, 현직에 있는 이들의 수준은 어떠한지?

진실과 거짓을 즉석에서 구별할 수 있는 능력은 사회에 비상한 잠재적 가치를 가지므로, 우리는 우리 연구에서 명시적이고 실용적인 적용에 관해 기록하고 검증하는 것이 적절하다고 느꼈다.

현재와 과거의 사건들

이 기법은 참된 증거와 거짓 증거를 즉각 구별해 내기 때문에, 사실 관계 논쟁, 예를 들면 가해자의 신원이나 실종자의 소재를 해결할 수 있다. 동시대의 피해자와 고소인들의 유무죄 여부, 역사적 음모론의 타당성, 또는 아멜리아 에어하트 실종 사건이나 린드버그 납치와 같은 풀리지 않은 수수께끼 등과 같은 주요 뉴스 사건의 저변에 있는 진실이 드러날 수 있다. 상원 청문회 증언과 언론 매체의 사건 보도가 몇 초 만에 검증될 수 있다.

보건 연구

일정한 질병을 근절하거나 그것의 치료법을 발견하는 데서의 실패는, 흔히 그 자체의 한계가 바로 그 이유라는 사실에서 기인한다. 그릇된 답은 흔히 참된 원인을 찾는 일을 불가능하게 만든다. 예를 들어 담배가 암을 유발한다는 것은 현재 정설이지만, 그러나 우리 연구는 유기농 담배는 근육테스트에서 강한 반응을 낳는 반면 상업 담배는 약한 반응을 낳는다는 것을 보여 주었다. 담배는 1957년 전에는 발암물질로 주목받지 않았다. 하지만 그 시기에 담배 제조에 화학물질이 도입된 결과 지금은 그러하다. 흡연자들의 폐암에 대해서는 다른 해결책이 있다. 1995년 《사이언스Science》 지에 보고된 연구는 하루 1그램의 비타민C가 흡연으로 인한 세포 손상을 예방해 준다는 것을 보여 준다. 또 다른 해결책은 발암성 화학물질을 감별하여 제조 공정에서 그것을 제거하는 것이다.

형사행정과 경찰 업무

증인이 거짓말하고 있는지 여부를 아는 것은 심리 중인 모든 사건에서 명백한 중요성을 갖는다. 그러나 검찰이 증언을 감추고 있는지 여부, 혹은 배심원이 매수되었는지(아니 그 문제에 관해서라면, 배심원이 증언을 이해할 능력이 있기나 한지) 여부를 밝혀내는 것은 똑같이 의미 있는 일이다.

이 기법의 가장 흥미로운 적용 가운데 하나는 목격자 없는 범죄와 고소인의 진술이 피고소인의 진술과 대립되는 사례에 대한 적용이다. 저명인사를 겨냥한 성범죄 무고는 자명한 사례다. 공인들은 정치적 동기를 갖는 인신공격의 손쉬운 목표물이다. 고발당한 것만으로 유죄가 증명된 것처럼 대중매체에서 취급당하는 사회에서, 공인들은 고소인만큼이나 공공의 보호를 받을 필요가 있다.

통계와 방법론: 시간절약

단 몇 분 만에 쉽게 식별되는 것에 증거 자료를 첨부하기 위한 데이터 수집에 막대한 시간과 돈이 쓰인다. 예를 들면 회의론자들에게 근육테스트법 자체의 타당성을 '증명'하기 위해, 다음 절차를 따라야만 했다. 첫째, 15개의 소그룹에서, 총 360명의 피험자를 긍정적 자극과 부정적 자극을 다 같이 이용하여 테스트했다(통계 분석 결과 $p \leq .001$). 둘째, 7개의 큰 그룹에서 총 3,293명의 자원자를 비슷한 방식으로 테스트했다($p \leq .001$). 셋째, 개인들이 325명의 피험자를 테스트했다($p \leq .001$). 넷째, 그룹과 개인들이 616명의 정신질환자를 테스트했다($p \leq .01$). 이상 모든 것의 결론은 영가설은 기각된다는 것이었다.* 전통적 방법론은 그저 그렇다.

정치와 정부

지도자들은 우리에게 진실을 말하고 있는가? 모 정계 인사는 미국 헌법을 떠받치고 있는가 아니면 사적인 이득을 위해 그것을 뒤엎고 있는가? 특정 후보는 자신이 구하는 관직의 요구에 부응할 수 있는 특유의 능력이 있는가? 모 정부기관이나 대변인은 사실을 왜곡해서 전달하고 있는가? 제시된 정책은 그것이 해결하고자 하는 문제를 실제로 해결할까? 이런 실용적 쟁점들을 이제 보다 확실하게 처리할 수 있다. 정치 논쟁과 공적 발언의 사실성을 분석할 수 있고, 보다 명료한 전망에서 발의 법안을 평가할 수 있다. 가치 있는 프로그램을 분명히 감별할 수 있으며, 비효율적 프로그램은 기각할 수 있다.

상업

실험에 재원을 날릴 염려 없이 병든 사업이나 산업을 진단하고

---

* 실험 연구에서 영가설은 기각되기 위해 세워지는 가설이다. 저자가 소개한 실험들에서, 영가설은 근육테스트 결과는 전적으로 임의적이라는 것이다. 통계 분석에 따르면, 근육테스트 결과가 임의적 발생으로 설명될 수 있는 확률은 1,000분의 1보다 적거나($p \leq .001$) 혹은 100분의 1보다 적다($p \leq .01$).

문제를 해결하는 것이 가능하다. 어떤 사업체에 대한 완전한 분석은, 현재와 과거의 집단적 동기부여 수준을 측정하고 그 사업체의 운영과 관련된 전원의 능력을 측정하는 것과 더불어 시작된다. 그 다음에는 성공하기 위해서는 다양한 부문들이 어떤 수준에 도달할 필요가 있는지를 측정할 수도 있다. 그런 다음 정책, 인력, 제품, 공급, 광고, 마케팅, 채용 절차를 비슷한 방식으로 사정할 수 있다. 그 다음에 다양한 시장 전략을, 비용이 많이 드는 시장 분석에 대한 투자 없이 자본을 보존하고 막대한 시간과 에너지를 절약하면서 조사할 수 있다.

상업의 관행에서 진실은 정치 분야의 관행에서와 마찬가지로 모호한 지위를 갖는다는 것을 유념하라. 이득을 얻기 위한 말은 개인적 정직성의 모든 기준에 어긋난다는 것이 보편적으로 수용되는 암묵적 이해다. 과장된 주장, 허세, 악의 없는 거짓말에 대한 편리한 양심은, 정장에 넥타이를 매는 사업가 복장만큼이나 시장 의상의 일부다. (사실, 흥미롭게도, 근육테스트 분석이 공통적으로 지시하는 것은, 과거에 신용할 만한 사람이었어도 일단 정장에 넥타이를 맸으면 더 이상 믿지 말라는 것이다!) 따라서 일상적 업무에서 근육테스트의 수많은 용도가 생겨나는데, 예컨대 계산서나 청구서가 정확한지 여부를 판단하는 것이 그것이다. 허위 계산서는 조악한 품질이나 만듦새와 마찬가지로 모든 조사원의 팔을 약하게 만들 것이다. 사기와 모조품은 쉽게 탐지된다. 근육테스트 기법은 부도 수표와 정상 수표를, 가짜 다이아몬드와 진짜 다이아몬드를, 미술품 진품과 위작을 신속히 구별해 낼 수 있다.

과학과 연구

일체의 과학 논문, 실험, 이론의 진실 수준이 쉽게 판정된다. 이것은 과학계와 일반 대중에게 큰 잠재적 자산이다. 일정한 조사 방향에서 파생될 이익을 사전에 확인할 수 있는데, 대체 연구법의 가치 역시 마찬가지다. 연구 프로젝트의 경제성, 조사원의 능력과 장비의 성능에 관한 조사 역시 실용적 가치를 갖는다.

임계 요인 분석을 통해 최소의 노력으로 최대의 결과를 산출할 수 있는 계系 속의 지점을 탐지해 낼 수 있다. 컴퓨터 시뮬레이션은 그 모든 복잡하고 불확실한 변수들 속에서도 발달에 관해 예측하고 대안을 탐색할 수 있는 현존하는 첨단 기법이다. 하지만 논리 회로의 내재적 한계는 세계의 최첨단 컴퓨터, 즉 인간신경계의 신체운동학적 이용으로 초월할 수 있다. 양자 비국소성은 모든 질문에 대한 답이 모든 곳에 현존한다는 것을 보증하지만, 그것은 재래식 컴퓨터에는 그 자체로 혼란을 야기할 수 있다.

임상

의학 분야에서는 처방 요법의 효능은 물론 진단의 정확성을 테스트할 수 있다. 이 기법은 또한 심리적 문제에서 귀중한데, 심리적 문제에서 장애의 원인을 신속히 규명할 수 있다. 확실히 떠오르는 요즘 논란 중인 탐구 주제 하나는, 성적 학대를 추정하는 이른바 억압된 어린 시절의 기억이라는 분야다. 암시 반응으로 유도되는 가짜 '기억'과 사실은 금세 구별된다. 프로이트는 자신이 보고 들은 어린 시절의 근친상간에 관한 기억 대부분이 히스테리에서 기원한 것이라는 결론을 내린 다음 그런 얘기를 믿는 것을 마침내 완전히 그만두었다.

근육테스트는 과학적으로 통제된 조사는 물론이고 임상적 판단을 뒷받침하기 위해 이용된다. 왜냐하면 근육테스트는 이중맹검 연구에 내재된 구조적 한계(이중맹검 연구를 통해 방지하게 되어 있는 바로 그 오류를 스스로 빚어낼 수 있는)를 초월할 수 있기 때문이다. 통계는 진실의 대용품이 아니다. 생물행동적 현상의 복잡성 안에서는, 가까운 선행 요인들이 너무도 쉽게 외현적 원인으로 분류될 수 있다. 진짜 '원인'은 숨은 끌개장을 통해 작용하는 미래의 인력引力일 수도 있다.

교육

자신의 서재에 있는 책들을 평가하는 것으로 대단히 의미심장한 연습을 해 볼 수 있다. 단순히 책을 자신의 태양신경총에 가져다 대고 다른 사람을 시켜 자신의 근육 강도를 테스트하게 한다. 이렇게 하다 보면 책은 결국 두 무더기로 나뉠 터인데, 둘 사이의 차이에 대한 성찰을 통해 어떤 드러남이 올 수 있다. 많은 시험자들에게 그것은 삶에서 가장 소중한 경험의 하나가 되었다. (어떤 이들은 교훈이 서서히 스며들도록 두 무더기의 책을 한동안 거기 그대로 놓아 두었다.)

소장하고 있는 음반에 대해 같은 테스트를 시도하는 것은 똑같이 유익하다. 부정적인 무더기에는 폭력적이고 성차별주의적인 랩 음악과 헤비메탈 록음악이 들어갈 것이다. 긍정적 무더기에는 고전음악, (비틀즈를 포함하는) 고전 록, 많은 컨트리 웨스턴(놀랍게도 그것은 일반적으로 255로 측정되어 가슴의 문제를 나타낸다.), 레게, 팝 발라드와 그 비슷한 것들이 들어갈 것이다.

영성

비록 이 장에서는 일차적으로 근육테스트라는 도구의 세속적 이용을 다루었지만, 이 기법의 적용은 심원하게 영적일 수 있다는 점이 지적되어야 한다. 예를 들어 우리는 대조적인 두 개의 진술을 테스트할 수 있다. 즉, "나는 육체이다." 그리고 "나는 육체를 갖고 있다." 이 요점에서 시작되는 적절한 질문들을 통해 사람의 가장 기본적인 두려움을 해소할 수 있다. 모든 유한한 자기정의는 취약성을 빚어내는 까닭에 두려움을 일으킨다. 우리의 지각은 본질적으로 자신의 자기정의自己定義에 의해 왜곡되는데, 자기정의는 차례로 한계와의 동일시에 의해 제한된다. 오류는, 나는 '그것'*이다*라는 신념에 매달릴 때 일어난다. 진실이 베일을 벗는 것은 사람이 '그것'*인* 대신에 '그것'을 *갖는다*거나 '그것'을 *한다*는 것을 알 때이다.

나는 내 마음이나 육체'이다'라기보다는 육체나 마음을 '갖는다'고 각성하는 속에 큰 자유가 있다. 일단 죽음에 대한 두려움을 초월하면 삶은 변형된 경험이 되는데, 왜냐하면 다른 모든 두려움의 바탕에는 죽음에 대한 두려움이 있기 때문이다. 두려움 없이 산다는 것이 어떤 것인지 아는 이들은 극히 적다. 그러나 두려움 너머에는 기쁨이 놓여 있는데 그것은 마치 존재의 의미와 목적이

투명해진 것 같다. 일단 이런 각성이 일어나면, 삶은 힘들지 않은 것이 되고 괴로움의 근원은 용해된다. 괴로움은 우리가 자신의 집착에 치르는 대가일 뿐이다.

하지만 경험 문제는 심지어 영적 탐구에도 관련된다. 영적 스승의 문제에서 미국인은 극단적으로 순진하다. 그것은 부분적으로 미국에서는 그런 추구의 전통이 오래된 문화들과는 달리 길지가 않기 때문이다. 세상에는 거짓 구루가 넘쳐 난다는 것이 인도에선 잘 알려져 있지만, 미국인들에겐 그런 냉소적 생각이 쉽게 떠오르지 않는다. 인상적 풍채의 가짜들이 인도에서 자꾸 나와 서구의 순진한 영적 열망자들을 농락한다. 순진한 영적 열망자들은 어린아이 같은 신뢰에서 단란한 가정을 떠나고, '스승'의 물건을 팔고, 카리스마를 가진 영적 사기꾼을 따라 최종적으로 환멸에 이르는 길을 간다. 일부 '구루'들의 영민함은 눈부실 수 있으며, 믿음직한 성실성을 모방하는 능력은 경이롭기까지 하다. 그들은 흔히 세련된 구도자들조차 속여 넘긴다. 그것은 영적 유혹이다. 진실과 거짓의 혼합물이 매끈한 꾸러미 속에 들어 있는데, 그들의 진실이 거짓 맥락으로 왜곡되었다는 것을 보지 못할 경우 가르침은 타당하게 들린다.

인도에서는 그런 영적 착취가 정기적으로 폭로된다. 대중매체에 나오고 싶어 안달하는 협잡꾼들은 그곳에선 멸시당하며, 귀가할 경우에는 정부 조처로 가택연금당하기 일쑤다. 그런 '스승'들은 말할 수 없는 괴로움과 비극을 빚어낸다. 임상에서 가장 파멸적인 우울증은 자신이 영적으로 기만당했다는 걸 깨달은 이들에게 일어난다. 그런 환멸과 고통은 삶의 다른 상실이 초래하는 것에 비해 훨씬 심하여, 항상 회복이 가능하진 않았다.

모든 거짓 예언자의 매력은 설득력이다. 그러나 여기서 묘사한 테스트법의 이용은 그런 기만에 대한 강력한 안전장치다. TV에 전도사들이 나올 때 소리를 끄고 다른 사람을 시켜 자신을 테스트해 보는 것은 유익하다. 가짜 구루 또한 사람들을 극적으로 약해지게 한다. 그것은 마치 우주가 영적 강간을 각별히 중대한 오류로 간주하는 것과 같다.

참된 스승은 어떨까? 우선 보편적 특징은, 참된 스승은 어떤 식으로든 타인의 삶을 통제하는 일이 없는 대신 어떻게 의식을 발전시킬 것인지를 설명할 뿐이라는 것이다. 하지만 테스트해 보면, 예를 들어 노벨 평화상을 수상하여 세계적으로 인정받은 마더 테레사는 700으로 측정되고, 1950년에 사망한 인정받는 인도 성인 라마나 마하르시 역시 그렇게 측정된다는 걸 알게 될 것이다. (마하르시는 열여섯의 나이에 깨달은 상태로 들어갔으며, 평생 자신이 살던 산을 떠나지 않은 채 돈과 명성, 추종자들을 피해 겸손하고 단순한 삶을 영위했다. 어느 저명한 영국인 작가가 마하르시의 깨달은 상태를 묘사하여 세계 전역에서 구도자들을 끌어모으지 않았다면, 그는 끝내 무명으로 남았을 것이다.)[2]

영적 사기가 채널러와 영매들의 세계에서보다 더 만연한 곳은 없다. '저쪽'에 있는 '정보원情報源'의 수준은 물론이고 영매들이 표현하는 진실 수준을 점검하는 것이 유익하다. 때로는 놀라우리 만큼 높은 수준의 진실이 실제로 설해지고 있다. 500으로 측정되는 진실 수준은 그것의 기원과는 상관없이 경청할 만한 가치가 있는데, 왜냐하면 대부분의 인간 문제는 그 뿌리에 사랑할 수 있는 능력의 결핍이 있기 때문이다. 500 수준 너머에서 소유물과 세속적 필요는 무관한 것이 된다. 이것이 바로 참된 스승들이 물질적 이득을 구하지도 욕망하지도 않는 이유다.

근육테스트 체계의 적절한 이용은 항상 자기발견과 성장으로 인도할 것이다. 결국, 우리 모두는 인간 본성의 어두운 면과 어떻게 싸워야 하는지를 알 때 만인에게 연민을 품을 수 있다. 누구나 어떤 영역에서는 불구이며, 누구나 진화의 길 어딘가에 있다. 그 길에서 어떤 이들은 우리보다 앞서 있고, 어떤 이들은 우리 뒤에 있다. 우리가 걸어온 행로에는 삶의 오랜 교훈이 있고, 우리 앞에는 새로운 가르침이 있다.

죄책감을 느낄 것은 없으며 비난할 것도 없다. 미워할 사람은 없지만 피하는 편이 나은 것들은 있는데, 그런 막다른 골목은 갈수록 명약관화해질 것이다. 만인이 자신의 의식 수준을 선택했지만 시간 속 어느 지점에서든 다르게 할 수 있었던 사람은 아무도 없었다. 우리는 그저 '이곳'에서 '저곳'에 닿을 수 있을 뿐이다. 뛰어오르기 위해선 반드시 발을 구를 도약대가 있어야 한다. 고통은 진화를 촉진하기 위해 존재한다. 고통의 누적 효과는 마침내 우리를 새로운 방향으로 밀어내지만, 그 기제는 매우 느릴 수 있다. 어떤 교훈이 학습되기까지 바닥을 치는 일이 몇 번이나 필요할까? 아마도 수천 번일 것이다. 이것은 머리로 이해하기에는 너무도 거대한 인간고의 순전한 분량을 설명해 줄 수 있다. 문명은 천천히,

조금씩, 발전한다.

이 기법을 이용하여 우리 사회의 속죄양을 재평가하는 것은 흥미로운 연습이다. 예를 들어 UN의 현재 힘의 수준을 측정한 다음, UN이 목표로 하는 일을 성공적으로 해내기 위해 요구되는 힘의 수준이 얼마인지를 묻는다. 그 불일치가 평이한 숫자로 적시되는 것을 볼 때, 우린 그들에게는 단순히 과업을 수행하기 위해 필수적인 힘이 없는 일이 많다는 것을 깨달으며, 개인과 기관을 질타하기를 그칠 수도 있다. 이해와 더불어 비난은 사라지고 죄책감 또한 사라진다. 모든 심판은 최종적으로 자기심판으로 드러난다. 이것을 이해할 때 삶의 본성에 대한 더욱 큰 이해가 자리 잡는다.

해로운 것은 그것에 빛을 비출 때 해를 끼칠 수 있는 능력을 상실한다. 그리고 지금, 감춰져 있어야 할 것은 아무것도 없다. 일체의 생각, 행위, 결정, 느낌이, 맞물려 있고 상호 균형을 이루고 있으며 끊임없이 움직이는 생명의 에너지 장에 파문을 일으키며, 전 시간에 걸쳐 영구적 기록을 남긴다. 이런 각성이 처음 떠오를 때는 겁이 날 수 있지만, 그러나 그것은 빠른 진화를 위한 도약대가 된다.

이 상호 연결의 우주에서, 우리가 자신의 사적 세계에서 이루어내는 모든 발전은 모두를 위해 세계 전체를 개선한다. 우리 모두는 인류 의식의 집단적 수준에 떠 있으며, 그리하여 우리가 덧붙이는 일체의 증분增分은 우리에게 되돌아온다. 우리 모두는 생명을 이롭게 하려는 노력을 통해 공동의 부력을 높인다. 생명에 봉사하기 위해 하는 일은 자동적으로 우리 모두를 이롭게 하는데, 왜냐하면 우리는 생명인 것 안에 온전히 포함되어 있기 때문이다. 우리는 생명*이다*. "너에게 좋은 것이 나에게 좋다."는 것은 과학적 사실이다.

자신과 살아 있는 모든 것에 대한 단순한 친절이 모든 것 가운데 가장 강력한 변형력이다. 그것은 반발을 낳지 않고, 그늘을 드리우지 않으며, 상실이나 자포자기로 인도하지 않는다. 그것은 아무런 통행료를 물리지 않고 자신의 참된 힘을 강화시켜 준다. 그러나 최대의 힘에 도달하려면 그런 친절은 예외를 허용하지 말아야 한다. 그리고 모종의 이기적 보상에 대한 기대를 갖고 베풀어서도 안 된다. 그 효과는 미묘한 만큼이나 멀리 미친다.

'유유상종'하며 '깃털이 같은 새들끼리 날아다니는' 우주에서, 우리는 자신이 발산하는 것을 자신에게 끌어들인다. 귀결은 예기치 않은 방식으로 올 수 있다. 우리가 엘리베이터맨에게 친절을 베풀 때, 1년 뒤, 인적이 끊긴 고속도로에서 낯선 사람이 도움의 손길을 내민다. 관찰 가능한 '이것'이 관찰 가능한 '저것'의 *원인이* 되지는 않는다. 대신에 실상에서는 동기나 행동상의 전환이 장에 작용하는데, 그것은 그 다음에 긍정적 방식으로 반응이 일어날 가능성을 높여 준다. 내적 수행은 은행 계좌를 불리는 일과 같다. 그러나 그것은 우리가 마음대로 빼서 쓸 수 없는 계좌다. 기금의 처분을 결정하는 것은 어떤 미묘한 에너지 장인데, 그 에너지 장은 우리 자신의 삶으로 힘을 되돌려 줄 일이 일어나기만을 기다리고 있다.

디킨스의 『크리스마스 캐럴』은 우리 모두의 삶에 관한 이야기다. 우리 모두는 스크루지다. 하지만 우리 모두는 타이니 팀이기도 하다. 우리 모두는 이기적인 동시에 어떤 영역에서는 불구다. 우리 모두는 밥 크래칫 같은 피해자이고, 그리고 우리 모두는 스크루지를 위한 건배를 거절하는 크래칫 부인같은 분개한 도덕주의자다. 과거 크리스마스의 유령은 우리의 모든 삶에 출몰하고, 미래 크리스마스의 유령은 우리 모두에게 자신과 타인의 존재를 다 같이 고양시킬 선택을 하라고 손짓한다. (그건 그렇고, 크리스마스의 에너지 수준을 측정해 보면(535), 힘은 인간 가슴 자체 속에 거하고 있음이 자명해진다.)

질문하는 모든 길은 동일한 궁극의 답에 이른다. 숨어 있는 것은 없으며 진실은 모든 곳에 드러나 있다는 발견은, 가장 단순한 실용적 사안들을 비롯한 인류의 운명에 대한 깨달음을 여는 열쇠다. 일상생활을 연구하는 과정에서 우리는 모든 두려움의 바탕에는 거짓이 있다는 것을 발견할 수 있다. 진실한 것으로 거짓된 것을 대체하는 것, 이것은 일체의 보이는 것과 보이지 않는 것들의 치유의 본질이다.

그리고 항상, 마지막에는, 질문하는 모든 이에게 최후의 질문이 일어날 것이다. 그것은 모든 것 가운데 가장 무거운 질문이다. "나는 누구인가?"

POWER VS. FORCE 08

힘의 근원

우리 연구의 궁극적 목표는 (학술적이거나 철학적인 것이라기보다는) 실용적 이해이지만, 힘과 위력에 대한 간략한 분석만으로도 일정한 철학적 결론을 즉각 도출할 수 있다. 실용적 관점에서, 우리는 더 나가기 전에 힘의 내재적 근원은 무엇이고 그것은 어떻게 작용하는지를 알 필요가 있다. 힘의 보다 큰 강점들에 대해 설명해 주는 것은 무엇인가? 위력이 항상 힘에 굴복하고 마는 것은 왜인가?

이러한 견지에서 미국 헌법은 보람 있는 연구 대상이 될 수 있다. 미국헌법은 대략 700으로 측정된다. 한 문장씩 검토해 보면 그것의 힘의 근원이 드러나는데, 그것은 만인은 창조의 신성으로 말미암아 평등하며 인권은 인간 창조에 내재되어 있고 따라서 양도할 수 없는 것이라는 개념이다. 흥미롭게도 그것은 마하트마 간디의 힘의 근원을 이룬 바로 그 개념이다.

힘 대 위력

고찰해 보면, 우리는 힘이 *의미*에서 일어난다는 것을 알게 된다. 의미는 동기와 관련되고 그리고 원칙과 관련된다. 힘은 항상 생명의 의의 자체를 지지하는 것과 결합된다. 힘은 우리가 *숭고하다*고 일컫는 인간 본성의 일부에 호소한다. 이와 대조적으로 위력은 우리가 *우둔하다*고 일컫는 것에 호소한다. 힘은 향상시키고 품위를 부여하고 숭고하게 만드는 것에 호소한다. 위력은 언제나 정당화되어야 하는 반면, 힘은 정당화를 요구하지 않는다. 위력은 부분적인 것과 결합되고, 힘은 전체적인 것과 결합된다.

위력의 본성을 분석하면, 그것이 왜 항상 힘에 굴복할 수밖에 없는지가 금세 분명해지게 된다. 그것은 물리학의 기본 법칙 가운데 하나와 부합한다. 위력force은 자동적으로 저항력counter-force을 창조하기 때문에 위력의 효과는 정의상으로 한계를 갖는다. 우리는 위력이 하나의 운동이라고 말할 수 있다.* 그것은 저항을 거슬러 이곳에서 저곳으로 간다(또는 가려고 한다). 한편, 힘은 멎어 있

* 저자는 영어에서 '힘'을 뜻하는 단어로 거의 혼용되고 있는 power와 force를 명확히 구별했다. 이 책의 번역 과정에서는 power를 '힘'으로 force를 '위력'으로 옮겼다. 그런데 물리학에서는 force를 '힘'이라고 부르며 고전역학을 통해 그 힘의 작용을 다룬다. 물리학적 '힘'은 저자가 말하는 '위력'에 가깝다. 위에서 '위력'이 저항력을 창조한다거나 그것이 하나의 운동이라고 말하는 것은 물리학적 '힘'의 성질에 대한 설명이다.

다. 그것은 움직이지 않는 장과 같다. 예를 들어 중력 자체는 절대로 무엇을 거슬러 움직이는 일이 없다. 중력의 힘은 모든 물체를 중력장 안에서 움직이지만, 그 장 자체는 움직이지 않는다.

위력은 항상 무언가를 거슬러 움직이는 반면, 힘은 절대로 무언가를 거슬러 움직이지 않는다. 위력은 불완전하며 따라서 항상적으로 에너지를 공급받아야 한다. 힘은 스스로 전체적이고 완전하며 외부에서 아무것도 요구하지 않는다. 힘은 청구하지 않는다. 힘은 필요한 것이 없다. 위력은 꺼질 줄 모르는 식욕을 갖고 있으므로 쉼 없이 소비한다. 이와 대조적으로 힘은 에너지를 불어넣고, 내어놓고, 공급하고, 지지한다. 힘은 생명과 에너지를 주지만, 위력은 그것을 빼앗아 간다. 우리는 힘이 연민과 결합되어 있으며 자신을 긍정적으로 느끼게 해 준다는 것을 알아챘다. 위력은 심판과 결합되어 있으며 자신이 형편없다고 느끼게 만든다.

위력은 항상 저항력을 창조한다. 그것의 효과는 통일시키기보다는 분극화分極化한다. 분극화는 항상 갈등을 암시하며 따라서 늘 비용이 많이 든다. 위력은 분극화를 부르기 때문에 불가피하게 승/패의 양분을 낳는다. 그리고 누군가는 항상 패배하기 때문에 적이 생겨난다. 항상적으로 적과 마주하고 있는 상태에서, 위력은 지속적 방어를 요한다. 시장과 정치에서든 아니면 국제 문제에서든, 방어적인 것은 변함없이 비용이 많이 든다.

힘의 근원을 찾으면서, 우리는 그것이 의미와 결합되어 있다는 것, 그리고 의미는 삶 자체의 의의와 관계있다는 것에 주목했다. 위력은 구체적이고, 융통성이 없으며, 논란의 여지가 있다. 위력은 증거와 지지를 요한다. 하지만 힘의 근원은 논쟁의 여지가 없으며 증거를 요하지 않는다. 자명한 것에는 논란의 여지가 없다. 건강이 병보다 낫다는 것, 삶이 죽음보다 낫다는 것, 명예가 불명예보다 바람직하다는 것, 믿음과 신뢰가 의심과 냉소보다 바람직하다는 것, 건설적인 것이 파괴적인 것보다 바람직하다는 것. 이 모든 것은 증거를 요하지 않는 자명한 진술이다. 궁극적으로, 우리가 힘의 근원에 대해 말할 수 있는 유일한 것은, 그것은 그저 '있다'는 것이다.

모든 문명을 특징짓는 것은 그것의 고유한 원칙이다. 어느 문명의 원칙이 숭고하다면 그 문명은 성공한다. 만일 그 원칙이 이기적이라면 그 문명은 몰락한다. 용어로서의 '원칙'은 추상적인 얘기로 들릴지 몰라도, 그것의 귀결은 대단히 구체적이다. 원칙을 살펴보면 우리는 그것이 의식 자체 내의 보이지 않는 구역에 거하고 있음을 알게 된다. 비록 우리는 세상에서 정직성의 사례들을 지적할 수 있지만, 문명에 중추적인 조직화 원리로서의 정직성 자체는 외부 세계 어디에도 독립적으로 존재하지 않는다. 그 다음에 참된 힘은 의식 자체에서 발산된다. 우리가 보고 있는 것은 보이지 않는 것의 가시적 나타남이다.

***

자부심, 목적의 숭고함, 생명이라는 성질을 위한 희생, 그런 모든 것은 영감을 불러일으키고 삶에 의의를 부여하는 것으로 간주된다. 그러나 물질세계에서 실제로 우리에게 영감을 주는 것은, 우리에게 강력한 의미를 갖는 개념을 상징하는 것들이다. 그러한 상징은 우리의 동기를 추상적 원칙과 재정렬시킨다. 상징은 우리의 의식 안에 이미 거하고 있는 원칙으로 인해 큰 힘을 집결시킬 수 있다.

의미는 대단히 중요하여, 삶이 의미를 상실할 때 일반적으로 자살이 뒤이어 일어난다. 삶이 의미를 상실할 때 우리는 먼저 우울증에 빠진다. 삶이 충분히 무의미한 것이 될 때 우리는 아예 그것을 떠난다. 위력은 일시적 목표를 갖는데, 그 목표가 달성될 때 무의미라는 공허가 남는다. 반면에 힘은 우리에게 끝없이 동기를 부여한다. 예를 들어, 우리가 주변의 모든 사람들의 복지를 증진하는데 삶을 바쳤다면, 삶은 결코 의미를 상실할 수 없다. 한편으로 삶의 목적이 경제적 성공이라면, 그것이 이루어진 뒤에는 어떻게 될까? 이것은 중년 남녀에게 찾아오는 우울증의 주요 병인 중 하나다.

공허라는 환멸은, 힘을 발산하는 원칙과 삶을 정렬시키지 못하는 데서 온다. 이 현상에 대한 유용한 예증을 우리 시대의 위대한 음악가, 작곡가, 지휘자들의 삶에서 찾아볼 수 있다. 그런 이들이 80대, 90대까지 생산적 작업을 계속하면서, 원숙한 노년에 이르도록 자식도 갖고 정력적으로 살아가는 일이 얼마나 많은가! 그들의 삶은 아름다움의 창조와 구현에 바쳐졌는데, 아름다움을 창조하고 구현하는 일은 막대한 힘을 통합하고 표현한다. 우리는 아름다움과의 정렬이 장수 및 정력과 결합된다는 것을 임상적으로 안다. 왜냐하면 아름다움은 창조성이 갖는 한 기능이므로, 모든 창조적 직업에는 그런 장수가 일반적이다.

새로운 패러다임들

정량 가능한 것 외에는 실재하는 것이 없다는 전제를 기반으로 하는 실증주의의 철학적 입장은, 과학에 풍토적이다. 하지만 힘의 근원은 보이지 않으며 무형이다. 논리 경험주의의 오류는 그것의 본질적 전제에서 분명하다. 계량 가능하지 않으면 실재하는 것은 없다고 말하는 것이 이미 하나의 추상적 위치다. 그렇지 않은가? 명제 자체가 유형적이거나 가시적이거나 계량 가능하지 않다. 유형성의 주장 자체가 무형적인 것에서 창조된다.

설령 그런 입장이 타당하다고 하더라도, 그 누가 자부심 없이, 명예 없이, 사랑과 연민 없이, 혹은 용기 없이 살기를 원하겠는가? 그러한 주장의 어처구니없는 함의에도 불구하고, 그걸 다뤄 보기로 하자.

힘은 그 어떤 유형적 근거를 지니고 있는가? 힘은 오직 정의할 수 없는, 신비스러운, 철학적인, 영적인, 혹은 추상적인 것으로부터 시작되지 않는가? 그 컴퓨터화된 세련과는 관계없이 여전히 기계적 계측 시스템일 뿐인 저 좌뇌적 세계에만 적응된 이들이 납득할 만한 것으로, 우리가 힘에 대해 뭐라도 더 알 수 있는 것이 있는가?

시작하기 전에, 세계에서 가장 앞선 인공지능기계도 기쁨이나 행복을 느끼진 못한다는 점을 상기하자. 위력은 만족감을 가져다

줄 수 있지만, 그러나 오직 힘만이 기쁨을 가져다준다. 남을 이기는 것은 만족감을 가져오지만 자신을 이기는 것은 기쁨을 가져온다. 그러나 앞에서 보여 준 것과 마찬가지로, 그런 성질은 이제 계량될 수 있을 뿐 아니라 정확히 측정될 수 있다. 이 사실이 이성理性에게 보다 이해할 만해지도록, 고등이론물리학에서 나온 쉽게 이해되는 개념들을 계속 둘러보도록 하자.

우리는 그 개념들에 대해 겁먹을 필요가 없다. 그것들이 일상생활에 갖는 함의는 심원하긴 하지만 대단히 단순하다. 우리는 차에 타이어를 끼우는 데서 이익을 얻기 위해 고무의 분자구조를 이해할 필요는 없다. 아인슈타인의 상대성 이론과 벨의 정리 등을 증명하는 것은 복잡할지 몰라도, 모두 쉽게 이해할 수 있는 몇 문장으로 진술할 수 있다.

최근에 정의된 몇몇 개념은 힘의 본성에 대한 이해와 관련된다. 하나는 보이는 우주와 보이지 않는 우주가 다 같이 있음을 진술하는 물리학자 데이비드 봄의 이론이다.[2] 그 개념에 위압당해서는 안 된다. 엑스선, 라디오, TV 전파 같은, 일상에서 친숙한 많은 것들 역시 눈에 보이지 않는다. '접혀 있는' 우주는 보이는, '펼쳐진' 우주와 평행하게 존재하는데, 펼쳐진 우주는 그 자체가 저 접혀 있는, 보이지 않는 우주의 나타남일 뿐이다.

그리하여, 예를 들면 세계에서 가장 높은 건물을 짓는다는 아이디어는 지지를 끌어당겼고, 결국 보이지 않는 개념이 보이는 세계 속의 엠파이어 스테이트 빌딩이 되는 결과가 나왔다. 접혀 있는 우주는 인간 의식과 연결되어 있고, 영감은 창작자의 마음속에

서 일어난다. 봄은 마치 동전의 양면 같은 마음과 물질을 이어 주는 것이 의미라고 말한다.[3]

또 하나의 유용한 개념은 루퍼트 셸드레이크의 형태발생장, 혹은 M-장 개념이다.[4] 그 보이지 않는 조직화 패턴들은 생명의 다양한 수준에서 형태를 구축하는 에너지 주형처럼 행동한다. 한 종의 동일한 표현들이 산출되는 것은 형태발생장의 불연속성으로 인한 것이다. 형태발생장과 비슷한 것이 사고 패턴과 이미지의 저변에 있는 의식의 에너지 장들 속에도 존재하는데, 그것은 '형성적 원인 작용'이라고 불리는 현상이다. 형태발생장이 학습을 돕는다는 견해는 광범위한 실험을 통해 검증되었다.[5]

로저 배니스터 경이 1마일 4분 벽을 깼을 때, 그는 새로운 형태발생장을 창조했다. 그 전에 인간 의식을 지배한 신념 체계는 1마일 4분이 인간 가능성의 한계라는 것이었다. 일단 새로운 형태발생장이 창조되자, 많은 주자들이 갑자기 1마일을 4분 이하에 뛰기 시작했다. 이는 인류가 새로운 패러다임으로 도약할 때마다 일어나는 일이다. 그것이 비행 능력(라이트 형제에 의해 창조된 형태발생장)이든, 아니면 알코올중독에서 회복하는 능력(익명의 알코올중독자회 Alcoholics Anonymous, AA의 설립자 빌 W.에 의해 창조된 형태발생장)이든 간에 말이다. 일단 어떤 형태발생장이 창조되면, 성취를 반복하는 이들 모두가 그 형태발생장의 힘을 보강한다.

우리는 새로운 아이디어가 멀리 떨어져있 는 몇몇 사람들의 마음에서 동시에 떠오르는 듯한 일이 많다는 사실을 잘 알고 있다. 어떤 식으로든, 형태발생장은 일반적인 자기장의 끌어당김처럼 조직화 원리로 작용한다. 형태발생장은 어디로도 이동할 필요가 없다. 그것은 모든 곳에 현존하는 움직이지 않는 에너지 장이다. 일단 창조되면, 그것은 보이지 않는 우주 전체에 보편적으로 접근 가능한 하나의 패턴으로 존재한다.

카오스 이론

우리가 보다 상세히 고려할 필요가 있는 다음 개념은 카오스 이론(비선형 동역학)이다. 카오스 이론이 최초로 적용된 것은 기상 분야였다. 수세기에 걸쳐, 기상 연구는 기상에 대해 정의 가능하고 예측 가능한 수학적 패턴은 없다는 합의에 도달한 상태였는데, 그것은 또한 물이 새는 수도꼭지에서 물방울이 언제 떨어질 것인지를 증명해 주거나 심지어 하나의 물방울이 어떻게 형성되는지를 설명해 주는 수학적 방법은 없다는 판단이 내려진 것과도 같았다. 카오스는 내재된 조직화 패턴이 전혀 보이지 않는, 외견상 무의미한 데이터의 집합(예컨대, 반점들)을 의미할 따름이다. 첨단 컴퓨터 과학기술이 도래하면서, 컴퓨터 분석을 통해, 무질서해 보이는 것 안에서 내적 조직화 패턴을 발견할 수 있다는 것, 즉 일관성 없어 보이는 것이 사실상 어떤 내적 일관성을 가지고 있다는 것이 밝혀졌다.

그러한 분석은 종종 깔때기 효과*와 더불어 흔히 8자를 겹쳐 놓은 것처럼 보이는, 그래서 도형 자체가 반복 가능한 기하학적 배

* 볼록면 같은 좁은 장소를 통해 물체가 집중되고 유도되는 현상을 말한다.

열을 갖는 패턴들을 드러냈다. 과학은 신비가들이 수세기에 걸쳐 주장해 온 것을 깨달았다. 즉, 우주는 정말이지 통일하는 패턴들을 중심으로 일관되고, 통일되어 있으며, 조직화되어 있다는 것.[6]

비선형동역학은 우주에는 실제로 혼돈이 없다는 것을 입증했다. 무질서한 외관은 지각의 한계의 기능일 뿐이다. 그것은 좌뇌적 사람들에게 불편한 드러남으로 다가왔지만, 우뇌형들에게는 자명해 보였다. 창조적인 사람들은 자신이 이미 마음속에서 본 것을 쓰고, 그리고, 조각하고, 디자인할 뿐이다. 결국 인간은 논리에 따라 춤추지 않으며 느낌의 양상에 따라 춤을 춘다. 우리는 자신의 가치관에 따라 선택하는데, 가치관은 내재적 패턴들과 결합되어 있다.

기초 과학에서 일반적으로 이해되는 대로의 인과의 사슬은 A→B→C 연쇄로 일어난다. 이 물질적 결정론의 도식에서 본질적으로 자유로운 것은 아무것도 없으며, 모든 것은 다른 어떤 것의 결과일 뿐이다. 그럼으로써 그것은 한계를 갖는다. 그 체계가 실제로 정의한 것은 위력의 세계다. 위력 A는 위력 B로 귀착되고 위력 C로 전달되어 귀결 D를 낳는다. D는 차례로 또 다른 연쇄 반응의 시초가 되어 *무한히* 이어진다. 그것은 세속적이고 예측 가능한 좌뇌적 세계다. 그것은 관습적 과학을 움직이는 유한한 패러다임으로서 익숙하고, 통제 가능하고, 도표화할 수 있으나 창조적이지 않고, 과거에 의해 결정되어 있으며 따라서 유한하다. 그것은 천재의 세계가 아니지만 많은 이들에게 안전하게 느껴진다. 그것은 생산성과 실용성의 세계다. 하지만 창조적인 이들에게는 평범하고, 지루하며, 영감을 일으키지 않는 듯하다.

엠파이어 스테이트 빌딩에 대해 상상하는 것과, 그 상상이 이루어지게 하는 것은 별개의 일이다. 어떤 일이 일어나게 하려면 동기부여가 요구된다. 동기부여는 의미에서 나온다. 따라서 보이는 세계와 보이지 않는 세계는 우리가 이미 도형으로 나타낸 것처럼 서로 맞물려 있다.

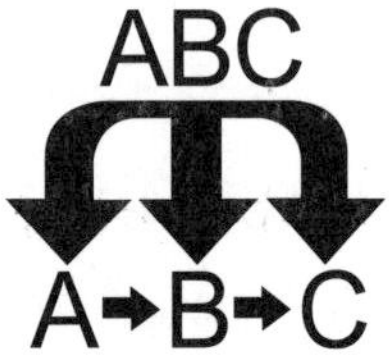

여기서 보이는 것이 개념 ABC인데, 보이지 않는 접혀 있는 우주 속의 ABC는 A→B→C로 귀결될, 보이는 세계 속으로의 출현을 활성화할 것이다. 그리하여 보이는 세계는 보이지 않는 세계로부터 창조되며, 따라서 미래에 의해 영향받는다.[7] 보이지 않는 개념의 물질화 능력은 원개념 자체의 힘을 바탕으로 한다. 우뇌는 '패턴을 받아들이고' 좌뇌는 그 패턴을 '가시화시킨다'고 말할 수도 있다. ABC는 높은 에너지 끌개장일 수도 있고 아니면 낮은 에너지 끌개장일 수도 있다. 어떤 개념과 가치들은 다른 것보다 명백히 더 큰 힘을 갖는다. (여태껏 과학에서는 끌개장들이 높은 에너지를 띨 수도 있고 낮은 에너지를 띨 수도 있다고만 정의했다.)

단순하게 말하면, 강력한 끌개 패턴은 우릴 강하게 만들고 약한 패턴은 우릴 약하게 만든다. 어떤 생각들은 그것을 마음에 품고 있기만 해도 피험자가 팔을 들고 있기 힘들게 만든다. 어떤 개념은 대단히 강력해서 피험자가 그것을 마음에 품고 있으면 아무리 힘을 줘도 그 팔을 내리는 것이 불가능하다. 이것은 보편적인 임상적 관찰 결과였다. 강한 패턴은 건강과 결합되어 있다. 약한 패턴은 병, 질환, 죽음과 결합되어 있다. 마음속에 용서를 품고 있으면 팔은 아주 강해질 것이다. 하지만 복수심을 품고 있으면 팔은 약해질 것이다.

우리의 목적에 대해서는, 힘은 나를 강하게 하는 반면 위력은 나를 약하게 한다는 것을 인정하는 것이 정말 필요할 뿐이다. 어떤 이들은 사랑, 연민, 용서를 굴종하는 것으로 오인할 수도 있지만, 사실 그것들은 심오한 힘을 불어넣는다. 한편 복수심, 시비 분별, 유죄 선고는 불가피하게 나를 약하게 만든다. 따라서 도덕적 정당성과는 상관없이 약한 것이 끝내 강한 것을 압도하지 못한다는 것은 단순한 임상적 사실이다. 약한 것은 저절로 무너진다.

인간 역사 전체를 통틀어 큰 힘을 가진 개인들은 자신을 강력한 끌개장과 온전히 정렬시킨 이들이었다. 그들은 자신이 나타낸 힘이 자신에게 속한 것이 아니었음을 거듭거듭 진술했다. 그들 모두가 힘의 근원을 자신보다 더 큰 어떤 것에 돌렸다.

인류 역사 전체에서 모든 위대한 스승들은 어떤 언어로든, 어느 시대에든, 한 가지를 반복해서 가르쳤을 뿐이었다. 모두가 말한 것은 단순히 이것이다. 즉, 강한 끌개장을 위해 약한 끌개장을 포기하라.

끌개장들을 살펴보는 동안, 우리는 일부 약한 패턴은 보다 강한 패턴을 (형상만을) 흉내 내는 경향이 있다는 것에 주목하게 될 것이다. 우리는 그런 것을 모방자로 부를 것이다. 그래서 제3제국 치하의 독일 국민은 애국심을 흉내 낸 것에 기만당했는데 왜냐하면 그들은 그것을 진짜 애국심으로 여겼기 때문이었다. 선동가나 광신자는 *모방자*를 진품으로 팔려고 한다. 선동가는 그 목표를 위해 항상 많은 수사를 동원한다. 그러나 힘에서 움직이는 이들은 말할 필요가 거의 없다.

POWER VS. FORCE

2부 힘 대 위력

P O W E R V S . F O R C E

09

인간 태도에서 힘의 패턴

높은 에너지 패턴과 낮은 에너지 패턴을 구별하는 능력은 지각과 식별의 문제인데, 우리들 대부분은 고통스러운 시행착오를 통해 그것을 습득한다. 실패, 괴로움, 그 결과 생기는 병은 약한 패턴들의 영향력에서 비롯된다. 성공, 행복, 건강은 강력한 끌개 패턴들에서 시작된다. 따라서 개별적 기준을 정하기 위해 연구하고 측정한 아래의 대조적 패턴들의 목록은 몇 분간 훑어볼 만한 가치가 충분하다. 이 철저한 목록은 완결의 원리에 따라 작용하는 교육적 도구다. 많은 대조적 성질의 쌍들에 대한 성찰은 의식 상승 과정을 일으킬 수 있으며, 그래서 사람은 인간관계와 업무에서 그리고 삶을 직조하는 모든 다양한 상호작용 안에서 작용하는 패턴들에 대해 점차 알게 된다. 왼쪽은 강한(긍정적) 패턴을 묘사하는 형용사들이고 200 이상으로 측정된다. 오른쪽은 약한(부정적) 패턴이며 200 이하로 측정된다.

감사하는 ………… 빚진

강한 ……………… 위력적인

개방적인 ………… 숨기는

거리낌 없는……… 계산적인

건설적인 ………… 파괴적인

검소한 …………… 싸구려의

겨루는 …………… 경쟁하는

겸손한 …………… 소심한

경의를 표하는…… 비굴한

경험이 있는……… 냉소적

고결한 …………… 거드름 피우는

공감하는 ………… 동정하는

공경하는 ………… 사당에 모시는

공명정대한 ……… 깐깐한

공손한 …………… 알랑거리는

관대한 …………… 좀스러운

관련된 …………… 사로잡힌

광범위한 ………… 국소적

교육하는 ………… 설득하는

권위 있는………… 독단적인

균형 잡힌………… 극단적

기쁜 ……………… 만족스러운

나누는 …………… 쌓아 놓는

낙관주의적인 …… 비관주의적인

내맡기는 ………… 걱정하는

놓아주는 ………… 달라붙는

다정한 …………… 혹독한

단호한 …………… 고집 센

당연한 …………… 응보의

대면시키는 ……… 괴롭히는

덕이 높은………… 유명한

도전 받은* ……… 장애가 있는

독창적인 ………… 지루한인

돕는 ……………… 간섭하는

동등한 …………… 우월한

뛰어난 …………… 적당한

* Challenged, 영어에서 신체장애를 가리키는 완곡한 표현으로 쓰인다.

명랑한 ··············· 흥분한

명석한 ··············· 영리한

매력적인 ············ 유혹적인

목적이 있는········· 원하는

무시간적 ············ 변덕스러운

미적인 ··············· 예술가연하는

민주적인 ············ 독재적인

믿고 있는············ 주장하는

받아들이는 ········· 움켜쥐는

방어하는 ············ 공격하는

본질적인 ············ 표면적인

부드러운 ············ 거친

부탁하는 ············ 요구하는

불편부당한 ········· 정당한

비옥한 ··············· 호화로운

사근사근한 ········· 저자세의

사려 깊은··········· 아는 체하는

사심 없는··········· 이기적인

삼가는 ··············· 건방진

상상하는 ············ 그림을 그리는

생산성이 높은 ······ 불모의

선택한 ··············· 배제하는

섬기는 ··············· 야심만만한

성애의 ··············· 육욕적

소중히 여기는 ······ 극찬하는

수용하는 ············ 거부하는

시인하는 ············ 부정하는

신뢰하는 ············ 잘 속는

신중한 ··············· 방종한

아량 있는··········· 선입견을 가진

아름다운 ············ 유혹하는

안목이 높은········· 샘내는

애국적인 ············ 민족주의적인

애쓰는 ··············· 투쟁하는

양성하는 ············ 고갈시키는

얽매이지 않은 ······ 소원한

염려하는 ············ 심판하는

영감 어린··········· 현세적인

영구적인 ············ 일시적인

영적인 ··············· 물질주의적인

예의바른 ············ 의례적인

온화한 ··············· 열띤

외교적인 ············ 기만적인

용기 있는··········· 무모한

용서하는 ············ 분개하는

우호적인 ············ 서먹한

원기 왕성한 ……… 신경질적인

원칙에 입각한 …… 편의주의적인

유순한 …………… 심술궂은

유연한 …………… 경직된

윤리적인 ………… 태도가 모호한

의도적인 ………… 계산적인

의식하는 ………… 알아채지 못하는

의의 있는 ………… 중요한

의지하는 ………… 의존적인

이끄는 …………… 강제하는

익살스러운 ……… 침울한

인내심 있는 ……… 탐내는

자발적인 ………… 충동적인

자비로운 ………… 응석을 받아주는

자선을 베푸는 …… 방탕한

자신 있는 ………… 오만한

자연적인 ………… 인위적인

자유로운 ………… 규제받는

장기적 …………… 즉각적

장려하는 ………… 선전하는

재간이 있는 ……… 음모를 꾸미는

재능 있는 ………… 운 좋은

전체론적인 ……… 분석적인

정돈된 …………… 혼란스러운

정신이 맑은 ……… 취한

정신 차리고 있는 정신 팔린

정중한 …………… 점잔빼는

정직한 …………… 합법적인

조정하는 ………… 완고한

조화로운 ………… 분열시키는

존재하는 ………… 소유하는

존중하는 ………… 착취적인

주는 ……………… 빼앗는

주의 깊은 ………… 의심 많은

직관적인 ………… 문자적인

진실한 …………… 거짓된

차분한 …………… 무딘

찬성하는 ………… 비판하는

찬양하는 ………… 치켜세우는

책임지는 ………… 죄책감에 빠진

초대하는 ………… 재촉하는

충성스러운 ……… 국수주의적

치유하는 ………… 덧내는

친절한 …………… 잔인한

태평스러운 ……… 경박한

통일하는 ………… 분리하는

특별히 허락받은 ···	자격이 있는	해방시키는 ········	제약하는
평등주의자 ········	엘리트주의자	허락하는 ···········	통제하는
평화로운 ···········	호전적인	헌신적인 ···········	소유욕이 강한
풍부한 ··············	과잉의	활력을 주는 ········	소모시키는
하기로 한 ···········	할 수밖에 없는	흔들림 없는 ········	흔들거리는
하는 ·················	얻는	흡족한 ··············	넌더리가 나는

이 목록을 반복해서 읽기만 해도 우리는 다른 사람이 된다. 이들 양극단 사이의 차이를 잘 알게 되기만 해도 사람의 내면의 힘은 강해지기 시작한다. 이런 구별을 염두에 두면, 전에 결코 관찰하지 못했던 것들이 눈에 띄기 시작할 것이다. 그러한 드러남이 일어나는 것은 독자들도 알게 될 테지만 우주는 힘을 편들기 때문이다.

게다가 우주는 잊지 않는다. 카르마에 대한 질문에는 여러 가지 측면이 있지만, 어떤 사람으로 어떻게 존재할 것인가에 대한 선택은 한결같이 무거운 귀결을 낳는다. 우리의 모든 선택은 전 시대에 걸쳐 반향을 일으킨다. 대니언 브링클리의 『빛으로 구원받다Saved by the Light: The True Story of a Man Who Died Twice and the Profound Revelations He Received』나 B.J. 이디의 『빛에 안기다Embraced by the Light: The Most Profound and Complete Near-Death Experience Ever』(이 책은 595로 측정된다) 같은 베스트셀러들에서 말하는 것처럼, 임사 체험에 관한 수천 건의 보고는 우리는 결국 자신이 내보낸 모든 생각, 말, 행위에 대한 책임을 수용해야 한다는 것과 우리는 자신이 유발한 괴로움을 꼭 같이 재경험한다는 것을 확증해 준다. 우리는 각자 자신만의 천국이나 지옥을 창조한다는 것이 의미하는 바가 바로 이것이다.

우주는 우리가 어느 길을 따를 것인지를 순간순간 선택하는 동안 숨 죽인 채 기다리고 있다. 우주에 대해 생명 자체의 본질은 고도로 의식적이다. 모든 행위, 모든 생각, 모든 선택이 영원한 모자이크에 더해진다. 우리의 결정은 의식의 우주 전체에 파문을 일으켜 모두의 삶에 영향을 미친다. 이런 생각이 단지 신비적이거나 공상적인 것으로 여겨지지 않도록, 새로운 이론 물리학의 기본 교의를 기억해 두자. 우주 속의 모든 것은 다른 모든 것과 연결되어 있다.[1]

우리가 하는 선택은 강력한 형태발생장의 형성을 강화한다. 선택은 우리가 원하든 원치 않든 타인에게 영향을 미치는 끌개 패턴이다.[2] 생명을 지지하는 모든 행위나 결정은 자신의 생명을 포함하는 *전*全 생명을 지지한다. 우리가 일으키는 물결은 우리에게 되돌아온다. 이것은 한때는 형이상학적 진술로 보였을지 몰라도, 이제는 과학적 사실로 확립된다.[3]

우주의 모든 것은 특정 주파수의 에너지 패턴을 지속적으로 방출하는데 그러한 에너지 패턴은 항시 남아 있다. 그리고 방법을 아는 이들은 그것을 읽어 낼 수 있다. 모든 말, 행위, 의도가 영구적 기록을 창조한다. 모든 생각이 알려지고 영원히 기록된다. 비밀은 없다. 감춰지는 것은 없으며, 감춰질 수도 없다. 우리의 영은 모두가 볼 수 있도록 시간 속에 벌거벗고 있다. 만인의 삶은, 최종적으로, 우주 앞에서 책임진다.

P O W E R V S . F O R C E

10 정치에서의 힘

위력과 힘의 임계적 차이를 이해하고 그 둘을 구별하는 것이 우리 자신의 삶에 갖는 함의를 더욱 잘 이해하기 위해, 인간 노력을 보다 광범위하게 고찰하는 것이 도움이 된다. 사람들과 정부의 상호작용은 많은 명료한 설명을 제공해 준다.

우리의 독특한 전망에서 역사를 바라보는 동안, 우리는 자연스럽게 미국 독립혁명이 세운 강력한 모범을 연상할 것이다. 미국 독립혁명은 자유가 양도할 수 없는 권리임을 최초로 공식적으로 확립하여, 다가오는 세기들에 하나의 선례를 제시했다. 700으로 측정되는 원리는 장구한 세월에 걸쳐 인류에게 영향을 미친다. 펜은 정말이지 칼보다 더 강한데, 그것은 힘이 마음에서 비롯되기 때문이다. 반면에 위력은 물질세계에 뿌리내리고 있다.

우리가 이미 언급했고 앞으로도 언급할 세계사의 유관한 중대 사건이, 단 한 사람, 마하트마 간디의 힘을 통해 금세기에 발생했다. 40킬로그램의 '유색인'에 불과했던 그는 혼자 힘으로, 당시 지표면의 3분의 2를 지배하는 세계 최대의 세력이던 대영제국을 물리쳤다.[1]

간디는 대영제국을 무릎 꿇렸을 뿐 아니라, 수세기를 이어온 식민주의의 드라마에 효과적으로 종지부를 찍었다. 그는 단순히 하나의 원리, 즉 인간의 내재적 존엄성 및 자유, 통치, 자결의 권리를 편드는 것을 통해 그렇게 했다.[2] 간디의 관점에서 그 원리의 근본을 이루는 것은, 그러한 권리들은 인간 창조의 신성으로 말미암아 사람에게 부여된 것이라는 사실이었다. 간디는, 인권은 그 어떤 지상의 권력이 수여하는 것이 아니라 인간 창조에 내재되어 있으므로 사람 자신의 본성에 뿌리박고 있는 것이라고 믿었다.[3]

폭력은 위력이다. 하지만 간디는 위력 대신 힘과 정렬되어 있었으므로 자신의 대의에서 폭력의 사용을 일절 금했다.[4] 그리고 그는 보편적 원리를 (그것은 700으로 측정된다.) 표현했기 때문에 국민의 의지를 일치시킬 수 있었다. 국민의 의지가 보편적 원리에 의해 그렇듯 일치되고 정렬될 때, 그것을 꺾을 수 있는 것은 사실상 없다. (175로 측정되는) 식민주의는 지배국의 자기이익에 입각한 것이다. 간디는 자기이익의 위력과 대비되는 사심 없음의 힘을 세계가 목격할 수 있도록 입증했다.[5] (꼭 같은 원리가 남아프리카공화국의 넬슨 만델라를 통해서도 대단히 극적으로 입증되었다.)[6]

힘은 위력이 극한의 노력으로도 성취할 수 없는 것을 수월하게 성취한다. 그리하여 우리는 이 시대에 정부 형태로서의 공산주의가 반세기 동안의 가장 험악하고 궁극적으로 비효율적인 군사 대립의 역사 끝에 러시아에서 맥없이 와해되는 것을 보았다. 차르의 전제적 지배에 오랫동안 길들여진 러시아 국민은 그 정치적 순진성으로 인해, '공산주의'의 이름으로 전체주의 정권이 수립되고 있다는 것을 이해할 만한 시민적 지혜를 갖지 못했다. 그와 비슷하게 독일 국민은 히틀러에게 기만당했는데, 히틀러는 국가사회주의의 이름으로 권좌에 올랐으나 실질적으로 전제국가를 수립하는 데 그쳤다. 정치적 위력의 뚜렷한 특징은 이견을 봐 주지 않는다는 것이다. 양쪽 모두 비밀경찰을 동원한 위력의 광범위한 사용에 의존했다. 역시 수백만을 죽음으로 몰아넣은 조세프 스탈린은 KGB에 의존했고, 마찬가지로 히틀러는 게슈타포에 의존했다.

아돌프 히틀러는 세계가 여태까지 본 것 중에서 최대의 군사력을 결집했다. 단순한 위력의 수준에서 그의 군대는 무적이었다. 하지만 그는 영국해협 건너편에 있는 자그마한 섬나라를 물리치지 못했는데 그것은 윈스턴 처칠이 표현한 힘 때문이었다. 처칠은 사심 없는 희생의 원리와 자유를 통해 국민의 의지를 일치시켰다. 처칠은 힘의 편에 섰고, 히틀러는 위력의 편에 섰다.[7] 힘과 위력이 맞닥뜨릴 때, 힘은 항상 결국 성공한다. 긴 안목으로 볼 때, 만일 힘이 국민의 의지 속에 굳건히 뿌리박고 있다면 그것은 위력에 무너지지 않는다.

위력이 유혹적인 것은 그것이 어떤 매혹을 발산하기 때문이다. 그리고 그 매혹은 가짜 애국심, 위신, 혹은 우세함을 가장하고 나타날 수도 있다. 반면에 참된 힘은 별로 매혹적이지 않은 경우가 많다. 2차 대전 기간 나치 독일의 루프트바페*나 게슈타포보다 더 매혹적일 수 있는 것이 무엇이겠는가? 그들 엘리트 부문은 낭만, 특권, 스타일, 확실성을 구현했고, 당시의 최첨단 무기와 그들의 세력을 단단하게 만든 *에스프리 드 코르***를 포함하는 막대한 위력을 수중에 넣고 있었다. 그런 것이 바로 막강한 것이 갖는 매혹이다.

약자는 위력이 갖는 매혹에 이끌리고 또 그것을 위해 죽기까지 할 것이다. 그렇지 않고서야 어떻게 전쟁처럼 무도한 일이 일어나기라도 할 수 있겠는가? 위력은 흔히 일시적으로 우위를 점하는데, 약자는 약함을 극복한 것처럼 보이는 이들에게 끌린다. 그렇지 않고서야 어떻게 독재가 가능하겠는가?

위력의 한 가지 특징은 오만함이다. 힘의 특징은 겸손함이다. 위력은 잘난 척한다. 위력은 모든 답을 다 가지고 있다. 힘은 건방지지 않다. 군사독재를 과시한 스탈린은 일급 범죄자로 역사에서 몰락했다.[8] 수수한 양복 차림으로 쉽게 잘못을 인정했던 겸손한 미하일 고르바초프는 노벨 평화상을 수상했다.

많은 정치제도와 사회 운동은 참된 힘을 갖고 시작하지만, 세월이 흐르면서 사리를 쫓는 이들에게 이용당하게 되고, 결국에는 갈수록 위력에 의존하게 되어 마침내 불명예를 당하고 만다. 문명의 역사는 이를 반복적으로 입증한다. 공산주의가 초기에 이상주의

* 2차 대전 당시의 독일 공군

** 한 집단의 사기와 단결심을 가리키는 프랑스 말이다.

적 인도주의에 호소했다는 것은 잊기 쉬운데, 미국 노동조합운동 역시 자질구레한 정치인들의 피난처가 되기까지는 마찬가지였다.[9]

우리가 논하고 있는 양분兩分을 충분히 이해하기 위해서는 정치인과 정치가의 차이를 고려할 필요가 있다. 편의주의에서 움직이는 정치인은 설득의 위력으로 지위를 얻은 뒤에 위력으로 통치하며, 흔히 200 이하의 수준으로 측정된다. 정치가는 참된 힘을 나타낸다. 그는 영감으로 통치하고, 모범을 통해 가르치며, 자명한 원칙의 편에 선다. 정치가는 모든 사람 안에 거하는 숭고함을 불러내고, '가슴'으로 칭하는 것이 가장 나을 만한 것을 통해 모두를 일치시킨다. 비록 지성은 쉽게 속지만, 가슴은 진실을 인지한다. 지성이 한계를 갖는 곳에서, 가슴은 한계를 갖지 않는다. 지성이 덧없는 것에 정신 팔리는 곳에서, 가슴은 영속하는 것을 염려할 뿐이다.

위력은 흔히 지지를 획득하고 저변의 동기부여를 감추기 위해 수사, 선전, 그럴듯한 주장에 의존한다. 하지만 진실의 한 가지 특징은 방어를 필요로 하지 않는다는 점이다. 진실은 자명하다. "모든 사람은 평등하게 창조되었다."는 것은 정당화나 수사를 통한 설득을 요하지 않는다. 강제노동수용소에서 사람들을 독가스로 살해하는 것이 나쁘다는 것은 자명하다. 그것은 논증을 요하지 않는다. 참된 힘의 바탕에 있는 원칙들은 결코 옹호를 요하지 않는데, 하지만 위력은 불가피하게 그렇다. 위력에 대해서는 항상 그것이 '정당한'가 그렇지 않은가를 놓고 끝없는 논쟁이 벌어진다.

힘은 생명을 지지하는 것과 결합되어 있고, 위력은 개인이나 조직의 이득을 위해 생명을 착취하는 것과 결합되어 있는 것이 분명하다. 위력은 분열시키고 분열을 통해 약화시키지만, 반면에 힘은 일치시킨다. 위력은 분극화한다. 군국주의 국가에 대해 그토록 명백한 호소력을 갖는 호전적 국가주의는 그 만큼 명백하게 나머지 세계를 소외시킨다.

힘은 끌어당기지만, 반면에 위력은 물리친다. 힘은 일치시키기 때문에 그것에는 진짜 적이 없지만, 힘의 나타남은 기회주의자들에 의해 저지당할 수도 있다. 기회주의자들의 목표에는 힘이 보탬이 되지 않는다. 힘은 타인에게 봉사하지만, 반면에 위력은 자신에게 봉사한다. 참된 정치가는 국민에게 봉사하지만,[10] 정치인은 자신의 야심을 위해 국민을 악용한다. 정치가는 타인에게 봉사하기 위해 자신을 희생시키지만, 정치인은 자신에게 봉사하기 위해 타인을 희생시킨다. 힘은 우리의 높은 본성에 호소하고, 위력은 우리의 낮은 본성에 호소한다. 위력에는 한계가 있지만, 반면에 힘에는 한계가 없다.

위력은 목적이 수단을 정당화한다는 주장을 통해, 편의를 위해 자유를 팔아넘긴다. 위력은 빠르고 쉬운 해결책을 제공한다. 힘에서는 수단과 목적이 같지만, 그러나 목적을 이루려면 더한 성숙함, 규율, 인내가 요구된다. 위대한 지도자들이 우리에게 믿음과 자신감을 고취시키는 것은, 그들의 절대적 온전성의 힘 그리고 불변의 원칙과의 정렬이 갖는 힘 때문이다. 그런 인물은 우리가 원칙과 타협하고도 여전히 힘을 간직할 순 없다는 것을 이해하고 있다. 윈스턴 처칠은 영국 국민에게 결코 위력을 사용할 필요가 없었다.

고르바초프는 총 한 방 쏘지 않고 세계 최대의 정치적 거석巨石에 총체적 혁명을 일으켰다. 간디는 분노에서 손 한번 치켜들지 않고 대영제국을 물리쳤다.

민주주의와 미합중국

민주주의는 결국 우월한 정부 형태로서 보편적으로 인정받고 있다. 세계 도처에서 자유를 향한 외침은 점점 높아지고 있다. 억압의 유산을 물려받은 수많은 국가들이 자유의 확립에 필요한 교훈을 학습하고 있다. 역사가들은 관습적 과학을 좇아, 정치적 사건들의 연쇄를 대개 A→B→C 인과를 통해 설명하려고 한다. 하지만 A→B→C 인과란, 훨씬 더 큰 힘을 가진 어떤 것, 즉 사회가 그것으로부터 진화하는 ABC 끌개 패턴의 외견상 연쇄적인 펼쳐짐에 지나지 않는다.

미합중국이나 다른 모든 민주주의의 힘은 그것의 바탕에 있는 원리에서 일어난다. 그래서 우리는 미국 헌법, 권리장전, 독립선언서 같은 문서 및 게티스버그 연설 같은 민주주의 정신의 인정받은 표현들을 살펴봄으로써 힘의 근거를 발견할 수 있다.

그 문서들이 갖는 상대적 힘을 한 줄 한 줄 측정해 보면, 모든 것 가운데 가장 높은 끌개 패턴이 발견된다. 독립선언서에는 미국 정부 전체의 힘이 그것으로부터 흘러나오는 구절이 있다. "우리는 아래의 진실을 자명한 것으로 여기는 바, 만인은 평등하게 창조되었고 창조주로부터 일정한 양도할 수 없는 권리를 부여받았으며, 그 중에는 생명, 자유, 행복 추구에 대한 권리가 있다." (700으로 측정)

그런 정서는 게티스버그 연설에 반영되어 있다. 에이브러햄 링컨은 그 연설에서, "이 나라는 자유 속에서 잉태되었고 만인은 평등하게 창조되었다는 명제에 봉헌되었다"는 것, 또한 "이 나라는 신의 가호 아래 자유를 새롭게 탄생시킬 것이며, 국민의 국민에 의한 국민을 위한 정부는 지상에서 결코 사라지지 않을 것"임을 (역시 700으로 측정) 우리에게 일깨워 준다.

남북전쟁이라는 시련의 세월 동안 링컨이 한 행동과 진술을 살펴보면, 그에게 증오심이란 전혀 없었다는 것이 절대적으로 확실하게 밝혀질 것이다. 그는 남부에 악의보다는 연민을 품었다. 왜냐하면 그는 남북전쟁은 사실 인간의 높은 본성과 낮은 본성 간에 벌어진 것이라는 걸 누구보다 잘 이해하고 있었기 때문이었다. 따라서 링컨은 자신이 언급한 '자명한 진실'을 대표했으며, 그래서 치를 수밖에 없다고 여겼던 그러한 진실의 대가에 개인적으로 슬픔을 금치 못했다.[11]

독립선언서에는 "우리는 아래의 진실을 자명한 것으로 여기는 바"라고 쓰여 있다. 인권은 인간 창조의 본성에 따라 부여된 것이고 *양도할 수 없는* 것이다. 다시 말해 인권은 위력에서 나온 법령에서 생기는 것이 아니고, 그 어떤 일시적 통치자에게 허가받는 것도 아니다. 민주주의는 통치자보다는 피통치자의 신성한 권리를 인정한다. 그러한 권리는 직함, 부, 군사적 우위 덕분에 생기는 권리가 아니며, 인간 생명 자체에 내재된 원칙이 자유와 행복의 추구임을 정의하는 인간 본성의 본질에 관한 심오한 진술이다. (마하트마 간디의 힘의 근거는 미국 독립선언서와 미국 헌법의 힘의 근거와 동일하게 측정된다. 모두가 신성한 높은 힘의 수여 덕분인 자유, 해방, 만민 평등에 본질적으로 관계한다.)[12]

흥미롭게도, 신정神政의 끌개장이 갖는 힘을 측정해 보면, 우리는 그것이 역시 창조주를 궁극적 권위로 인정하는 그 모든 민주주의의 힘에 비해서도 일관되게 더 낮다는 것을 발견한다. 독립선언서 작성자들은 기민하게도 *영적*인 것과 *종교적*인 것을 대단히 명료하게 구분했다. 그리고 그들은 양자의 두드러진 힘의 차이를 이성적으로는 아니더라도 직관적으로 인식하고 있었음에 틀림없다. 종교는 흔히 위력과 결합되며, 이는 역사적으로도 그랬지만 지금도 시시때때로 재앙스러운 결과를 초래한다. 반면에 충실성, 자유, 평화 같은 영적 개념은 전쟁은커녕 투쟁이나 갈등조차 빚지 않는다. 영성은 항상 비폭력과 결합된다.

하지만, 요즘 권리장전의 적용을 살펴보면, 우리는 몇몇 분야에서 그것의 힘이 줄어들었음을 발견한다. 세월이 흐르는 동안, 잔인하고 비상식적인 처벌에서 자유로울 권리는 물론이고 부당한 수색과 체포에서 자유로울 권리가 편의주의에 침식되었다. 미국 헌법의 정신은 종종 노골적으로 위헌적인 법률이 발의되어 흔히 변변한 항의조차 없이 통과될 정도로 무뎌지게 되었다. 전체주의적 고립 지대는 정부 자체 내부에 존재한다. 우리 사회는 협박의 현저한 이용으로 나타나는 연방과 지방 기관들의 전체주의적 술책을 일상적으로 견디고 있다. 불행히도, 우리는 두려움과 폭력의 분위기에 너무도 익숙해지게 되었다. 많은 외국에서는 정부의 간섭이나 경찰력의 위협이 존재조차 하지 않는다는 것이 해외의 미국인들에게는 놀랍게 느껴질 정도이다.

실용적 편의를 위해 원칙을 어기는 것은 막대한 힘을 포기하는 일임을 기억하는 것이 무엇보다 중요하다. 예를 들어 범죄자의 처형으로 범죄를 예방할 수 있다는 합리화는 연구에서 유효성이 입증되지 않는다. 그리고 목적은 수단을 정당화하지 *않는다*. 원칙을 그렇듯 어긴 귀결은, 살인이 신문에 크게 취급되지도 않을 만큼 흔한 미국 사회의 범죄 통계에 반영되어 있다.

우리가 원칙과 편의주의를 구별하지 못하기 때문에, 평균적인 사람들은 작은 애국심과 큰 애국심, 작은 아메리카니즘과 큰 아메리카니즘, 작은 신과 큰 신, 작은 자유와 큰 자유, 작은 해방과 큰 해방 간의 차이를 이해할 식별력이 결핍되어 있다. 이렇게 해서 '아메리카니즘'은 백인우월주의 집단과(150으로 측정) 린치를 가하는 폭도들에 의해 하나의 정당화로 이용되는데, 그것은 마치 전 역사에서 '신'의 이름으로 전쟁 도발이 자행된 것과 같다. 해방을 면허로 잘못 해석하는 것은, 많은 이들이 작은 자유와 큰 자유의 차이를 알지 못한다는 것을 말해 준다.

원칙과 그것의 모방자 간의 차이를 배우는 데는 경험과 교육받은 판단력이 요구된다. 분별력을 행사하는 것은 현대의 일반적 세계에서 도덕적으로 생존하기 위해 필요하다. 그러나 관습에서 예술에 이르기까지 윤리적 모호성이 심한 최악의 회색지대, 즉 정치 분야와 일상적 상업의 시장에서는, 분별력의 행사가 필수불가결하다.

POWER VS. FORCE

11

시장에서의 힘

사람에게는 선택의 자유가 있다. 이것이 없다면 유책성이나 책임은 존재하지 않을 것이다. 사실 궁극의 선택은 높은 에너지 끌개장에 정렬할 것인가 아니면 낮은 에너지 끌개장에 정렬할 것인가이다. 정부, 사회운동, 문명 전체를 끌어내린 똑같은 약한 끌개 패턴들이 으레 조직을 망치고 이력 또한 망친다. 사람은 선택을 하고 그 다음에 그 귀결을 받는다.

귀결이 실업계에서보다 더 극적으로 가시화되는 곳은 없다. 하지만 몇 가지 기본 개념을 분명히 이해하고 있다면 실업계에서보다 더 쉽게 실패를 피할 수 있는 곳은 없기도 하다. 제품이든, 회사든, 직원이든, 그 속의 끌개장을 신속히 측정할 수 있다. 우리 연구에서는 실패한 사업과 성공한 사업 간의 차이가 뚜렷이 입증되어 뛰어난 예측 정확도를 기대할 수 있을 정도다.

너무도 흔히, '구매자'는 표면상으로 높은 에너지 끌개 패턴처럼 보이는 모방자 패턴의 매력에 사로잡힌다. 그 구매자는 소비자인 것은 물론 유권자, 투자자, 혹은 진실 추구자일 수 있다. 최근에 은을 사들였다가 귀금속 시장 전체가 조작되었음을 알게 된 순진한 투자자들처럼, 사람들은 표피적 스타일과 매끈한 외양에 현혹된다. 악명 높은 저축은행 부실 사태와 그 책임자들을 추문이 터지기 오래전에 쉽게 감별해 낼 수 있었다. 단순하게 어떤 사업적 노력이 높은 끌개 패턴과 결합되어 있는지 혹은 낮은 끌개 패턴과 결합되어 있는지를 살펴봄으로써, 유사한 재난을 피할 수 있다. 상업에서 위력과 힘의 작용상의 차이를 이해하고 나면 그런 감별은 거의 본능적인 것이 될 수 있다.

효율성의 값은 비쌀 수 있다

월마트의 창업자 샘 월튼은 높은 에너지 끌개 패턴과 정렬하는 것에서 어떻게 힘이 나오는지에 관해 하나의 모델을 제시한다. 그가 상상했던 ABC는 빠르게 성장하는 거인 월마트, A→B→C로 귀결되었다. (그 과정과 관계한 기본 원칙은 밴스 트림블의 저서 『샘 월튼』에 상세히 기술되어 있다.)[1]

요즘, 많은 거대 점포의 통로에서는 직원들을 찾아볼 수 없는 듯하다. 단골 고객에 대한 심한 무관심은 충격적이다. 그와 대조적으로, 월마트 직원들은 일터에서 어떤 인간적 에너지 장을 반영하도록, 싹싹하고, 따뜻하며, 활기 넘치도록 훈련받는다. 그들의 업무는 의미와 가치를 갖는다. 왜냐하면 그들은 봉사, 즉 생명과 인간 가치의 지지에 대한 몰두와 정렬되어 있기 때문이다. 어느 월마트나 다리를 쉬며 구입 결정을 할 수 있는 장소를 두고 있는 것이 특징이다. 단순한 인간 필요를 충족시키기 위한 그런 공간 배치는 평방미터 당 총매출의 측면에서 과학적 관리 계산이라는 정밀조사를 통과하지는 못할 것이다. 하지만 과학적 관리라는 '효율'의 전문성은 인간 연민을 저버렸고 그와 더불어 수백만 고객들의 시장 충성을 저버렸다. 컴퓨터는 느끼지 못한다. 하지만 *느낌이 구매를 결정한다*는 것을 각성할 때, 느낌에 보다 많은 관심을 쏟게 될 것이다.

큰 중요성을 갖지만 흔히 인정받지 못하는 상업적 요인은 직원들의 '가족'적 느낌, 즉 조직에 대한 직원들의 충실함이다. 그것은 성공한 기업에서 매우 두드러지는 성질이다. 보호받고 지지받는다고 느끼는 직원들이 고객을 향해 진심으로 미소 짓는다. 그런 환경의 또 다른 특징은 낮은 이직률인데, 반면에 차갑고 비인간적인 기업에서는 이직률이 매우 높다. 인력 부족은 항상 낮은 에너지 끌개 패턴의 표현이다. 막 파산 선언을 한 어느 대형 할인약국 체인에 대한 임계 요소 분석은, 계산대에 직원을 추가 고용하지 않아 아낀 몇 푼이 정기적으로 수천 달러의 매출 손실을 낳는다는 것을 보여 주었다. 그러한 근시안은 낮은 에너지 장이 지배하는 기업에서 일반적이다.

***

성공을 이루기 위해서는 성공한 이들의 행동을 모방하는 것만이 아니라, 성공을 낳는 원칙을 수용하고 그 원칙을 바탕으로 움직이는 것이 필요하다. 성공한 이들이 하는 것을 정말로 하기 위해서는, *그들처럼 존재하는 것*이 필요하다. 시장 지분을 되찾으려는 희망에서 월마트의 특색 일부를 모방한 기업들은 성공하지 못했는데, 왜냐하면 그들은 그런 특색을 발산한 ABC와 정렬하는 대신 A→B→C를 모방한 데 불과했기 때문이었다.

끌개 패턴에 대한 우리 연구는, 몇몇 우량 기업에 대한 상세한 분석을 담은 피터스와 워터먼의 저서 『초우량 기업의 조건In Search of Excellence: Lessons from America's Best-Run Companies』의 결론과 깊은 상관관계를 갖는다.[2] 그 책의 저자들은 성공한 기업은 엄격히 좌뇌적이고 과학적으로 관리되는 기업들과는 반대로 '가슴'을 가지고 있다는 결론을 내렸다. 그 연구서를 읽으면서, 독자들은 수많은 시장조사의 불충분함에 충격받지 않을 수 없다. 단순히 통계학자들은 어떤 질문을 던져야 하는지를 모르는 것이다.

애널리스트들은 기업들이 벌어들인 수백만 달러를 세는 것에 더해, 그 기업들이 벌지 *못한* 수백만 달러에 대해 분석해 보는 것이 좋을 것이다. 적절한 사례는 미국 자동차 산업의 쇠퇴이다. 롤스로이스나 폴크스바겐 딱정벌레차의 성공에서 볼 때, 내구 품질보다 계획적 노후화* 철학을 신봉하는 것은 심한 오산임이 분명할 것이다. 수년전의 우리 연구에 따르면, 디트로이트는 우리가 진작 감별해 낸 높은 에너지 끌개 패턴을 따른다면 자동차 시장을 되찾을 수 있다. 대중의 상상력을 다시 사로잡기 위해서는 진실로 창조적인 개혁이 요구된다. 그리고 신차 가격이 계속 치솟고 있는 상황에서는 내구 품질이 효율성을 대체해야만 한다.

당연한 일이지만, 투자금을 곧 잃게 되리라는 것을 잘 알면서 그만한 금액을 기분 좋게 지불할 미국인은 많지 않다. 감가減價되는 차가 잃어 버리는 것이 그 어떤 실제의 고유 가치가 아니라는 것은 분명하다. 매혹과 진기함의 부풀려진 가격은 그 어떤 실제적 값어치를 반영하지 않는다. 어쨌든 사람들은 중고 롤스로이스에 5만 달러나 그 이상을 흔쾌히 지불할 것이다. 그들은 그 차가 지금부터 20년간 여전히 고전적 스타일에 기계적으로도 견고하여 높은 중고 가격을 유지하고 있으리라는 걸 알고 있다.

우리 연구에 따르면, 차의 내재적 값어치가 구입가와 맞먹어 투자금을 보호할 수 있을 정도라면, 또한 차가 잘 달리고 오랜 기간 이상적으로는 평생 가치를 유지한다면, 미국인들은 차에 그 정도의 높은 가격을 기꺼이 지불하려고 한다. (예를 들면, 모터와 구동렬 같은 부품이 쉽게 제거되고 교체되는 평생 보증의 모듈식 차라면, 확실히 성공할 것이다.) 끌개 연구가 말해 주는 것은, 고객은 품질에 대해 기꺼이 돈을 지불하려고 한다는 것과, 좋은 제품은 매끈한 광고 전략 없이도 저절로 팔린다는 것이다. 온전성과 탁월함은 힘과 정렬되어 있으므로 스스로 발언한다.

* 제품의 수명 주기가 한정되도록 설계하여 고객이 교체품을 사도록 유도하는 정책을 말한다.

임계 요소 분석에서 가장 득이 되는 단순한 적용의 하나는 광고 분야다. 우리가 묘사한 단순한 근육테스트 기법을 이용하면, 어떤 선전 운동이나 상업광고가 약한지 또는 강한지가 금방 드러날 수 있다.

기업들은 가능한 한 많은 시청자에게 광고를 보여 주기 위해 막대한 돈을 지불한다. 그러나 그 전략은 시청자를 약하게 만드는 상업광고가 널리 방영되어 기업 이미지를 손상시킬 때 역효과를 낼 수 있다. 사람들을 강하게 만드는 광고는 항상 그 제품에 대한 긍정적인 느낌을 자아낼 것이다. 이와 비슷하게, 사람들을 약하게 만드는 TV 프로그램의 시간대를 사는 광고인은 자신이 선전하는 제품이 부지중에 그런 부정적 느낌과 결합된다는 것을 알게 될 것이다. 상업광고에 대한 자세한 분석을 통해, 약하게 만드는 부정적 효과를 내는 요소들을 규명할 수 있다. 말하자면 아나운서의 목소리, 배우의 특이한 버릇, 일정한 단어와 개념 또는 상징들을 이용하는 것 등. 일부 기업이 품위 없고 낯 뜨겁기조차 한 상업광고를 반복해서 제작하는 것은, 그 회사들의 광고 마케팅 부서에 만연한 낮은 끌개장을 반영한다.

***

상업이라는 표면적 세계 너머에서 사회는 수많은 다른 장터를 제공하는데, 그 장터에서는 인간 필요의 충족이 추구되고, 매매되고, 도난당하고, 강요되고, 부정된다. 필요의 충족이 만족감을 가져온다는 것은 삶의 단순한 사실이다. 욕구불만은 폭력, 범죄, 감정적 혼란을 낳는다. 정부 규제기관의 임무가 '사회 문제'를 근절하기 위한 도덕주의적이고 흑백논리적 운동을 벌이는 것보다는 인간 필요의 충족을 돕는 것으로 재조정된다면, 그 기관들은 인간 향상을 위한 강력한 세력이 될 수 있다.

지각의 장은 그것과 결합된 끌개 패턴에 의해 한계지워진다. 이것은 주어진 상황에서 유의미한 요소를 인지하는 능력이, 관찰자의 의식 수준에서 일어나는 맥락에 의해 한계지워지는 것을 뜻한다. 바라보는 이의 동기가 보여지는 것을 자동적으로 결정한다. 인과관계는, 따라서, 사실상 관찰자 편향의 기능이며 상황 자체에서 아무런 역할을 하지 않는 요소들로 인한 것이다. '상황윤리' 개념은, 행동의 옳고 그름은 맥락을 참고하지 않고서는 판정할 수 없다는 것을 말해 준다. 조건짓는 각 요소들이 그림을 물들임에 따라, 시나리오 전체의 의의를 바꿔놓는 회색조가 도입된다.

낮은 에너지 끌개장을 나타내는 한 가지 지표는 대립물의 투쟁이다. 반면에 힘은 항상 상생相生하는 해법으로 귀착되고, 위력은 이기고 지는 상황을 빚어낸다. 결과적으로 일어나는 투쟁은, 한 집단의 이익 주장이 다른 집단의 이익을 침해할 때나 혹은 피의자 권리가 피해자 권리와 충돌할 때처럼, 올바른 해결책이 찾아지지 않았음을 가리킨다. 높은 에너지 끌개장 해법을 찾아내는 길은 모든 편을 행복하게 해 주면서도 여전히 실용적인 답을 구하는 것이다. 그런 해법은, 분별하는 좌뇌는 물론 관대한 우뇌를 둘 다 사용한다.

기본적인 한 가지 원칙이 사회적 장터의 문제들을 해결할 힘을 갖고 있는데, 그것은 *가상적 원인을 공격하는 대신 해결책을 지지하라*는 것이다. 공격은 그 자체가 본질적으로 매우 약한 끌개 패턴이며, 두려움을 통해 협박과 강제로 이끌고 결국에는 도덕적 타락으로 이끈다. '풍기사범 단속반'은 도시의 거리를 범죄의 정글로 바꿔 놓게 될 뿐이다.

객관적 고찰을 통해, 난치성의 '사회문제'는 감상성이나 청소년기 도덕교육의 지속으로 인해 해결할 수 없는 것처럼 보인다는 것이 드러난다. 그런 위치의 어느 것도 진실을 바탕으로 하지 않으며, 따라서 거기서 비롯되는 모든 접근법은 약하다. 거짓은 우릴 약하게 만든다. 거짓 위치에서 행동하는 것은 전형적으로 위력의 사용으로 귀결된다. 위력은 진실의 보편적 대용품이다. 총과 야경봉은 약함의 증거물이다. 타인을 통제할 필요는 힘의 결핍에서 비롯되는데, 그것은 마치 허영심이 자존감 결핍에서 비롯되는 것과 같다. 처벌은 폭력의 한 형태이며 힘의 비효율적 대체물이다. 우리 사회에서처럼 처벌이 범죄와 상응하는 일이 드물 때, 그 처벌은 효과를 발휘하기 힘들다. 처벌의 밑바탕에는 150이라는 약한 에너지 수준의 복수가 있다.

한편, 인간 욕구의 해결을 지지하는 것은 비용이 들지 않는 해결책을 창조하며 평온을 가져다준다. 인위적으로 창조된 '문제'를 공격하는 것은 항상 비용이 많이 들고, 그에 더해 사회를 범죄로 몰아간다. 인간 행동이 흑백논리로 설명될 수 있다는 가정에서는 오직 유치한 것이 생겨날 뿐이다. 기본적인 생리적 요구와 본능적 충동을 부정하는 것은 부질없다. 정상적인 성욕의 배출구를 차단하면 결국 비정상적 배출구가 만들어질 뿐이다. 힘을 갖는 해법은 현실적으로 유죄선고(150, 분노의 수준)보다는 수용의 수준(350)을 기반으로 하는 것들이다. 암스테르담에서는 전통적으로 도시 한 구역이 홍등가로 지정되는데, 그곳은 목가적인 분위기에 조용하고 평온하며 그곳의 거리는 안전하다. 부에노스 아이레스에서는 공원의 일부 구역을 연인들에게 배정한다. 경찰은 집적거리기보다는 보호하기 위해 그 구역들을 순찰하며, 모든 것이 평화롭다.

또 다른 예는, 마약 복용 문제를 해결하는 데서 앞서 언급한 정부의 무능력이다. 실수는 또다시 문제를 도덕주의적으로 바라보고 징벌적 역할의 위력에서 행동하는 데 있다. 본래의 중대한 오류는 강성마약과 연성마약을 구별하지 않은 데 있었다. 강성마약(아편)은 중독을 일으키고, 심한 금단효과를 동반하며, 전통적으로 범죄와 결합되었다. 연성마약(기분전환용)은 중독을 일으키지 않고, 금단효과를 유발하지 않으며, 대개 아마추어들이 초기에 손을 댄다. 정부는 연성마약을 범죄로 규정함으로써 부유하며 국제적 활동반경을 갖는 새로운 범죄 카르텔을 만들어냈다. 값이 싸고 상대적으로 무해한 기분전환 물질이 거리에 부족해지자 강성마약 상인들이 재빨리 빈틈을 채웠고, 평화롭고 대개 무해한 약물 문화는 범죄에 물들고 타락하게 되었다.

성공적 해법의 바탕에 있는 강력한 원칙은, 해결은 부정적인 것을 공격하는 데서가 아니라 긍정적인 것을 육성하는 데서 일어난다는 것이다. 알코올 중독에서의 회복은 음주와 싸워서는 성취될 수 없으며, 차라리 맑은 정신을 선택함으로써만 가능하다. '모든 전쟁을 끝내기 위한 전쟁'은 그렇게 하지 못했고 또한 그렇게 하는 게 가능하지도 않았다. 전쟁('악덕' 및 '마약'에 대한 전쟁이 여기 포함되고, 통상적 상업의 저변에 있는 거대한 숨은 사회적 장터에서 정기적으로 매매되는 일체의 인간 필요에 대한 전쟁이 또한 포함된다)에서 이기는 유일한 길은 평화를 선택하는 것이다.

POWER VS. FORCE

12 힘과 스포츠

우리가 의식 연구에서 도달한 이론적 이해는 인간 활동의 전 분야에 적용할 수 있는 어떤 맥락을 제시한다. 스포츠에 대한 고찰은 그것이 대단히 폭넓게 관찰되고 널리 기록되기 때문에 좋은 예증이 된다. 스포츠 분야의 위대한 영웅들은, 적어도 과학과 예술이나 다른 모든 문화적 성취 분야의 주목할 만한 인물들만큼은, 전 역사에서 찬양받아 왔다. 스포츠계 인물은 우리 모두에게 탁월함의 가능성을 상징하며, 챔피언 수준에서의 통달을 상징한다.

운동경기에서 관중들을 벌떡 일어서게 만드는 것, 그리고 그토록 격렬하고 열광적인 충성심을 불러일으키는 것은 과연 무엇인가? 처음에 우리는 그것이 자부심 그리고 경쟁과 승리에 대한 매혹이라고 생각할 수도 있다. 하지만 그런 동기는 즐거움과 흥분을 낳을 수는 있지만, 경기자의 탁월함이 전시될 때 솟구치는 훨씬 고귀한 존경과 경외의 감정을 설명해 주지는 못한다. 관중들이 인간 한계를 극복하고 용맹함의 새로운 수준을 성취하는 데 요구되는 영웅적 분투를 직관적으로 인지할 때, 그들은 활기를 띤다.

경기자들은 또한 의식의 높은 상태를 자주 경험한다. 장거리 육상 선수들이 평화와 기쁨의 숭고한 상태에 자주 이른다는 것은 널리 기록되어 있다. 사실, 그러한 의식의 고양은 더 높은 성취 수준에 도달하는 데 필요한, 고통과 탈진의 장기적 초월에 영감을 불어넣는 일이 많다. 일반적으로 그런 현상은 사람이 어떤 성취 장벽을 갑자기 돌파하여 활동이 힘들지 않은 것이 되는 지점까지 자신을 몰아붙인다는 식으로 묘사된다. 그때 육체는 마치 어떤 보이지 않는 힘이 생기를 불어넣는 것처럼 우아하고 수월하게 저절로 움직이는 것처럼 보인다. 동반되는 기쁨의 상태는 성공의 짜릿함과는 대단히 뚜렷이 구별되는데, 그것은 평화의 기쁨이자 살아 있는 전부와의 하나임이다.

사적 자기의 이러한 초월 및 생명의 정수나 영에 대한 내맡김이 흔히 경기자 능력의 외견상의 한계 너머에 있는 지점에서 일어난다는 것은 주목할 만하다. 표면적 장벽을 지탱하는 것은 자신의 과거 성취의 패러다임이거나 아니면 이론적으로 가능하다고 인정하는 것들의 패러다임이다. 예를 들면 역사 속의 '1마일 4분 벽'이 있다. 로저 배니스터가 그 장벽을 무너뜨릴 때까지는 그보다 빨리 뛰는 것은 인간에게 가능하지 않다는 것이 보편적으로 인정되었다. 배니스터의 위대함은 단지 기록을 깬 데 있는 것이 아니라,

인간 가능성의 새로운 모델을 향해 패러다임을 돌파한 데 있었다. 모든 분야의 인간 노력에는 잠재력의 새로운 수준을 향한 그러한 돌파에 상응하는 것들이 있다. 많은 다양한 사업에서 위대함을 성취한 이들은, 자신의 업적을 둘러싼 상황에 대해 유사한 설명을 내놓았다.

***

우리는 경기자 성취의 다양한 기록을 측정했는데 그중에는 영화도 있다. 우리가 연구한 스포츠 영화 중에선 프랑스 영화 「그랑블루」가 가장 높은 측정치를 나타냈다.[1] 그것은 (최근까지) 다년간 심해 다이빙 세계 기록을 보유했던 프랑스인 쟈크 마욜에 관한 영화다. 영화는 700이라는 비상한 에너지 수준(보편적 진실)으로 측정되며, 관객을 높은 의식 상태로 밀어 넣는 힘이 있다. 그 영화를 상영한 어느 극장의 지배인은, 관객들이 침묵에 잠긴 채 극장을 빠져나가거나 혹은 설명할 수 없는 기쁨에 울더라고 했다.

영화는 슬로모션 촬영기법을 이용하여, 고양된 의식 상태에 있는 세계 최고의 심해 다이버를 정확히 묘사하는 데 성공한다. 의식의 높은 상태에서는 슬로모션, 아름다움, 우아함이 주관적 감각으로 자주 감지된다. 시간은 멈춘 듯하고 세상의 소음에도 불구하고 내면은 침묵한다.

영화 전체에서 우리는 쟈크 마욜이 집중의 강렬함으로 그런 상태를 유지하는 것과, 그로 인해 거의 항상 명상 상태에 들어 있는 것을 본다. 그런 식으로 그는 보통의 인간 한계를 초월하는데, 왜냐하면 그는 변화된 생리를 통해 위업을 이룰 수 있게 되기 때문이다. 깊이 잠수할수록 그는 심장박동이 느려지고 혈액 분포는 거의 전적으로 뇌로 집중된다. (그런 일은 돌고래한테도 일어난다.) 마찬가지로 대단히 뛰어난 다이버였던 그의 죽마고우가 그의 기록을 따라잡으려고 하다가 죽는데, 왜냐하면 그 친구는 신체의 정상적 한계를 초월하는 데 요구되는 의식 수준에 도달하지 못했기 때문이었다.

저절로 일어나는 지복의 주관적 경험은 다른 유형의 특이한 신체 운동에서도 발생되는데, 말하자면 *빙빙 도는 수도사*로 알려진 세계적으로 유명한 수피 무용수들의 춤 같은 것이 그것이다. 그들은 훈련과 힘겨운 연습을 통해 놀랍도록 정밀하게, 오랜 시간 힘들이지 않고 공간 속을 움직일 수 있게 된다.

최고도로 발달한 무술은 경기자의 비상한 성취에서 동기와 원칙의 궁극적 중요성을 명료히 입증한다.[2] 수련자들이 가장 자주 듣는 훈계는, "억지로 하려고 들지 마라."이다.[3] 무예를 연마하는 학교에서는 고수들이 배출되는데, 그들의 최우선적 관심사는 하위 자아에 대한 상위 자아의 승리이고, 그 방식은 억제와 훈련 그리고 참된 힘과 정렬된 목표에 대한 몰두이다.[4] 높은 힘을 갖는 끌개 패턴과의 정렬은 수련 자체에만 한정되지 않으며 전체적 생활양식이 된다. 그리하여 원칙의 힘이 수련자에게 이전될 때, 그 결과는 수련자의 삶 도처에서 나타나기 시작한다.

경기자 성취에서 참된 위대성의 특징은 항상 겸손함(파블로 모랄레스가 1992년 하계 올림픽에서 금메달을 딴 뒤에 보여 준 것 같은)이다. 그런 경기자들은 감사와 내면의 경외심을 그리고 자신의 성취가 개인적 노력의 결과 만은 아니라는 앎을 표현한다. 그들은 최대의 개인적 노력으로 돌파 지점까지 갔지만 거기서부터는 사적인 자기의 힘보다 더욱 큰 어떤 힘에 실려 갔다는 걸 알고 있다. 전형적으로 그것은 이제껏 알려지지 않았거나 순수한 형태로 경험된 적 없는 자신의 어떤 측면의 발견으로 표현된다.

자부심과 스포츠

근육테스트를 통해, 우리는 사람이 용기 이하의 에너지 장들에 의해 동기부여될 경우 약해진다는 것을 입증할 수 있다. 경기자뿐 아니라 인간성취의 전 분야에서 유망주들을 무너뜨리는 악명 높은 아킬레스건은 *자부심*이다. 175로 측정되는 자부심은 선수를 약하게 만들 뿐 아니라, 사랑과 명예라는 또는 고귀한 원칙(혹 심지어는 탁월함 자체)에의 헌신이라는 동기부여적 힘을 제공하지 못한다. 만일 어느 강한 경기자에게 적수를 꺾거나 스타가 되거나 큰돈을 버는 희망을 떠올리고 있도록 요청할 경우, 그는 약해져서 최소한의 노력으로도 그 단련된 근육질의 팔을 누를 수 있다는 것이 밝혀질 것이다. 같은 경기자가 조국이나 그 종목의 명예를 떠올리고 있을 때, 혹은 사랑하는 사람에게 자신의 성취를 바치는 것이나 심지어 탁월함 자체를 위해 최대의 노력을 기울이는 순수한 기쁨을 떠올리고 있을 때, 그는 힘에 넘치게 되어 안간힘을 써도 그의 팔을 누를 수 없다.

그리하여 선수가 자부심이나 욕심으로 동기부여되어 있을 때나 적수를 꺾는 것에 주로 관심이 있을 때, 그는 출발신호가 울린 순간 약해질 것이고 큰 성취에 필요한 최대한의 지속적 노력을 해낼 수 없을 것이다. 이따금씩, 어떤 경기자가 그런 이유들로 해서 부진하게 출발했다가도, 경기가 진행되고 이기적 목표들이 잊혀짐에 따라 기량이 향상되는 것을 볼 수 있다. 또한 정반대의 일이 벌어지는 것도 볼 수 있다. 어떤 경기자는 조국과 팀, 혹은 종목 자체의 명예를 위해 뛰기 때문에 좋은 출발을 하지만, 결승점이 가까워짐에 따라 개인의 영광이나 라이벌을 누르고 승리하는 것을 예상하면서 체력과 컨디션이 난조에 빠지는 경우가 있다.

의식의 한 가지 불행한 사건은, 경기자가 예선에서 신기록을 수립하고 새로운 사적 야심을 일으켰다가 결선에서 형편없이 무너져 관중을 당혹스럽게 만드는 일이다. 만일 정상에 올라선 선수가 자신의 탁월함이 개인적 성취가 아니라 인간 잠재력의 본보기로서 전 인류에게 속한 재능이라는 신념을 품고 있다면, 그는 강해질 것이고 그 어떤 일을 겪더라도 여전히 강할 것이다.

의식 척도는 한 가지 측면에서 에고의 척도로 보일 수도 있는데, 그 척도에서 200 수준은 이기심이 이타심으로 변하기 시작하는 지점이다. 올림픽 경기라는 엘리트 국면에서 200 이하의 수준들에서 발산되는 동기부여가 사생활과 공적 생활에 가져오는 재앙스러운 귀결은, 어느 유명한 피겨 스케이터가 연루된 최근의 스캔들에서 너무도 명료히 예증된다. 그 선수는 어떤 수단을 써서든 올림픽 메달을 따고 라이벌을 꺾으려는 과도한 열의로 하여 윤리적 원칙의 힘을 포기하기에 이르렀고, 위력의 가장 조악한 수준까지 내려갔다. 부정적 끌개장에 굴복하는 것이 그렇지 않았으면 유망했을 운동선수의 이력을 얼마나 빠르게 망칠 수 있는지를 보여주는 명백한 사례로 그 이상의 것은 없을 것이다.

탁월함을 향한 높은 동기부여가 은총과 힘의 영역으로 접근하게 해 주는 곳에서, 사적 이익이라는 자기중심적 동기부여는 사람을 거의 자동적으로 위력의 영역으로 끌어들인다. 메달이라는 상징적 형태를 띤다고 해도, 인정認定이라는 수확은 (그것과 동반되는 금전적 보상은 말할 것도 없고) 영의 키를 높인 데서 비롯되는 경기자의 참된 위대성과는 거의 아무런 상관이 없다. 우리가 챔피언에게서 찬양하는 점이 바로 이것이다. 선수가 부와 명성에 대한 욕망에 굴복하진 않는다 하더라도, 자신이 선보일 수 있는 모든 탁월함을 단순히 나타내기 보다는 그 종목에서 우위를 차지하려는 욕구를 가질 경우, 그것은 타락으로 이끄는 에고 중심적 효과를 발휘한다. 그런 에고 중심적 효과는 자부심의 수준과 결합되어 있는 부정적 위력이다.

자부심의 나타남에 본질적으로 잘못된 점이 있는 것은 결코 아니다. 우리나라가 아메리카컵을 차지할 때나 올림픽 출전 선수들이 메달을 딸 때, 우리 모두는 자부심을 느낄 수 있다. 하지만 그것은 다른 종류의 자부심이다. 그것은 인간 성취에 대한 경의이며 사적 자부심을 초월한다. 우리가 경의를 표하는 대상은 개인의 업적이 아닌 노력인데, 그 노력은 인간 가슴속의 보다 위대한, 보편적인, 타고난 어떤 것이 드러나는 때이자 그러한 것의 표현일 뿐이다. 인간의 분투 중에서 가장 위대한 드라마의 하나이자 만인의 상상력을 사로잡는 올림픽은, 사적 자부심을 중화시켜야 하는 어떤 맥락을 제공한다. 전체적 설정은 선수들에게 사적 자부심에서 자존감으로 이동하도록 영감을 불어넣는데, 자존감은 무조건적 사랑의 표현이며 동일한 숭고한 원칙에 대한 봉헌으로 하여 자신의 적수들에게도 경의를 표한다.

언론매체는 스포츠의 어두운 면을 불러내고 경기자를 해치는 경향이 있는데 그것은 명사의 지위가 의식적으로나 무의식적으로 이기주의를 유도하기 때문이다. 위대한 경기자들은 그러한 오염의 근원으로부터 스스로를 지킬 필요가 있다. 겸손함과 감사는 대중매체의 악용이라는 맹공에 대항하는 유일하게 효과적인 방패처럼 보인다. 전통 무예의 수련자들은 일체의 이기적 경향을 극복하기 위해 특별한 수련을 한다. 유일한 절대적 보호책은 자신의 기량, 성적, 이력을 어떤 고귀한 원칙에 봉헌하는 것이다.

참된 경기력의 특징은 우아함, 민감성, 내적 고요함이고 그리고 모순되게도, 거친 선수들에게도 드러나는 경기 외적인 삶에서의 부드러움이다. 우리가 챔피언을 찬양하는 것은 그가 희생과 고귀한 원칙에 대한 봉헌을 통해 사적 야심을 극복했다는 걸 인정하기 때문이다. 위대한 이들이 모범을 통해 가르칠 때 그들은 전설이 된다. 전 인류에게 영감을 불러일으키는 것은 그들이 가진 것이 아니고, 그들이 행하는 것 역시 아니며, 바로 그들이 된 것인데, 우리가 그들 속에서 경의를 표하는 것이 바로 이것이다. 우리는 일상 세계의 갈채에 동반되는 악용의 위력으로부터 그들의 겸손함을 보호하고자 해야 한다. 그리고 그런 경기자들의 역량과 그들이 이룬 위대한 성취는 인류에 대한 선물로서 마땅히 존중받아야 하며 대중매체와 상업기업의 악용에서 보호받아야 한다는 것을 대중에게 교육할 필요가 있다.

올림픽 정신은 모든 남녀의 가슴속에 살아 숨 쉬고 있다. 위대한 경기자들은 모범을 통해 모든 이들 속에서 올림픽의 원칙에 대한 앎을 일깨울 수 있다. 영웅들과 그들의 대변인은 전 인류에게 잠재적으로 강한 영향력을 갖는데, 그러한 영향력은 말 그대로 세계를 들어 올려 그들의 어깨에 떠멜 수 있는 힘이다. 탁월함을 육성하고 그것의 가치를 인정하는 것은 사람들 모두의 책임이다. 왜냐하면 인간 노력의 전 분야에서 탁월함의 추구는, 아직 실현되지 않은 사람의 모든 형태의 위대성을 실현하도록 우리 모두에게 영감을 불어넣기 때문이다.

POWER VS. FORCE

13 사회적 힘과 인간 영

우리가 참된 경기자 정신*에 환호할 때, 우리가 갈채를 보내는 것은 *영*이라는 단어가 상기시키는 모든 의의, 즉 용기, 끈기, 몰두, 원칙과의 정렬, 탁월함의 증명, 명예, 존중, 겸허함이다.[1] *영감을 불어넣는다* inspire는 것은 영으로 채우는 것을 암시한다. *기가 죽었다* dispirited는 것은 낙담한, 희망 없는, 패배한을 뜻한다. 그러나 *영* spirit이란 용어가 뜻하는 것은 정확히 무엇인가? 인간 경험의 집단적 총체는 '집단정신 spirit' 같은 표현이나 우리가 사람들에게 "그 정신 spirit으로 들어가라."고 훈계할 때의 영을 통해 이해할 수

* spirit, 이 단어는 우리말에서 흔히 '정신'이나 '영'으로 번역된다. 이 책에서도 같은 단어를 용법에 따라 '정신'이나 '영'으로 다르게 번역했으나, 저자의 의도가 정신의 영적 측면을 강조하는 것에 있음을 고려하여 '정신'으로 옮길 때는 반드시 영어를 병기했다.

있다. 정신spirit이 승패를 가를 수 있는 대단히 실용적 요인이라는 것은 군 지휘관, 코치, CEO들이 잘 알고 있다. 집단적 사업의 정신spirit 속으로 들어가지 않는 직원이나 기타 구성원은 곧 일자리나 소속을 잃고 만다.

그래서 *영*이 어떤 보이지 않는 정수를 말한다는 것과 영의 표현은 상황에 따라 다양하더라도 그 자체는 결코 변치 않는다는 것은 분명하다.[2] 그 보이지 않는 정수가 생명을 유지한다. 영을 잃을 때 우리는 죽는다. 우리는 영을 불어넣는*in*spire 것의 결핍으로 하여 소멸한다*ex*pire.

소박하게 말해서, 그 다음에 우리는 영이 생명과 동등하다고 할 수 있다. 생명 자체의 에너지를 *영*이라 칭할 수 있다. 영은 살아 있음이다. 살아 있음은 생명 에너지와의 정렬에 수반하는 것이자 그 표현이다. 높은 에너지 끌개 패턴이 갖는 힘은 동화작용을 하며 생명을 지탱한다. 그것의 대립물은 이화작용을 하며 결국 죽음으로 인도한다. 참된 힘 = 생명 = 영인 반면, 위력 = 약함 = 죽음이다. 어느 개인이, 우리가 *영적*이라고 칭하는 성질을 잃었거나 그런 것이 부족할 때, 그는 인간애, 사랑, 자기존중이 결핍되게 된다. 심지어 이기적이고 폭력적으로 될 수도 있다. 만일 어느 국가가 인간 영과의 정렬이 흐트러진다면, 그 나라는 국제적 범죄국이 될 수 있다.

영성을 종교와 동일시하는 것은 일반적 오류다. 앞서 우리는 미국 헌법, 권리장전, 독립선언서가 영적인 것과 종교적인 것을 명료히 구분하고 있는 점에 주목했다. 미국 정부는 절대로 국교를 설립할 수 없는데 그것은 국민의 자유를 침해하지 않기 위한 것이

다. 하지만 같은 문서들은 정부 권위가 영적 원리에서 비롯된다고 추정하고 있다.[3]

사실, 세계 대종교의 시조들은 전 역사에 걸쳐 자신들의 이름으로 자행된 대단히 비영적非靈的인 행위들 앞에서 충격받을 터인데, 그중 많은 것이 불신자를 오싹하게 만들 것이다. 위력은 항상 그 자체의 이기적 목적을 위해 진실을 왜곡한다. 세월이 흐르는 동안, 종교의 기초를 이루는 영적 원리는 권력, 돈, 기타 세속적인 것과 같은 편의적 목표를 위해 왜곡되게 된다. 영적인 것은 아량이 있지만, 지나친 신앙은 일반적으로 아량이 없다. 전자는 평화로 인도하고, 후자는 분쟁, 유혈극, 위선적 범죄 행각으로 인도한다. 하지만 어느 종교에나 그 속에는 그것이 발원한 영적 기초가 여전히 묻혀 있다.[4] 종교와 마찬가지로, 전 문화는 그것의 기초에 있는 원리가 거짓 해석에 의해 모호해지거나 오염될 때 약해진다.

힘 안에 있는 영의 본성을 보다 완전하게 이해하고 그것이 하나의 사회운동으로 어떻게 기원하고 작용하는지를 알려면, 막강한 힘과 영향력을 갖는 이 시대의 어느 영성 단체를 연구해 보는 것이 좋을 것이다. 그것에 관한 모든 것이 공적 기록으로 남아 있는 그 단체는, 공공연히 인간 영과 정렬되어 있으면서도 자신은 종교가 아니라고 잘라 말한다. 그것은 바로 익명의 알코올중독자회Alcoholics Anonymous, AA라는 이름으로 알려진 55년 역사의 조직이다.*

* 익명의 알코올중독자회는 1935년 미국에서 처음으로 설립되었다.

12단계 프로그램의 힘

우리 모두는 AA에 대해 뭔가를 알고 있다. 그것은 수백만에 달하는 그 지지자들 때문이고 또한 그것이 현대의 사회구조 속으로 편입되었기 때문이다. AA와 그 파생 단체들은 요즘 절반가량의 미국인들의 삶에 이런저런 식으로 영향을 미치고 있는 것으로 추정된다. 12단계에 기초한 자조 모임들이 직접 삶 속으로 들어오지 않는 곳에서조차 그 모임들은 모두에게 간접적으로 영향을 미치는데, 그것은 그들이 모범을 통해 일정한 가치를 강화하기 때문이다.** AA의 바탕에 있는 힘의 원리에 대해 그리고 AA의 기초가 역사적으로 어떻게 생겨났는지에 대해 공부하고, 그 원리가 AA 구성원은 물론 일반대중에게 미친 충격에 관해 살펴 보기로 하자. 우리는 AA인 것을 보고 또한 AA가 아닌 것을 볼 수 있으며, 둘 다에

** AA의 12단계 원리는 다음과 같다. 1. 우리는 우리가 알코올에 대해 무력하다는 것과, 우리 삶이 걷잡을 수 없게 되었다는 것을 시인했다. 2. 우리는 우리보다 더 큰 어떤 힘이 우리에게 맑은 정신을 되돌려 줄 수 있다는 것을 믿게 되었다. 3. 우리는 우리의 의지와 삶을 우리가 이해하는 바대로의 신의 보살핌에 맡기기로 결정했다. 4. 우리는 철저하게 그리고 두려움 없이 스스로를 윤리적으로 성찰했다. 5. 우리는 신과 자신과 또 다른 인간존재 앞에서 우리가 저지른 잘못의 정확한 본성을 시인했다. 6. 우리는 신께서 그 모든 성격상의 결함을 없애 주시는 데 대한 준비가 되어 있다. 7. 우리는 우리의 부족함을 채워 달라고 그분에게 겸손하게 간청했다. 8. 우리는 우리가 해를 입힌 모든 이들의 명단을 작성했고, 그들 모두에 대해 기꺼이 바로잡고자 하게 되었다. 9. 우리는 가능한 모든 곳에서, 그렇게 하는 것이 그들이나 다른 이들을 다치게 하는 경우를 제외하고, 그런 이들에게 직접 바로잡았다. 10. 우리는 스스로에 대한 성찰을 계속했고, 우리가 그릇되었을 때는 재빨리 그것을 시인했다. 11. 우리는 기도와 명상을 통해 우리가 이해하는 바대로의 신과의 의식적 만남을 향상시키고자 했으며, 그저 우리에 대한 그분의 뜻을 알게 해 주고 그 뜻을 이룰 힘을 달라고 기도 드렸다. 12. 이런 단계의 결과로 어떤 영적 각성을 했으므로, 우리는 이 메시지를 알코올중독자들에게 전하려 했으며 이 원리를 매사에 실천하려 했다.

서 배울 수 있다.

AA 강령에 따르면, AA는 "그 어떤 분파나 종파, 정치, 단체와 동맹을 맺지 않는다." 그에 더해, "외부 문제에 관해 의견을 갖지 않는다." AA는 알코올중독 문제에 관한 일체의 다른 접근법에 대해 찬성도 반대도 하지 않는다. AA는 회비나 사례금을 받지 않으며, 의식과 장식물, 간부, 계율을 두지 않는다. AA는 자산을 소유하지 않고 건물을 세우지 않는다. 모든 회원은 평등할 뿐 아니라, 산하의 모든 소모임은 자율적이고 자급자족한다.[5] 구성원을 회복으로 인도하는 기본적 12단계조차도 '제안'일 뿐인 것으로 명시되어 있다. AA에서는 어떤 종류든 강압을 쓰는 것을 피하는데, 그것을 강조하는 것이 이런 구호들이다. "오늘 하루를 충실히," "서두르지 않는 게 잘하는 것," "먼저 할 일을 먼저," 그리고 가장 중요한 것으로 "살아요, 그리고 살게 해 주어요."가 있다.[6]

익명의 알코올중독자회는 선택권을 개인에게 맡겨 둔다는 측면에서 자유를 존중한다. 그것의 감별 가능한 힘의 패턴은 정직, 책임, 겸손, 봉사이고, 관용, 선의, 형제애의 실천이다. AA는 일체의 특별한 윤리에 동의하지 않으며, 옳고 그름이나 좋고 나쁨에 대한 규범이 없고, 도덕적 심판을 피한다. 그리고 회원을 포함하여 어느 누구도 통제하려 들지 않는다. 대신 AA가 하는 일은 길을 나타내는 지도를 그리는 일이다. AA는 회원들에게 이렇게 말할 뿐이다. "만일 당신이 모든 개인사에서 이런 원리를 실천한다면, 당신은 그 위중한, 진행성의 치명적인 병에서 회복할 것입니다. 그리고 건강과 자기존중을 되찾을 것이며, 자신과 타인을 위해 결실이 풍부하고 충족감 넘치는 삶을 살 수 있는 능력을 회복할 것입니다."[7]

AA는 가망 없는 질병을 치료하고 구성원들의 파괴적 성격 유형을 변화시킬 수 있는 원리들의 힘에 대한 독창적 본보기다. AA의 패러다임으로부터, 일단의 사람들이 정기적으로 모여 상호간의 문제에 관해 얘기하는 것이 막강한 힘을 갖는다는 발견을 거쳐, 집단치료의 모든 후속 형태가 나왔다. AA 회원 배우자를 위한 알-아논Al-Anon, 그 다음에 그들의 자녀를 위한 알-아틴Al-Ateen. 그 다음에 익명의 도박중독자회Gamblers Anonymous, 익명의 마약중독자회Narcotics Anonymous, 익명의 부모회Parents Anonymous*, 익명의 과식중독자회Overeaters Anonymous 등. 온갖 형태의 인간고에 대처하는 익명의 12단계 자조 단체는 현재 300개 가까이 된다. 이 모든 것의 결과로써, 미국인들은 지금 자기파괴적 행동을 비난하는 데서 그런 상태가 정말로 치유 가능한 질병임을 인정하는 쪽으로 상당히 돌아섰다.

실용적 관점에서, 자조 단체들이 사회에 미친 큰 충격은 인간고를 덜고 가정을 재건하는 것뿐 아니라 수십억 달러를 절약한다는 측면도 꼽을 수 있다. 장기 결근, 자동차보험요율, 복지, 건강관리, 형벌체계에 드는 비용이 이 운동이 초래한 행동상의 광범위한 변화를 통해 아주 크게 절감된다. 곤경에 처한 숱한 투옥된 개인들을 위해, 주에서 제공하는 상담 및 집단 치료 비용만 해도 어마어마할 것이다.

---

* 자기 자녀를 학대하는 부모들을 위한 자조 모임

AA 조직의 수백만에 달하는 회원들은, 개인 에고의 한계를 시인함을 통해 참된 힘을 경험할 수 있었다는 것, 그리고 바로 그 힘이 의학, 정신의학, 일체의 현대과학 분야를 포함하여 지상의 그 어떤 것으로도 이제껏 이루지 못한 회복을 일으켰다는 것에 만장일치로 합의한다.

익명의 알코올중독자회의 역사

우리는 12단계 조직의 원조인 AA가 어떻게 존재하게 되었는지에 관한 일화를 통해 중요한 것을 관찰할 수 있다. 1930년 당시, 알코올중독은 수백 년 동안 그래 왔던 것처럼 의학은 물론이고 종교 역시 곤혹스럽게 하는 가망 없는 진행성 질환으로 받아들여지고 있었다. (사실, 알코올중독은 성직자 집단 내에서도 우려스러울 만큼 크게 만연하고 있었다.) 모든 형태의 약물 중독은 불치로 여겨졌으며, 중독이 일정 단계에 이르면 중독자들은 간단히 '치워'졌다.

1930년대 초반, (우리에게 로랜드 H.로 알려진) 어느 유수한 미국인 사업가가 알코올중독을 치료하기 위해 백방으로 노력하다 안 되자 스위스의 유명한 정신분석의 칼 융을 찾아갔다. 융은 로랜드 H.를 1년가량 치료했고 1년이 다되어 가자 로랜드는 웬만큼 술을 절제하게 되었다. 로랜드는 희망에 부풀어 미국으로 돌아갔다. 그러나 그는 다시 심한 알코올중독으로 앓게 되었을 뿐이었다.

로랜드는 스위스로 돌아가 융을 다시 찾아가서 더 치료해 달라고 부탁했다. 융은 그에게 겸손하게 말했다. 자신의 과학도 의학기술도 더 이상 당신을 도울 수 없노라고. 하지만 인간 역사를 통틀어, 어떤 영성 단체에 자신을 완전히 의탁하고 도움을 구해 신에게 내맡긴 이들은, 드물지만 이따금씩 회복한 경우가 있노라고.[8]

로랜드는 낙담한 채 미국으로 돌아갔다. 하지만 그는 융의 조언을 따랐고, 당시에 '옥스퍼드 그룹'이라 불린 어느 단체를 수소문했다. 옥스퍼드 그룹은 나중에 AA에서 채택한 것과 매우 흡사한 영적 원리에 따라 정기적으로 만남을 갖고 실생활에 관해 토론하는 개인들의 소모임 집단이었다. 로랜드는 그 방식을 통해 사실상 회복했는데, 그의 회복은 마찬가지로 어떤 도움도 소용없는 절망적 알코올중독자였던 에드윈 T., 혹은 '에비'라는 이름의 또 다른 이해당사자를 깜짝 놀라게 했다. 로랜드는 에비에게 자신이 어떻게 회복했는지를 말해 주었고, 에비는 그대로 따라하여 역시 술을 끊었다. 한 사람이 같은 문제를 가지고 있는 다른 사람을 돕는 패턴은 그 다음에 에비로부터 그의 친구 빌 W.에게 이어졌다. 빌은 가망 없는 불치의 알코올중독으로 자주 병원에 실려 갔으며 의학적으로 위중한 상태에 있었다. 에비는 빌에게 자신이 회복한 것은 타인에 대한 봉사, 도덕적 대청소, 익명, 겸손, 자신보다 더 큰 어떤 힘에 대한 내맡김 덕분이라고 말해 주었다.[9]

빌 W. 는 무신론자였다. 보다 높은 힘에 내맡긴다는 생각은 최소한으로 말해도 그에게는 와 닿지가 않았다. 내맡김이라는 개념 전체가 그의 자부심에 혐오스럽게 느껴졌다. 빌은 절대적인 깜깜한 절망 속으로 침몰했다. 그는 알코올에 대해 정신적으로는 강박증이, 신체적으로는 알레르기가 있었다. 그 상태는 그에게 병, 광증, 사망을 선고했는데 그와 그의 아내 로이에게 죽음은 불 보듯

뻔한 예후였다. 결국 빌은 완전히 포기했다. 그런데 바로 그 순간, 그는 무한한 현존Presence과 빛Light을 깊숙이 경험했고 크나큰 평화감을 느꼈다. 그날 밤 그는 마침내 잠들 수 있었다. 다음날 깨어났을 때는 어떤 형언할 수 없는 방식으로 자신이 바뀌어 있는 것 같은 느낌이 들었다.[10]

빌의 체험은 당시 뉴욕 시 서부 시립병원에서 일하던 그의 주치의 윌리엄 D. 실크워스 박사로부터 유효성을 확증받았다. 실크워스는 알코올중독자를 만 명 넘게 치료한 경험이 있었고, 그 과정에서 빌의 체험의 심원한 중요성을 알아보기에 충분한 지혜를 얻은 상태였다. 그는 나중에 빌에게 위대한 심리학자 윌리엄 제임스의 고전, 『종교적 경험의 다양성The Varieties of Religious Experience: A Study In Human Nature』을 소개해 주었다.

빌은 자신의 입으로 말한 것처럼 자신이 받은 선물을 남에게 건네주고 싶어 했다. "저는 그 다음 몇 개월을 술 취한 사람들을 깨우려고 시도하며 보냈지만 성공하지 못했습니다." 결국 그는 자신의 상태의 가망 없음이라는 주제를 설득할 필요가 있다는 걸 발견했다. 현대 심리학의 용어로 말하면 그것은 *부정*否定, *denial*을 극복하는 것이었다. 빌의 첫 번째 성공 사례는 오하이오 주 애크론의 외과의사, 밥 선생Dr. Bob이었다. 밥 선생은 영성에 대한 소질을 타고났다는 게 판명되었고, 나중에 AA의 공동 설립자가 되었다. 그는 1956년 사망할 때까지 다시는 술을 입에 대지 않았다(그 점은 1971년 사망한 빌 W. 역시 마찬가지였다.)[11] 빌 W.의 경험을 통해 실현된 엄청난 힘은 수백만 명의 삶 속에서 저절로 외현화外現化

되었으며, 그들의 삶은 그 힘으로 인해 변형되었다. 빌 W.는《라이프Life》지가 뽑은 가장 위대한 미국인 100인 명단에 자조 운동 전체의 창시자로 등재되었다.[12]

***

빌 W.의 일화는 큰 힘의 통로였던 개인들에게 전형적이다. 짧은 활동 기간에 그들이 전하는 원리는 오랜 세월에 걸쳐 수백만 명의 삶을 재배열한다. 예를 들어 예수 그리스도는 고작 3년이라는 짧은 기간 동안 가르쳤지만, 그의 가르침은 이후 세대에서 서구 사회의 모든 것을 변모시켰다. 인간과 예수의 가르침과의 만남은 지난 2천 년간 서구 역사의 중심에 있었다. 우리가 발견한 끌개 힘장들 가운데 가장 높은 측정치는 한결같이, 역사 속의 위대한 영적 스승들의 가르침과 결합되어 있다.

조직된 종교의 형태를 띤 요즘의 영적 경험은 위대한 스승들의 본래 가르침의 에너지 장이 갖는 측정된 힘에 비해 항상 감손減損을 나타낸다(23장을 볼 것). 하지만 본래의 원리 자체는 타고난 끌개 힘 패턴을 간직하고 있다. 약해지게 된 것은 그것의 표현일 뿐이다. 가르침 자체는 한결같은 심원한 힘을 지니고 있다.

하나의 원리가 갖는 힘은 전 시간 속에서 불변이다. 우리가 그것을 충분히 이해하고 있는지 여부를 떠나, 원리는 인류가 애써 추구하는 이상理想이다. 더 나은 사람이 되려는 자신의 분투에서 우리는 내적 갈등에 여전히 붙들려 있는 이들을 향한 연민을 배우며, 그 속에서 전全 인간 조건을 향한 연민을 포함하는 지혜가 자라난다.

고등이론물리학의 원리와 우리 자신의 끌개 연구 결과를 참고한다면, 모든 것이 다른 모든 것과 연결되어 있는 우주에서는 보이지 않는 힘이 우리 스스로 할 수 없는 것들을 대신 이루어 준다는 것이 자명할 것이다. 앞서 말한 것처럼, 우리는 전기, 엑스선, 무선 전파를 볼 수 없다. 그러나 우리는 그 효과로 말미암아 그것의 내재적 힘을 안다. 이와 비슷하게, 우리는 생각과 느낌의 세계에서 끊임없이 힘의 효과를 관찰한다. 비록 지금까지는 생각을 측정하는 것이 가능하다고 여겨지진 않고 있지만 말이다.

높은 힘 끌개장에 관해 토론할 때, 우리는 자주 상징을 수단으로 해서만 그에 관해 언급할 수 있다. 물질적 관점에서 국기는 천 조각에 염색된 문양에 불과하지만, 사람들은 그것이 상징하는 바를 위해 기꺼이 죽고자 한다. 앞서 말한 것처럼, 힘의 부여는 의미에서 온다. 우리에게 가장 큰 의미를 갖는 것들은 물질세계가 아닌 영적 세계에서 올라온다.

이제까지 우리는 높은 힘 끌개 에너지 장과 결합된 원리들과 정렬하는 것이 올림픽에서의 성취, 상업적 성공, 국제적 수준의 정치적 승리, 가망 없는 진행성 질환으로부터의 회복으로 귀결될 수 있음을 보았다. 그러나 같은 끌개 패턴들은 이제껏 작곡된 최고의 음악의 배후이기도 하다. 그리고 그것들은 우뚝한 종교적 가르침, 세계의 위대한 예술과 건축물, 모든 창조성과 천재의 원천에 있다.

POWER VS. FORCE

14 예술 속의 힘

여러 세기를 거쳐 우리에게 전해 내려온 위대한 미술, 음악, 건축 작품들은 높은 끌개 패턴이 갖는 효과의 내구적 표현이다. 우리는 그 작품들 속에서 우리 문명의 거장 예술가들의 완벽성과 우아함에 대한 몰두의 반영을 보는데, 그것은 인간성에 기품을 더하는 일에 대한 몰두이기도 하다.

순수예술은 항상 세속적 영역에서 사람의 가장 높은 영적 분투가 벌어지는 현장이 되어 주었다. 시대를 거슬러 올라 고대 그리스의 조각가 피디아스 시절부터, 예술의 역할은, 사람이 무엇이 될 수 있고 또한 무엇이 되어야 하는가에 대한 이상을 물질적 매체 속에 실현시키는 것이었다. 예술은 인간 영의 정제된 표현을, 유형적 형태를 갖는 그리고 누구나 접근 가능한 것으로 고정시킨다.

위대한 예술은 인간의 경험뿐 아니라 우리가 살아가는 세계의 정연한 본질을 불러내기도 하는데, 그것이 바로 우리가 *아름다움*이라 부르는 것이다. 이론물리학자처럼, 예술가는 외견상의 혼돈 속에서 질서를 발견한다. 예를 들어 미켈란젤로는 무의미한 대리석 덩어리만이 있었던 곳에서 다비드와 피에타를 보았으며, 그 완벽한 이미지를 해방시키기 위해 끌로 주변의 돌을 제거했다. 또한 그는 시스티나 성당의 무의미한 회벽에 얼룩진 무늬를 골똘히 바라보는 동안, 예술의 *영감*을 통해 경이로운 ABC를 착상했다. 그리고 예술의 *기법*을 통해 오늘날 *최후의 심판*으로 알려진 A→B→C를 구현했다.

예술의 유산은 인류에게 내적이기도 하다. 구현된 아름다움을 바라보는 동안 아름다운 것에 대한 감수성이 우리 안에 뿌리 내리며, 외견상으로 무질서한 존재의 뒤죽박죽 속에서 우리는 자신만의 미적 보상을 발견하고 창조할 수 있게 된다.

예술과 사랑은 자신에 대한 가장 큰 선물이다. 사랑 없는 예술은 있을 수 없다. 예술은 항상 영혼의 제품이며, 인간 존재의 손길(육신의 것일 수도 있고 혹은 마음과 영의 것일 수도 있는)의 수공품이다. 그것은 네안데르탈 시대 이래로 그러했고, 앞으로도 항상 그러할 것이다. 그리하여 우리는 컴퓨터 생성 미술과 위대한 사진들조차 원화原畵만큼 높게 측정되진 않는다는 것을 발견한다. 대단히 흥미로운 근육테스트 실험은 원화를 바라보는 사람의 근육 강도를 테스트하는 것인데, 이것은 누구든 해 볼 수 있다. 그 결과를 그 그림의 기계적 복제본을 바라볼 때의 근육 강도와 비교해 보라.

수공으로 만들어진 것을 쳐다볼 때 사람은 강해진다. 복제본을 쳐다볼 때는 약해진다. 이는 그림의 내용과는 무관하게 진실이다. 마음을 어지럽히는 주제의 원화가 쾌적한 주제의 복사본보다 피험자를 더 강하게 만들 것이다. 헌신적 예술가는 자신의 작품에 사랑을 불어넣는다. 인간의 손길과 독창성 둘 다에 큰 힘이 있다. 따라서 근육테스트는 위조 미술품을 가려내는 안전 탐지기가 되어 준다.

칼 융은 예술과 인간 존엄성의 관계 및 예술에서 인간 영의 중요성을 되풀이해서 강조했다. 융 자신은 (그리고 그의 저작은) 역사상의 모든 유명한 정신분석의사 중에서 가장 높게 측정된다. (물질적 결정론 같은 끌개 패턴과 정렬된 다른 많은 이들은, 의미심장하게 낮은 측정치를 나타냈다.)

음악은 구상성이 가장 덜하다는 점에서 어떤 면에서는 예술 중에서 가장 미묘하다. 하지만 음악은 좌뇌적 합리성을 우회하여 의식하意識下의 우뇌적 패턴 감각에 직접 호소하는 가운데, 동시에 가장 본능적이고 감정적이다. 음악은 또한 끌개 패턴들이 어떻게 실상을 규정하는지에 대한 가장 쉬운 예가 되어 준다. 혼돈과 의미의 차이를 이해하고 그럼으로써 예술에 대한 어떤 유효한 정의에 이르고 싶거든, 그저 소음과 음악의 차이에 관해 명상하라.

다음은 에스토니아의 현대 작곡가 아르보 파르트Arvo Part의 창조적 과정에 관한 묘사이다. 이것은 끌개 패턴들의 펼쳐짐에서 예술적 천재의 중대한 역할과 관련하여 우리가 관찰한 많은 것을 요약해 준다. 파르트의 작품은 흔히 '초월적' 혹은 '신비적'으로 묘사된다.

> 곡을 쓰려면 나는 오랜 시간 나 자신을 준비해야 한다. 때로는 그렇게 하는 데 5년이 걸린다…… 나의 삶, 나의 음악, 나의 작품, 나의 어두운 시간 속에서, 나는 이것 하나 외에는 모든 것이 아무 의미가 없다는 확실한 느낌을 가지고 있다. 복잡하고 다면적인 것은 나를 혼란에 빠뜨릴 뿐이며, 나는 단일성을 찾아야 한다. 그것, 이 하나는 무엇인가? 그리고 나는 그것에 이르는 길을 어떻게 찾아내는가? 그것의 흔적은 수많은 변장을 한 채 나타나고, 그리고 중요하지 않은 모든 것은 떨어져 나간다…… 나는 여기에 침묵과 더불어 홀로 있다. 단 하나의 음이 아름답게 연주될 때, 나는 그것으로 충분하다는 것을 발견했다…… 이것이 내 목표다. 시간과 무시간은 연결되어 있다. 이 찰나와 영원성이 우리 안에서 투쟁하고 있다.[1]

예술 가운데 가장 금세 우리 눈에 눈물이 맺히게 하는 것, 우릴 벌떡 일어서게 만들거나 혹은 우리에게 사랑과 창조성의 정점을 향한 영감을 불어넣어주는 것이 바로 음악이다. 연주자든, 지휘자든, 작곡가든, 우리는 장수長壽가 고전음악 끌개장과의 결합의 자연스러운 귀결인 듯하다는 점에 이미 주목했다. 고전음악은 흔히 지극히 높은, 고유한 힘의 패턴을 입증한다.

하지만 모든 예술 가운데, 건축은 어디서나 사람들의 삶에서 가장 유형적이며 영향력이 강하다. 우리는 건물 안에서 살고, 쇼핑하고, 일하고, 여흥을 찾는다. 그래서 건조물 자체의 형태는 최대의 주목을 받을 만한데, 왜냐하면 그것의 영향력은 그토록 많은 인간 활동에 배경이 되어 주기 때문이다.

세계의 모든 건축 가운데, 대성당은 특별한 경외심을 자아낸다. 대성당의 에너지 패턴은 건축 형태 중에서 가장 높게 측정되었다. 그것은 몇 가지 요소의 결과인 듯하다. 우리의 대성당 경험은 다수의 예술, 즉 공간 설계는 물론이고 음악, 조각, 그림 같은 것을 동시에 결합시킬 수 있다. 게다가 그것은 신성에 봉헌된 건조물이다. 창조주의 이름으로 태어난 것은 모든 것 가운데 가장 높은 끌개 패턴과 정렬된다. 대성당은 영감을 불러일으킬 뿐 아니라 통일하고, 가르치고, 상징하며, 사람 안의 가장 숭고한 모든 것에 봉사한다.

하지만 건축의 아름다움은 광대할 필요도 규모상으로 웅장할 필요도 없다. 아일랜드 교외를 점점이 수놓은 작은 초가집들보다 매력적인 건축 환경은 드문데, 그곳의 집들은 어느 집이나 앞서 보았던 집보다 더 기이하고 그림 같다. 천부적 심미안은 장엄함과 웅장함의 우아한 표현들에만큼이나 전통적인 단순한 가옥 건축에도 깃들어 있다.

잘 지어진 공공 건축은 공리성과 결합된 형태의 아름다움에 관해 역사적으로 신빙성 있는 발언을 한다. 기능과 아름다움은 러시아의 큰 지하철역들 및 캐나다의 수많은 새 고층아파트 건물군의 설계와 배치에서 인상적으로 결합된다. 오래된 문화들은 항상 아름다움의 실용성을 이해하고 있었던 듯하다. 아름다움이 빠진 채로 설계된 것은 빠르게 악화된다. 건축적으로 추한 동네는 황폐함과 폭력의 순환 고리의 일부가 된다. 도시 빈민가의 지저분하고 비인간적인 공영주택단지들은 더러움과 범죄 속에서 약한 힘의 패턴들을 나타낸다. 하지만 사람이 어떤 끌개 패턴과 정렬하고 있느냐에 따라, 빈민가의 궁핍함은 타락의 구실이 될 수도 있고 *아니면* 그것을 딛고 일어서려는 영감이 될 수도 있다는 점을 기억해야 한다. (결국 사람이 패배할 것인지 승리할 것인지를 결정하는 것은, 자신이 처한 환경의 현실이 아니라 그에 대한 자신의 태도이다.)

우아함은 미적 감수성이 갖는 힘의 표현이다. 그리고 힘은 선의 아름다움과 스타일에서든, 표현에서든, 항상 우아함과 더불어 나타난다. 우리는 우아함을 아취, 정제精製, 노력의 경제성과 결부시킨다. 우리는 고딕식 천장의 우아함으로 하여 고양되는 것과 꼭 같이, 올림픽 선수들의 우아함에 경탄한다. 우아한 힘의 패턴들은 생명을 인정하고 지지하며, 타인의 존엄성을 존중하고 받든다. 그에 더해 우아함은 무조건적 사랑의 한 측면이다. 우아함은 또한 관대함을 함축하는데, 그것은 물질적 관대함만이 아니라, 기꺼이 감사를 표현하거나 자신의 삶 속에서 타인의 중요성을 기꺼이 인정하려는 것 같은 영적 관대함을 말한다. 우아함은 겸양 및 겸손함과 결합되어 있다. 왜냐하면 힘은 자신에 대해 자랑할 필요가 없기 때문이다. 하지만 위력은 자기의심에서 기원하기 때문에 항상 과시해야 한다. 위대한 예술가는 자신의 힘에 대해 그것이 어떠한 표현을 갖든 감사한다. 왜냐하면 그는 그 힘이 전 인류를 이롭게 하는 선물임을 알고 있기 때문이다.

아름다움은 그토록 다양한 방식으로, 이질적인 문화들 속에서, 여러 다른 시기에 그 자체를 표현해 왔다. 우리는 아름다움이 보는 사람의 눈 속에 있다고 말하기에 충분한 이유를 가지고 있다.

하지만 변하는 것은 아름다움의 *전달 수단*일 뿐임에 주목해야 한다. 아름다움의 *본질*은 변치 않으며, 아름다움이 지각되는 형상만이 변할 뿐이다. 의식이 앞선 이들이 모든 형상에서 아름다움을 볼 수 있다는 것은 흥미롭다. 그들에게는 모든 생명이 신성할 뿐 아니라, 모든 형상이 아름다움이다.

POWER VS. FORCE

15 천재와 창조성

창조성과 천재는 높은 에너지 끌개장들의 중심에 있다. 인간 재능이 새로운 형태발생장의 창조나 접혀진 우주의 펼쳐짐에 대해 보다 관계가 깊은 것은 아니다. 사실, 그것들은 창조성과 천재의 명시적 영역이다. 하지만 창조성과 천재 어느 쪽이든 그것의 본질적 본성에 관한 정보가 부족한데, 긴밀히 연결된 두 과정은 여전히 신비에 싸여 있다.

인간 역사는 진실을 이해하려는 인간의 투쟁에 관한 기록이다. 진실들은 천재의 진실에는 자명해 보였다. 정의상으로, *천재*란 높은 에너지 끌개 패턴에 접근할 수 있는 능력을 특징으로 하는 의식의 한 양식이다. 천재는 성격 특성이 아니며, 사람이 '갖는' 것도 그 사람'인' 것도 아니다. 천재의 보편적 특징은 겸손함이다. 결국 우리가 인정하는 천재를 지닌 이들은 일반적으로 자신이 천재임을 부인한다. 그들은 항상 자신의 통찰력을 어떤 높은 영향력에 속한 것으로 돌렸다.

천재를 활성화시키는 과정에는 가장 일반적으로 어떤 질문을 최초로 정식화한 다음, 의식이 그 문제를 처리하도록 막연한 기간을 기다리는 것이 포함된다. 답은 갑자기, 특징적으로 비언어적 형태로, 순식간에 나타난다. 예를 들면, 전 역사의 위대한 음악가들은 자신이 음악을 계획한 것이 아니라 마음속에서 들은 것을 받아 적었을 뿐이라고 진술했다.[1] 유기화학의 아버지 F.A. 케쿨레는 꿈에서 본 분자구조를 토대로 벤젠의 고리형 구조를 밝혀냈다. 알베르트 아인슈타인은 환하게 밝아진 어느 순간에 혁명적 통찰을 했는데, 그 다음에 그것을 증명 가능한 수학으로 번역해 내는 데 5년이 걸렸다.[2] 정말이지 천재에게 주된 문제 하나는, 자신이 개인적 이해를 통해 지각한 것을 남들이 이해할 수 있는 가시적 표현으로 어떻게 변형시킬 것인가이다. 드러남* 자체는 대개 완전하며 그것을 맞아들인 이에게는 자명하지만, 타인에게도 그 드러남이 자명한 것이 되도록 만드는 데는 평생이 걸릴 수도 있다.[3]

이렇듯 천재는 개념화보다는 갑작스러운 드러남에서 시작되는 듯하지만, 그러나 거기에는 어떤 보이지 않는 과정이 포함되어 있다. 비록 문제 앞에서 천재의 마음은 속도를 내지 못하고 좌절한

* revelation, 이것은 종교와 신학에서 어떤 초자연적 실체나 신성한 존재와의 소통을 통해 진실이 드러나는 것을 가리킨다. 우리나라에서는 흔히 '계시'라는 기독교 용어로 알려져 있다.

것처럼 보일 수도 있지만, 실제로 마음이 하고 있는 일은 장을 준비하는 것이다. 이성과 투쟁이 벌어지는데 그 투쟁은 결국 선의 공안公案처럼 이성의 막다른 골목으로 인도한다. 그곳을 빠져나오는 유일한 길은 낮은 끌개 에너지 패턴에서 높은 끌개 에너지 패턴으로 도약하는 것이다.

끌개 에너지 패턴은 악음樂音과 마찬가지로 고조파를 갖는다. 고조파의 주파수가 높아질수록 힘은 강해진다. 천재는 새로운 고조파에 도달한다. 인간 의식의 모든 발전은 낮은 끌개 패턴에서 그것의 상위 고조파로의 도약을 통해 일어났다. 최초의 질문을 던지는 것은 어떤 끌개장을 활성화시킨다. 답은 그 끌개장의 고조파 안에 들어 있다. 질문과 답이 동전의 양면에 불과하다고 하는 것, 그리고 답이 이미 존재하지 않는다면 질문을 던질 수가 없다고 하는 것은 (답이 이미 존재하지 않는다면 그것으로부터 질문을 정식화해 낼 패턴은 없을 것이므로) 바로 이 때문이다.

***

인정받는 천재는 드물지 몰라도 그러나 천재는 우리들 모두 안에 거한다. 이 우주 속에 '행운'이나 '우연' 같은 것은 없다. 그리고 모든 것은 다른 모든 것과 연결되어 있을 뿐 아니라, 우주에서 배제돼 있는 사람은 아무도 없다. 우리가 전全 구성원이다. 의식은 물질성처럼 보편적 성질이다. 천재는 의식의 한 특징이기 때문에, 천재 또한 보편적이다. 보편적인 것에는 당연히 어느 누구나 접근할 수 있다.

창조성과 천재의 과정은 인간 의식에 고유하다. 만인이 자신의 내부에 의식이라는 같은 본질을 가지고 있는 것처럼, 천재 역시 모든 인간 속에 거하는 잠재력이다. 그것은 스스로를 표현하기에 알맞은 환경을 기다리고 있을 뿐이다. 우리들 각자는 삶 속에서, 아마도 자신이나 자신과 가까운 이들만 알게 될 뿐인 천재의 순간들을 맞는다. 우리는 이유도 잘 모르면서 갑자기 눈부신 조처나 판단을 하고, 그 순간에 꼭 들어맞는 얘기를 한다. 때로 우리는 그런 우연한 사건에 대해 자신을 칭찬해 주고 싶을 수도 있는데, 하지만 실제로는 그런 천재성이 어디서 왔는지를 알지 못한다.

천재는 흔히 지각의 변화를 통해 표현되는데 그러한 지각 변화는 맥락이나 패러다임에 어떤 변경이 있었음을 의미한다. 마음은 풀리지 않는 문제와 씨름하고, 질문을 던지고, 그리고 답을 받아들이기 위해 활짝 열린다. 답이 나오는 근원은 문화와 시대에 따라 달라지는 수많은 이름을 얻었다. 서구 문명의 예술에서, 그것은 전통적으로 *뮤즈*라는 이름의 그리스 영감의 여신과 동일시되었다. 겸손하며 주어진 빛비춤illumination에 감사하는 이들은 계속 천재에 접속하는 능력을 갖는 경향이 있다. 영감을 자신의 에고 덕분으로 돌린 이들은 곧 그 능력을 잃어버리거나, 아니면 자신의 성공으로 하여 파멸한다. 높은 힘은 마땅히 고압전류처럼 존중심을 가지고 다루어야 한다.

그 다음에 천재와 창조성은 주관적으로 하나의 *목격함*witnessing으로 경험된다. 그것은 개인의 자아나 에고를 우회하는 현상이다.

천재를 교묘히 불러내는 능력은 흔히 고통스러운 내맡김을 통해서만 학습될 수 있는데, 천재라는 불사조는 풀 수 없는 문제와의 무익한 씨름 끝에 절망의 잿더미에서 솟아오른다. 패배에서 승리가 나오고, 실패에서 성공이 나오며, 겸손해짐에서 참된 자존감이 나온다.

천재를 이해하려는 시도에서 한 가지 문제는, 그것을 알아보는 데는 천재에 준하는 이가 필요하다는 것이다. 세상은 종종 천재를 감별하는 데 완전히 실패한다. 사회는 흔히 천재의 창조 자체인 내재적 천재에는 주목하지 않고 천재의 작품에 갈채를 보낸다. 사람은 자신 안에 있는 내재적 천재를 인정할 때까지는 타인들 속에서 그것을 알아보는 데 큰 어려움을 겪을 것이다. 우리는 우리 안에서 깨달아진 것만을 밖에서 인식할 수 있다. 예를 들면 미하일 고르바초프는 세계적으로 엄청난 주목의 대상이었지만, 그러나 동시에 세계가 정말로 그의 *천재*를 인정한 것은 아니었다. 그는 단독으로, 불과 몇 년 만에, 지상 최대의 제국 중 하나에 완전히 혁명을 일으켰다. 그에게 힘의 유일한 근원은 자신의 영감과 미래안未來眼뿐이었다. (소비에트 공산주의 정권이 힘을 기반으로 하고 있었다면 그것을 뒤엎을 수 있는 것은 없었을 것이다. 하지만 그것은 위력을 기반으로 했기 때문에 힘과 정렬한 카리스마적 지도자의 손에서 종말에 이르는 운명을 맞았다.)[5]

***

천재는 우리 사회 최대의 미개발 자원중 하나다. 천재는 사적이지 않은 것처럼 특정하지도 않은데, 천재를 지닌 이들은 여러 영역에 걸쳐 복수複數의 재능을 가지고 있는 경우가 많고, 상이한 문제들에 대해 답을 갖고 있을 수도 있다. 하지만 사회는 자신의 천재들을 양성하는 법을 모르는 까닭에 큰 손실을 입는다. 사실 사회는 그들에게 무관심하거나 적대적인 일이 많다. 그것은 불행한 일인데, 왜냐하면 천재들은 특징적으로 부양하는 데 큰 비용이 들지 않기 때문이다. 우리가 *천재*라 칭하는 이들의 생활방식은 전형적으로 단순하다. 그들은 돈이나 명성에는 좀처럼 흥미를 갖지 않는다. 천재는 자원에 대한 안목과 창의력의 경제성을 특징으로 하는데, 그것은 그들이 생명을 소중히 여기고 생명의 모든 표현이 갖는 내재적 가치를 보기 때문이다. 시간과 자원이 귀중하게 여겨지므로, 필요 이상으로 하는 것은 낭비로 비친다. 따라서 천재를 지닌 이들은 흔히 매우 조용한 삶을 영위하고, 대개는 지지해야 하는 대의가 있을 때만 어쩔 수 없이 앞에 나선다.

천재들은 바닥나지 않는 공급원과 접해 있기 때문에 오직 최소한의 필요만을 경험한다. (그러한 단순성은 일반적인 참된 성공의 공통적 특징인 듯하다.) 내가 이미 '갖고' 있는데 '얻을' 필요는 없는 것이다. 그 비물질주의, 그 표면적 순진성의 기초에는 우주 자체의 본성에 대한 근본적 이해가 깔려 있다. 생명을 지지하는 것은 생명에 의해 지지받는다. 그리하여 생존에는 노력이 들지 않으며, 주는 것과 받는 것은 하나이자 동일한 것이다.

천재는 비관습성이나 기행으로 해석되기로 유명하다. 천재를 지닌 이들은 높은 에너지 끌개장과의 정렬로 인해 삶에 다른 전망을 갖는 것이 사실이다. 따라서 그들에게는 만사가 평균적인 사람들과는 다른 의의를 갖는다. 천재는 우리의 이해 범위 너머에 있는 통찰로 하여 집중적 활동을 하도록 영감을 얻는 일이 많다.

천재는 스타덤이 아니다. 이름을 날리는 천재들은 극소수다. 그런 지위를 이루지 못한 천재 부대가 여전히 존재한다. 많은 천재들이 전혀 두드러지지 않게 보이는데, 그들은 사실상 정규 교육을 많이 받지 못했을 수도 있다. 이 유형의 특징을 이루는 것은, 자신이 경험한 것을 철저히 이용할 수 있는 능력 및 높은 정도의 통달에 이르는 데 필요한 헌신에 의해 그런 능력을 활용하는 능력이다. 많은 생산적 천재들이 죽은 지 한참 지나도록 인정받지 못한다. 사실, 천재라는 선물(또는 저주)은 그런 개인의 생애에 불운한 귀결을 낳는 일이 많다.

천재의 한 가지 특징은 깊이 집중할 수 있는 능력인데 그것은 흔히 주기적 형태로 표현된다. 말하자면, 천재라는 성격은 때로 양극단을 합쳐 놓은 것 같다. 영감을 얻었을 때, 천재는 어떤 해결책이 마음속에서 여전히 생생한 동안 그것을 구현하기 위해 하루 20시간을 일할 수도 있다. 그런 집중적 활동기 사이사이에 외견상의 정체기가 끼어드는 경향이 있는데, 그 정체기는 사실상 창조적 과정의 필요한 일부인 발효기이다. 천재들은 아이디어를 결정화結晶化하기 위한 공간을 만들 필요성을 이해한다. 왜냐하면 창조성은 적절한 (외적이 아닌) 내적 환경에서 일어나기 때문이다. 무대는 흔히 완전한 방심放心을 통해 차려진다. 밀리는 고속도로를 가던 도중 복잡한 문제에 대한 답이 문득 떠올랐다는 사람들의 얘기를 누구나 알고 있다.

그토록 많은 사람들이 자신의 천재를 알아보지 못하고 따라서 그 천재에 힘을 불어넣지 못하는 일차적 이유는, 통속적 마음속에서 천재는 높은 IQ와 헷갈리기 때문이다. 그것은 무지막지한 오해인데, 그런 오해는 수학과 물리학 분야의 많은 이름난 천재들이 정말로 IQ가 높다는 사실에서 비롯되었다. 하지만 그런 분야에서 연구를 이해하는 데 필요한 IQ는 하나의 전제조건이다. 단순히 천재를 인간 활동의 일정 영역에서 비상하게 높은 정도의 통찰력으로 보는 것이 보다 도움이 될 것이다. 결국 예술, 음악, 디자인, 발명과 같은 여러 분야에는 지성을 쓰지 않는 천재들의 무리가 있으며, 그들의 혁신적이고 창조적인 재능은 일정 범위 내로 제한된다.

IQ란 상징과 단어를 논리적으로 이해하는 학업 능력에 대한 측정에 불과하다는 것을 기억해 두자. 우리 연구에서 보면, 자신의 목표와 가치를 높은 에너지 끌개와 정렬시키는 것이 다른 어느 것보다 천재와 더욱 밀접히 결합되는 듯하다. 천재를 보다 정확히 감별해 줄 수 있는 것은 끈기, 용기, 집중력, 엄청난 욕구, 절대적 온전성이며, 재능 하나로는 충분치 않은 것이 분명하다. 통달하기 위해서는 흔치 않은 정도의 헌신이 요구된다. 가장 단순하게 정의하자면, 천재는 자신의 소명에서 비상한 정도로 통달할 수 있는 능력이라고 할 수 있다. 이름이 났든 그렇지 않든 간에, 모든 천재들이 따르는 공식은 다음과 같다. *가장 하고 싶은 일을 하되, 자신이 가진 능력의 최선을 다해서 하라.*

POWER VS. FORCE

16

성공에서 살아남기

숱한 천재들이 대중에 의해 발견되고 찬양받은 뒤에 비극적으로 몰락했는데, 이는 작은 성공과 큰 성공이 있음을 예시한다. 전자는 빈번히 삶을 위험에 빠뜨리는 반면, 후자는 삶을 드높인다. 참된 성공은 영에 활기를 불어넣고 영을 지지한다. 그것은 고립된 업적과는 아무 상관 없지만 대신 전인全人으로 완성되는 것과 관련되고, 또한 개인뿐 아니라 주위의 모든 사람을 이롭게 하는 생활양식을 이룩하는 것과 관련된다. 진정으로 성공한 이들의 삶에 힘을 불어넣는 것은 그들의 성취를 낳은 맥락이다.

이것과 대비되는 것이 타블로이드판 신문의 세계가 성공이라 부르는 것인데, 그러한 성공은 흔히 '성공한' 사람의 건강과 인간관계를 갉아먹는다. 부유하고 유명한 이의 삶에서는 영적 와해가 흔하다. 그런 종류의 성공은 명사가 된 것일 뿐이며, 그것의 파괴 능력은 매일같이 기록된다. 유명 인사들이 결혼 실패, 중독, 알코올중독, 자살, 기타 때 이른 죽음으로 쉼 없이 스러진다. 그런 비극으로 이력을 망친 명사들의 이름을 전부 나열한다면, 수십 페이지가 꽉 찰 것이다. 영화배우, 팝스타, 작가들…… 명단은 계속 이어진다. 명성의 대가에 관한 그런 악명 높은 사례에 더해, 마약 문제나 꼬인 성격으로 망가진 그 밖의 '성공한' 인생은 헤아릴 수없이 많다. 예전에 괜찮았던 사람이 허영스럽고, 잔인하고, 자기중심적이며 지나치게 방종해지게 된다.

그것은 단지 그런 사람들이 지나치게 많은 부와 명성을 누렸거나 지나치게 많은 주목을 받았기 때문은 아니다. 그것은 그런 영향력이 그들의 에고를 왜곡하여 큰 나 대신에 작은 나라고 할 만한 것을 강화했기 때문이다. 작은 나는 아첨에 약한 우리의 일부다. 큰 나는 우리의 보다 진화된 본성의 한 측면으로서 겸손하고 성공에 감사한다. 작은 나는 약한 끌개 패턴과 정렬된다. 참나는 높은 에너지 끌개장과 정렬된다.

우리가 그것으로 인해 고양되는지 파멸하는지 여부는 성공 자체에 달린 것이 아니다. 그것은 성공이 우리의 성격 속으로 어떻게 통합되느냐에 달려있다. 우리가 자부심을 갖는지 아니면 겸손한지, 자만하는지 아니면 감사하는지, 자신의 재능으로 인해 자신을 남보다 낫다고 여기는지 아니면 자신의 재능을 감사한 선물로 간주하는지 여부, 바로 이것이 결정 요인이다. 우리 모두는 약간의 성공만으로도 타락하는 이들을 알고 있다. 그들은 권위를 조금 맛

보기만 해도 오만하고, 주제넘게 나서고, 통제하려 들게 된다. 그에 더해 우리는 훨씬 더 큰 권위를 가지고 있으면서도 사람을 진심으로 대하는, 민감하며 보살피는 이들 또한 알고 있다.

우리가 세상의 힘 있는 인물들, 예컨대 산업계의 거물, 은행장, 노벨상 수상자, 전설적 가문의 구성원들과 알게 될 때, 우리는 얼마나 많은 이들이 열려 있고, 따뜻하고, 성실한지, 그리고 성공을 하나의 책임 혹은 '노블레스 오블리제'로 바라보는지를 알고 깜짝 놀란다. 그들이 진정으로 성공한 이들이다. 그들은 두드러지게 용기 있고, 모두에게 사려 깊으며, 찾아온 유력자든 수행원이든 *만인을 동등한 개체로 대한다.* 진정으로 성공한 이들에게는 오만하게 행동하려는 성향이 없는데, 왜냐하면 그들은 자신을 남보다 낫다가 아닌 남보다 운이 좋다고 간주하기 때문이다. 그들은 자신의 지위를 하나의 *청지기역*으로, 즉 자신이 가진 영향력을 모두에게 최대한 이익이 되도록 행사할 책임으로 본다.

무엇이 진정으로 성공한 이를 그토록 우아하고, 열려 있고, 너그럽도록 해 주는지를 우리의 인과 공식을 통해 설명할 수 있다.

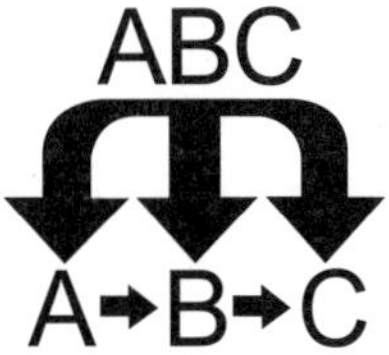

진정으로 성공한 이들은 ABC와 동일시한다. 그들은 자신이 외부 세계에서 성공을 창조하기 위해 가동된 하나의 채널이라는 것

을 깨닫는다. 성공의 근원과 동일시하는 한, 그들에게는 성공을 잃어버리는 것에 대한 불안이 없다. 왜냐하면 성공의 근원이 '이 안'에 있다는 인식으로부터 확고한 자신감이 우러나기 때문이다. 그러나 자신의 성공이 A→B→C 영역 내에 있다고 보는 사람은 항상 불안할 터인데, 그것은 성공의 근원이 '저 밖'에 있기 때문이다. 사람은 힘의 근원이 자신의 외부에 놓여 있다고 믿음으로써 무력하고 취약해지며 따라서 방어적이고 소유욕을 갖게 된다. 참된 성공이 기원하는 곳은 외부 환경에서 독립한, 내부이다.

성공의 사다리에는 세 개의 큰 발판이 있는 듯하다. [1] 초기에 중요한 것은 사람이 '가진' 것이다. 즉, 지위는 물질적 부의 가시적 표지에 의존한다. [2] 사람이 진보하면서 지위는 소유보다는 '행'을 통해 생겨난다. 사다리의 이 수준에서는 사람의 위치와 활동이 유의미한 사회적 지위를 가져다준다. 그러나 사회적 역할이 갖는 매력은 사람이 통달을 이루고 성숙해지면서 광채를 잃어버리는데, 왜냐하면 중요한 것은 자신이 성취한 것이기 때문이다. [3] 마지막으로, 삶을 경험한 결과로 사람은 자신이 된 것에만 관심을 갖는다. 그런 이들에게는 어떤 카리스마적 '현존'이 있는데 그것은 그들의 내적 힘의 은총이 외부로 발현된 것이다. 그들과 함께 있을 때, 우리는 그들이 정렬해 있고 또 반영하는 강력한 끌개 에너지 패턴의 효과를 느낀다. 성공은 자신의 삶을 높은 힘 에너지 패턴과 정렬시킨 자동적 귀결로 온다.

참된 성공이 그렇게 상대적으로 노력이 들지 않는 이유는 무엇인가? 그것은 전선을 타고 흐르는 전류에 의해 창조된 자기장에

비할 만하다. 전류의 힘이 강할수록 그것이 발생시키는 자기장은 커진다. 그리고 자기장 자체는 그 다음에 그 속에 있는 모든 것에 영향을 미친다. 꼭대기에는 불과 몇 명뿐이다. 하지만 평범한 이들의 세계는 경쟁이 치열한 곳에 속하며, 피라미드의 밑바닥은 붐빈다. 카리스마적인 승자들은 동이 난다. 패배자들은 받아들여지기 위해서 애써야만 한다. 사랑하고, 친절하고, 타인을 배려하는 이들에게는 친구가 셀 수 없을 정도다. 성공적 패턴과 정렬한 이들에게는 삶의 모든 분야에서의 성취가 반사된다. 그리고 성공의 강한 패턴과 실패로 이끄는 약한 패턴 간의 차이를 구별할 줄 아는 능력은 지금 우리들 각자가 이용할 수 있는 것이다.

P O W E R V S . F O R C E

17 신체적 건강과 힘

우리는 현명함으로써 부유해지는 것은 물론 건강해지게 된다. 그러나 현명함이란 무엇일까? 우리 연구에 따르면 그것은 높은 힘 끌개 패턴과 정렬한 결과이다. 비록 우리는 평균적 삶에서 에너지 장들의 뒤죽박죽을 발견하는 경향이 있지만, 가장 높은 힘을 갖는 패턴이 지배한다. 이제 우리는 비선형 동역학과 끌개 연구의 기본 금언을 소개하기에 충분한 자료를 탐구했다. *끌개가 맥락을 창조한다.* 본질적으로, 이것은 사람이 전념하는 원칙에서 비롯되는 동기가 이해 능력을 결정하고 따라서 행위에 의의를 부여한다는 것을 뜻한다.

원칙과 정렬한 효과를 그것의 생리적 귀결보다 더 인상적으로 드러내는 것은 없다. 활기 넘치는 건강은 높은 에너지 끌개 패턴과의 정렬에 따라온다. 약한 패턴과의 정렬은 병으로 귀결된다. 이 증후군이 명확하고 예측 가능하다는 것과 재현성 백퍼센트의 과학적 표준을 만족시키는 어떤 시범을 통해 입증될 수 있다는 것은 이제 독자들이 잘 아는 사실이다.

인간의 중추신경계에는 생명*지지적* 패턴과 생명*파괴적* 패턴을 구별하는 오묘하게 민감한 능력이 있는 것이 분명하다. 신체를 강하게 만드는 강한 힘 끌개 에너지 패턴은 뇌에서 엔도르핀을 방출하고 모든 장기에 강장효과를 낸다. 역자극은 아드레날린을 방출하며, 자극의 본성에 따라 즉각 면역반응을 억제하고 특정 장기의 약화 및 기능 부전을 유발하기조차 한다.

이러한 임상현상은 카이로프랙틱, 침술, 반사요법을 비롯한 그런 많은 요법의 근거를 이룬다. 하지만 위의 요법들은 대개가 어떤 에너지 불균형의 *결과*를 교정하려는 목적을 갖는다. 그러나 에너지 불균형을 *유발*하는 기본적 태도가 교정되지 않는다면, 병은 재발하는 경향이 있다. 수백만에 이르는 자조 모임 사람들은, 건강이 그리고 전 범위에 걸치는 인간 행동 문제와 질병으로부터의 회복이 높은 에너지 끌개 패턴과 상관있는 태도(다시 말해, 영적 태도)를 채택한 결과임을 입증했다.

일반적으로 말해서, 신체적 정신적 건강은 긍정적 태도에 부수되는 반면, 신체적 정신적으로 좋지 않은 건강은 분개, 시기, 적의, 자기연민, 두려움, 불안 등과 같은 부정적 태도와 결합되어 있다. 정신분석 분야에서는 긍정적 태도를 *긍정적 정서*라 하고, 부정적 태도를 위기적 정서라 한다. 만성적으로 *위기적 정서*에 침잠해 있는 것은 좋지 않은 건강과 개인적 힘의 심한 약화로 귀착된다.

힘과 건강의 이러한 위축을 피하려면 부정적 태도를 어떻게 극복해야 할까? 임상적 관찰 결과는 환자가 어떤 결단을 내려야 한다는 것을 가리킨다. 진지한 변화 욕구를 가질 때, 사람은 높은 끌개 에너지 패턴을 다양한 표현 속에서 구하게 된다. 예를 들면, 사람은 냉소주의와 결합하는 것으로는 비관주의를 넘어서지 못한다. 누구와 어울리는지가 그 사람을 말해 준다는 통속적 관념에는 임상적 근거가 있다. 끌개 패턴은 어떤 분야든 그것이 받아들여진 곳에서 지배하는 경향이 있다. 그래서 정말로 필요한 것은 자신을 높은 에너지 장에 노출시키는 것뿐인데, 그러면 자연스럽게 내적 태도가 변하기 시작할 것이다. 이는 자조 모임에서는 잘 알려진 현상이며, "몸이라도 모임에 끌고 와라."는 말 속에 반영되어 있다. 자신을 높은 패턴의 영향력에 노출시키기만이라도 하면 그런 높은 패턴은 와서 '스치기' 시작한다. 아니면 그곳에서 말하는 대로 "당신은 삼투작용을 통해 얻어 간다."

전통 의학에서는 일반적으로 스트레스를 인간의 수많은 장애와 질병의 원인으로 여긴다. 그 진단의 문제점은 스트레스의 *근원*을 짚지 않는다는 것이다. 그것은 *모든 스트레스가 사람의 태도로 인해 내적으로 발생된다*는 것을 깨닫지 못한 채 외부 환경을 비난하는 쪽으로 시선을 돌린다. 나는 스트레스 증상을 활성화시키는 것은 인생사가 아니라 그것에 대한 사람의 반응이라는 점을 재차 강조해야겠다. 우리가 이미 밝혀낸 것처럼, 이혼은 괴로움을 일으킬 수도 있고 안도를 가져다줄 수도 있다. 직업상의 어려움은 자신의 상사가 교사로 보이는지 아니면 괴물로 보이는지에 따라, 결국 자극이 될 수도 있고 불안이 될 수도 있다.

태도는 사람의 위치에서 비롯된다. 그리고 사람의 위치성은 동기 및 맥락과 관계있다. 사건의 의미를 해석하는 전체적 방식에 따라, 동일한 상황이 비극적일 수도 있고 우스꽝스러울 수도 있다. 생리적 측면에서 말하자면, 사람은 태도를 선택할 때 동화작용을 하는 엔도르핀과 이화작용을 하는 아드레날린 사이에서 선택한다.

영양의 힘

자신의 건강에 대한 유일한 영향력이 내부에서 기원하는 것들이라고 주장하는 것은 바보짓일 것이다. 물질세계의 비개인적 요소들 또한 신체적 힘을 강화시키거나 약화시킬 수 있다. 여기서도 역시 근육테스트가 빛을 발한다. 근육테스트를 통해 (그저 몇 가지 언급하자면) 합성물질, 플라스틱, 인공 착색제, 방부제, 살충제, 인공감미료는 신체를 약하게 만드는 반면, 순수한, 유기재배된, 수제 제작 물질은 우리를 강하게 만드는 경향이 있다는 것이 분명히 밝혀질 것이다. 예를 들어, 비타민 C를 가지고 실험하면 우리는 유기농 비타민 C가 화학적으로 합성한 것보다 월등히 우수하다는 것을 발견한다. 하나는 사람을 강하게 만드는데 다른 하나는 그렇지 않다. 이와 비슷하게, 유기농 방사 닭이 낳은 달걀은 화학물질을 먹여 사육한 닭이 낳은 달걀에 비해 내재적 힘이 훨씬 강하다. 건강식품 운동은 그동안 죽 옳았던 듯하다.

불행히도, 미국의학협회도 전미식품영양평의회도 영양 분야에서 깨달은 역사는 갖고 있지 않다. 지금 과학계는 영양이 행동 및 건강과 관계있다는 것을 마침내 인정하고 있다. 그러나 이 단순한 관찰결과는, 20년 전, 저서 『분자교정 정신의학』에서 영양이 뇌와 혈류의 화학적 환경에 작용하며 다양한 행동, 정서, 정신장애에 영향을 미친다고 했을 때 상당한 논란을 야기했다.[1]

보다 최근에는, 20년간의 연구에 관한 일련의 논문에서, 일정한 비타민 군을 처방하면 지발성遲發性 운동장애라는 장기간 항정신병약물 치료를 받는 환자들에게서 높은 비율로 나타나며 흔히 비가역적인 신경질환의 발생이 예방된다는 것이 드러났다.[2] 백 명의 의사들이 진료하는 환자 61,000명을 대상으로 한 20년간의 연구에서, 비타민 B_3,C, E, B_6를 투여했을 때 지발성 운동장애의 발병 기대율은 25퍼센트에서 0.04퍼센트로 낮아졌다.[3] (고용량高用量 비타민요법으로 보호받은 61,000명의 환자 가운데, 지발성 운동장애를 일으킨 이들은 예상대로 20,000명에 달하는 숫자가 아닌 단 37명뿐이었다.)[4]

그 논문은 미국에서 대체로 무시되었는데, 왜냐하면 그것에 신빙성을 부여할 맥락이 여전히 없었기 때문이었다. 의료계는 영양에 대해 단순히 무관심했고, 조직된 의학은 전통적으로 개혁자들에게 불친절했다. 압도적 반대 증거에도 불구하고 확립된 위치를 완강히 방어하는 것이 인간 본성의 결함임을 기억하는 것은 도움이 된다. 인정認定의 그런 결핍을 다루는 단 하나의 건강한 방식은 *수용*이다. 일단 인간 조건을 정말로 이해하면, 우리는 한때 비난을 느꼈을 수도 있는 곳에서 연민을 느낄 것이다. 연민은 모든 에너지 끌개 힘의 패턴 중에서 가장 높은 패턴에 속한다. 앞으로 보게 될 것처럼, 이해하고 용서하고 수용하는 능력은 개인적 건강과 직결된다.

POWER VS. FORCE

18

건강과 질병 과정

전 시대에 걸쳐, 일정한 질병이 특정한 감정 및 태도와 연결되어 있다는 것은 공통된 관찰 결과였다. 예컨대, 중세의 '멜랑콜리'라는 개념은 우울증을 간 손상과 결부시켰다. 현대에는 많은 신체 장애가 스트레스 감정과 명확히 결부되었다.

감정에 신체적 귀결이 따른다는 것은 널리 기록되어 있다. 정신분석 초기에, 특정 질환과 특수한 심리적 갈등을 동일시하려는 연구에서 정신신체의학적 연구의 장이 태동했다. 우리는 심장 질환과 'A형' 성격* 간의 관련에 대해, 그리고 억압된 분노가 어떻게

* 의학에서 관상동맥질환을 일으키기 쉬운 것으로 분류하는 성격형의 명칭. 야심만만하고 공격적이며 지배욕과 경쟁심이 강하다. 이와 반대로 느긋하고 인내심이 강한 성격형을 'B형' 성격으로 분류한다.

고혈압과 뇌졸중으로 귀결되는지에 대해 익히 들어 왔다. 추정에 따르면, 장기를 통제하는 것과 연관되는 뇌의 여러 영역에서 감정은 신경전달물질의 변동을 통해 호르몬 변화에 영향을 미친다.

최근 몇 년 간, AIDS 확산에 대한 우려는 연구자들이 신체 면역계를 연구하도록 이끈 커다란 유인이 되었다. 일반적으로 스트레스로 경험되는 것은 흉선 억제로 귀결되고, 그 결과 신체 방어는 손상되는 듯하다. 그러나 스트레스라는 주제에 관한 다양한 연구법은 신념체계와 태도의 관계, 그리고 개인적 경험의 본성을 결정하는 지각이라는 결과적 맥락의 관계를 고찰하는 데 실패한다. 스트레스의 기원은 자극에 특정하고 특징적인 패턴으로 반응하는 유기체의 성향과 항시 관련된다. 비선형 동역학과 끌개 연구의 수학으로부터 우리가 이미 알고 있는 것(이는 근육테스트와 침술을 통해 임상적으로 확증되었다)에 기대어, 우리는 질병 과정 자체의 기본적 본성에 대한 어떤 정식화를 이끌어낼 수 있다.

어떤 관념이나 생각의 무리가 긴 시간을 두고 지속되는 경향이 있는 태도로, 의식 속에서 일어난다. 태도는 그 뒤에 상응하는 힘이나 약점의 끌개 에너지 장과 결합된다. 그 결과가 세계에 대한 특수한 지각이며, 특정한 감정을 유발하기 위해 적당한 사건들이 꾸며진다. 모든 태도, 생각, 신념은 또한 신체의 모든 장기로 가는, 에너지 *경락*이라고 불리는 다양한 경로와 연결되어 있다. 근육테스트를 통해 특정 경혈점은 특정한 태도와 연결된다는 것, 차례로 경락은 특정 근육과 장기로 가는 에너지 채널로 기능한다는 것을 입증할 수 있다.[1] 특정한 경락들은 전통적으로 그것이 에너지

를 불어넣는 장기를 따서 이름이 지어졌다. 예를 들면, 심경心經, 담경膽經 등.[2]

이 중추적인 내적 의사소통에 신비스러운 점은 전혀 없다. 그것은 단 몇 초 만에 누구든 만족할 수 있을 만큼 입증될 수 있다. 다들 알다시피, 만일 우리가 특정한 부정적인 생각을 마음에 품는다면 특정 근육이 약화될 것이다. 그 다음에 그 생각을 긍정적 관념으로 대체하면 같은 근육이 당장 강해질 것이다.[3] 마음과 몸의 연결은 즉각적이어서, 몸의 반응은 꼬리를 무는 생각 및 그와 결합된 감정에 반응하여 시시각각 변동하고 변화한다.

우리는 비선형 동역학과 그것의 수학에서 도출되는 *초기 조건에의 민감한 의존* 법칙에 관해 언급했다.[4] 이것은 입력 패턴에서의 사소한 변동이 최종적 출력에서 의미심장한 변화로 귀결되는 방식을 묘사한다는 것을 기억하라. 왜냐하면 장기간에 걸친 미세한 변동의 반복은 패턴의 점진적 변화를 낳거나, 혹은 증분增分이 로그값으로 늘어날 때 새로운 고조파로의 도약으로 귀결되기 때문이다. 미소한 변동의 효과는 그것이 최종적으로 전체 계에 작용할 때까지 증폭된다. 그리고 새로운 에너지 패턴이 진화하는데 그것은 동일한 과정에 의해 그 다음에 그 이상의 변동으로 귀결될 수 있다.

물리학의 세계에서는 이 과정을 '난류亂流'라고 한다. 그것은 특히 공기역학 분야에서 물리학과 수학을 결합하는 방대한 연구 주제이다. 그런 난류가 의식의 끌개장 안에서 발생될 때, 그것은 새로운 수준의 평형이 구축될 때까지 계속되는 감정적 혼란을 빚어낸다.

마음이 부정적 세계관에 지배될 때, 직접적 결과는 다양한 신체 장기로 가는 에너지 흐름에서 미세한 변화가 반복되는 것이다. 전체적 생리의 미묘한 장은 전자 전달, 신경 호르몬 균형, 영양 상태 및 그 비슷한 것을 매개로 하여 그것의 모든 복잡한 기능이 다 영향받는다. 결국, 극미한 변화의 축적은 전자현미경법, 자기공명영상MRI, X선, 혹은 생화학 분석과 같은 측정기법을 통해 식별할 수 있게 된다. 그러나 변화를 탐지할 수 있을 무렵에는 질병 과정은 이미 한참 진행되어 있다.

우리는 생각과 태도라는 보이지 않는 우주가 신체의 습관적 반응의 귀결로서 가시화되는 거라고 말할 수 있다. 끊임없이 마음속을 지나가는 수백만 가지 생각을 감안하면, 몸 상태가 유전적 환경적 요소들에 의해 수정되는 것처럼 지배적 사고 패턴을 반영하는 쪽으로 근본적으로 바뀔 수 있다는 것이 놀라운 일은 아니다.[5] 자극의 지속과 반복은 초기 조건에의 민감한 의존 법칙을 통해 관찰 가능한 질병 과정으로 귀결된다. 질병 과정을 일으키는 자극은 너무도 미소하여 탐지 자체가 안 될 수도 있다.

만일 이러한 질병 발생 모형이 올바르다면, 모든 병은 사고 패턴과 습관적 반응을 바꿈으로써 돌이킬 수 있어야 한다. 사실, 전 역사에는 인류에게 알려진 온갖 병으로부터의 자연발생적 회복이 기록되어 있다. (그러한 현상은 1994년 4월 8일, TV 뉴스 쇼 20/20의 주제였다.) 전통의학은 자연발생적 '치유'에 관해 기록하고 있으나 그런 현상을 조사할 개념적 도구에 대해서는 기록한 바 없다. (여담이지만, 철저하게 현대적인 외과의라 하더라도 수술 도중에 자신이 죽을 거라고 확신하는 환자를 수술하는 것을 상당히 꺼리는 것을 보는 것은 흥미로운데, 왜냐하면 그런 환자에게는 종종 그런 일이 벌어지기 때문이다.)

***

익명의 알코올중독자회에서는 대상자가 성격의 본질적 변화를 경험하기까지 회복은 있을 수 없다고 말한다.[6] 성격의 본질적 변화는 AA 설립자 빌 W.가 최초로 나타낸 기본적 변화로서, 전 신념체계에 심원한 변형이 일어나고 의식의 갑작스러운 도약이 그 뒤를 따른다.[7] 태도의 그런 큰 변모를 최초로 정식으로 연구한 것은 미국의 정신과의사 해리 티보트였다. 그는 AA 최초의 여성이었던 어느 가망 없는 알코올중독자를 치료했는데, 그녀는 기존의 그 어떤 치료법을 가지고도 설명할 수 없는 정도로 성격의 심원한 변화를 겪었다. 그녀에 대한 관찰 결과를 담은 일련의 논문 중 첫 번째에서, 티보트는 그녀가 화내는, 자기연민에 빠진, 편협한, 에고 중심적인 인간에서 친절한, 부드러운, 용서하는, 사랑하는 사람으로 변형되었다고 기록했다.[8] 그녀의 사례가 중요한 것은, 변형이라는 요소가 진행성이거나 가망 없는 모든 질환에서 회복하는 데 얼마나 핵심이 되는지를 명료히 입증해 주기 때문이다.

가망 없는 불치병으로부터의 회복에 관한 모든 연구 사례에는, 병리적 과정으로 귀결된 끌개 패턴이 더 이상 지배하지 않게 된 의식의 그런 대대적 전환이 있다. 그런 중증 질환에서 회복하는 데 필요한 단계를 정식화한 것은 병에서 회복한 최초 100인의 알코올중독자들이었는데, 그것은 AA와 뒤따라 생긴 모든 12단계 회복 모임에서 제안하는 저 유명한 12단계가 되었다.[9] 그 단계를 따른 결과 수백만 명이 회복한 사실은, 그러한 경험이 모든 질병 과정에 보편적 적용가능성을 가질 수도 있음을 암시한다. 칼 융이 로랜드에게 해 준 충고, "믿음이 있든 없든, 마음이 끌리는 영적 모임에 진심으로 투신하십시오. 그리고 내 경우에는 기적이 일어날 수도 있다는 희망을 가지세요."[10]는 진행성 질환에서 회복하기를 원하는 모든 이들에게 진실일 수 있다.

자연적으로 회복하면서 사랑할 수 있는 능력이 현저히 커지고 하나의 치유 요소로서 사랑의 중요성에 대한 앎이 크게 높아지는 일이 자주 있다. 수많은 베스트셀러들은 사랑하는 것은 건강하게 사는 것이라고 우리에게 말하고 있지만, 그러나 동료 인간에 대한 사랑은 우리가 서로에 대한 비난, 두려움, 미움을 그칠 때야만 일어날 수 있다. 하지만 그런 근본적 변화는 혼란스러울 수 있다. 성장의 일시적 불편을 견뎌 낼 수 있는 용기가 요구되는데, 마음은 자부심으로 하여 변화에 저항하는 경향이 있다. 일체의 질병 과정에서의 회복은 자신과 삶을 바라보는 새로운 방식을 탐험하려는 자발성에 달려 있다. 거기에는 신념체계가 흔들릴 때의 내적 두려움을 견디는 능력이 포함된다. 사람들은 미움과 불평을 품으며 그러한 것에 달라붙는다. 그래서 인류를 고치려면 전 주민을 원한, 공격, 복수의 생활양식으로부터 떼어 놓는 것이 필요할 수 있다.

200 이하의 에너지 장과 결합되어 있는 생각과 행동에서의 주된 어려움은, 그런 것이 역반응을 일으킨다는 점이다. 관찰 가능한 우주의 잘 알려진 법칙 하나는, 물리력은 크기가 같고 방향이 반대인 반작용력을 낳는다는 것이다. 따라서 모든 공격은 정신적인 것이든 물리적인 것이든 반격으로 귀결된다. 악의는 말 그대로 우리를 병들게 한다. 마음에 품은 원한의 희생자는 항상 자기 자신이다. 은밀한 적대적 생각조차 자신의 몸에 대한 생리적 공격으로 귀결된다.

한편, 사랑과 마찬가지로 웃음은 치유한다. 왜냐하면 웃음은 작은 맥락을 더욱 크고 포괄적인 맥락에서 바라볼 때 터져 나오기 때문이다. 그런 식으로 바라볼 때, 관찰자는 피해자연하는 태도에서 떨어져 나온다. 모든 농담은 우리의 실상이 사건들의 세부 너머에 있는 초월적인 것임을 일깨워 준다. 예를 들어, 교수대 유머*는 모순의 대립되는 측면들을 나란히 늘어놓는 데 바탕을 둔다. 기본적 불안이 가시고 나면 웃음이 터져 나온다. 갑작스레 깨닫는 각성에 자주 동반되는 것 하나가 바로 웃음이다. 우주적 농담은 환상과 실상의 나란한 비교이다.

이와 대조적으로, 유머 없는 것은 건강과 행복에 해롭다. 전체주의 체제는 어떤 수준에든 눈에 띄게 유머가 결여되어 있다. 웃음은 수용受容과 자유를 가져오며, 전체주의적 지배에 대한 하나의 위협이다. 결국, 유머감각이 뛰어난 이들을 억압하기는 어렵다. 사

* 말 그대로 절망적이거나 희망 없는 상황에서의 냉엄하고 아이러니컬한 유머를 가리킨다.

람이든, 제도든, 또는 신념체계든 간에 유머 없는 것을 조심하라. 왜냐하면 유머 없는 것은 항시 통제하고 지배하려는 충동을 동반하기 때문인데, 설령 그것이 선포한 목표가 번영이나 평화의 창조라 해도 그렇다.

평화는 그런 식으로 창조되지 않는다. 평화는 그것을 방해하는 것이 제거되었을 때의 자연스러운 상태다. 현실적 목표로서의 평화에 진심으로 전념하는 이들은 상대적으로 극소수인데, 그것은 대부분의 사람들은 인간관계나 자신에게 어떤 손해가 끼치더라도 개인적 삶에서 '정당'한 쪽을 선호하기 때문이다. 독선적 위치성은 평화의 진짜 적이다. 해법을 강압의 수준에서 구할 때, 평화로운 해결은 가능하지 않다.

매우 약한 끌개장과 결합되어 있는 제도는 그것에 내재된 부정직성으로 인해 비효율적이며, 낭비적이고 거치적거리게 된다. 보건 산업을 예로 들어 보자. 그것은 두려움과 규제에 짓눌려 있어 기능하기 힘들 정도다. 보건 산업 자체는 통제하려는 시도가 어떻게 악화되어 관료주의적 난국의 출현에 이르게 되는지를 입증해 준다. 복잡한 것은 비용이 많이 드는데, 보건 시스템은 그 구조의 바탕에 있는 태도만큼이나 허약하고 비효율적이다. 개인적 질환의 치유(혹은 보건 산업 자체의 치유)는 동기를 제고하고 자기기만을 버리는 점진적 단계를 밟음으로써만 일어날 수 있으며, 그런 단계를 거쳐야 새로운 선명한 시야가 얻어진다. 거기 악당은 없다. 결함은 시스템 자체의 그릇된 정렬에 있다.

건강, 효율성, 번영이 실상과 조화로이 존재하는 자연스러운 상태라고 할 때, 그보다 못한 일체의 것은 관련된 시스템 외부에 있는 것에 비난을 투사하기 보다는 내부적 정밀 조사를 요한다. 끌개 패턴은 뉴턴의 물리법칙은 아니라고 해도 그 자체의 물리법칙을 따른다. 즉, 용서하는 것은 용서받는 것이다. 반복해서 관찰한 것처럼, 모든 것이 다른 모든 것과 연결되어 있는 우주에서 '우연한 사건' 같은 것은 없다. 그리고 우주를 벗어나 있는 것은 없다. 원인의 힘은 보이지 않고 결과의 나타남만 관찰할 수 있으므로 '우연한' 사건이라는 환상이 있는 것이다. 갑작스럽고 예기치 못한 사건은 두서없게 보이고 또한 관찰 가능한 원인들과는 무관하게 보일 수 있지만, 연구를 통해 그것의 실제 기원을 추적할 수 있다. 예를 들면, 갑작스러운 질환에는 항상 식별 가능한 선행 요소들이 있다. 사고당하기 쉬운 경향조차, '사고'가 일어나기 전 다수의 소소한 예비 단계들을 포함한다.

질병 과정은 마음의 작용에서 뭔가가 어긋나 있다는 증거다. 마음은 변화를 초래하는 힘이 거하는 곳이다. 질환을 결과들의 A→B→C 세계 내에 있는 물질적 과정으로만 다루는 것은 기능부전의 기원을 교정하지 않으며, 그 기원을 치료하는 대신 덮어놓는다. 태도를 바꾸는 것만으로 고질병을 신속히 치유하는 것이 가능하다. 그러나 그런 태도 전환은 순식간에 일어나는 것처럼 보이더라도, 실제에서는 내적 준비에 수년이 걸릴 수도 있다.

그 모든 복잡계 내에서 임계점은 계 전체를 바꾸는 데 가장 적은 힘이 드는 지점이라는 것을 기억하라. 예를 들면, 체스판 위에서 졸 하나를 옮겨놓는 것만으로도 게임의 판도가 완전히 바뀐다.

우리가 가지고 있는 신념체계의 세부 하나하나가 좋든 나쁘든 귀결을 갖는다. 바로 이 때문에 고칠 수 없거나 가망 없는 상태 같은 건 없는 것이다. 언젠가, 어느 곳에선가, 누군가가, 전술한 과정을 통해 그런 상태에서 회복되었다.

자신과 전 인류에게 연민을 품는 것, 그것은 진화의 고통스러운 투쟁을 통과하는 동안 회복만이 아니라 의식의 큰 발전을 돕는다. 연민을 품을 때 비로소 우리는 치유될 뿐 아니라 치유자가 되며, 그리고 그때 비로소 우리는 육체적이거나 영적인 일체의 문제에서 치유되기를 희망할 수 있다.

이 모든 것은 우리가 무조건적 사랑의 수준에서 기능하는 법을 배우면 불사不死가 된다는 것을 의미할까? 불행히도, 육체의 원형질은 외부 환경뿐 아니라 그 자체의 유전적 프로그래밍에 취약하다. 그러나 500 이상의 의식 수준의 관점에서 볼 때, 죽음 자체는 환상에 지나지 않는 것으로 보인다. 삶은 육체 속에 국소화되어 있는 결과인 지각의 한계에 가로막히지 않고 계속된다. 의식은 육체에 생명을 주고 육체 너머 존재의 다른 영역에서 살아남는 중추적 에너지다.

POWER VS. FORCE

/3부/ 의미

19 의식의 데이터베이스

칼 융은 원형과 상징의 보편성에 주목하면서 '집단무의식'이라는 용어를 창안했다. 집단무의식은 인류의 모든 공유 경험의 바닥없는 의식하 저수지를 가리킨다.[1] 우리는 그것을 강력하고 보편적이며 조직화하는 패턴을 특징으로 하는, 인간 앎의 광대한 숨은 데이터베이스로 생각할 수도 있다. 이제껏 인간 의식이 접근할 수 있었던 모든 정보로 구성된 그러한 데이터베이스는 놀랄 만한 고유한 능력들을 함축하고 있다. 그것은 단순히 불러오기 과정을 기다리고 있는 거대한 정보창고 이상이다. 그 데이터베이스의 큰 가능성은 '물음'을 던진 순간 실질적으로 모든 것을 '인식'할 수 있는 (왜냐하면 그 데이터베이스는 모든 시간 속에서 이제껏 경험된 전부와 닿아 있기 때문에) 능력이다.

그 데이터베이스는 직관이나 예감, 점이나 꿈, 혹은 단순히 '운 좋은' 추측을 통해 초합리적으로 (또는 비합리적으로) 얻어지는 모든 정보의 기원이다. 그것은 천재의 원천이고, 영감의 샘이며, '예지'를 포함하는 '초자연적'인 심령적 지식들의 근원이다. 이는 물론 근육테스트를 통해 이끌어낸 목록이다. '초상적超常的'이거나 합리적이지 않은 지식 개념으로 하여 어려움을 겪는 사상가들은, 동시성과 인과에 관한 혹은 시간과 공간에 관한 뉴턴적 개념과의 논리적 (또는 비논리적) 불일치 앞에서 대개 뒷걸음질친다. 그러나 이것은 뉴턴적 우주보다 더 큰 우주다.

같은 사상가들이 밤하늘을 올려다보고 좋아하는 별자리를 찾으며 희희낙락할 것이다. 그러나 하늘에 별자리란 없다. '별자리'들의 낯익은 모양은 아무 상관없는 출처에서 나오는 빛의 점들로 이루어진다. 어떤 별들은 서로 수백만 광년 떨어져 있고, 어떤 별들은 서로 다른 은하계에 속해 있으며, 어떤 별들은 사실상 그 자체가 별개의 은하다. 수많은 별들이 다 타 버리고 '존재'하기를 그친 지 여러 천년이 되었다. 그 빛들은 공간적이거나 시간적인 관련이 없다. 보는 이의 눈을 통해 하늘에 투사된 것이 국자, 곰, 사람 모양만은 아니다. 투사된 것은 '별자리' 자체다. 하지만 12궁은 여전히 '실재'하는데, 그것은 우리가 그것을 마음에 간직하고 있기 때문이다. 점성술 또한 여전히 '존재'한다. 점성술은 많은 이들에게 자신과 자신을 둘러싼 인간관계를 설명하는 데 대단히 유용한 도구다. 그래서 안 될 이유가 있는가? 의식의 데이터베이스는 결국 무한한 자원이다.

***

의식의 데이터베이스는 축적전하를 갖는 배터리처럼이라기보다는, 잠재성의 장을 갖는 정전 콘덴서처럼 행동한다. 답의 잠재성이 이미 존재하지 않는다면 질문은 나올 수 없다. 그 이유는 질문과 답은 모두 같은 패러다임에서 창조되고 따라서 정확히 대칭을 이루기 때문이다. 말하자면 '아래'가 이미 존재하지 않는다면 '위'는 있을 수 없다. 인과는 연쇄라기보다는 동시성으로 일어난다. 융은 그 현상을 인간 경험 속에서 설명하기 위해 *공시성*이라는 용어를 사용했다.[2] 우리가 고등물리학에 대한 고찰에서 이해한 바대로, 우주 '이곳'에서의 사건이 '저곳'에서 사건을 일으키는 '원인'이 되지는 않는다. 그 대신 두 사건은 동시에 나타난다.

그렇다면 사건들 사이의 그 연결은 무엇인가? 만일 그것이 원인과 결과라는 뉴턴적이고 선형적인 연쇄가 아니라면 말이다. 명백히 두 사건은 어떤 보이지 않는 방식으로 관련되어 있거나 연결되어 있지만, 그러나 그것은 중력이나 자기磁氣작용에 의한 것이 아니고 두 사건을 다 포함하는 정도의 규모를 갖는 우주적 장에 의한 것도 아니다. 두 사건 사이의 그 어떤 '연결'은 오직 관찰자의 의식 속에서만 일어난다. 관찰자는 연결을 '보고', 어떤 관계를 가정하면서 두 사건의 '결합'에 관해 묘사한다. 관계는 관찰자의 마음 안에 있는 개념이다. 상응하는 외적 사건이 우주에 존재할 필요는 전혀 없다. 저변의 끌개 패턴이 없다면 경험할 수 있는 것은 아무것도 없다. 그래서 나타난 우주 전체는 그것 자체의 동시적 표현이자 그 자체에 대한 경험이다.

***

전지全知는 전능하며 어디에나 현존한다. 알려지지 않은 것과 알려진 것 사이에는 거리가 없다. 단순한 물음에 의해서, 알려진 것은 알려지지 않은 것으로부터 나타난다. 예를 들면, 엠파이어 스테이트 빌딩은 그것을 세운 건축가들의 마음 안에서 태어났다. 인간 의식은 보이지 않는 개념을 나타난 경험으로 변형시킬 수 있는, 따라서 보이지 않는 개념을 시간 속에 고정시키는 동인動因이다. 1931년 뉴욕시 5번가에서 '생겨난' 것은 모두가 볼 수 있도록 그곳에 있다. 그리고 그 창조주의 의식 속에 '생겨난' 것 또한 모두가 볼 수 있도록 지금까지 의식의 데이터베이스에 기록되어 있다. 둘 다 완전하게 존재하지만, 다른 감각 영역 안에 들어 있다. 건축가들은 콘크리트와 강철로 개념을 전달함으로써 타인들이 자신들의 꿈을 경험할 수 있게 해 주었을 뿐이다.

우리 '정상적' 인간들은, 개념을 보이지 않는 수준 ABC에서 감각적으로 지각 가능한 A→B→C로 바꿔내는 변형자로서의 자신의 기능에 푹 빠져 있다. 비범한 개인들은 주로 ABC의 세계에서 산다. (그 너머, 순수의식 자체인 완전히 형상 없는 영역에서 사는 이들을 우리는 신비가라고 부른다.) 그런 이들에게는 일체의 기원이 자명하다. 그들은 뭔가를 가시화시키고 나타나게 만드는 과정에는 관심이 없다. 일상생활에서, 그들은 새로운 사업을 산란한 다음 그것의 집행과 관리를 타인에게 넘기는 창조적인 사람들이다. 한 층 더 앞선 신비가들은 자신의 앎의 ABC 수준만이 '실재'하고, 관찰 가능한 세계는 꿈이나 환상이라고 결론짓는다. 하지만 그것은 또 하나의 유한한 관점일 뿐임이 지적되어야 한다. 실재하는 것도 없고 실재하지 않는 것도 없으며, *있는* 그것이 있을 뿐이다. 있는 그것은, 모든 관점이나 관점 없음으로부터, 그러하다.

형상 없는 존재는 상상할 수 있는 것이 아니다. 하지만 그것은 동시에 궁극적 실상이며, 음과 양, 나타나지 않은 것과 나타난 것, 형상지어진 것과 형상 없는 것, 보이는 것과 보이지 않는 것, 일시적인 것과 영원한 것을 모두 아우른다. 그리하여 실세계는 동시에 실재Real 세계인데, 왜냐하면 전 가능성All Possibility인 것은 있는 전부를 그 속에 포함해야만 하기 때문이다. 따라서 창조는 계속적이다. 그렇지 않다면 창조는 아예 있을 수 없다. 창조의 '시초'를 찾는 것은 인위적 시간관념에서 출발하는 것이다. 따라서 시간 밖에 있는 어떤 것의 '시작'을 시간 속에 자리매김할 수는 없다. '빅뱅'은 오직 관찰자의 마음 안에서 일어날 수 있을 뿐이다.

우주는 매우 협조적이다. 우주는 의식 자체와 다르지 않은 만큼, 우리가 '저 밖'에서 발견하고자 하는 것은 그것이 무엇이든 기쁘게 창조해 낸다. 문제는 원인 개념 자체에 있는데, 원인 개념은 시간 왜곡, 연쇄, 혹은 사건들의 연속이 이치에 맞을 거라고 추정한다. 우리가 시간 밖으로 나간다면 거기에 원인은 없다. 우리는 나타난 세계가 나타나지 않은 세계에서 기원한다고 말할 수 있지만, 그러나 그것은 다시 시간 속의 연쇄적이고 인과적인 연속물,

즉 나타나지 않은 것 → 나타난 것을 추론할 것이다. 시간 왜곡을 그것에 함축된 단순한 연쇄 관계로의 이해 제약과 더불어 넘어서고 나면, 뒤도 없고 앞도 없다. 상호적으로, 나타난 우주가 나타나지 않은 우주의 원인이 된다고 말하는 것은 그때 꼭 같이 유효하다. 일정한 이해 수준에서 그것은 입증 가능하게 참이다. 예를 들어, 어떤 공간의 이쪽에 늘어선 전자들과 저쪽에서 동등한 균형을 이룬 채 늘어선 양자들을 본다고 할 때, 어느 쪽이 어느 쪽을 늘어서게 만드는 거라고 말할 수 있을까? 이와 비슷하게, 비록 치유는 연민의 귀결이지만 연민이 치유의 '원인'인 것은 아니다. 600이나 그 이상의 에너지 장 안에서는 거의 무엇이든 치유될 것이다.

전 생명과 전 형상의 근원은 그것의 발현보다는 반드시 크다. 하지만 근원은 발현과 다르지 않고, 어느만큼 거기서 분리돼 있지도 않다. 창조주와 창조된 것 사이에는 분리라는 개념적 가공물이 없다. 성경에서 말하는 것처럼, 있는 것과 있었던 것은 항상 있을 것이다.

그때, 시간은 이미 완전한 상태로 있는 홀로그램과 흡사하다. 그것은 점차적으로 이동하는 어떤 관점의 주관적 감각 효과다. 홀로그램에는 시작이나 끝이 없고, 그것은 이미 어디에나 완전하게 있다. 사실, '미완'의 외관은 그것의 완전성의 일부다. 심지어 '펼쳐짐'이라는 현상 자체도 어떤 유한한 관점을 반영한다. 접혀진 우주와 펼쳐진 우주는 없으며, 오직 되어가는 앎이 있을 뿐이다. 시간 속에서 일어나는 사건들에 대한 우리의 지각은 눈앞에 펼쳐지는 풍경을 바라보는 여행자에 비길 만하다. 그러나 풍경이 여행자

앞에 펼쳐진다고 말하는 것은 수사적 표현에 불과한데, 펼쳐지고 있는 것은 사실 아무것도 없다. 나타나게 되는 것은 사실 아무것도 없다. 오직 앎의 진행이 있을 뿐이다.

모순은 대립하는 양쪽을 다 포함하는 더 큰 패러다임 속에서 해소된다. 더 큰 패러다임 안에서는, 대립하는 것들은 관찰자의 자리와 관련될 뿐이다. 대립물의 초월은 의식 수준 600과 그 이상에서 자연발생적으로 일어난다. '아는 자'가 있고 '알려지는 것'이 있다는 관념은 주체와 객체의 분리(이것은 다시, 어떤 관찰점의 인위적 채택에 의해서만 추론될 수 있다)를 함축한다는 측면에서 그 자체로 이원적이다. 하늘나라와 지상에 있는 모든 것과 보이고 보이지 않는 모든 것의 조물주는 대립하는 양쪽을 넘어선 곳에 있으며, 대립하는 것들을 포함하고, 대립하는 것들과 하나이다. 그러므로 존재란 앎이 그것의 앎을 알고 있고 의식으로서의 그 표현을 알고 있다는 진술일 뿐이다.

존재론은 사변적일 필요가 없는데, 그것은 결국 존재에 관한 신학일 뿐이다. 자신이 존재한다는 것을 알고 있는 사람은 누구든, 존재론에 관한 최고의 정식화와 그 너머로 가는 통로를 이미 갖고 있는 것이다. *하나의 절대적 진실이 있을 뿐이다.* 그 밖의 모든 것은 유한한 지각과 위치성이라는 가공물에서 산란된 반쪽짜리 사실들이다. "존재할 것인가 말 것인가."*는 선택하는 게 아니다. 이

* "To be or not to be." 셰익스피어의 『햄릿』에 나오는 유명한 대사. 우리나라에는 일반적으로 "죽느냐 사느냐"로 번역되어 알려져 있다.

렇게 존재할 것인지 아니면 저렇게 존재할 것인지를 정할 수는 있다. 그러나 존재한다는 것, 그것은 단순히 거기 있는 유일한 사실이다.

전술한 모든 것은 인간 지성사에서 여러 현인들에 의해 다양한 시기에 표현되었는데, 그들은 앎에서 이원성을 넘어선 이들이었다. 하지만 그런 때라도, 존재의 비이원성에 대한 이해가 이원적인 것으로서의 존재의 실현보다 더 우월하다고 주장하는 것은 또 다시 어떤 환상에 빠지는 것이다. 궁극적으로는 이원성도 없고 비이원성도 없다. 오직 *앎*이 있을 뿐이다. 오직 앎 자체 만이 '있다'나 '있지 않다' 같은 모든 개념 너머에 있다고 진술할 수 있다. 그럴 수밖에 없는 것은, '있다'는 오직 의식 자체만이 떠올릴 수 있는 것이기 때문이다.

앎 자체는 의식조차 넘어선 곳에 있다. 따라서 절대Absolute는 정확히 인식할 수 없는 것이라고 말할 수도 있는데, 왜냐하면 절대는 인식 너머 혹은 의식 자체가 미치는 범위 너머에 있기 때문이다. 그런 앎의 상태에 도달한 이들은 절대는 묘사할 수 없으며 그런 맥락을 경험하지 못한 이들에게는 의미를 가질 수 없다고 보고한다. 그럼에도 불구하고 절대는 보편적으로 그리고 영원히 실상Reality의 참된 상태이다. 우리가 그것을 알아보지 못할 뿐이다. 그러한 알아봄이 깨달음의 정수이며 자기 초월의 지점에 이르는 의식 진화에 대한 최종적 답이다.[3]

POWER VS. FORCE

20 의식의 진화

수천 번의 계산(그리고 개인들에 대한 근육테스트와 역사적 분석에서 나온 무수한 계산)에 따르면, 전 세계 인구의 의식 수준은 한 생애 평균 5점 이상 높아지는 일이 거의 없다. 살아가는 동안, 사람은 말로 다 할 수 없는 수백만 가지의 개인적 경험을 하는 것이 분명한데도, 학습되는 교훈은 대개 몇 가지뿐이다. 지혜를 얻는 일은 느리고 고통스러우며, (그것이 부정확한 것이라 해도) 익숙한 관점을 기꺼이 포기하는 이들은 극히 드물다. 변화나 성장에 대한 저항은 상당하다. 대부분의 사람들은 그들을 의식의 낮은 수준에 가둬 놓는 신념체계를 바꾸느니 차라리 죽으려 들 것처럼 보인다. 만약 이것이 사실이라면, 인간의 상태는 앞으로 어떻게 될까? 기대할 수 있는 것은 세대 당 5점의 향상뿐일까? 이것은 우리가 주목할 만한 가치가 있는 힘든 질문이다.

무엇보다 세계 인구 전체의 의식 수준 분포에서 관찰할 수 있는 것처럼, 인류 대다수는 진화 척도의 아래쪽에 있으며 자신의 실제적 무력함을 보상하기 위해 여전히 위력에 의존하고 있다. 보다 앞선 개별 문화에선 더욱 큰 편차를 보여 준다. 예를 들어, 일본인들은 2차 대전에서 교훈을 얻었고 집단적으로 진화상의 큰 도약을 이루었다. 한편, 미국의 의식 수준은 베트남 전쟁 결과 하락했는데, 미국이 실제로 배운 것이 무엇인지는 아직 두고 보아야 한다.

불행히도 우리의 오락은 감정적 선정주의를 이용하는 경향이 있으며, 따라서 폭력에 경도된다. 살인은 TV에서 심야 가족물로 방영된다. 우리 아이들은 정신적으로 그것을 꾸준히 섭취하고 자란다. 미국인들은 섬뜩한 것을 즐기는 법을 배웠는데 그것은 기괴할수록 환영받는다. 잔학 행위와 파괴가 현상現狀이 되고 있다. 1993년, 애리조나 피닉스 시에서, 아이들은 부모 허락이 있어야 총기를 소지할 수 있다고 규정한 발의안이 부결되었다. 그 일이 있은 직후 두 살 반짜리가 권총에 맞아 죽은 사건이 뉴스에 나왔는데, 범인은 세 살밖에 안 된 또 다른 아이였다. 사회는 의식의 일정한 자가증식하는 수준들을 제도화하는데, 제도화된 의식 수준은 결과적으로 다양한 사회계층의 뿌리 깊은 특성이 되는 듯하다.

그럼에도 불구하고 자유로운 선택은 여전히 가능하고 따라서 개인의 이동성과 경험의 다양성의 상당한 잠재력은 여전한데, 그 덕분에 대안적 선택지들이 이용 가능한 것이 된다. 고등이론물리학, 비선형 동역학, 비선형 방정식의 본성에 대한 우리의 연구에서 볼 때, 최소한 이론적으로는 선택이 가능할 뿐 아니라 불가피하다는 것이 분명하다. 불규칙성은 규칙성 안에서 나타난다. 모든 끌개 패턴은, 말하자면, 하나의 '가닥'으로 연결된 것처럼 상호 연결되어 있다. 하지만 변형을 일으키는 선택은 정확히 어떻게 일어나는가? 무엇이 그러한 선택으로 인도하는가? 누가, 왜 그런 선택을 하는가? 이것은 원칙들이 거의 정의되어 있지 않은 주제다.

성장과 발달은 불규칙하고 비선형적이다. 성장의 본질적 본성에 관해, 혹은 그 문제에 관해서라면 그 어떤 자연적 '과정'의 본성에 관해 알려진 것은 실질적으로 전무하다. 여태껏 *생명* 자체의 본성을 연구한 사람은 없었으며, 연구된 것은 오직 생명의 이미지와 귀결뿐이었다. 단순히 생명을 이해하기에 충분한 수학이 없었던 것이다. 선형미분 방정식은 우리를 본질이 아닌 근사치로 데려다 주었다. 우리가 싹이나 잎사귀의 단순한 움터오름의 증인이 될 때, 정말이지 우리가 그 어떤 이해도 갖고 있지 못한 내재적 마술을 통해 믿을 수 없는 경이로운 현상이 펼쳐진다.

일반적으로 관찰되는 것처럼, 개인적이고 집단적인 성장은 느리게도 갑작스럽게도 일어날 수 있다. 성장을 제한하는 것은 제약이 아닌 성향이다. 누구에게나 늘 수많은 선택지가 열려 있으나 선택지들이 선택되는 일은 상대적으로 드문데, 왜냐하면 사람들은 그런 선택지를 매력적인 것으로 만들어 줄 맥락을 원하기 때문이다. 선택 범위는 자신의 시야에 의해서만 제한되는 것이 보통이다.

*맥락, 가치, 의미*는 조직화하는 끌개 에너지 장 내부에 있는 에너지 패턴들로 된 미묘한 그물망을 가리키는 다른 용어들일 뿐이다. 끌개 에너지 장은 그 자체가 더욱 큰 장의 일부일 뿐인데, 장들은 전 우주에 걸친 어떤 무한한 연속체에서 결국 의식 자체인 장 전체를 포함할 때까지 계속 커진다. 에너지 패턴들의 그런 복합체의 순전한 규모는 인간의 인식 너머에 있는 듯하지만, 그럼에도 불구하고 의식이 600~700 범위에 도달한 개인들은 전체를 이해한다. 이는 앞선 의식을 가진 이들이 소유하는 엄청난 이해 능력에 대해 어떤 감을 갖게 해 준다.

의식 속에서의 상승 운동을 촉진하는 데 있어 가장 중요한 요소는 자발적 태도다. 자발적 태도는 새로운 가설들의 타당성을 감정鑑定하는 새로운 수단을 통해 마음을 연다. 비록 변화하려는 동기는 인간 조건의 숱한 측면과 마찬가지로 무수하지만, 그것은 가장 흔히 마음이 어떤 수수께끼나 모순에 접해 도전받을 때 자연발생적으로 일어난다는 것이 밝혀진다. 사실, 일정 부문들(예컨대, 선禪)에선 앎의 도약을 교묘히 유도하기 위해 일부러 그런 막다른 골목을 만들어 낸다.

의식 척도에는 큰 발전을 가능하게 해 주는 두개의 임계점이 있다. 첫 번째는 200으로, 힘의 부여가 일어나는 초기적 수준이다. 이 지점에서는 비난을 멈추고 자신의 행동, 느낌, 신념에 대한 책임을 수용하려는 자발성이 일어난다. 원인과 책임을 자신의 외부로 투사하는 한, 사람은 피해자역이라는 무력한 방식 안에 머물 것이다. 두 번째는 500 수준이다. 이 수준에 이르는 길은 사랑과 시비분별하지 않는 용서를 하나의 생활양식으로 수용하는 것이고, 모든 사람, 모든 것, 모든 사건에 *예외를 두지 않는* 무조건적 친절을 베푸는 것이다. (12단계 회복 모임에서는 의로운 분노는 없다고 말한다. 설령 누군가 내게 '나쁜 짓'을 했다고 하더라도, 내게는 여전히 반응을 선택하고 분노를 놓아 보낼 자유가 있다는 것이다.) 일단 그렇게 하는 데 몰두하면, 지각이 진화하면서 사람은 다른, 보다 온건해진 세계를 경험하기 시작한다.

홀로그램과 지각

태도가 사람이 경험하는 세계를 바꿔 놓을 수 있다는 것과 세계를 경험하는 수많은 유효한 방식이 있다는 것은, 처음에는 매우 어렵게 느껴진다. 그러나 홀로그램을 바라볼 때처럼, 무엇이 보이는지는 전적으로 그것을 바라보는 위치에 달려 있다. 그렇다면 과연 어떤 위치가 '실상'인가?

사실, 이곳은 *홀로그램 우주*다. 각각의 시점은 바라보는 이의 의식의 독특한 수준에 의해 규정된 어떤 위치를 반영한다. 만일 내가 홀로그램 이쪽에 있다면, 나의 지각은 저쪽에 있는 관찰자의 지각과는 거의 부합하지 않을 것이다. 그러한 폭넓은 불일치에 대한 일반적 반응은, "그 사람 미친 게 틀림없어!"이다. 그리고 설령 세계가 거울로 되어 있다는 얘기를 되뇐다고 해도, 그것만으로는 진실이 아니다. 세계는 무한한 차원들을 갖는 홀로그램 세트이다. 차원들은 시간과 장소 안에 고정되어 있으며 단 하나의 반영을 제공하는 듯하다. 예를 들면, 청각적 경험은 여태까지 있었던 모든 소리의 끌개장으로 된 홀로그램 시리즈의 일부다. 물질세계는 촉각적이기도 하다. 그것에는 질감, 색깔, 차원이 있고, 위치 및 형태 같은 공간적 관계가 있다. 그것들 하나하나는 또다시, 다른 모든 성질과 더불어 자신의 존재의 본래 기원(그것은 바로 *지금*인데)을 향해 '시간을 거슬러' 올라가는 저변의 어떤 연쇄의 일부다.

우리는 홀로그램은 그 자체로 하나의 과정이라고 말할 수도 있다. 3차원 홀로그램에서 고정되어 있는 것은 아무것도 없다. 그렇다면 4차원 홀로그램은 어떨까? 그것은 그 자체에 대한 가능한 모든 경우를 동시적으로 포함할 것이다. 변화한다는 것은 시간 속을 이동한다는 것인 듯한데, 그러나 시간 자체가 초월된다면 연쇄와 같은 것은 없다. 만일 전부가 지금이라면, 이곳에서 저곳으로 뒤따를 것은 아무것도 없다. 각각의 홀로그램은 그 자체로 사건들의 끝없는 비선형적 모체로부터의 진화적 투사이다. 사건들은 인과적으로 관련되어 있지 않지만 그 대신 공시적이다. 그때 600~700의 지각 수준에서는 이었던 것, 인 것, 그리고 일 것이, 완전하며 동시적인 홀로그램 가능성 내에서 비언어적으로 이해된다. *형언할 수 없는*이란 말은 여기서 의미를 띠기 시작한다.

***

구체적인 예를 통해 이 모든 것을 좀 더 잘 이해해 보기로 하자. 길 모퉁이의 '부랑자'를 상상해 보자. 누더기를 걸친 노인이 상류층 주택가에서 품위 있는 석조 건물에 홀로 몸을 기대고 있다. 다양한 의식 수준의 전망에서 노인을 바라보고, 사람과 관점에 따라 그가 어떻게 다르게 보이는지, 그 비일관성에 주목하자.

- 의식 척도 밑바닥인 **20 수준(수치심)**에서 부랑자는 더럽고, 역겹고, 창피스러워 보인다. **30 수준(죄책감)**에서 노인은 그의 상태로 인해 비난받을 것이다. (저런 꼴을 당해도 싸지. 필경 게으른 복지사기꾼일 거야.) **50 수준(희망 없음)**에서는 노인이 처한 곤경이 절망적으로 보이고, 그는 사회가 노숙 문제에 대해 할 수 있는 일이 아무것도 없음을 증명하는 끔찍 못할 증거로 보일 것이다. **75(슬픔)**에서 노인은 비극적이고, 고독하고, 버림받은 것처럼 보인다.

- 의식 수준 **100(두려움)**에서는 부랑자를 위험한 존재로, 사회적 위협으로 볼 수도 있다. (저 노인이 무슨 범죄를 저지르기 전에 경찰에 신고해야 하는 게 아닌가 몰라.) **125 수준(욕망)**에서 노인은 좌절감을 불러일으키는 어떤 문제를 대표할 수도 있다. (왜 누군가 뭔가를 하지 않는 거지?) **150(분노)**에서 노인은 난폭한 사람으로 보일 수도 있다. 한편으로는 그런 끔찍한 상태가 오늘날 우리나라에 존재한다는 것에 화가 치밀 수도 있다. **175(자부심)**에서 노인은 당혹스러울 수 있고 자신을 개선하려는 자기존중이 부족해 보일 수 있다. **200(용기)**에서 우리는 지역 노숙자 쉼터가 있는지 생각해 보려는 동기를 갖게 될 수 있다. (저 노인에게는 일자리하고 거주할 곳만 있으면 돼.)

- **250 수준(중립)**에서 부랑자는 괜찮아 보이며 심지어 흥미롭게 보일 수도 있다. 우린 "살아요, 그리고 살게 해 주어요."라고 말할 수도 있다. (어쨌든 저 노인 양반은 아무도 해치지 않을 거야.) **310(자발성)**에서 우리는 길 모퉁이로 내려가서 그 양반이 기운을 내도록 하려면 내가 뭘 해야 하는지 알아보겠다고 결심할 수도 있다. 어쩌면 우리는 지역 쉼터에서 일정 시간 자원봉사를 하겠다는 동기를 갖게 될 수도 있다. **350(수용)**에서 길모퉁이의 노인은 호기심을 자극한다. (저 노인은 십중팔구 재미난 사연을 가지고 있을 거야.) 그는 우리가 결코 이해 못할 수도 있는 이유 때문에 거기 있는 것이다. **400(이성)**에서 그는 이 시대의 경제 사회 병리의 한 증상이거나, 아니면 심도 깊은 심리 연구의 훌륭한 대상자일 수도 있다.

- **더 높은 수준들**에서 노인은 흥미로울 뿐 아니라 친근해 보이기 시작하며, 그 다음에는 사랑스러워 보이기 시작한다. 어쩌면 그 다음에는 그는 사실 사회적 한계를 초월하여 자유로워진 사람이라는 것, 그리고 연륜에서 오는 지혜와 물질적인 것에 대한 무관심에서 비롯된 평온함을 간직한 유쾌한 노인 양반이라는 걸 볼 수 있게 될 것이다. **600(평화)**에서 그는 우리 자신의 일시적 표현으로 드러난다.

사람들이 접근해 올 때, 의식의 다른 수준들에 대한 부랑자의 반응은 상대의 의식 수준에 따라 다양하게 나타날 것이다. 어떤 이들에 대해 그는 안전하다고 느낄 것이고, 또 어떤 이들에 대해서는 위협감을 느끼거나 낙담할 것이다. 누구는 그를 화나게 만들 것이고, 누구는 그를 즐겁게 할 것이다. 그래서 그는 어떤 사람은 피하고, 어떤 사람에게는 기분 좋게 인사할 것이다. (그래서 우리는 자신이 비추는 것을 만난다고 하는 것이다.)[2]

자신의 의식 수준이 우리가 보는 것, 즉 수동적 관찰자로서 우리가 조우하는 세계를 결정하는 방식에 대해서는 그만해 두기로 하자. 우리가 자신의 지각 수준에 입각한 방식으로 만사에 반응한다는 것은 진실이다. 그것은 말하자면, 외적 사건은 상태를 규정할 수는 있으되 인간 반응의 의식 수준을 결정하진 않는다는 것이다. 이 점을 설명하기 위해 우리의 현행 형벌체계를 들여다보기로 하자.

극단적으로 스트레스가 심한 환경에 놓인 수감자들은, 그들이 '있는 곳'에 따라 비상하게 다양한 방식으로 반응한다. 의식이 척도 맨 밑에 있는 죄수들은 때로 감옥에서 자살을 기도한다. 일부는 죄책감으로 하여 정신병적이고 망상적으로 된다. 어떤 이들은 의기소침해지고, 말을 잃고, 음식을 안 먹는다. 슬픔의 눈물이 고이는 걸 감추려고 두 손으로 머리를 감싼 채 앉아 있는 이들도 있다. 흔한 표현은 두려움인데, 그것은 피해망상적 자기방어나 속이 훤히 들여다보이는 아부를 통해 나타난다. 어떤 죄수들은 폭력적이고 공격적인 격한 분노로 반응한다. 자부심은 마초적 떠벌임과 군림의 형태로 어디에나 존재한다.

이와 대조적으로, 일부 수감자는 자신이 투옥된 이유에 관한 진실을 마주볼 용기를 내고, 자신의 삶을 정직하게 바라보기 시작한다. 그리고 '펀치가 날아올 때는 잠깐 뒤로 물러서서' 뭔가를 읽어 내려 애쓰는 이들이 항상 있다. 수용의 수준에서, 우리는 도움을 구하고 지지 모임에 가입하는 죄수들을 본다. 아마도 감옥 도서관에서 공부하는 것을 통해, 수감자가 배움에 대해서나 심지어 교도소 출입 변호사가 되는 것에 대해 새로운 흥미를 갖게 되는 일이 드물지 않게 있다(역사상 가장 영향력 있는 책들의 일부는 옥중에서 쓰여졌다). 몇몇 죄수들은 의식의 변형을 겪으며 동료 수감자에게 사랑을 베푸는 관대한 벗이 된다. 그리고 더 높은 에너지 장과 정렬된 죄수가 깊이 영적으로 되거나 혹은 적극적으로 깨달음을 추구하기조차 하는 것은 전례가 없는 일이 아니다. 어떤 이들은 성자처럼 되기조차 한다.

우리가 어떻게 반응하느냐는 우리가 반응하고 있는 그 세계에 달려 있다. 우리가 무엇을 보느냐뿐 아니라, 어떤 사람이 되느냐를 결정하는 것은 *지각*知覺이다. 단순하게, 지각이란 세계를 창조하는 것이라고 말할 수 있다.

의식 척도 아래쪽에 있을수록 눈을 맞추고 있기 힘들어 한다는 것은 주목할 만한 흥미로운 사실이다. 맨 밑바닥에 있는 이들은 시선이 마주치는 걸 아예 피한다. 이와 대조적으로, 척도 위로 올라갈수록 오래도록 그리고 종내는 거의 끝없이 깊이 응시하는 능력이 특징적으로 된다. 우리는 죄책감 어린 방어적 흘끗거림과 적의에 찬 노려봄, 그리고 휘둥그렇게 뜬 무구한 눈을 잘 알고 있다. *힘과 지각은 손에 손을 잡고 간다는 것을 기억하라.*

지각知覺의 역학

그렇다면, 지각은 어떻게 작용하는가? 지각의 역학은 무엇인가? 지각이 주관적으로 독특하다는 것은 일반적 관찰 결과가 증명해 준다. 우리는 증인들이 같은 사건에 대해 얼토당토않게 다른 진술을 쏟아 놓는 법대 모의재판 사례들을 잘 알고 있다. 지각의 메커니즘은 영사기가 의식 자체인 극장과 같다. 필름에 찍힌 형상은 끌개 에너지 패턴이고, 스크린 위의 영화는 우리가 '실상'으로 지각하고 그렇게 부르는 세계다. 필름에 찍힌 형상은 마음속의 ABC 끌개장이고, 스크린 위의 영화는 현상세계로 관찰된 A→B→C라고 말할 수 있다.

이 도식은 인과의 본성에 대한 더 나은 이해를 가능하게 하는 모델을 제시하는데, 인과는 스크린 수준이 아닌 필름 수준에서 발생한다. 세계는 A→B→C 수준에 있는 삶의 스크린에 정기적으로 노력을 쏟아붓기 때문에 그 수고가 비효율적이며 비용이 많이 든다. 인과는 에너지 수준의 끌개장들, 즉 의식으로 조명된 마음이라는 필름에 찍혀 있는 형태들의 ABC에서 비롯된다.

***

의식의 흐름의 본성, 즉 생각, 지각, 느낌, 기억의 패턴은 우세한 끌개 에너지 장에 동승한 귀결이다. 그 *우세함*은 자의에 따른 것임을 마음에 새기라. 그것은 강제된 것이 아니며, 자신의 선택, 신념, 목표의 결과물이다.

우리는 합의에 의해, 특정한 처리 양식들을 내포하며 그리고 동반되는 가치와 의미의 세트에 따라 우리의 모든 결정에 영향을 미치는, 어떤 장 패턴과 동조한다. 한 수준의 전망에서는 중요하고 흥미진진한 정보로 보이는 것이 다른 수준에서는 지루하거나 혐오스럽기조차 할 수 있다. 진실은 주관적인데 이것은 무서운 사실일 수 있다. 요즘 과학이 무오류의 신탁神託의 지위로까지 격상된 것은, 의지할 수 있는 일종의 계량 가능하고 보편적으로 예측 가능한 객관적 세계가 '저 바깥'에 있음을 느끼려는 우리의 불안정한 강박을 표현한다.

그러나 지각의 감정적 왜곡을 초월하면서, 과학 자체는 그것의 패러다임 한계로 인해 또 다른 개념적 왜곡을 빚어낸다. 필요에 의해, 과학은 데이터를 연구하기 위해 데이터를 맥락에서 분리시켜야 한다. 그러나 마지막으로 데이터에 그 모든 의의와 가치를 부여하는 것은 오직 맥락뿐이다. 고등이론물리학에서 다다른 최종적 발견은 인간지식의 조직된 모든 분야를 통해서도 이를 수 있다. '저 바깥'의 구조를 보다 상세히 분석할수록, 사람은 자신이 고찰하고 있는 것이 사실은 여기 있는 의식의 뒤얽힌 과정들의 본성임을 발견한다. '저 바깥'에는 의식 자체 말고는 아무것도 없다. 이와 달리 믿으려는 습관적 성향이 우리의 근본적 환상이며 인간 마음의 허영인데, 인간의 마음은 그것의 일시적 주제를 항상 '내 것'으로 바라보는 경향이 있다.

객관적으로, 생각은 정말 세계의 의식에 속한 것으로 보일 수 있다. 개인의 마음은 생각을 새로운 조합과 편성으로 처리할 뿐이다. 참으로 독창적인 생각으로 보이는 것은 오직 천재라는 매개를 통해서만 나타나며, 그런 생각의 작자作者들은 한결같이 그것이 자신의 창조물이 아닌 우연히 발견하거나 받은 선물이라는 느낌을 받는다. 실은 우리들 각자가 독특하다는 것은 두 개의 눈송이가 닮지 않은 만큼인지도 모른다. 하지만, *우리는 여전히 눈송이들일 뿐이다.*

우리 모두는 자신이 청하지 않은 탄생에서 마음이라는 인간 조건을 상속받는다. 마음의 한계를 초월하기 위해서는 실상의 유일한 권위자로 군림해 온 그것, 마음에서 왕위를 박탈하는 것이 필요하다. 허영에 들뜬 마음은 신빙성의 인장印章을 때마침 상영되고 있는 삶이라는 영화에 찍는다. 마음의 본성은 경험에 대한 자신의 독특한 시선이 진품이라고 우릴 설득하는 것이다. 개인들은 저마다 세계에 대한 *자신의* 특수한 경험이 정확하다고 은밀히 느끼고 있다.

의식 수준에 관한 토론에서, 우리는 자부심이 갖는 그늘 중 하나가 부정否定이라는 것에 주목했다. 모든 마음은 자신의 '올바름'을 지키기 위해 부정에 빠져드는데, 이는 평균적 의식이 한 생애에 5점 이상 발전하지 못하게 만드는 요지부동과 변화에 대한 저항을 낳는다. 의식 수준의 큰 도약에는 항상 '나는 안다'는 환상의 내맡김이 선행한다. 사람이 변화하려는 자발성에 도달할 수 있는 유일한 길은 종종 '바닥을 치는' 것, 즉 어떤 행동의 동선을 헛된 신념체계가 무너져 내리는 그 끝까지 따라가는 것이다. 닫힌 상자에는 빛이 들어가지 못한다. 파국이 갖는 긍정적인 면은 앎의 높은 수준을 향한 파열일 수 있다. 만일 삶을 스승으로 바라본다면, 삶은 그런 것이 된다. 하지만 우리가 겸손해지지 못하고 고통스러운 삶의 교훈을 성장과 발달에 이르는 통로로 바꿔내지 못한다면, 우리 자신이 다룬 그런 교훈은 낭비된다.

우리는 경험의 외현적 행렬을 목격하고, 관찰하고, 기록한다. 하지만 앎 자체 내에서조차, 실제로는 아무 일도 일어나지 않는다. 앎은 경험되고 있는 것을 기록하는 데 불과하며, 경험되고 있는 것에 아무런 효과를 미치지 않는다. 앎은 생명 자체와 동일한 무한한 힘을 갖는 전부를 아우르는 끌개장이다. *그리고 앎의 높은 수준에서는 마음이 믿는 것 중에서 그르지 않은 것이 없다.*

마음은 자신의 내용과 동일시한다. 마음은 자신이 받은 것으로 인해 영예를 얻고 비난을 뒤집어쓰는데, 허영스러운 마음에는 자신이 하고 있는 유일한 일이 경험함이라는 것을 인정하는 것이 굴욕적일 것이다. 사실, 마음은 *경험함을 경험*할 뿐이다. 마음은 세계를 경험하지 않으며, 그저 감각기관이 세계에 관해 보고할 뿐이다. 재기 넘치는 생각과 가장 깊은 감정조차도 경험일 뿐이다. 궁극적으로 우리는 경험을 경험하는 단 한 가지 기능을 갖는다.

의식의 주된 한계는 그 무구함이다. 의식은 속기 쉽다. 그것은 모든 것을 들은 대로 믿는다. 의식은 하드웨어와 같아서 그 속에 설치된 소프트웨어라면 무엇이든 구동시킬 것이다. 우리는 결코 자신의 의식의 무구함을 잃는 법이 없다. 의식은 인상받기 쉬운 어린아이처럼 계속해서 순진하고 잘 믿는다. 의식의 유일한 보호자는 설치되는 프로그램을 꼼꼼히 살피는 식별력 있는 앎이다.

마음을 관찰하기만 해도 의식 수준이 상승하는 경향은 오랜 세월 동안 사람들의 이목을 끌었다.[3] 관찰되는 마음은 보다 겸손해지며 전지에 대한 주장을 포기하기 시작하는데 그 다음에 앎의 성장이 일어날 수 있다. 겸손함과 더불어 자신을 향해 웃음을 터뜨릴 수 있는 능력이 오고, 사람은 점점 더 마음의 *피해자* 대신 *주인*이 되어 간다.

우리는 나는 곧 내 마음'이다'라고 생각하다가 자신이 마음을 가지고 있다는 것, 그리고 생각, 신념, 느낌, 의견을 갖는 것은 그 *마음*이라는 것을 보기 시작한다. 결국 우리는 자신의 모든 생각이 의식의 거대한 데이터베이스에서 빌려 온 것일 뿐, 정말로 내 것이었던 적은 없었다는 통찰에 이를 수도 있다. 우세한 사고방식은 받아들여지고, 흡수되고, 동일시되며, 그리고 때가 되면 우리 속에서 유행하게 된 새로운 관념으로 교체된다. 그런 지나가는 개념에 가치를 덜 둚에 따라 그러한 것은 우리를 지배하는 능력을 상실하고, 우리는 점진적인 마음의 자유(마음으로부터의 자유는 물론이고)를 경험한다. 이것은 차례로 즐거움의 새로운 근원으로 무르익는다. 사람이 의식 척도를 올라감에 따라 존재 자체의 즐거움이 어울리게 성숙한다.

POWER VS. FORCE

21

순수의식 연구

전통 철학은 의식의 다양한 측면에 관해 연구해 왔다. 마음 혹은 감정으로서의 의식의 표현들은 임상과학의 주제가 되었지만, *의식 자체*의 본성이 조금이라도 종합적인 의미에서 임상적으로 고찰된 적은 없었다.

의학에서, 의식이 뇌 기능에 지나지 않는다는 추정은 "환자는 의식을 되찾았다."와 같은 진술에서 반영된다. 그 틀에 박힌 옹색한 묘사는 의식을 평범한 신체 현상으로, 그리고 그에 관해 더 말할 것이 없는 경험에 명백히 우선하는 것으로 추정했다.

의식이라는 주제에서 되풀이해서 관심이 쏠린 부분은, 사람이 죽을 때 의식에 벌어지는 일과 관련된 고찰이었다. 생명의 힘과 앎은 물질적 기초에서 일어나는가? 몸이 의식적 생명을 지탱하는

가, 아니면 반대로 생명의 힘이 몸을 지탱하는가? 질문 방식은 질문자의 인과에 대한 선입견에 따라 정해질 터이므로, 질문자의 수준이 답의 본성을 사전에 결정할 것이다. 따라서 각 질문자는 자신의 의식 수준을 대변하는 답을 이끌어 낼 것이다.

물질주의자 과학자에게, 위의 질문은 부조리해 보이고 쓸데없는 무익한 과제로 보일 것이다. 반대쪽 끝에 있는 이들(혹은 '깨달은' 이들)에게, 그런 질문은 우스꽝스러워 보일 것이고 그것이 드러내는 유한한 지각은 연민을 불러일으킬 것이다. 일반인은 어느 한쪽의 위치의 권위를 믿고 받아들일 수도 있고, 아니면 질문에 답하기 위해 인습적인 종교적 가르침을 향할 수도 있다.

생명과 죽음에 관한 그리고 의식의 최종적 운명에 관한 모든 토론은 불가피하게 맥락의 차이를 반영할 것임이 틀림없다. 르네 데카르트의 유명한 경구, "나는 생각한다, 고로 나는 존재한다."에 상대되는 것은 "나는 존재한다, 고로 나는 생각한다."이다. 생각함은 형상으로 일어나기 때문에 데카르트는 옳다. 형상을 갖는 것은, 형상을 갖기 위해서는 이미 존재를 가지고 있어야만 한다. "나는 존재한다."는 경험 능력이 형상과 독립해 있음을 증거하는 앎의 진술이다. 데카르트는 의식은 오직 그것이 형상을 취할 때 스스로를 안다는 것을 암시하고 있다. 그러나 전 역사에 걸쳐 깨달은 이들은 견해가 달랐다. 그들은 으레, 의식은 형상 너머에 있고 그리고 의식은 정말이지 그 속에서 형상이 일어나는 전능한 모체라고 진술했다. 현대 물리학자들은 동의한다. 한 예가 데이비드 봄의 '접혀진' 그리고 '펼쳐진' 우주 개념이다.

의식이 없다면 형상을 경험할 것은 아무것도 없을 것이다. 그리하여 독립적 존재를 갖지 않는 지각의 산물로서의 형상 자체는 일시적이고 유한한 반면, 의식은 전부를 아우르며 무한하다고 할 수 있다. 어떻게 (시작과 끝이 분명하게 있는) 일시적인 것이 (전부를 아우르며 전능한) 형상 없는 것을 창조할 수 있을까? 하지만 만일 우리가 한계라는 개념 자체가 고유한 실상이 없는 지각의 산물에 지나지 않음을 본다면 수수께끼는 저절로 풀린다. 형상은 형상 없는 것의 한 표현이 된다. 형이상학적으로 의식은 '–임Is-ness'과 '존재–임Being-ness'의 한 측면이며, 사람의 *인간*으로서의 자신에 대한 정의定義에 함축되어 있다. *인간*–임은 *존재*–임의 한 가지 표현일 뿐이다.

인간 속에서의 의식 작용은 우리 연구의 더욱 큰 주제다. 비록 의식 자체는 유형적 실체가 없는지도 모르지만 모든 인간 행동에 내재되어 있다. 문제는 의식과 행동의 연결을, 이 책의 목적에 비추어 과학적으로 연구할 수 있는 정확하고 의미 있는 방식으로, 어떻게 임상적으로 설명할 것인가이다. 다행히 신체운동학은, 의식 내에서 경험되는 사건들에 대한 신체의 즉각적 반응을 통해 앎의 물질적 표현을 명확히 입증한다. 신체운동학적 기법은 확실한 종료 지점을 갖는 우아한 방법론을 우리에게 제공해 주며, 측정 및 기록이 가능하고 실험적으로 재현할 수 있다.

순수의식의 특징

의식에 대한 우리의 시선은 자기自己 개념과 결합되어 있다. 자기감*이 한정되어 있을수록, 경험이라는 매개변수는 더욱 작아진다. 실상에 관한 제한된 패러다임은 그 효과가 광범위하다. 예를 들어 '가난'한 이들에 대한 우리 연구는 '가난함'이 다만 재정 상태는 아니라는 것과, '가난'한 이는 교우관계, 화술, 교육, 사회적 편의, 자원, 건강, 행복의 전반적 수준에서도 가난하다는 것을 분명히 해 주었다. 그렇다면 가난함은 한정한 자아상에 특유한 어떤 성질로 볼 수 있는데, 그러한 자아상은 그 다음에 자원부족으로 귀결된다.[2] 가난함은 재정 상태가 아니라 의식의 어떤 수준이다. 앎의 그 수준의 에너지는 대략 60으로 측정된다.

*자기*自己의 동일시와 경험은 자신의 육체의 어떤 인상에 한정될 수 있다. 그 다음에 우린 물론 이렇게 물을 수 있다. 내가 육체를 가지고 있다는 걸 사람은 어떻게 아는가? 관찰을 통해, 우리는 육체의 현존이 감각을 통해 등록되는 것에 주목한다. 그 다음에 따라오는 질문은 이것이다. 감각에 관해 알고 있는 그것은 무엇인가? 우리는 감각이 보고하는 것을 어떻게 해서 경험하는가? 육체보다 더 크고 더 포괄적인 무엇인가가 그보다 적은 것을 경험하기 위해 존재해야만 한다. 그 무엇인가는 바로 *마음*이다. 사람이 몸과 동일시하는 것은 마음이 몸을 경험하고 있기 때문이다. 몸의 상당 부분을 상실한 환자들은 자기감이 줄지 않은 채 여전히 남아 있다고 보고한다. 그들은 이렇게 말할 것이다. "나는 여전히 예전에 나였던 바로 그 만큼 *나*입니다."

* sense of self, 일종의 개인적 자기정체감을 말한다.

그때 의문이 일어난다. 마음이 경험하고 있는 것을 사람은 어떻게 인식할까? 사람은 관찰과 내적 성찰을 통해 생각은 그 자체를 경험할 능력이 없다는 것, 그러나 생각 너머에 있으면서 생각보다 더욱 기본적인 무엇인가가 생각의 연쇄를 경험한다는 것, 그리고 그 무엇인가의 정체감은 생각이라는 내용으로 인해 바뀌지 않는다는 것을 목격할 수 있다.

생명의 주관적 객관적인 모든 현상을 관찰하고 아는 그것은 무엇인가? 앎과 경험 둘 다로 공명하는 것은 *의식 자체*이며, 둘 다 순수히 주관적이다. 의식 자체는 내용에 의해 결정되지 않는다. 의식을 통해 흐르는 생각은 마치 대양에서 헤엄치는 물고기와 같다. 대양의 존재는 물고기에서 독립해 있으며, 바다의 내용물은 물 자체의 본성을 정의하지 않는다. 의식은 무색 광선처럼 목격되는 대상을 조명하는데, 그것은 전 세계 문헌에서 의식을 전통적으로 '빛'과 결부시킨 것을 설명해 준다.[3]

오직 의식 내용하고만 동일시하는 것은 자기를 유한한 것으로 경험하는 이유를 설명해 준다. 이와 대조적으로, 의식 자체와 동일시하는 것은 실제의 자기가 무한하다는 것을 인식하는 것이다. 한정된 자기 동일시를 넘어서 자기감이 의식 자체임을 식별하게 될 때, 우리는 '깨닫게' 된다.[4]

순수의식 경험의 한 가지 특징은 무시간성(혹은 지각의 무시간성)에 대한 지각이다. 의식은 모든 형상과 시간 너머에 있는 것으로 경험되고 모든 곳에 동등하게 현존하는 것으로 보인다. 그것은 '-임'이나 '존재'로, 영적 문헌에서는 '나임I-am-ness'으로 묘사된다.[5] 의식은 분리를 인지하지 않는데, 분리는 지각이 갖는 한계다. 깨달은 상태는 부분으로의 나뉨이 없는 '하나임'이다. 그러한 나뉨은 오직 국소화된 지각에서 볼 때만 명백하다. 나뉨은 어떤 시점의 사건일 뿐이다.

사상의 전全 역사에 등장하는 비슷한 묘사들은 윌리엄 제임스의 연구와 일치한다. 저 유명한 기포드 강연에서 제임스는 의식 자체에 대한 경험이 드물고, 독특하고, 묘사할 수 없으며, '마음 너머'에 있다고 설명했다. 다시 말해 의식 자체의 경험은 인식Knowingness의 생각 없는 상태로서 완전하고, 포괄적이며, 필요도 결핍도 없고, 그리고 개별화된 사적 자기를 경험하는 한계 너머에 있다는 것이다.[6]

순수의식의 또 다른 속성은 생각이나 감정의 일상적 흐름이 멎어 있는 것인데, 그것은 무한한 힘, 연민, 부드러움, 사랑의 상태다. 그 상태에서 자기는 참나가 된다. 거기에는 자기를 참나로 경험하는 능력의 기원에 대한 인지가 동반된다. 그것은 자기의 유한한 동일시들을 제거하는 과정의 완성이다.[7]

의식으로서의 참나에 대한 앎을 촉진하기 위해 밟을 필요가 있는 단계들은 역사적으로 상세히 열거되었다. 확장된 앎을 가로막는 장애물의 제거를 위해 수많은 기법과 행동이 처방되었는데, 그것들은 다양한 영성 분야의 수련에서 찾아볼 수 있다. 그런 모든 가르침에 공통적인 한 가지 과정은, 유한有限으로의 자기 동일시를 점진적으로 제거하는 것이다.[8]

깨달음은 상대적으로 드물다고 한다. 그것은 깨달음에 이르는데 필요한 단계를 밟는 일이 어렵기 때문이라기보다는, 특히 현대 사회에서 깨달음은 극소수만이 관심을 갖는 상태이기 때문이다. 길거리에서 1,000명의 사람들을 붙잡고 "인생의 가장 큰 포부가 무엇입니까?"라고 물을 때, "깨닫는 것입니다."라고 대답할 사람이 몇이나 될까?

높은 의식에 대한 동시대의 인식

과학적 주제로서의 의식에 대한 높아지는 관심 수준은, 그것에 관한 최초의 국제 학회를 통해 증명되었다. 1994년 4월 12~17일, 애리조나 투산의 애리조나대 보건과학센터에서는 '의식의 과학적 기초를 향하여'라는 제목의 학회가 개최되었다. 그것은 인상적인 자격을 갖춘 학자들이 모인 국제적 다분야 회의였다. 하지만 숱한 저명한 발제자들을 비롯하여 그 자리에서 다루어진 고도로 전문적인 광범위한 주제 가운데, 의식을 순수히 물질적 현상으로 보는 의식에 관한 합리적/물질주의적 설명을 넘어서는 연구는 거의 없었다.

사실, 의식이란 주제에 대한 접근은 인간 경험 자체만큼이나 다양하다. 이 책에서는 현대 연구의 가장 앞선 통찰 중에서 많은 것을 이 주제 속으로 조금씩 끌어냈다. 우리 자신의 결론을 향해 보다 명확하게 나아가기 위해서는, 이 문제에 관한 동시대의 사상적 진화를 고찰하는 것이 도움이 될 것이다.

의식의 다양성의 현존은, 살아 있지 않은 것에 반하는 것으로서의 살아 있는 것의 뚜렷한 특징으로 간주되는 것이 보통이다. 생명은 형상이라는 관찰 가능하거나 경험적인 세계에서, 의식의 표현이다. 그러나 인간 경험 전체는 의식이 나타난 것이면서 나타나 있지 않은 것임을 입증한다. 형상 내부에 있는 의식에 대한 앎은 일반적이지만, 형상 너머의 순수 의식에 대한 앎은 예외적이다.

모든 내용이 결여된 순수의식 자체의 '경험'은 인간 역사 전체에 걸쳐 일관되게 보고되었으며, 그 보고는 항상 동일했다.[9] 그 단계에 도달하는 많은 이들은 계속 나아가 역사상의 위대한 스승이 되고 인간 행동에 심원한 영향을 미친다. 그러한 존재들은 극히 짧은 기간에 존재의 맥락적 의의에 대한 수백만 명의 여러 천년에 걸친 각성을 창조할 수 있었다. 그들의 가르침은 감각을 통해 경험된 것으로서의 물질세계와 관계하지 않았으므로 *영적*이라는 꼬리표를 달았다.[10]

과학자들이 최근 이 주제에 관심을 갖기 전에는, 의식 연구는 영적 스승과 그 제자들의 독점적 관심 분야였다. 그러나 우리가 본 것처럼, 지난 20년간 많은 이론물리학자들이 고등이론물리학과 비물질 우주 간의 상관관계에 상당한 관심을 쏟았다. 1960년대 이래 유행 문화의 관심이 깊이를 갖게 되면서, 요즘 고전으로 간주되는 프리초프 카프라의 『현대물리학과 동양사상The Tao of Physics: An Exploration of the Parallels between Modern Physics and Eastern Mysticism』이나 로버트 온스타인의 『의식의 심리학The Psychology of Consciousness』 같은 그런 탐구가 낳은 후속편들에 수용적인 계층이 생겨났다. 전통적으로 지극히 드물다고 여겨졌던 의식의 높은 상태의 발생은, 새로운 패러다임의 형태발생장이 확산됨에 따라 보다 일반적인 것이 된다. 최근의 조사에 따르면, 응답자의 65퍼센트가 전에 *영적*으로 분류되었던 경험을 했다고 보고한다.

과학은 그것의 본성으로 인해 오직 관찰 가능한 현상에만 관계하기 때문에 고찰 대상으로서의 영적 개념에는 끌리지 않았다. 하지만 전 역사에 걸쳐 많은 위대한 과학자들이 연구 도중에 일어나는 그리고 종종 연구에 있어 결정적인 순수 의식의 주관적 경험에 관해 개인적으로 증언한 사실이 있다.[11] 그러나 비선형 동역학이라는 폭발적 분야는 호기심을 자극했고 존재와 의식 자체의 본성에 관한 주석을 유발했는데, 그것은 이언 스튜어트의 『신은 주사위 놀이를 하는가?: 카오스의 수학Does God Play Dice?: The Mathematics of Chaos』 같은 책들에 표현되어 있다. '전체성의 과학'이라는 신개념은 존 브릭스의 『유리 우주를 바라보며Looking Glass Universe: The Emerging Science of Wholeness』, 브릭스와 F. 데이비드 피트의 『혼돈의 과학Turbulent Mirror: An Illustrated Guide to Chaos Theory and the Science of Wholeness』 같은 대중적 책들의 주제가 되었다. 최근 들어 (물리학자들은 물론이고) 천문학자, 수학자, 뇌신경외과의, 신경학자들은 새로운 발견들이 갖는 의의에 열광하고 있다.

어떤 사건의 사전 맥락과 그 사건을 명명할 수 있는 언어가 있기 전에는 사람은 그 사건을 관찰하거나 인지할 수 없다는 점이 종종 지적되었다. *패러다임 맹목*으로 불리는 그런 무능력은 맥락이 갖는 한계의 직접적 귀결이다.[12] 그래서 물리학에 침투하고 있는 새로운 지적 토대의 연장부는, 심리학 같은 '인간' 과학에서 새로운 관점과 접근법의 잠재력을 서서히 창조했다.

아브라함 매슬로우는 오래전에 '절정 경험'에 관해 논했지만, 심리학의 주류 문헌에서는 의식 자체라는 주제를 다룬 적이 없었다. 예외적으로 윌리엄 제임스의 『종교적 경험의 다양성The Varieties of Religious Experience: A Study In Human Nature』 같은 고전이 있는데, 이 책은 오래전부터 영적 경험으로서의 의식의 심리학에 대한 표준적이고 과학적인 연구로 여겨졌다. 결국 초개인심리학은 인간 경험의 순수히 주관적 측면들을 조사하기 위해 경험과 임상심리학의 경계선 너머로 이동했다. 한때 날조나 환청으로 폄하되었던 별난 경험이나 능력들이 마침내 초심리학의 주제가 되었는데, 초심리학 분야에서는 초감각적 지각ESP: Extrasensory Perception 같은 경험을 실증하려는 실험적 시도들의 정통성을 인정한다.

정신의학 분야는 원래 인간행동과 질병에서 무형적인 것들의 유형적 기원을 다루려는 시도에서 일어났다. 의학 분야로서의 정신의학은 병리학에 관여했고 따라서 정신의학은 거의 전적으로 의식의 낮은 수준들과 그 수준들의 신경생리학적 상관물을 다루었다. 말의 본래 의미에서의 의식은 정신의학의 패러다임 바깥에 남았다.

의학에서, 치유과정의 더욱 큰 패러다임에서 환자를 진료하며 비전통적 양식을 치료적 접근법에 포함시킨 의사들은 *전인적* 의사로 알려지게 되었다. 그것은 처음에는 의료업 종사자들 사이에서 두드러지게 비전문성의 뉘앙스를 풍긴 호칭이었다. 그러나 이 분야에서 선구적 개인들의 기여, 특히 심장마비로부터의 회복이나 기도를 통해 수술 환자의 회복을 앞당기는 것과 같은 영역은 진지한 인정을 요했다.

엘리자베스 퀴블러 로스는 환자들이 보고하는 죽음과 임사 체험 현상에 대중은 물론 전문인들이 관심을 갖게 만들었다. 수술의 전 과정을 목격했으며 수술실에서 오간 얘기를 다 들었노라고 보고하는 수술 환자들이 점점 많아짐에 따라, 유체 이탈 경험 또한 결국에는 상대적으로 흔한 주제가 되었다.[13] 텔마 모스는 키를리안 사진술을 이용한 연구로 널리 알려지게 되었다. 키를리안 사진술은 손가락 끝 둘레 같은 고주파 전기장을 띤 피사체가 내뿜는 복사나 그 주변의 오라를 기록한다. 잎사귀가 반으로 잘린 뒤에도 온전하게 남아 있는 잎의 에너지체를 찍은 그녀의 사진은 대단히 유명하다.[14] 심지어 침술조차도 미국 보건 분야에서 마침내 어떤 존중받는 자리를 차지했다. 그리고 전통 의학이 기계적, 전기적, 화학적인 것 외의 에너지를 일체 인정하지 않는다는 사실에도 불구하고, 많은 의사들이 침술을 배우고 있다.

전인적 접근법은 인간 의식의 본성에 관해 전통의학과는 다른 맥락에서 작용하며, 강조점은 *치료*보다는 *치유*에 놓인다. 비록 전인적 접근법과 최근 수십년 간의 이론적 약진과의 연결이 명시적으로 나타나진 않는다 해도, 의사든 대안요법가든 또는 일반인 치유사든, 전인보건 종사자들이 채용한 대안요법들은 그 접근 방식에서 아무리 차이가 크더라도 모두 한 가지 공통 요소를 갖는다. 모든 전인적 접근법은, 원형질에 영향을 미치는 것이 아니라 인체를 둘러싸고 인체를 통해 흐르며 몸 상태를 조절하는 어떤 *에너지장*에 영향을 미치는 기법들을 바탕으로 한다.[15]

의료계 외부에서는 내가 종종 언급한 12단계 자조 운동의 대대적 성공으로 *의식의 원리*를 실천함으로써 치유가 일어날 수 있음이 인상적으로 입증되었다. 융이 로랜드 H.에 대한 치료(이것은 우리가 본 것처럼, 결국에는 전 세계 AA 운동이 된 치유의 긴 사슬에서 첫 번째 고리를 이루었다)에서 인정했던 절망적 상태를 치유하는 능력은 높은 의식의 영역 내에 뚜렷이 놓여 있다. 융이 로랜드의 희망으로 여겼던, 깨달음이라는 변형과 매우 흡사한 심원한 영적 경험이야말로, AA 설립자 빌 W.에게 전달된 메시지의 본질이었다.[16] 빌 W.가 AA를 '가슴의 언어'로 특징지은 것은 주목할 만하다.[17]

***

이론과 적용 양쪽에서 인간 지혜의 개척에 새겨져 있는 모든 길은, 공통된 수렴 지점을 갖는다. 아니 공통된 발원 지점을 공유한다고 말하는 게 나을지도 모른다. 절망의 밑바닥에서 빌 W.에게 온 드러남은 개념적 합리성이나 다른 어떤 자기 성찰적 집중에서 나온 것이 아니었다. 그것은 더 높은 의식으로의 도약, 참나가 무한한 빛과 힘의 현존Presence of Infinite Light and power으로 이동한 데서 나온 것이었다.[18] 그 변형 경험이 수백만 명을 회복으로 이끈 것은, 600이나 그 이상(의식의 경험이 형상에서 비형상으로 가는 분기점을 이루는 수준)으로 측정되는 에너지 장들이 갖는 힘을 증거할 따름이다.

전 세계 12단계 자조 운동의 '높은 힘'과 수백만 명의 회복 근거인 그 형상 없는 힘은, 힘의 동일한 수원지水源池다. 지적 탐구의 그 모든 광범위한 분야들은,[19] 그 힘의 수원지를 향해 밀고나간다기 보다는 그곳으로 회귀하려 애쓰고 있다. 그 힘은 순수의식 자체의 힘이다.

POWER VS. FORCE

22 영적 투쟁

우리가 도달한 의식에 대한 이해로부터, 우리는 사람의 영적 사업의 투쟁을 재해석할 수 있다. '-임', '존재' 혹은 '나임'으로 묘사되는 순수의식 자체는 '신격', '신', 혹은 '신성'으로 식별된, *전* 존재의 무한한 잠재력, 힘, 에너지 근원을 나타낸다. 그 잠재력 안에서, 나타나지 않은 것Unmanifest은 그 에너지 장이 1,000으로(최대) 측정되는 화신(예수나 붓다 같은)처럼 나타난 것Manifest이 된다. 그런 개인은 막강한 세기를 지닌 끌개 패턴을 자리 잡아 놓는데, 끌개장에 전체적으로 반응하는 홀로그램 능력을 지닌 마음이 그것에 영향받는다.

의의가 덜하지만 여전히 막강한 힘을 갖는 것은, '참나' 각성에 이르는 길을 가르친 '보통의' 깨달은 스승들이다. 전 시대에 걸쳐 깨달은 이들은 참나를 무한한, 형상 없는, 변치 않는, 오로지 현존하는, 나타나지 않은－그리고－나타난 것으로 묘사했다.[1] 여기 하나임Oneness, 전부임All-ness, 존재하는 전부의 신임God-ness이 있는데 이들은 창조주와 구별되지 않는다. 인간계에서 이들의 힘은, 변이(자유의지)를 허용하고 포함하며 그리하여 "모든 길은 나Me에게 이른다."가 되는 거대한 끌개장이다. 우리 연구에서 그러한 주제를 다루는 가르침과 기타 저작들은 전형적으로 700으로 측정되었다.

600의 에너지 장에서 평상시의 생각은 그친다. 일시적인 선형적 과정 너머에서 존재는 식識, 편재, 비이원성으로 목격된다. 존재는 소재所在를 갖지 않기 때문에 "나/너" 이원성과 결과적인 분리의 환상은 사라진다.[2] 그 상태는 모든 이해 너머에 있는 평화이거나, 무한하고 무조건적인 사랑이다. 그것은 전부를 아우르고, 전부를 인식하며, 전적으로 현존하고, 만능이며, 참나와 일치하는데, 이는 나타난 것은 나타나지 않은 것과 하나라는 앎이다.

참으로 영적인 상태는 대략 500의 측정 수준(사랑)에서 나타나 무한까지 지속된다고 할 수 있다. 500대 후반과 600대로 측정되는 스승들은 종종 성인으로 인정받으며, 그들의 의식 상태는 흔히 '절정'으로 묘사된다.[3]

아직 깨닫지 못한 헌신자들이, 에너지 장이 550 이상으로 측정되는 스승의 현존 속에서 그러한 절정 상태로 들어가는 것은 흔한 경험이다. 그것은 어떤 강력한 끌개장에 지배되는 '동승' 과정을 통해 일어난다. 헌신자가 앎의 높은 상태에 도달하기까지는, 그 상태는 스승의 높은 에너지 장을 벗어난 곳에서는 지속되지 않는다.[4] 앞선 영적 구도자들은 깨달음에 다가가는 동안 흔히 '사랑하는 이Beloved의 현존' 속을 들락거린다. 이렇듯 높은 상태를 잃어버리고 낮은 상태로 떨어지는 것을 동서양의 문헌에서는 공히 '영혼의 고뇌'로 감식한다.[5]

영적 수행은 스포츠 같은 다른 집중적 추구와 마찬가지로 힘겨울 수 있다. 그리고 그것은 과업을 위해, 극단적으로 집중된 의도와 부단한 주의 집중을 포함하는 영적 도구의 계발을 종종 요구한다. 내적 수행의 어려움은 익숙한 낮은 끌개장의 중력에서 탈출하여 높은 장의 영향력을 향해 이동하는데 크나큰 노력이 요구되는 데서 비롯된다. 그러한 투쟁을 완화하기 위해, 모든 종교에서는 사람들이 낮은 에너지 장에 노출되는 것을 규제한다. 그런 오류를 '죄'로 묘사하는 것은 권위적 관점일 뿐이다. 보다 너그러운 관점에서는 사람이 낮은 에너지 장에서 노닥거리는 것을 용서할 수 있는 '부족함'으로 수용한다.

그러나 200 이하의 에너지 장들에 특유한 태도, 감정, 행동에는 사실 일반적으로 영적 경험이 배제되어 있다. 많은 영성 부문에서 인정하는 고전적 *차크라*계는 우리 연구에서 일어난 의식 지도와 거의 정확히 상관된다. 600 수준은 정수리 차크라와 일치하고, 500은 가슴, 200과 그 이상은 태양신경총과 일치한다. 반면에 악의, 시기, 분개, 질투의 낮은 태도와 감정들은 비장과 결합되어 있다. 기저 차크라는 동물 생존 및 영적 진보를 가로막는 것에의 열중과 관련된다. 그래서 모든 영적 가르침은 '세속적인 것'을 권하

지 않으며, 섹스나 돈에 대한 집착을 피할 것을 제안한다.[6]

낮은 영역은 또한 중독이 집결하는 곳이다. 사람은 낮은 수준들 가운데 그 어느 것에도 고착될 수 있다. 그러한 에너지 장 거의 전부 및 그것과 결합된 행동들은 지금 특수한 자조 모임들을 낳았다. 모든 자조 모임은 영적 맥락 없이는 회복이 거의 가능하지 않다는 점에 일치한다. 일반적 의식 향상 프로그램들의 보편적 금언은, 사람은 *진실을 알기까지*는 무력하다는 것이다. 영적 지향을 갖는 모든 자조 모임에서 요구하는 첫 단계가 있는데, 그들이 만장일치로 동의하는 것은 열린 마음과 나아지겠다는 자발성이 진보에 필요한 전제 조건이라는 점이다. 다른 말로 하면, 사람은 치유될 수 있기 위해서는 발달상으로 200의 에너지 장에 도달해 있어야 한다는 것이다. 그 밑의 장들이 갖는 영향력 안에서 꾸물대는 것은 도망칠 수 없을 정도로 깊숙이 동승되는 진짜 위험을 수반한다. 하지만, 항상 그런 것은 아니지만, 역사는 깊이 동승되었던 개인들이 갑자기 의식의 높은 수준을 향해 박차고 올라간 숱한 사례를 목격했다.

그런 갑작스러운 돌파는 현대 사회에서 여전히 가끔씩 나타난다. 앞서 본 것처럼, AA 설립으로 귀결된 빌 W.의 경험이 바로 그것이었다. 그런 경험의 전형적 특징은 의식의 완전한 변형, 낮은 끌개장 동승으로부터의 해방, 높은 앎으로의 갑작스러운 부상인 듯하다. (AA 초기에는 이런 유형의 경험이 흔했는데, 그 시절의 AA 구성원들은 종종 '숨넘어가는 사람'*이었다. 오늘날 AA 신입회원의 대부분을 차지하는 '높은 바닥'** 회원들은 그런 경험을 보고하지 않는다.)

높은 에너지 장에의 동승이나 높은 장의 영향력이 대상자에게 동화적이거나 성장을 돕는 효과를 내는 것처럼, 낮은 끌개장에 동승하는 것은 이화적이거나 파괴적인 효과를 낸다. 오늘날의 문화에서 가장 광범위한 사례는 어떤 형태의 폭력적 유행 음악의 영향력이다. 우리 테스트에서 펑크록, 데스록, 갱스터랩 음악은 모든 피험자를 약화시키며 존 다이아몬드 박사의 초기 관찰결과를 확증해 주었다.[7] 노스캐롤라이나 대학의 제임스 존슨 박사는 (1994년, 7월 4일자 《애리조나 리퍼블릭》에 실린) 학생들에 대한 최근 연구에서, 랩 음악은 폭력에 대한 내성을 강화하고 폭력적 기질을 키우는 반면 물질주의를 조장하고 학문과 장기적 성공에 대한 당장의 흥미를 감소시킨다는 것을 발견했다.

치료 집단과 병원에서 관찰된 일반적 경험에 따르면, 마약 복용자가 헤비메탈 음악을 계속 들을 경우 회복은 일어나지 않는다. 사실, 애리조나 피닉스 캐멀백 병원의 분원인 세도나 빌라에서 입원과 외래 코카인 중독자들을 1년간 추적 조사했을 때, 그 폭력적이고 부정적인 음악에 계속 귀 기울인 코카인 복용자들 중에

---

* last gasper, 알콜이나 마약에 중독된 이들은 대부분 심각하게 바닥을 치는 경험을 한 뒤 마침내 12단계 프로그램을 받아들인다. 그것은 다시 말하면, 그들 스스로가 회복을 시작할 정도로 상황이 악화되었다는 것이다. 그런데 일부 사람들은 아주 고집불통이어서 거의 죽기 직전까지 회복을 피한다. '숨넘어가는 사람'이란 그런 이를 가리키는 속어다.

** high bottom, 중독자들 중에서 그렇게 고집이 세지 않아 죽기 직전까지 가지 않고도 삶을 전환하는 이들을 말한다. 그런 이들은 아주 밑바닥까지 떨어지지 않으므로 '높은 바닥'에 있다고 할 수 있다.

서 회복한 이는 단 한 명도 없다는 것이 드러났다.[8] 중독자를 위한 자조 모임들에서는 한결같이, 과거의 생활양식과 결합된 영향력(즉, 에너지 장)을 피할 것을 권고한다. 중독자들은 마약을 끊는 것으로는 충분치 않다는 것을 발견했는데, 마약을 끊는 것은 중독의 A→B→C를 공격하는 것에 불과했다. 의지를 가지고 그 장의 영향력을 완전히 떠나는 데 전념하지 못하는 한 그들은 중독의 ABC인 낮은 에너지 끌개장에 대한 동승을 피하지 못했다. 그 장에 대해 음악은 마약처럼 하나의 발현일 뿐이었다.

자조 프로그램의 에너지 장을 떠나는 회복된 중독자들은 어느 정도는 예상대로 재발한다.[9] 동료 회원들의 결합된 힘을 주입받는 것을 포기하는 것 외에 자신은 '혼자 해낼 수 있다'는 주장은, 재발이 임박했음을 가리키는 악명 높은 증상이다. 왜냐하면 그것은 175로 측정되는 오만함과 자부심의 침투를 가리키기 때문인데, 그것은 치유를 위해 요구되는 에너지 장의 힘에 훨씬 못 미치는 수준이다.

물론 동일한 원리는 반대 방향에서도 작동한다. 깨달음을 구하는 것은 가장 강력한 끌개 패턴들에 대한 동승을 구하는 것이다. 다시 한 번, 열쇠는 끊임없이 반복되는 선택 행위인 *의지*다. 여기서 초기 조건에 대한 민감한 의존이라는 카오스론적 원리가 전통적 방식의 영적 진보에 과학적 설명을 제공한다. 모든 영적 부문에서는 사람의 앎을 발전시키기 위한 기반으로 삼아야 하는 첫 단계를 '자발성'으로 묘사한다. 역사 또한 임상적으로 입증된 것을 입증해 준다. 지속적 자발성은 새로운 끌개장을 활성화시키고 사람이 낮은 끌개장을 떠날 수 있게 해 주는 기폭제다. 우리는 작은 끌개장이 그보다 큰 끌개장에 접근하는 것을 상상할 수 있는데, 어떤 지점에서 제3의 요소(자유의지, 즉 진화와 선택의 결정적 귀결)가 도입되면 불현듯 교차('안장 패턴')가 일어나고 그리고 변화가 발생한다.

동양의 영적 부문들에서는 구루의 도움 없이 헌신자 혼자 큰 진보를 이루기는 힘들다는 것이 인정되고 있다.[10] AA 경험에 따르면, 진짜 알코올중독자는 지지자의 도움 없이는 회복할 수 없다. 스포츠 분야에서는 탁월한 코치들이 항상 각광받는데, 왜냐하면 그들의 영향력이 최대의 노력을 고취시키기 때문이다. 헌신자는 앞선 스승에게 초점을 맞추고 그럼으로써 그 스승의 에너지 장과 정렬하는 것만으로 자신의 진보를 앞당길 수 있다. 우리 테스트에서는, 앞선 영적 스승의 모습을 마음속에 떠올리면 모든 대상자가 자신의 개인적 신념과는 무관하게 강해진다는 것이 반복적으로 확인되었다.

***

개인적 변용을 위한 영적 투쟁에서, 변화의 매개는 항상 구도자의 힘 너머에 있다. 아시시의 성 프란체스코 같은 위대한 성인들은 전형적으로, 자신은 어떤 높은 힘의 통로에 불과하다고 단언했다. 그들은 개인적 주도권을 위해 그런 상태를 성취한 공로가 자신에게 있다고 주장하지 않았으며, 공을 은총Grace에 돌렸다.[11] 이는 앎의 낮은 수준에 있는 신입자가 높은 앎의 영향력 안에 머물 때 '삼투'(동승)에 의해 변형이 일어나는 방식을 예증한다. 우연한 관찰자들조차, 어떤 보이지 않는 힘에 의해 그토록 확연하게 변모된 사람 편에 그렇듯 눈에 띄게 매개가 부재하다는 것을 종종 알아본다.

그러므로, 누군가가 낮은 끌개장의 영향력에서 높은 끌개장의 영향력으로 갑자기 옮아갈 때, 기적이라며 갈채가 쏟아지는 일이 많다. 인간 경험의 불운한 선고에 따르면, 점진적으로 자신의 행동을 지배하게 되는 에너지 장으로부터 탈출하는 이는 극소수이다. 그러한 탈출을 촉진하기 위해 고안된 요즘 유행하는 영성 프로그램이 '기적수업A Course in Miracles'이다.[12] 이 영성 심리학 수업의 목적은 지각의 전면적 변화를 조장함으로써 급격한 의식 도약을 일으키는 데 필요한 기반을 닦는 것이다. 보다 전통적 양식에서는 기도와 명상 또한 낮은 에너지 장의 영향력에서 높은 장의 영향력으로 올라갈 수 있는 이륙 지점이 되어 준다.

***

500 이상의 에너지 장으로 상승한 의사들은 남들이 비슷한 결과를 내지 못하는 치료에서 놀라운 성공을 거두었고(그럼으로써 그들은 많은 이중맹검 연구에서 모순적 데이터를 낳았다)*, 강력한 치유자가 되었다. 그러한 불가해한 변이는 의학을 지배하는 틀에 박힌 인과적 설명으로는 답할 수 없는 힘의 개입을 보여 준다. 홀

로그램 세계에서, 일체의 '개별적' 사건들은 우주 속 모든 사건의 결과다. 말의 본래 의미에서의 '사건'에는 아무런 자립적 실체가 없다. 우주는 사람의 의식*이다*. 이는 지성을 넘어선 어떤 이해력을 요구한다.

순수 이성이 이룩한 것은 문화사에 큰 이정표를 남겼다. 그것은 사람을 외부 환경의 주인으로 만들어 주었다. 그리고 물질적 세계에서, 어느 정도는, 사람을 자신의 내부 환경의 주인으로 만들어 주었다. 그러나 이성은 여러 측면에서 한계를 갖는다. 400 수준의 지적 명석함은 300대에 있는 이들에게는 그렇게 눈부시고 탐나지만, 그 수준을 초월한 이들에게 그것은 급속히 빛이 바랜다. 높은 전망에서 볼 때 이성의 자기도취가 얼마나 지루하고 하찮아질 수 있는지는 너무도 분명하다. 궁극적으로 자기 찬양을 지켜보는 것보다 더 지루한 일은 없다.

우리가 낮은 본성의 요구에서 풀려나도록 해 준 위대한 해방자인 합리성 역시, 사람들이 지성 너머 그 위의 영역으로 탈출하는 것을 막는 가혹한 파수꾼이다. 400대 수준에 동승한 이들에게는 이성 자체가 영적 진화의 정점, 즉 천정이 된다. 역사상의 위인들 가운데 얼마나 많은 이들이 499로 측정되는지를 보면 충격적이다. (데카르트, 뉴턴, 아인슈타인 말고도 한참 더 있다.) 400대의 수준은걸림돌이자 엄청난 장벽이다. 그것을 극복하기 위한 싸움은

* 의식 수준이 500 이상인 의사들이 포함되는 이중맹검 시험에서 모순되는 데이터가 나오는 것은, '가짜' 약을 투여한 경우에도 의사들의 높은 의식의 에너지 장으로 인해 유효한 결과가 나오기 때문이다.

영적 투쟁 가운데 가장 일반적이며 그리고 종종 가장 길다.

이성 수준의 영향력에 철저하게 동승한 매우 앞선 과학자들이 갑작스러운 돌파구를 만나 포괄적인 전체의 영역으로 부상하는 것은 유례없는 일이 아니다.[13] 우리가 보여 주려 한 것처럼, 영성의 세계는 비결정론적 과학의 세계 및 비선형계와 일치한다. 우리의 연구와 이 책은 사실, 현저히 선형적이고 '좌뇌적' 양식에 익숙한 이들이 영적 현상을 합리적으로 인정하는 데 도움이 되도록 설계되었다. 의식의 해부학에 관한 지도의 작성은 *창조의 힘은 아래에서 위로가 아니라 위에서 아래로 나아간다는 것*을 예증함으로써 궁극적 인과의 본성에 다소라도 빛을 비춰 줄 수 있을 것이다.

하지만 우리의 희망은 교조화하는 것이 아니라 저절로 드러나는 어떤 과정 속에 있는 독자를 돕는 것이며, 우리가 원하는 것은 독자의 이성적 자기自己로 지칭되는 그 허구뿐 아니라 그의 전全의식을 다루는 것이다. 우리 연구에서 테스트 자극에 반응하는 것은 전인全人이다. 비록 대상자의 마음은 무슨 일이 벌어지고 있는지 모를 수 있어도, 그의 전 존재는 분명히 알고 있다. 그렇지 않다면 우리가 발견하는 것들에는 아무런 일관성이 없을 것이다. 이는 앞선 영적 스승들의 어떤 말을 상기시켜 준다. 헌신자는 오직, 자신이 이미 알고 있는 것을 발견할 뿐이라는.

POWER VS. FORCE

23 진실의 탐구

비록 처음에는 냉소적인 말로 들릴 수도 있지만, 일상의 기능적 목표들을 위해 진실은 그것이 무엇이 됐든 자신의 현재의 지각 수준에서 주관적으로 설득력이 있는 것임을 우리는 인정해야만 한다. 의식의 낮은 수준에서는, 명제가 비논리적이고 근거 없다 해도 그리고 지적으로 증명 가능하지도 실용적으로 시연 가능하지도 않은 교의를 표현하고 있다고 해도, 진실로 받아들여진다. 이것은 정신 나간 주변 집단에 국한된 현상이 아니다. 미국에서는 우리가 인정하고 싶은 정도보다 훨씬 자주, 무고한 이들이 명백히 비이성적이고 편향된 증인의 증언에 따라 유죄 선고를 받고 감옥에 간다. 그리고 세계적으로, 끊이지 않는 전쟁(동유럽이나 중동에서의 전쟁 같은)의 근거는 복수復讐의 정의에 대한 광적 신념이다. 그러한 신념은 실질적으로 끝없는 갈등을 보증한다.

극소수의 예외를 제외하면, 표면상으로 예수 그리스도('평화의 왕자')의 가르침을 대변하는 종교조차도 전쟁을 금하지 않았다. 혹은 '정당하다고 인정할 수 있는' 상황에서 타인을 죽이는 것을 금하지 않았다. 여기서 '정당하다고 인정할 수 있는' 상황이란 물론 살인을 저지르는 이들에게 그런 것이고, 피해자들은 십중팔구 그런 정당화를 인정하지 않을 것이다. 신앙의 저변에 있는 원리와 정반대인 그런 자가당착적 행동은, 우리가 오랜 세월에 걸친 영적 가르침의 진화나 퇴화의 측정에 임계 요인 분석을 적용할 경우 덜 놀랍게 보일 것이다.

세계에서 으뜸가는 종교적 가르침들을 이 새로운 빛에 비춰 보기로 하자.

기독교

본래 예수 그리스도가 설파한 진실의 수준은 1,000으로 측정된다. 그것은 지상에서 성취할 수 있는 최고의 수준이다. 2세기까지 예수의 가르침의 실제 의식 수준은 930으로 떨어졌고, 6세기까지는 540으로 떨어졌다. 11세기 초 십자군 전쟁 무렵까지는 현재의 498로 하락했다. A.D. 325년의 큰 쇠퇴는 명백히, 니케아 공의회에서 기원한 가르침의 오역이 확산된 탓이었다. 종교사를 공부하는 학생들은 기독교의 진실 수준을 사도 바울, 콘스탄티누스 대제, 성 아우구스티누스 등등 이전과 이후로 나누어 측정하는 것이 흥미롭다는 걸 알게 될 것이다.[1]

신약 람사역(아람어에서 번역한)이 750으로 측정되고, 킹제임스판(그리스어에서 번역한)이 640으로 측정된다는 점에 주목해야 한다. 다양한 번역본들의 진실 수준이 폭넓은 범위를 갖는 것처럼, 기독교의 여러 분파 간에도 폭넓은 편차가 있다. 대부분의 주요 종파, 즉 로마 가톨릭, 성공회, 크리스천 사이언스(그리고 퀘이커교와 같은 많은 작은 교파들)는 500대 후반으로 측정된다. 요즘의 '기적수업'이나 14세기 마이스터 에크하르트의 신비주의 같은 특별한 해석들은 600으로 측정된다. 하지만 이슬람의 경우처럼, 노골적으로 반동적인 정치적 일정을 갖는 극단적 원리주의 집단은 125로 측정될 수 있다.

불교

붓다의 가르침의 진실 수준 또한 본래 1,000이었다. A.D. 6세기까지, 실제의 진실 수준은 평균 900으로 떨어졌다. 붓다의 가르침은 다른 어떤 종교보다도 변질이 덜했다. 소승小乘불교는 여전히 890으로 측정되고, 대승大乘불교는 960으로 측정된다. 선불교는 890이다.

힌두교

주 크리슈나의 가르침은 1,000이었던 것으로 측정되는데 세월이 가며 약해졌다. 그래도 요즘 힌두교의 진실은 여전히 850으로 측정된다.

유대교

아브라함의 가르침은 985였던 것으로 측정된다. 모세 시대의 종교적 실천은 770이었던 것으로 측정되는데, 그것은 토라*의 진실 수준이다. 현대 유대교는 499로 측정된다. 카발라는 720, 조하르**는 730이다.

이슬람

모하메드의 의식 수준은 740이었고, 코란은 720으로 측정된다. 이슬람 신앙의 중핵은 사랑에서 우러난 수용受容과 내적 평화의 한 표현이다. 그러나 실질적 도그마의 진화는, *지하드* 혹은 종교 전쟁의 형태를 취하는 영토 확장의 정치와 초창기부터 맞물려 있었다. 이슬람 가르침의 진실은 십자군 전쟁 말기까지 심하게 하락했다. 현대에는 편집증과 외국인 혐오증을 특징으로 하는 광신적이고 국수주의적인 종교운동이 발흥하여 이 신앙의 영적 본질은 빠르게 부식되었다. 현 시대에 호전적 이슬람 원리주의 가르침의 진실 수준은 130이다.

***

세계의 위대한 종교들의 진실 수준이 하락한 것을 볼 때, 우리

* 유대교 율법으로 모세 5경을 가리킨다.

** 유대교 신비주의 카발라에서 가장 중요한 경전으로 토라에 대한 신비주의적 해석을 담고 있다.

는 가장 '음'적인 것이 전 시대에 걸쳐 상대적으로 순수성을 유지했던 반면, 보다 '양'적인 것(세속사에 휩쓸린)은 현저히 타락했다는 점에 주목한다. 가장 공격적인 종교의 호전적 극단주의 분파는 사실상 온전성의 임계 수준 200 이하로 침몰하고 말았다. 교리가 이원적일수록 오역이 일어날 가능성은 더욱 커지는 듯하다. 이원론은 신념과 행동의 분열 및 진실 수준들의 혼동을 조장한다. 이런 일이 생길 때, 영적 본질은 해석 과정에서 물질적 표현으로 혼동된다. 그리하여 개념적인 그리스도의 병사(영적 병사)가 왜곡된 '문자적' 해석을 통해 독선적인 전장의 살인자가 된다.

힌두교도는 수준을 혼동하는 해석의 오류에 빠지지 않았다. 바가바드 기타 서문에 묘사된 전쟁은 주 크리슈나가 신자들에게 실제 전쟁에 가담할 것을 가르쳤다는 뜻으로 잘못 해석되지 않았다. 붓다의 관점 역시 왜곡의 여지가 거의 없는데, 그는 모든 고통과 괴로움의 원인은 무지이고 무지는 가능한 단 하나의 '죄'이며, 그래서 사람의 의무는 타인을 향해 연민을 품고 그들을 위해 기도하는 것이라고 보았다.

모든 숭고한 영적 가르침의 하락은 덜 깨달은 이들이 저지른 오역이었다. 의식의 각 수준은 그 자체의 한정된 지각 능력과 이해 능력을 사전에 정한다. 사람이 스스로 깨닫게 되기까지 혹은 적어도 의식의 높은 상태를 경험할 때까지, 모든 영적 가르침은 들은 풍월로 남아 있으며 그리하여 왜곡되고 오해되는 경향이 있다. 경전은 어떤 위치라도 정당화하기 위해 인용될 수 있다. '정당한' 것은 그 불균형한 지각 및 도덕적 폭력에 대한 결과적 무관심으로 인해 늘 위험하다. 어떠한 종교에서든 원리주의 분파는 항상 최저로 측정되며, 흔히 범죄와 동일한 의식 수준에서 움직인다. 그들의 특징은 에고 중심적 극단주의와 불합리성이다. 그러나 인구의 85퍼센트가 임계 수준 200 이하로 측정되는 상태에서, 오류는 세계 전역에서 쉽게 확산되고 서슴없이 받아들여진다.

사교邪教가 증식하는 것은 일반 대중이 진실과 거짓을 구별할 객관적 준거를 갖고 있지 못하기 때문이다. 우리는 이 연구에 쓰인 도구를 이용하여, 영적이라고 소문난 그 어떤 운동도 200 수준 이하로 측정되는 것은 '사교'임을 확인할 수 있다. 위에서 본 것처럼, 사교는 고립된 배교背教 현상만이 아니다. 세계의 대종교들 내부에서 사교는 또한 허용되는 하위집단으로 번영하면서 가르침을 왜곡하고 가르침의 본래 의도를 훼손하고 있다.

사교는 형식상으로 종교적일 필요는 전혀 없다. 물론 궁극의 사교는 '악마숭배'로 알려져 있는, 반신성주의에 기반하고 있는 반종교주의다. 그것은 그 자체만의 명시적 종교 일정을 갖고 있지는 않은데, 왜냐하면 그것은 양호한 원리들의 반정립과 전도顚倒를 통해 스스로를 정의하기 때문이다. 그것은 이런저런 형태로 항상 우리 곁에 있었다. 위는 아래를 빛은 어둠을 암시함에 따라, 사람의 사회적으로 조직적인 진실 탐구와 높은 영적 수준에 도달하는데 대한 몰두는 항상 사회적으로 조직적인 거짓의 확산과 최하의 에너지 장들에 대한 굴복을 뜻했다. 반종교주의의 본성에 대한 고찰은 사실상 부정적 에너지 장들이 갖는 어마어마하게 파괴적인 힘을 입증해 준다. 불행히도 사례는 가까운 곳에 있다.

악마 숭배의 장식은 유행하는 청년문화의 패션이 되었는데, 그것의 일차적 매개체는 어떤 공공연한 음악 장르다. 하지만 원리는 장식 속에 함축되어 있으며, 그리고 그것은 끌개장을 발생시킨다. 그 효과는 도시 인근에서 개업한 정신과의사라면 너무도 잘 알고 있다. 에너지 장들의 파괴는 질병처럼 확산된다. 피해자들은 선악의 차이에 둔감해지게 되는데 그것은 객관적으로 검사할 수 있는 가치 전도이다. 마니아들은 '꽉 막힌' 경락과 함께 관련 음악의 반복적인 부정적 패턴에 대한 반응으로 좌우 뇌반구의 탈동기화를 직접적으로 드러낸다는 것이 밝혀진다. 실제에서 최종 결과는 최면에 걸린 트랜스 상태이다. 그런 상태에서 감상자는 가사에 담긴 폭력적이고 신성모독적인 암시에 대단히 쉽게 걸려든다. 이러한 의미에서, 아이들은 문자 그대로 노예화되고 나중에는 이성을 잃은 파괴행위를 저지르는 경향이 있는데, 그 아이들은 진실로 '왜 그러는지 모르'면서 최면 상태에서 받은 암시를 행동화한다. 그리고 그 영향은 지속된다.

음악이 그친 지 한참 뒤에도 신체와 신체 면역계의 약화는 계속되며, 그것에는 신체운동학적 반응의 역전逆轉이 동반된다. 정상인을 약화시킬 부정적 자극은 강한 반응을 일으키는 반면, 정상인을 강하게 만들 것들은 이제 약한 반응을 낳는다. 그 문화의 구성원들은 자신이 어떤 막강한 부정적 에너지 장의 피해자임은 모르는 채, 그들이 이해할 수 있는 범위 너머에 있는 위력에 대한 때로는 도망칠 수 없는 복종으로 빠져든다. 그런 신체적, 정서적, 성적 괴롭힘을 당한 젊은이들은 뇌의 신경전달 물질 균형에 영구적 손상을 입을 수 있다. 그리고 습관적으로 그들은 학대하는 파트너를 찾아내고 자살 충동과 끝없이 싸워야 하는 성인 우울증 환자가 되는데, 그것은 사실 최면 상태에서 받은 암시가 어떤 형태로 잔존하는 것이다.[2]

중세 암흑기를 연상시키는 그런 영적 흑사병이 우리의 깨달은 사회에서 계속 해로울 수 있다는 것을 우리는 부정하고 싶을 수도 있다. 하지만 그런 도착적 영향력은 도덕적 진공 속에서 작용하지 않으며 그런 것의 성장을 위한 전제 조건을 이미 편입하고 있지 않은 사회적 모체에서 일어나지도 않는다. 청교도적인 우리 사회의 모순은 이 사회가 계속적 유혹을 부추기면서도 만족시키는 것은 부정한다는 것이다. 그래서 정상적 배출의 끊임없는 좌절은 결국 도착적 형태의 방출로 이어진다. 좀 더 자세히 들여다본다면, 우리는 우리가 '문명'이라고 부르는 것의 다른 요소들이 그런 '도착'의 지속을 사실상 조장한다는 것을 발견할 수도 있다.

***

젊은이들이 폭력을 미화하는 젊은 층 대상의 TV 채널과 컴퓨터 게임을 통해 프로그래밍되고 있는 동안, 부모들은 성인 대중매체에 의해 세뇌당하고 있다. 근육테스트는 상당히 전형적인 TV 프로그램이 단 1회 방영분에서 피험자를 113차례 약하게 만들었음을 보여 주었다. 약화시키는 사건들 하나하나가 관찰자의 면역계를 억제했으며 시청자의 자율신경계는 물론 중추신경계에 손상을 초래했다. 그 113차례의 경락 차단에 매번 변함없이 동반된 것은 흉선의 억제였다. 각각의 손상은 또한 뇌의 미세한 신경호르몬계통과 신경전달물질계통에 대한 손상으로 귀결되었다. 각각의 부정적 입력은 시청자를 궁극적으로 병과 우울증 가까이로 떠밀었다. 이것이 지금 세계에서 가장 크게 번진 질병이다.

등급이 미세하게 나뉘는 우울증이 인류의 다른 모든 질병을 합친 것보다 사람들을 더 죽음으로 몰아넣고 있다. 영적 문제로 생긴 우울증을 치료할 항우울제는 없는데, 그것은 그러한 우울증이 뇌기능 장애가 아닌 신성 모독적 삶에 대한 정확한 반응에서 유래하기 때문이다. 몸은 영의 물질적 표현으로의 반영이고, 몸의 문제는 그것에 생명을 주는 영의 투쟁의 극적 표현이다. 우리가 '저 바깥'에 속해 있다는 신념은 '이 안'에서 효과를 낸다. 만인은 자신의 손으로 죽는다. 이것은 엄연한 임상적 사실이지 도덕적 견해가 아니다.

***

그럴 법한 절대 선과 절대 악의 표준을 강요하려는 시도는 사실상 최대의 도덕적 함정에 속한다. 하지만 우리는 도덕을 끌어들이지 않고도, 그것이 무엇이든 200 이상으로 측정되는 것은 생명을 지지하고 따라서 기능상으로 '선'으로 정의할 수 있다고 명확하게 진술할 수 있다. 반면에 그것이 무엇이든 200 이하로 측정되는 것은 파괴적이고 생명을 지지하지 않으므로 기능상으로 '악'으로 선언할 수 있다. 테스트를 통해 우리는 "목적이 수단을 정당화한다." 같은 거짓 전제가 작용상으로 악임을 증명할 수 있다. 하지만 그것은 상거래상의 과오에서 전쟁이라는 범죄행위에 이르는 수많은 인간행동에 대해 으레 받아들여지는 정당화이다. 궁극적으로는 작용하는 선과 악의 만회할 길 없는 혼동으로 이끄는 그러한 영적 모호함은 항상, 인간 사회의 아킬레스건이었다.

식별하지 못한 탓에 진실을 곡해한 과정은 (이 장의 앞부분에서 살펴본) 세계의 위대한 종교들의 쇠퇴에 수단을 제공한 책임이 있다. 500 수준 이하로 떨어진 종교는 사랑에 대해 설교는 할지라도 그것을 실천하진 못할 것이다. 그리고 전쟁을 고무하는 종교는 노골적 위선 없이는 영적 권위를 주장할 수 없는데, 그러한 위선은 많은 정직한 이들을 무신론자로 만들었다.

끌개와 모방자를 구별하는 능력이나 의식의 상이한 수준들의 미묘한 차이를 지각하는 능력이 무뎌질 때, 사회는 집단적으로 가장 취약하다. 이렇게 해서 시민 괴롭힘은 법이 되고 정치적 극단주의자들은 정당한 구호를 가지고 설득한다. 폭력의 아이들*은 가해자가 된다. 왜냐하면 자신의 의식 보호에 필요한 식별 능력을 상실한 혼란에 빠진 사회가 자신의 아이들을 보호하기를 바라긴 힘들기 때문이다.

한 개인의 의식 수준을 결정하는 것은 그가 헌신하는 원칙들이

---

* Children of Violence, 노벨상 수상 작가 도리스 레싱의 연작소설 제목. 여기서 폭력의 아이들이란 1차 대전 시기에 태어나 2차 대전 시기에 성년에 이른 세대를 가리킨다.

다. 의식 진보를 계속하기 위해서는 원칙이 흔들려서는 안 되는데, 그렇지 않으면 그 개인은 더 낮은 수준으로 후퇴할 것이다. 편의는 결코 충분한 정당화가 되지 않는다. 만일 다른 인간을 죽이는 것이 옳지 않다면 그 원칙에 예외를 허용하지 *말아야* 한다. 아무리 감정적으로 호소력이 강한 것이 예외를 정당화하는 데 이용된다고 하더라도 말이다. 그래서 사형을 묵인하는 사회는 항상 살인 문제를 겪을 터인데, 사형과 살인은 모두 동일한 지각 수준의 산물이다. 결국 살인자에게는 피살자를 죽인 것이 정당화할 수 있는 예외인 것이다.

일단 원칙이 깨지면, 그것의 변형된 형태가 암처럼 증식한다. 전장에서의 살인이든, 경찰에 의한 살인이든, 혹은 형벌제도에 의한 살인이든, 사회가 살인을 지지하면서 그와 동시에 '범죄적' 살인을 효과적으로 막아 낼 수는 없다. 죽이는 것은 죽이는 것일 뿐이다. 그것은 피할 수 없는 사실이다. 죽일 것인가 말 것인가에 대한 판단은 진짜 힘에 이르는 길에서의 기본 쟁점이다. 하지만 이 초보적 사안은 세계 인구의 85퍼센트나 실질적으로 세계의 그 어떤 정부에 의해서도 아직 다뤄지지조차 않았다. 코코(영장류 연구소에서 키우는 유명한 고릴라. 어느 심리학자와 수년간 작업했으며 정교한 수화 어휘를 발전시켰다.)는 진실하고, 애정이 깊고, 지적이며, 믿음직스럽다. 암컷 고릴라 코코의 온전성은 250으로 측정된다. 그리하여 사람은 고릴라 코코와 함께 있는 편이 지상의 85퍼센트의 인간들과 함께 있는 것보다 더 안전하다.

사람의 '영안靈眼' 손상은 어두운 도덕적 시력과 진실에 대한 맹목으로 귀결되었다. 이는 온전성의 수준 아래서 어정거리고 있는 지상의 인구 85퍼센트에게 닥친 문제다. 전체로서의 인류가 맞닥뜨린 큰 현안은 그러한 영적 맹목을 치유하는 것이다. 항상 우리 사회의 시선을 끄는 옳고 그름이라는 당면 '문제'는, 의식의 낮은 수준들의 바탕에 있는 지각 기능으로 존재할 뿐이다. 어린 아이들에게는 위험한 행동이 '나쁘다'고 가르쳐야 하지만, 아이들이 성장하면 식별력이 도덕주의를 대체해야 한다. 다른 인간을 죽이는 것이 잘못인지 여부는 의식의 낮은 수준들에서는 도덕적 딜레마일 수 있지만, 높은 수준에서 그것은 황당한 의문이다. 관습적 도덕은 높은 의식의 기능을 임시로 대체할 뿐이다. 이원성의 부산물인 도덕주의는 의식 수준이 500대를 통과하는 동안 무의미한 것이 되고 600 수준에서는 무관한 것이다.

사람이 주로 이성에서 기능하는 단계에 이르기 위해서도 400대로 가는 의식에서 큰 진화가 요구되는데, 400대는 세상에서 매우 강력한 수준(프로이트, 아인슈타인, 데카르트는 499로 측정된다)이고 인도주의의 수준이다.[3] 그러나 자기도취로 하여 균형감을 잃어버리기가 대단히 쉬운 이성은, 길게 보았을 때 사람에게 그 어떤 견고한 도덕적 확신이나 심지어 지적 확신조차 심어 주지 못했다. 오히려 이성은 번번이 사람을 무지의 혼돈으로부터 똑같이 당황스러운 지적 미로로 이끌었다. 대중적 혼란의 세계에서, 우리에게는 진실을 측량할 믿음직스럽고, 정확하고, 객관적으로 검증 가능한 잣대가 필요하다. 이 책이 그런 도구를 제시했기를 바란다. 집단적 인간 의식 속으로 주입되는 높아진 진실의 영향력은, 우리가 불가피하게 다소 음울한 전망으로 흐르기보다는 보다 큰 희망을 품을 이유를 갖게 해 준다.

우리는 의식이 일체의 에너지 변화를 log 10^{∞}의 정도까지 식별할 수 있다는 것을 확증했다. 이는 의식 자체의 절묘한 민감성으로 탐지해 내지 못하는 사건은 전 우주에 있을 수 없음을 뜻한다. 비록 인간 생각의 에너지는 미소하지만, 그럼에도 불구하고 그것은 절대적으로 계측 가능하다. 의식 수준 100에서 흘러나오는 생각은 전형적으로 log $10^{-8억}$에서 log $10^{-7억}$ 마이크로 와트로 측정될 것이다. 한편, 의식 수준 500의 사랑하는 생각은 대략 log $10^{-3500만}$ 마이크로와트로 측정된다.

비록 세계 인구의 15퍼센트만이 임계적 의식 수준 200 이상이지만, 그 15퍼센트의 집단적 힘에는 나머지 세계 인구 85퍼센트의 부정성을 상쇄하는 무게가 있다. 힘의 척도는 로그값으로 올라가기 때문에, 의식 수준이 1,000인 단 한 명의 화신은 전 인류의 집단적 부정성을 사실상 완전히 상쇄할 수 있다. 근육테스트는 그 점을 보여 주었다.

700 수준 한 사람이	200 수준 이하에 있는 7천만 명을	*상쇄한다*
600 수준 한 사람이	200 수준 이하에 있는 1천만 명을	*상쇄한다*
500 수준 한 사람이	200 수준 이하에 있는 75만 명을	*상쇄한다*
400 수준 한 사람이	200 수준 이하에 있는 40만 명을	*상쇄한다*
300 수준 한 사람이	200 수준 이하에 있는 9만 명을	*상쇄한다*
700 수준 12명은	1,000 수준의 화신 한 명과	*동등하다*

(현재 지구상에서 700으로 측정되는 이들은 12명이다.)

이러한 상쇄가 없다면, 인류는 그 거침없는 부정성의 순전한 양으로 인해 자멸할 것이다. 사랑하는 생각($10^{-3500\text{만}}$ 마이크로와트)과 두려운 생각($10^{-7\text{억}5\text{천만}}$ 마이크로와트) 간의 힘의 차이는, 쉽게 납득하기에는 인간 상상력의 능력을 넘어설 정도로 엄청나다. 하지만 이상의 분석으로부터, 우리는 하루에 단 몇 차례의 사랑하는 생각조차 모든 부정적 생각을 상쇄하고도 남는다는 것을 알 수 있다.

***

앞서 말한 대로, 사회 행동적 관점에서 볼 때, 진실은 사람들이 자신의 신념에 대해 뭐라고 말하느냐와는 관계없이 삶의 지침으로 삼는 일련의 원칙들이다. 우리는 서로 다른 진실(주관적 진실, 기능적 진실, 가설적 진실, 지적 진실)이 있고 그 다음에 사실적 데이터가 있는 것을 보았다. 그중 어떤 것도 정통성은 주어진 지각 수준의 맥락에 달려 있다. 진실은 의미 있지 않으면 기능하지 않는다. 그리고 의미는 가치와 마찬가지로 어떤 독특한 지각장知覺場에 의존한다. 사실과 데이터는 어느 한 수준에서는 설득력이 있을 수도 있지만 다른 수준에서는 무관한 것일 수도 있다. 주어진 정보의 기능적 유효성 또한 그걸 받아들이는 사람의 지적 수준 및 추상 능력에 따라 달라진다. 쓰여지기 위해서는, 진실은 단순히 '진실'해야만 하는 게 아니라 인식 가능해야 한다. 하지만 진실의 각 수준은 그 밑에 있는 수준들에는 인식 가능하지 않고, 그 자체의 영역 너머에서는 유효성을 갖지 않는다. 그리하여 보통의 인간 기능의 차원 내에서 우리가 인식하는 대로의 진실의 모든 수준은, 그 정확도가 주어진 일련의 매개변수에 따라 전적으로 결정되는 *의존적 진실*의 사례들이라는 결론을 내릴 수 있다. 우리가 숭배하는 '과학적 진실'조차 역시 조건에 따라 정의되며, 따라서 논쟁과 오류를 일으키기 쉽다. 통계적 추론은 하나의 선전 도구가 되었고, 무엇에 대해서든 증명하지 못할 것이 없는 통계적 왜곡은 우리의 신뢰를 저버렸다.

개인의 조건이나 맥락에서 독립한, 사사롭지 않은 진실은 있는가?

이 책 전체에서 기술한 연구방법으로 탐지되는 진실은, 일체의 국소적 지각장의 영향력 훨씬 너머에 있는 궁극적 근원들에서 유효성을 이끌어낸다. 그 진실은 성격性格도 여론도 존중하지 않으며, 피험자나 테스트 환경의 그 어떤 조건에 따라 달라지지도 않는다.

무지는 공격에 무너지진 않지만 빛 속에선 흩어지는데, 진실을 드러내는 단순한 행위보다 더 빠르게 부정직을 녹이는 것은 없다. 세계에서 사람의 힘을 강화하는 유일한 길은, 온전성과 이해를 그리고 연민을 품는 능력을 높이는 것이다. 인류의 다양한 구성원이 이러한 깨달음에 이를 수 있다면, 인간 사회의 생존과 사회 구성원의 행복은 보장된다.

자신의 삶의 진실에 책임지는 것의 초기 효과는 낮은 에너지 수준을 200으로 올리는 것이다. 200 수준은 힘이 최초로 나타나는 임계적 수준이자 모든 높은 수준을 향한 디딤돌이다. 진실을 직시하려는 용기Courage는 결국 수용Acceptance으로 이끄는데, 350 수준의 수용에서는 더욱 큰 힘이 일어난다. 그 수준에는 인간 사회의 문제 대부분을 해결하기에 충분한 에너지가 있다. 이는 차례로 사랑Love의 수준 500에서 쓸 수 있는 더욱 큰 힘으로 인도한다. 자신과 다른 모든 사람들의 인간적 약점에 대한 인식은 용서를 낳고 그 다음에는 연민을 낳는다. 연민은 은총에 이르는 문이자, 우리는 누구이며 우린 왜 여기 있는가에 대한 최종적 각성에 이르는 문이다. 그리고 그것은 전 존재의 궁극적 근원에 이르는 문이기도 하다.

P O W E R V S . F O R C E 24

결론

이 책에 제시된 자료를 철저히 흡수하면 사람의 의식 수준이 평균 35점까지 상승할 수 있다는 것이 드러났다. 지구상의 평균적 인간 생애에서의 의식 진보는 5점에 불과하므로, 개인적 앎의 그런 증가는 그 자체로 막대한 이익이다. 그리고 고등이론물리학과 비선형 동역학이 보여준 것처럼, 일체의 개인적 상승 역시 세상 모든 *사람*의 의식을 어느 정도 끌어올린다.

보다 의식적으로 되는 것, 이것은 사람이 세상에 줄 수 있는 가장 큰 선물이다. 게다가 그 선물은 잔물결 효과를 통해 그것이 나온 곳으로 되돌아간다. 전체로서 인류의 의식 수준은 여러 세기 동안 위태로운 190에 머물렀지만, 1980년대 중반, 그것은 갑자기 희망적 수준 207로 뛰어올랐다. 인간 역사상 처음으로, 사람은 이제 그곳에서 상승 행진을 계속해 나갈 든든한 터전을 딛고 서 있다. 그리고 새로운 희망의 약속은 결코 이르지 않게 온다.

오늘날, 우리가 토론한 주제들 중에서 많은 것이 뉴스 매체에 폭발적으로 등장하고 있다. 정치적 야만 행위의 극단까지 가는 종교의 왜곡, 도를 더해 가는 범죄의 악행, 아이들이 폭력에 휩쓸리는 것, 정치의 도덕적 혼란, 사교의 엽기적 폭력. 이 모든 주제는, 사회적 경향으로서의 거짓말의 만연과 동료 인간에 대한 개인적 집단적 책임에 관한 합의 결핍으로 물들어 있는 어떤 배경막 위에 나타난다.

이 사회적 혼돈과 마비는 판단 근거를 이루는 지침이 부족한 데서 비롯된다. 사실상 도의의 과학에 대한 소론에 해당하는 이 책이 그러한 공백을 메우는 한 걸음을 떼었기를 바란다. 우리가 '도의'라는 말로써 언급하는 것은 옳고 그름에 대한 협소한 도덕주의적 심판이 아니다. 그것은 삶의 최상의 행동과 관련된 판단과 평가가 나오는 객관적이면서 *동시에* 사적인 근거다.

어떤 사회적 틀 안에서, 우리는 200 수준 이하로 떨어지는 일체의 정치제도에 대한 수동적 복종을 거부하기를 확실히 선택할 수 있다. 대신 우리는 새롭게 발달한 우리의 검토 및 교정 능력을 그것에 적용해야 한다. 예를 들면 이제는 공직자를 선정하는 명확한 기준을 구축하는 것이 가능하다. 모든 공직은 효율적이기 위해 일정한 최소한의 앎의 수준을 요구한다. 일반적으로, 200 이하의 정부 관리라면 문제를 해결하는 것이 아니라 오히려 문제를 만들 것이다.

더욱 큰 사회 문제는 인류 행동의 어두운 면에 비추어 사람이 어떻게 연민을 유지할 수 있는가이다. 이곳은 상대적 세계다. 만인은 자신의 진실 수준에서 행위하며 따라서 자신의 행위와 판단이 '정당하다'고 믿는다. 광신자들을 그토록 위험하게 만드는 것이 바로 그 '정당성'이다. 그러나 사회에 대한 진짜 위험은 백인 우월주의(150으로 측정) 같은 노골적 맹신에서 오지 않는다. 그런 손상은 적어도 감시하는 것이 가능하다. 사회에 대한 정말 중대한 위험은, 슬그머니 심령心靈을 정복하는 소리 나지 않고 보이지 않는 동승 안에 놓여 있다. 그 과정에서 부정적 끌개장은 수사修辭와 상징 조작을 통해 은폐된다. 게다가 의식을 무너뜨리는 것은 명백한 부정적 입력의 메시지가 아니라 그것에 동반되는 에너지 장이다.

예를 들면, 사이비 철학의 숱한 유행 서적들의 극단적 부정성은 그 책들을 테스트해 보면 분명하다. 그러나 사전 경고를 받는 것조차 그런 책을 읽을 때 활성화되는 보이지 않는 에너지 장에 대한 무의식적으로 동승으로부터 우릴 지켜 주지 못한다. 사람은 책에 지적으로 논박함으로써 심령적 독립을 유지할 수 있다고 생각할 수도 있다. 하지만 그러한 자료에 노출되는 것 만으로도, 심지어 그 자료를 지적으로 거부한 뒤까지 지속되는 심원한 부정적 효과가 발휘된다. 그러한 부정적 영향력 안에는 눈에 띄지 않게 우리의 심령에 침입하는 숨은 바이러스가 있는 듯하다.

뿐만 아니라, 우리는 영적 통찰이나 종교의 속성을 띠고 있는 자료와 접할 경우에는 흔히 경계를 늦춘다. 우리는 사람이 저지를 수 있는 모든 가증스러운 범죄가 신의 이름으로 자행되었다는 것을 잊는다. 폭력적 사교는 명백히 혐오스러울 수 있지만 독실함으로 가장한 신념체계는 훨씬 더 교활하다. 왜냐하면 그것은 보이지 않는 끌개장의 소리 없는 동승을 통해 타락시키기 때문이다.

그때, 최선은, 악을 두려워하거나 악과 맞서 싸우지 말고 그저 피하라고 우리에게 이르는 전통적 지혜에 유의하는 것이다. 하지만 그렇게 하기 위해서는 먼저 악을 알아보는 능력을 가져야 한다. 소크라테스는 그러한 능력이 없다면 청년(모든 어른들 속에 계속 남아 있는 내면의 청년을 포함하여)들은 낮은 에너지 끌개장으로 인해 타락한다고 말한 것이나 다름없었다. 비록 소크라테스는 그런 분별을 가르치려 한 것 때문에 처형당했지만 그의 호소는 남아 있다. 모호함은 어둠을 공격함으로써가 아니라, 분별의 빛을 강하게 함으로써 흩어놓을 수 있다. 최후의 쟁점은, 그 다음에 우리는 어떻게 해야 도덕적 분별의 힘을 가장 잘 배양하고 보존할 수 있는가의 문제다.

우리의 탐구 여정은 마침내 우리를 모든 것 가운데 가장 결정적인 각성으로 이끌었다. *인류는 진실과 거짓의 차이를 알아볼 능력을 결하고 있다.*

사람은 이 앎에 겸허히 내맡김으로써 사전에 대비할 수 있다. 자신이 속기 쉽고 감각의 유혹에 쉽게 넘어가며 매혹적인 것(지적 매혹을 포함하는)에 쉽게 현혹된다는 점을 인정할 때, 우린 적어도 식별의 초입에 들어선 것이다. 다행스럽게도, 이 이원성의 세계에서, 사람은 적대적 자극이 있을 때 몸의 현저한 약화를 통해 파괴적인 것을 즉각 탐지해 낼 수 있는 그리고 그렇지 않았으면 무지했을 마음에 그것을 신호해 줄 수 있는, 어떤 의식을 부여받았다. 궁극적으로 지혜란 나를 약하게 만드는 것을 피하는 (그밖에 필요한 것은 정말이지 아무것도 없다.) 단순한 과정으로 환원될 수 있다.

이 기법을 자주 실행할 때, 진실과 거짓에 대한 영적 맹목은 자라나는 직관적 통찰력으로 점차로 대체될 수 있다. 일부 운 좋은 극소수는 천부적 명민함을 타고 태어나는 듯하다. 그들의 삶은 계속 명료하며 부정적 동승으로 손상되지 않는다. 그러나 우리들 대부분에게 삶은 그렇게 쉽지가 않았다. 우리는 삶의 많은 부분을 최면술처럼 작용하는 파괴적 끌개장들이 가한 손상을 복구하는 데 소모해 왔다. 단 하나의 중독에서 회복되는 데 생애의 태반이 지나갈 수 있다. 그리고 가장 일반적이며 소리 없이 치명적인 중독은 부정에 빠지는 것인데, 그것은 지적 허영을 통해 우릴 '깨닫지 못하게' 만든다.

지성은 그 과대망상과는 달리 거짓을 알아볼 능력이 모자랄 뿐 아니라, 식별력이 있다고 해도 스스로를 방어하는 데 필요한 힘이 현격히 모자란다. 지적 공론을 담은 역사의 방대한 소장 서적들에 비추어 볼 때, 사람이 자랑하는 이성理性의 능력에 결정적 식별력이 결여되어 있다고 말하는 것은 불손한가? 철학의 전 분야는, 인간이 무엇이 진실이고 무엇이 거짓인가에 대한 가장 단순한 인지에 이르기 위해 수천년간 벌여 온 투쟁과 실패에 대한 증언에 불과하다. 그렇지 않다면 토론은 오래전에 어떤 합의에 도달했을 것이다. 그리고 지성이 이러한 기본적 결론에 믿을 만하게 도달할 수 있다고 해도 *부정적 장들의 효과를 중단시킬 힘은 여전히 결여*

*되어 있다*는 것은, 일반적 인간행동에서 볼 때 분명하다. 지성이 동일한 위력에 최면이 걸린 채 갖가지 그럴듯한 구실을 몽상하는 동안, 우리는 우리가 겪는 고통의 원인을 여전히 의식하지 못하고 있다. 사람이 자신의 행동이 자멸적이라는 것을 지적으로 인식하고 있을 때조차도, 그 지식은 어떠한 것이든 필요한 억지 효과를 내지 못한다. 자신의 중독을 지적으로 인정하는 것이 그런 중독을 통제할 힘을 가져다 준 적은 결코 없었다.

성경에는 보이지 않는 위력이 사람을 괴롭힌다는 얘기가 있다.[2] 금세기에 우리는 보이지 않는 에너지 광선이 무해해 보이는 물체를 통해 소리 없이 방출된다는 것을 배웠다. 라듐의 발견자들은 그러한 각성에 자신의 목숨을 대가로 바쳤다. 뢴트겐의 엑스선은 치명적이다. 방사능 방사와 라돈은 소리 없이 죽인다. 우리를 파괴하는 끌개 에너지 장들은 똑같이 보이지 않고 그 못지않게 강하지만, 훨씬 더 미묘하다.

사람이 '뭐에 씌었다'고 할 때, 그것이 뜻하는 바는 그의 의식이 부정적 끌개장에 지배당하게 되었다는 것이다. 그같은 정의를 통해, 우리는 사회의 전 부문이 그토록 철저하게 '뭔가에 씌어'서 자신의 동기를 전혀 의식하지 못하고 있다는 것을 알 수 있다. 사람은 천국이나 지옥을 숭배하며 그러다 결국에는 어느 한쪽의 종이 된다는 금언이 있다. 지옥은 심판하는 신이 지워준 조건이라기보다는 사람 자신이 내린 결정의 불가피한 귀결이다. 말하자면 지옥은 부정적인 것을 끊임없이 선택하여 스스로를 사랑으로부터 격리시키는 행동의 최종적 결과다.

깨달은 존재들은 항상 일반 대중을 '꿈속에 빠져 있는' 존재로 묘사했다. 대다수 사람들은 보이지 않는 위력에 휘둘리며, 그리고 우리들 대부분은 삶의 긴 시간을 그런 사실에 대한 절망 속에서 보낸다. 우리는 자신이 지은 죄의 짐을 덜어 달라고 신에게 기도하고, 고해를 통해 위안을 구한다. 삶이라는 천은 자책으로 직조되는 듯하다. 그렇다면 자신도 모르는 새에 그런 파괴적 영향력에 걸려들게 된 이들에게 구원은 가능할까?

사실, 단순히 과학적 관점에서 볼 때도, 구원은 정말로 가능하다. 그것은 진실로, 사랑하는 생각의 에너지는 부정적 생각이 갖는 에너지보다 엄청나게 더 강하다는 단순한 사실에 의해 보증된다. 따라서 사랑과 기도라는 전통적 해결책은 훌륭한 과학적 근거를 갖는다. 사람은 자신의 본질 안에 구원의 힘을 가지고 있다.

인간 존재는 우리가 온통 짊어지고 있는 어떤 '괴로움'이다. 우리에게는 태어나게 해 달라고 청한 기억이 없다. 그런데 뒤이어 우리는 그토록 한계가 커서 삶을 고양시키는 것과 죽음으로 이끄는 것을 거의 구별하지 못하는 어떤 마음을 상속받았다.[3] 삶의 투쟁 전체는 이 근시안을 초월하는 데 있다. 우리는 의식이 이원성을 극복하고 더 이상 지상에 매이지 않는 지점까지 발전하기까지는 존재의 높은 수준에 들어가지 못한다. 우리가 우리를 무지의 어둠 바깥으로 인도하는 타고난 나침반을 마침내 발견할 수 있는 능력을 얻은 것은, 초월하려는 우리의 집단적 의지 때문이었을 것이다. 우리에게는 그동안 그토록 엄청난 대가를 치르게 한 교활한 지성의 덫을 우회해 갈 수 있는 매우 단순한 어떤 것이 필요했다.

그 나침반은 '예' 또는 '아니오'라고 말할 뿐이다. 그것은 우릴 강해지게 하는 하늘나라와 정렬된 것이 무엇이고, 우릴 약해지게 하는 지옥과 정렬된 것이 무엇인지를 말해 준다.

어디에나 존재하는 인간 에고는 실제로 '내'가 전혀 아니다. 인간 에고는 '그것'일 뿐이다. 이 환상을 꿰뚫어볼 때 어떤 끝없는 우주적 농담이 드러나는데, 그 농담에서는 인간 비극 자체가 코미디의 일부다. 인간 경험의 아이러니는 분리된 개별적 '나'의 환상을 보존하기 위해 에고가 얼마나 지독하게 싸우는가에 있다. 하지만 분리된 개별적 '나'는 형이상학적 불가능일 뿐 아니라 모든 괴로움의 원천이다. 인간 이성은 끊임없이 설명할 수 없는 것을 설명하기 위해 스스로를 소진시킨다. 설명 자체는 고급 코미디이며 사람이 자신의 뒷통수를 보려고 하는 것처럼 어리석다. 그러나 에고의 허영에는 한계가 없으며, 에고는 의미 없는 것을 이해하려고 하는 바로 그 시도에 의해 한층 더 부풀게 된다. 에고와 동일시하는 마음은 정의定義상으로 실상을 이해할 수 없다. 만일 마음이 실상을 이해할 수 있다면 마음은 자신의 환상적 본성을 인지한 순간 곧장 저절로 녹아 버릴 것이다. 마음이 에고를 초월한다는 역설을 넘어서야, 있는Is 것은 그것의 무한한 절대성Absoluteness 안에서 우뚝하고, 자명하고, 찬란하다. 그 다음에는 모든 말이 무용지물이다.

그러나 아마도 서로의 맹목에 대한 연민으로부터, 우리는 자신을 용서하는 법을 배울 수 있고 그 다음에 평화는 우리의 확실한 미래일 수 있다. 우리의 지상에서의 목적은 여전히 모호할 수 있지만, 앞에 놓인 길은 분명하다. 인류의 의식 수준이 마침내 200을 넘은 상태에서, 우리는 인간 문명 전체에서 큰 변형을 기대할 수 있다. 그것은 인류가 자신의 지식에 대해 그리하여 자신의 행위에 대해 점점 더 책임지게 되기 때문이다. 좋든 싫든, 우리는 전적으로 책임지게 되었다. 집단적 삶의 진화에서 우리는 우리가 의식 자체의 청지기역을 맡을 수조차 있는 지점에 와 있다. 인류는 더 이상 무지의 대가를 수동적으로 치르는 것을 감수하지 않는데, 그렇지 않다면 인류의 공유의식은 새로운 수준으로 상승하지 않았을 것이다. 이 시대부터, 사람은 더 이상 어둠의 노예가 되지 않기를 선택할 수 있다. 그때 그의 운명은 확실할 수 있다.

오 주여, 모든 영광이 당신께 있습니다.

Gloria in Excelsis Deo!

4부 / 부록

부록 A

장별 진실 수준 측정

1부 도구

1장 지식의 임계적 발전	780
2장 역사와 방법론	830
3장 테스트 결과와 해석	750
4장 인간 의식의 수준들	770
5장 의식 수준의 사회적 분포	740
6장 연구의 새로운 지평	710
7장 일상적 임계점 분석	740
8장 힘의 근원	820

2부 힘 대 위력

9장 인간 태도에서 힘의 패턴	800
10장 정치에서의 힘	780
11장 시장에서의 힘	770
12장 힘과 스포츠	800
13장 사회적 힘과 인간 영	870
14장 예술 속의 힘	870
15장 천재와 창조성	730
16장 성공에서 살아남기	760

17장 신체적 건강과 힘 770

18장 건강과 질병 과정 770

3부 의미

19장 의식의 데이터베이스 830

20장 의식의 진화 890

21장 순수의식 연구 870

22장 영적 투쟁 860

23장 진실의 탐구 880

24장 결론 860

부록 B

근육테스트의 이모저모에 대한 자세한 설명

과학적 유효성은 재현성에 달려 있다. 결과의 신뢰할 만한 복제를 보증하기 위해 이 책에서 인용한 모든 연구에 이용된 근육테스트 기법을 아래에 상세히 기술한다. 그것은 본질적으로 존 다이아몬드 박사가 개발하여 그의 선구적 저서 『행동신체운동학』에 소개한 것과 동일한 방법이다.

1단계

두 사람이 필요하다.* 피험자의 적합성을 판정하려면 시험자는 피험자가 수평으로 뻗은 팔의 손목을 두 손가락으로 재빨리 누르면서 동시에 (내리누르는 압력에 맞서) "힘주세요."라고 말한다. 정상 피험자는 압력에 저항하여 뻗은 팔을 지면과 평행하게 유지할 수 있다.

이따금씩, 약화시키는 에너지 장들과의 사전 접촉이나 부정적 건강 상태로 인하여 누르는 압력이 가해질 때 팔을 뻗은 채로 있을 수 없는 사람들이 있다. 그들은 적합한 피험자가 아니다. 그중 일부는 미소를 지은 채 사랑하는 사람을 생각하며, 흉선 위쪽(흉

* 일부 사람들은 엄지와 검지로 'O'자 고리를 만들어 혼자서도 좋은 결과를 얻을 수 있다. 결과가 '진실'일 때, 'O'자는 강해서 엄지와 검지를 떼어 놓기가 어렵다. '아니오'는 그 두 손가락을 상대적으로 약하고 떼기 쉽게 만든다. 만일 어떤 중요한 결정을 내리려고 한다면, 위에 기술한 2인조 방식으로 답을 검증하는 것이 최선이다.

골 상단)을 '하나, 둘, 셋' 박자에 맞춰 쳐 주는 것으로 회복할 수 있다. 그들은 그 다음에 '강해지게' 되어 정상적으로 반응할 것이다. 그러나 그 '해결'은 겨우 네 시간 지속될 수 있는데 그러면 '흉선 치기'를 반복해야 할 것이다.

2단계

테스트하는 상황을 중립적으로 유지한다. 미소를 짓거나 사적인 논평을 하는 걸 삼간다. 주위 환경에 소음, 배경음악, 혹은 애완동물이나 끼어드는 아이들 같은 주의 분산 요소가 없도록 한다. 안경테 같은 금속 물건을 피험자의 신체 정중선正中線에서 제거한다. 시계나 장신구(목걸이 포함) 또한 제거한다. 시험자의 향수나 애프터쉐이브 로션 같은 비자연적 자극이 테스트 결과에 영향을 줄 수 있음을 안다. 집중을 높이려면 피험자가 눈을 감도록 한다.

3단계

피험자가 반복적으로 약해진다면 시험자의 목소리를 평가한다. 보통의 조건에서 타인을 약하게 만드는 목소리는 그 목소리의 주인이 시험자로 부적합하다는 것을 뜻한다.

4단계

유망한 피험자 후보와 시험적 테스트를 한다. 후보자에게 사랑하는 누군가를 생각하고 있도록 요청한 다음, 지면과 평행하게 뻗은 팔의 손목을 두 손가락으로 누른다. 정상 피험자는 아주 강해질 것이고 단단하게 힘을 줄 수 있을 것이다. 그런 다음 그가 미워하고 두려워하거나 혹은 분개하고 있는 누군가를 생각하도록 한다. (하나의 대안으로 아돌프 히틀러가 적절할 것이다.) 정상 피험자는 아주 약해져서 손목을 누르는 압력에 버티지 못할 것이다. 반응의 일관성을 확립하고 시험자와 피험자 간의 신뢰를 구축하기 위해 몇 가지 보다 대조적인 자극쌍들을 테스트한다. 예측 가능한 반응이 따르는 이데올로기적, 시각적, 청각적 자극의 견본을 몇 가지 보기로 하자.

약한 테스트 반응	강한 테스트 반응
미움	사랑
나치 십자장	성조기
조셉 스탈린	마하트마 간디
갱스터랩	고전음악

(또한 7장을 볼 것)

5단계

피험자가 믿을 만하게 반응하고 정상적 상태에 있다는 것을 확인한 뒤, 목하 조사 중인 주제에 대해 서술문을 작성하는 것으로 시작한다. 질문은 항상 사실 선언으로 제출해야 한다. 미래에 관한 질문을 던지는 것은 소용없는데, 그것은 테스트 결과에 신빙성이 없을 것이기 때문이다. 항상 다음과 같은 진술로 조사를 시작한다. "나는 ______ (특정 주제)에 대해 질문할 허락을 받았습니다."

(예/아니오) 질문 방향 자체를 다음과 같은 진술로 점검할 수 있다. "이것은 올바른 형태의 질문입니다."(예/아니오) 시험자와 피험자가 둘 다 할 수 있는 질문이 있다. 예), "피고인은 강도짓을 했습니다."(예/아니오) 매번 질문할 때마다 시험자는 피험자에게 힘주라고 말하고 두 손가락으로 피험자가 뻗은 팔의 손목을 재빨리 누른다.

우리가 연구할 때는 피험자 팀을 자주 이용했다. 예를 들면 20명, 30명, 또는 1,000명에 달하는 사람들을 2인조로 나눈 다음 번갈아 시험자와 피험자 역할을 하도록 했다. 집단 전체가 같은 시간에 동일한 질문을 하거나 혹은 소집단으로 나누어 독립적 연구 프로젝트를 수행했다. 100명의 집단(2인조 50팀)에서는 아마도 한두 팀이 다른 팀과 동일한 결과를 얻어내는 데 어려움을 겪을 것이다. 그들은 옆으로 물러나 '흉선 치기'(327~328쪽에 기술)를 할 수 있는데 그러면 반응이 정상으로 회복될 것이다. 그럼 다시 집단으로 돌아갈 수 있다.

이상의 방법을 이용하여 테스트 결과는 시간이 경과해도 100퍼센트 재현가능하며 어느 곳에 있는 어떤 집단이든 항상 동일한 결과를 산출할 것이다. 예를 들면 아돌프 히틀러의 이미지는 모두를 약하게 만들 터인데, 설령 그에 대해 들어 본 적이 없거나 그를 위대한 국가 영웅으로 생각하는 이들조차도 그렇다.

6단계

테스트는 피험자가 시험 물질을 태양신경총 가까이 대고 있게 하는 것으로도 수행할 수 있다. 피험자들은 인공감미료, 살충제, 심지어는 서류 봉투에 감춰 놓은 히틀러 사진에 대한 반응으로 약해진다는 것이 밝혀질 것이다. 영양가 높은 음식, 이로운 약과 영양제, 봉투에 숨겨 놓은 에이브러햄 링컨 사진 등에 대한 반응으로는 강해질 것이다.

7단계

테스트 결과는 피험자의 지식, 의견, 신념 체계, 혹은 태도와 독립적이라는 것이 검증될 수 있다. 예를 들면 넬슨 만델라의 이미지는 설령 그에 대해 적개심을 품은 인종차별주의자라 하더라도 모든 피험자를 강하게 할 것이다. 바흐의 음악은 개인적으로 그것을 좋아하지 않는다고 하더라도 모두를 강하게 하는데, 그것은 마치 헤비메탈이 개인적으로 그것을 선호한다 해도 모든 피험자를 약하게 하는 것과 같다.

테스트 결과의 이러한 검증력은 일상적 환자 진료나 연구에서 근육테스트를 이용하는 수천 명의 의료인에 의해 지난 20년간 관찰되어 왔다. 사실, 근육테스트 결과는 전통의학에서 이용하는 관습적 진단법보다 더 일관성이 있다. (다시 말해 약한 심장은 근육테스트에서 강한 반응을 나타내는 법이 없지만 EKG 기록은 그릇되게 정상으로 나올 수 있는데, 이것은 널리 알려진 사실이다.)

부록 C

용어 해설

과학적 Scientific_물질의 속성에 관한 예측 가능한 법칙을 이끌어내기 위해 과학적으로 설계된 자연에 관한 연구방법. 현대의 과학이론은 16세기에 르네 데카르트의 『방법서설』 및 그 뒤를 이은 프랜시스 베이컨의 『귀납적 연구』, 아이작 뉴턴의 『프린키피아』와 더불어 시작되었다. 존 로크는 과학적이라는 용어를 처음 사용했으며, 물리적 사건들의 상호작용에 관한 확신은 물리적 감각을 통해 얻어지는 데이터를 바탕으로 한다고 명시했다. 이러한 개념은 기계적이고 예측 가능한 우주 모델로 귀결되었는데, 그러나 이런 관점은 아원자 subatomic 수준에서는 우연의 법칙이 결정론적 법칙을 대체한다고 진술하는 현대 양자론에 의해 뒤집혔다.

역사는 과학이 확립된 이론의 연장에 의해 발전하는 것이 아니라 패러다임 전환을 통해 도약한다는 것에 주목했다. 결론은 과학은 단지 어떤 관점의 반영일 뿐이며 관찰자와 관찰대상 간에는 실제적 분리가 없다는 것이다. 상대성 이론은 나아가 물질 matter은 사람의 기준점에 따라 에너지와 동등하다고 진술한다. 나중에 나온 데이비드 봄의 홀로그램 모델은 전개된 질서가 숨은 질서를 바탕으로 한다고 단정한다. 형상은 추정의 귀결이 되며, 공간과 시간은 비국소적이고, '여기'나 '저기'는 없다(양자 통합체의 비국소성). 그리하여 우주는 무한한 수의 차원과 상위 차원 실상을 포함한다고 묘사된다.

기이한 끌개_1971년, 다비드 뤼엘과 플로리스 타켄스가 우주의 비선형적 패턴들의 복잡성 전체를 산출하는 데 필요한 것은 오직 세 가지 독립적 운동뿐이라고 하는 이론 속에서 만들어 낸 용어이다. 기이한 끌개는 위상공간 내부의 패턴이다. 그 패턴은 동역학계의 시간 속에 있는 동역학 점들을 통해 추적된다. 끌개장의 중심점은 궤도의 중심과 유사하다. 끌개들은 프랙탈이고 따라서 무한한 길이를 갖는다. 끌개의 그래픽은 푸앵카레 사상의 횡단면으로 묘사된다. 위상공간의 표면형태 조형造形을 통해 접힌 도넛 모양의 토러스 같은 끌개가 만들어진다.

동승 Entrainment_'모드 잠금'의 원리로 설명되는 현상이다. 예를 들면 여러 개의 시계를 같은 곳에 모아 놓으면 결국에는 시계추의 움직임이 동조된다. 인간생물학에서 이것은 일단의 여성들이 함께 살거나 함께 일할 때 생리 주기가 점차 동조되는 것으로 나타난다. 이는 고유 진동수가 같은 소리굽쇠 한 쌍을 나란히 놓고 한쪽 소리굽쇠를 울리면 옆에 있는 소리굽쇠가 따라 울리는 현상과 비슷하다. 군대가 다리를 건널 때 보조가 흐트러지는 경향이 있는 것은 이러한 과정 때문이다.

맥락 Context_어떤 관점에 입각한 관찰의 장 전체. 맥락은 어떤 진술이나 사건의 의미를 한정하는 일체의 유의미한 사실을 포함한다. 예를 들면 어떤 데이터는 그것의 맥락을 밝히지 않는다면 무의미하다. '맥락에서 분리한다'는 것은 의미의 추론을 한정할 부대적 기여 조건들을 밝히지 않음으로써 진술의 의의를 왜곡하는 것이다. (이것은 흔한 공판 전략이다. 변호사는 증인에게 오직 '예/아니오'로 대답하라고 요구하여, 증언이 함축하는 바를 뒤바꿀 진술을 막음으로써 증인의 증언을 왜곡하려고 시도한다.)

모순어법 Oxymoronic_거짓말처럼 단순하고 명백히 모순되는 용어로 복잡성이나 모호함을 표현하는 것으로, '차가운 불'이나 '현명한 바보' 같은 말처럼 병치併置와 대비를 통해 모순을 해결한다. 모순어법은 모순의 본질을 반영하는데, 모순 자체는 다른 맥락과 관점에서 개념을 제시함으로써 야기되는 추상抽象의 다른 수준들 간의 대비로부터 생겨난다.

반복 Iteration_되풀이. 비선형적 반복은 무수한 계界 속에 현존한다. 그리고 이 반복으로 인해, 초기 조건에서의 아주 근소한 차이가 결국에는 원래의 것과 다른 패턴을 빚어낸다. 성장식成長式에서는 앞의 반복에서 나온 출력이 다음 연쇄에 대한 입력이 된다. 예를 들면 어느 컴퓨터가 소수점 16번째 자리까지 계산한다고 할 때, 마지막 숫자는 소수점 17번째 자리를 반올림한 것이다. 이 미소한 오차가 수많은 반복을 통해 확대될 때, 그것은 결국 원래의 데이터를 상당히 왜곡하여 예측을 불가능하게 만든다. (그래서 반복적 사고 패턴에서의 사소한 변화는 중대한 결과를 초래할 수 있다.)

비선형 Nonlinear_시간상으로 예측 불가능하게 불규칙하고, '잡음'이 있으며, 비주기적이고, 예측할 수 없다. 이 용어는 또한 혼돈된 신호들에 대한 수학을 묘사하는데, 여기에는 결정론적인 비선형적 계들에 대한 통계적 시계열 분석이 포함된다. 비선형은 확산되어 있거나 혼돈스러운 것을 의미한다. 그래서 확률적인 논리적 이론이나 수학과는 일치하지 않으며, 미분 방정식으로 풀 수 없다. 이것은 카오스 이론이라는 신과학의 주제인데, 카오스 이론은 완전히 새로운 비뉴턴적 수학을 발생시켰다.

비이원성 Nonduality_역사적으로 600 이상의 의식 수준에 도달한 모든 관찰자들은 이 비이원성의 실상에 대해 묘사했는데, 지금은 첨단 과학 이론이 이를 시사하고 있다. 지각의 고정된 위치가 갖는 한계를 초월할 때 더 이상 분리의 환상은 없으며 우리가 알고 있는 바대로의 공간과 시간이라는 환상은 없다. 일체는 나타난, 펼쳐진, 드러난 형상의 지각으로 그 자체를 표현하는 나타나지 않은, 접혀진, 숨은 우주 속에 동시적으로 존재한다. 실상에서 형상은 고유한 독립적 존재를 갖지 않으며 지각의 산물에 지나지 않는다. (다시 말해 사람은 자신의 마음의 내용을 경험하고 있을 뿐이다.) 비이원성의 수준에서는 주체와 객체가 하나이므로, 관찰함이 있을 뿐 관찰자는 없다. 너-나는 전부를 신성한 것으로 경험하고 있는 하나의 참나One Self가 된다. 700 수준에서는 "전부가 있다."고 말할 수밖에 없는데, 그 상태는 존재임Being-ness의 하나다. 전부가 의식(생명, 무한한, 신)이며, 부분이나 시작 혹은 끝이 없다. 육체는 하나의 참나의 나타남으로 하나의 참나는 이 차원을 경험하는 동안 일시적으로 자신의 실상을 망각했고 그리하여 어떤 3차원 세계의 환상을 허용하고 있다. 육체는 의사소통의 수단일 뿐이다. 자기를 '나'로서 육체와 동일시하는 것은 깨닫지 못한 이들의 운명이며, 그 다음에 이들은 자신이 필멸이고 죽음을 겪는다고 그릇되게 추론한다. 죽음 자체는 하나의 환상이며, 그것의 바탕에는 육체가 '나'라는 그릇된 동일시가 있다. 비이원성에서 의식은 나타난 것과 나타나지 않은 것 둘 다로 그 자체를 표현하지만 거기에 경험자는 없다. 이 실상Reality에서 시작과 끝이 있는 유일한 것은 지각 행위 자체다. 환상의 세계에서 우리는 눈을 뜨면 세상이 존재 속으로 들어오고 눈을 감으면 존재하기를 그친다고 믿는 바보와도 같다.

선형적Linear_뉴턴 물리학의 방법으로 논리적 진행을 따르는 것이며, 따라서 전통 수학에서 미분 방정식을 이용하여 풀 수 있다.

신경망 Neural Network_신경계 내에서 상호작용하는 뉴런들이 맞물려 있는 패턴.

신경전달물질 Neurotransmitters_신경계를 통해 뉴런 전달을 조절하는 뇌 화학물질(호르몬 등속). 매우 근소한 화학적 변화가 감정, 생각, 행동에서 주관적 · 객관적인 큰 변화를 낳을 수 있다. 이것은 현대 정신의학 연구의 주요 영역이다.

우뇌 Right brain_일반적으로 '전체론적 holistic'을 의미. 평가와 직관 같은, 그리고 의의, 의미, 추론에 대한 이해와 같은 기능을 가능하게 해 준다. 비선형적이다. 그래서 뉴턴적 인과 관계의 논리적 연쇄를 통하기보다는 패턴과 관계에서 작동한다.

우뇌는 부분이 아닌 전체를 다룬다고 추정된다. 우뇌는 아날로그 컴퓨터처럼 과정 등을 다루며, 일반적으로 시간 기준을 필요로 하지 않고 작동할 수 있다. 우뇌 지각은 데이터의 복잡한 장 내에서 본질을 포착하는데, 그렇지 않다면 그것은 유의미한 인지적 분석, 즉 '사랑에 빠지는 것'이나 창조성과 같은 일반적 현상들에 합당하지 않을 것이다. ('좌뇌'와 '우뇌'라는 용어는 한때 일정한 대뇌 영역에 국한된 것으로 여겨졌던 다른 지각 양식들과 관련하여 생겨났다. 그러나 칼 프리밤이 보여 준 것처럼 대뇌는 정밀한 해부학적 국소화를 통해서라기보다는 홀로그램적으로 기능한다.)

우주 Universe_우리 우주에는 무한한 수의 차원들이 있는 듯하다. 관습적으로 합의된 익숙한 3차원 우주는 우리의 감각에 의해 창조된 환상에 지나지 않는다. 천체 사이의 공간은 비어 있지 않으며, 에너지의 바다로 채워져 있다. 1평방 인치 속의 잠재 에너지는 물질 우주의 질량 전체의 잠재 에너지만큼 크다고 할 수 있다. 봄은 실상의 전개된 질서와 숨은 질서를 갖는 존재의 접혀진/펼쳐진 모델을 제안했는데, 이는 깨달음과 경험된 비이원성을 이룬 이들이 여러 세기에 걸쳐 묘사해 온 실상의 나타난/나타나지 않은 상태에 비할 만하다.

인과 모델에서

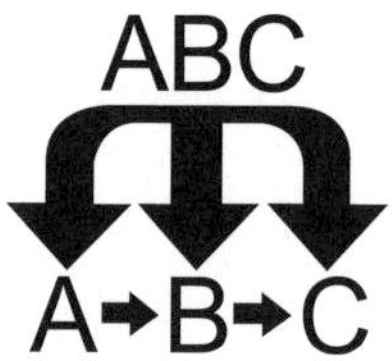

A→B→C는 펼쳐진, 전개된, 나타난, 식별 가능한 형상의 우주다. ABC는 접혀진, 숨은, 나타나지 않은 잠재력으로 그 너머에는 형상과 비형상 모두의 형상 없는 무한한 모체가 있는데, 그것은 전능하고, 전지하며, 어디에나 있다.

에너지 장 Energy Field_어떤 끌개장의 위상공간에서 나온 매개변수들에 의해 설정된 범위. 끌개장의 패턴은 의식이라는 보다 큰 에너지장 안에서 작동하는데 이는 인간 행동에 대한 특유의 효과를 통해 관찰할 수 있다. 에너지장이 갖는 힘은 전력 체계의 전압처럼, 혹은 자기장이나 중력장이 갖는 힘처럼 측정된다.

이원성 Duality_ 형상의 세계. 이것은 대상들의 표면적 분리('이것/저것', '여기/저기', '그때/지금', 혹은 '너/나'와 같은 개념적 이분법에 반영되어 있는)를 특징으로 한다. 이 한계의 지각은 고정된 시점視點에 내포되어 있는 제한으로 인해 감각을 통해 생겨난다. 과학은 17세기 데카르트 이원론의 특징을 이루는 관찰자와 관찰 대상의 인위적 양분을 마침내 넘어섰으며, 이제는 관찰자와 관찰 대상을 하나이자 동일한 것으로 본다. 우주에는 중심이 없다. 그러나 우주는 모든 점으로부터 똑같이 동시에 계속해서 팽창하고 있다. 벨의 정리는 이 우주가 인위적 시간틀 속에서 거리상으로 떨어져 있는 뉴턴적인 원인과 결과의 우주라기보다는 동시성의 우주라는 것을 입증하는 데 기여했다. 시간과 공간 자체는 상위의 숨은 질서의 측정 가능한 산물일 뿐이다.

위상공간 Phase Space_ 다차원에서 시간-공간 데이터를 어떤 패턴으로 압축하는 것을 가능하게 해 주는 사상寫像. 푸앵카레 사상Poincare map은 저변의 끌개장을 입증하는 다차원 패턴을 통한 하나의 단면에 대한 도해圖解이다.

좌뇌 Left brain_선형적 양식으로 연쇄적으로 일어나는 생각을 가리키는데, 이는 일반적으로 '논리'나 '이성'으로 묘사된다. A→B→C 연쇄로 데이터를 처리하는 것은 디지털 컴퓨터에 비견할 만하다.

창조 Creation_시작이나 끝이 없이 계속되는 과정이며, 이를 통해 형상과 물질의 나타난 우주가 세 점에서 시작되는 반복에 의해 산출된다. 경험할 수 있는 모든 것의 기원의 세 측면을 산스크리트어로 타마스, 라자스, 사트바라고 한다. 힌두교에서 이를 상징하는 것이 시바, 비쉬누, 브라흐마라는 삼신이다. 기독교에서 이를 나타내는 것은 삼위일체(신, 예수그리스도, 성령)다.

추계학적 推計學的_무작위적, 예측할 수 없는, 비선형적, 불규칙한, '잡음'이 섞인, 혼돈스러운.

카오스 이론 Chaos theory_상태와 반대되는 것으로서의 과정에 대한 과학. 이 이론은 어떤 예측 불가능한 상태 내에서 패턴을 발견한 데서 시작된다. 그것이 제시하는 관점은 국소적 사건보다는 전역적 가능성을 분간해 주며, 그리고 국소적으로 예측 불가능하지만 전역적으로 안정되어 있는 복잡계의 고유한 형태를 시각화하기 위해 패턴과 외형을 이용하는 위상수학 체계를 수반한다. 카오스 이론은 격변과 규칙성을 동시에 발생시킬 수 있는 복잡계의 능력을 인지한다.

1800년대 후반, 쥘 앙리 푸앵카레는 뉴턴 물리학은 오직 2체 사이에 작용하는 인력의 경우에만 수학적으로 정확하다는 것에 주목했다. 제3의 요소가 더해지면 뉴턴 방정식은 믿을 수 없는 것이 되고 근사치만을 얻어 낼 수 있다. 이 비선형성이 함축하는 바는, 일체의 계는 시간이 경과하는 동안 피드백과 반복에 의해 예측 불가능한 것이 될 수 있다는 것이었다. E.N. 로렌츠는 "결정론적인 비주기적 유동"이라는 제목의 기상학 학회지 논문에서 과학의 새로운 패러다임을 제시했는데, 제임스 요크는 그것에 '카오스 이론'이라는 유명한 이름을 붙였다. 카오스 이론은 주기 배증, 반복, 프랙탈, 분기分岐와 같은 주제를 포함하며, 유한한 공간 내부에 무한한 수의 차원들이 있음을 인지한다. 카오스에 관한 최초의 학회는 1977년 뉴욕과학아카데미에서 열렸는데, 1986년에는 의학과 생물학에서의 카오스 이론에 관한 최초의 학회가 같은 뉴욕과학아카데미에서 개최되었다.

패러다임 Paradigm_본질적으로 실상에 대한 사람의 지각을 예측하는 매개변수들에 의해 제한된 것으로서의, 어떤 맥락이나 장의 차원들. 하나의 패러다임은 일반적으로 그것의 한계에 따른 사람의 실상에 대한 지각에 관한 정의定義다.

프랙탈 Fractal_프랙탈 패턴은 불규칙성과 유한한 길이를 특징으로 하는데, 기이한 끌개는 프랙탈 곡선으로 이루어진다. 고전적 사례는 영국 해안선의 길이를 확정하려는 시도이다. 만일 점점 더 작은 자들을 이용하여 해안을 잰 길이를 합산한다면 그것은 무한히 길다는 것이 판명된다. 프랙탈은 유한한 영역에서의 무한한 길이를 함축한다.

홀로그램 Hologram_어떤 물체 공간으로 레이저 광선을 비출 때 생기는 입체적 영상. 레이저 광선의 절반은 물체에 반사된 다음 사진 건판을 향하고, 광선의 나머지 절반은 곧장 사진 건판을 비춘다. 이렇게 해서 사진 건판 위에는 간섭 무늬가 생기는데, 사진 건판에 비춰진 레이저 광선은 물체의 상을 입체적으로 재생한다. 사진 건판의 모든 조각이 전체의 완전한 이미지를 재현할 수 있다는 것은 퍽 흥미롭다. 홀로그램 우주에서는 모든 것이 다른 모든 것과 연결되어 있다.

M장 M fields_형태발생장. 이는 끌개 패턴과 동등한 것이다. 루퍼트 셸드레이크가 제시한 가설에서 형태발생장은 형성적 인과작용 이론의 일부인데, 형태의 에너지 장은 진화하고 그리고 서로를 강화한다.

부록 D

주석

편집자의 말

1. American Heritage Dictionary, Houghton Mifflin, 1987.
2. Goodheart, 1976.
3. Diamond, 1979.
4. Kendall, 1971.
5. Diamond, op.cit.

서론

1. Maharshi, 1958.
2. Kosslyn and Anderson, 1993.
3. Ruelle, 1980.
4. Maharshi, op.cit., 118–126쪽.

1부 도구

1장 지식의 임계적 발전

1. Goodheart, 1976.
2. Peat, 1988.
3. Briggs and Peat, 1989.
4. Walther, 1976.
5. Lorenz, 1963.
6. Mandelbrot, 1977.
7. 지오프리 츄는 구두끈/S-매트릭스 이론을 창시했다. 프리초프 카프라의 『현대물리학과 동양 사상The Tao of Physics』에는 구두끈이론을 확장하면 물질에 관한 장래의 이론에서 명시적으로 인간 의식에 관한 연구를 포함시킬 전례 없는 필요성에 이를 수도

있다는 얘기가 인용되어 있다. (1975).

8. Bohm, 1987.

9. 켄 윌버가 지적한 것처럼, 실상에 대한 일체의 이론은 영원의 철학 및 존재의 존재론적 질서(1. 물질, 2. 생물학, 3. 심리학, 4. 미묘한 · 성스러운, 5. 현인, 6. 궁극(의식 너머))를 포함하고 또 그것들과 일치해야만 한다. 윌버는 『홀로그램 패러다임Holographic Paradigm』 159쪽에서 이에 관해 논하고 있다.

10. Maharshi, 1958.

11. Hawkins, 1992.

12. Gleick, 1987.

13. 카오스 이론의 본질은 제임스 글릭의 『카오스Chaos: Making a New Science』, 존 브릭스와 F. 데이비드 피트의 『혼돈의 과학Turbulent Mirror』에 명확히 설명되어 있다.

14. Capra. 1975.

15. 봄의 우주관은 켄 윌버가 편집한 『홀로그램 패러다임』에 실린 1982년의 어느 인터뷰에서 봄 자신이 잘 설명해 주고 있다.

16. 이 순수 앎의 상태는 윌버의 위계 6수준이며, 마하르시, 황벽선사, 니사르가다타 마하라지가 상세히 묘사했는데, 참고 문헌에 이들의 탁월한 영어 번역본을 실어 놓았다.

17. 이것은 라메쉬 발세카에 의해 실증되었다. 그는 여러 해 동안 니사르가다타 마하라지의 번역자 역할을 한 뒤 동일한 의식 상태에 도달했는데, 그것은 그의 인터뷰(1987)와 참고 문헌에 실려 있는 여섯 권의 저서를 통해 입증된다.

18. Hoffman, 1992.

19. Li and Spiegel, 1992.

20. Ibid.

21. Hoffman, 1992.

22. Gleick, 1987.

23. '반복'이라고 불리는 이 현상에 대해서는 1960년, 에드워드 로렌츠가 기상 데이터에 대한 역사적 컴퓨터 분석에서 논한 바 있다.

24. 데이비드 봄, 칼 프리밤, 루퍼트 셸드레이크, 일리야 프리고진의 연구의 상호 관련에 대해서는 《뇌/마음 회보Brain/Mind Bulletin》, Vol.Ⅳ, 1979에서 다룬 바 있다.

25. 노벨상 수상자 존 에클레스 경은 마음의 에너지가 뇌를 자극하여 반응을 일으키도록 한다고 진술하는데, 그는 1976년 네덜란드 위트레흐트에서 열린 초심리학회 총회 연설에서 이렇게 발언했다.

2장 역사와 방법론

1. Hawkins, The Villa Lectures, 1987.
2. Kendall, Kendall, and Wadsworth, 1971.
3. Goodheart, 1976.
4. Mann, 1974.
5. Walther, 1976.
6. Diamond, 1979.
7. Hawkins and Pauling, 1973.
8. 이 탈동기화는 1973년의 예방의학 학회에서 존 다이아몬드가 입증한 바 있다.
9. 근육테스트 시연은 엄격한 물질주의를 신봉하는 이들에게 흔히 패러다임 쇼크로 귀결된다. 정신의학자인 어느 관찰자의 첫 반응은 근육테스트 시연이 가짜임을 증명하려고 시도하는 것이었다. 그렇게 하는 데 실패하자, 그는 자리를 뜨며 이렇게 말했다. "설령 그게 사실이라고 해도 나는 안 믿습니다."
10. 이런 절차는 1983~1993년에 세도나의 고등영성연구소에서 매주 시행된 정기 테스트 모임에서 수년에 걸쳐 계발되었다.
11. Hawkins, 공개강좌, 세도나, 1984~1989.
12. 이것은 신경언어 프로그래밍 분야에 잘 기록되어 있다.
13. Diamond, 예방의학회 강연. 1978.
14. 연구 프로토콜, 고등영성연구소, 1992.
15. 이것은 공개리에 반복적으로 입증되었고 다이아몬드의 책, 『당신의 몸은 거짓말하지 않는다Your Body Dosen't Lie』에 충분히 묘사되어 있다.
16. 영원의 철학은 모든 종교의 영적 진실에서 추출해 낸 것으로, 물질에서부터 원형질, 동물, 감정 반응성, 사고 능력, 추상적 사고, 원형적 앎, 높은 마음, 성스러운 사랑과 지복, 비이원성(현인), 궁극의 순수 앎을 향해 진보하는 위계상에서의 확대되는 앎을 반영한다. 켄 윌버가 지적한 것처럼 이러한 성층成層은 보편적으로 나타나며, 실상에 대한 모든 이론은 존재의 이 이치를 포섭해야 한다.

3장 테스트 결과와 해석

1. Eadie, P.114.

4장 인간 의식의 수준들

1. James, 1929.

2. 저자의 사적인 경험.

5장 의식 수준의 사회적 분포

1. 전체로서의 인류의 의식 수준은 여러 세기 동안 190에 머물렀는데, 그 다음 1980년대 후반 조화로운 수렴Harmonic Convergence 뒤에 현재의 207 수준으로 갑자기 뛰어올랐다. 의식 향상이 조화로운 수렴을 가져온 것일까? 조화로운 수렴이 의식 수준의 향상을 가져온 것일까? 아니면 강력하며 보이지 않는 '숨은 질서' 끌개장이 두 가지 현상을 다 가져온 것일까?

6장 연구의 새로운 지평

1. Hawkins, 1988.
2. 신은 초월적(전통적 종교)이기도 하고 내재적(신비가의 경험적 진실)이기도 하다.
3. 《애리조나 리퍼블릭Arizona Republic》, December 20, 1993.
4. Fedarko, 《타임Time》, December 13, 1993.
5. Josephson, 1959, P.20.
6. 이 사건의 전모와 결과를 다룬 실화 영화로 「Barbarians at the Gate」가 있는데 그것은 1993년에 케이블 TV로 방영되었다.
7. 이것은 의사들의 전통적 관찰결과이며, 수십 년에 걸친 저자의 임상 경험을 통해서도 확증되었다.

7장 일상적 임계점 분석

1. 부록 A.
2. Brunton, 1984.

8장 힘의 근원

1. 이것은 특수한 연구 분야다. 다이아몬드는 1979년 간행한 『행동신체운동학』에서 이에 대해 보고했다.
2. 이에 대해서는 켄 윌버가 1982년 간행한 『홀로그램 패러다임과 기타 패러독스Holographic Paradigm and Other Paradoxes』에서 길게 논한 바 있다.
3. Bohm, D., 《뇌/마음 회보》, 10:10, May 27, 1985.
4. Sheldrake, 1981.
5. 셸드레이크는 그러한 과학 연구에 대해 보다 공개적인 접근법을 요구했는데, 그에 대

한 응답으로 그러한 가설의 확증 시험에 대해 미국과 영국에서 시상이 이루어졌다(상금은 각각 10,000달러, 250파운드). 그 이론을 지지한 어느 모스 부호 실험에 대해서는 맬버그Mahlberg가 《뇌/마음 회보》(10:12, July 8, 1985)에서 보고한 바 있다.

6. 사람이 이원성을 떠날 때 모든 것의 상호의존과 상호 침투가 관찰된다. 하나임Oneness은 모든 형상의 바탕과 내부에 있는 궁극적 실상으로서 모든 주요 종교와 영성 이론의 핵심이다.
7. Land and Jarman, 1992.

2부 힘 대 위력

9장 인간 태도에서 힘의 패턴

1. Bohm, 1982.
2. Sheldrake, 1981.
3. 'Test Supports Sheldrake Theory', 《뇌/마음 회보》, 8:15, September 12, 1983.

10장 정치에서의 힘

1. Rudolph and Rudolph, 1983.
2. Mehta, 1982.
3. Fischer, 1982.
4. Loczay, 1972.
5. Ibid.
6. 《뉴스위크Newsweek》, May 9, 1994.
7. 'Crusade in Europe,' March of Time Video Series, 1939; also Lash, 1976.
8. Tucker, 1990.
9. 공산주의라는 이상주의와 계속되는 노동자 전쟁의 실상 간의 이런 상호작용에 대해서는 1993년의 PBS 연속물 대공황(The Great Depression)에 잘 묘사되어 있다.
10. 지도자의 주된 역할로서의 청지기역은 최근의 사회정치적 대화에서 상당히 강조되었다.
11. Cuomo, Lincoln, 1990.
12. Fischer, op.cit.

11장 시장에서의 힘

1. Trimble, 1990.
2. 기업 원칙에 대한 이 고전적 분석에서, 피터스와 워터먼은 힘의 근원이 기업 정책과 절차, 경영 관행, 혹은 과학기술이라기보다는 원칙이라는 것을 확인해 주었다.

12장 힘과 스포츠

1. 「그랑블루」, 뤽 베송 감독. 1985.
2. 고신-칸(고전적 오키나와 카라테)의 좌우명은 다음과 같다. 첫째, 건전한 품성을 기른다, 둘째, 정직하고 성실한 방식을 지킨다, 셋째, 인내한다, 넷째, 정중한 태도를 유지한다, 다섯째, 영적 성취로써 육체적인 것을 억제한다, 여섯째, 생명을 배양하고 보존하며 생명의 파괴를 피한다.
3. 저자의 카라테 개인 교습. 1986년. 사범 데니스 라오.
4. 카라테 개인 교습. 1986년. 대사범 세이유 오야타.

13장 사회적 힘과 인간 영

1. 웹스터 살아 있는 영어 백과사전(English Language Institute of America, Chicago, 1971)에서는 영을 이렇게 정의한다. '라틴어로 스피리투스: 숨, 공기, 생명의 본질, 영혼; 생명의 비육체적 원리, 사람의 중추적 원리, 물질에 반하는 것으로서의 의식적 존재: 정력, 용기, 살아 있음: 덕성, 삼위일체의 신성한 측면: 행위의 배후에 있는 원칙: 일반적 의미, 효력을 발휘하는 원리: 지배적 경향.'
2. 하나의 개념으로서의 영의 정의定義는 인간 지성에 대해 항상 까다로운 도전이 되었다. 그것의 의미에 관한 완전한 이해는 좌뇌의 능력을 넘어서는 듯하다. (좌뇌는 마치 디지털 컴퓨터처럼 한 대상이 다른 대상과 어떻게 다른지를 정의한다.) 영은 전체론적 용어로서 우뇌를 통해 가장 잘 파악된다. (우뇌는 마치 아날로그 컴퓨터처럼 전체와 본질을 다룬다.) 수세기에 걸쳐 영 혹은 영혼의 개념과 씨름했던 긴 철학적 토론은 지성의 능력만으로는 본질을 다룰 수 없다는 것을 입증해 준다. 그런 철학적 논쟁의 모순은 모든 관련된 의미에 관한 일체의 토론은 본질을 담화의 재료로 이용한다는 것이다. 그리하여 알려진 관념/본질/영을 거부하는 토론조차도 그 주장의 근거로서 진실의 존재를 추정하면서, 그렇게 한다. 만일 실상에 기초한 영/본질/진실 같은 것이 없다면 그것들의 존재를 반대하는 모든 주장의 전제는 사라지는데, 그것은 어떠한 주장도 실상에 근거를 갖지 않을 것이기 때문이다. 현대에 우리는 영이라는 개념이 봄의 숨은 질서를 가리킨다고 말할 수 있는데, 그것은 마치 형이하形以下 개념이 전개된 질

서를 가리키는 것과 같다.

3. 미국 정부의 기본 전제와 그것이 갖는 힘의 근원에 있어 독특한 것은, 정부는 그 권위를 창조주의 신성으로 말미암아 동등한 피통치자들의 동의에 의해 이끌어낸다는 개념이다. (미국 국기에 대한 맹세에는 '신의 가호 아래 하나된 국가'라는 표현이 있다.)
4. 세계 대 종교들의 본래의 영적 기반과 그 뒤의 공식적 표현들 간의 측정 비교는 23장에서 제시된다. 두 가지 측정치 사이에는 현저하게 폭넓은 격차가 있다.
5. 모든 모임의 강령은 다음과 같다. "알코올중독자회는 공동의 문제를 나누고 남들이 알코올중독에서 회복되게 도울 수 있도록 자신의 경험, 능력, 희망을 서로 공유하는 남녀들의 공동체이다. 회원의 유일한 자격 조건은 술을 끊으려는 욕구다. 익명의 알코올중독자회는 회원들에게 회비나 사례금을 받지 않으며, 우리는 스스로의 기부를 통해 자급자족한다. 익명의 알코올중독자회는 그 어떤 분파, 명칭, 정치, 조직, 혹은 기관과도 결연을 맺지 않고, 그 어떤 논쟁에도 휩쓸리기를 바라지 않으며, 그 어떤 대의를 지지하지도 반대하지도 않는다. 우리의 일차적 목적은 맑은 정신을 유지하는 것이고 다른 알코올중독자들이 맑은 정신을 이루도록 돕는 것이다." (익명의 알코올중독자회, P.O.Box 459, Grand Central Station, New York, NY, 1941, 1993.)
6. Twelve Steps and Twelve Traditions, 1952.
7. Alcoholics Anonymous 12장, 1955.
8. Bill W., 1988; Selected Letters of C.G.Jung, 1909~1961.
9. Ibid.
10. 'Bill's Story' in Alcoholics Anonymous, 1955, 1~17.
11. Ibid., 171~182.
12. 《라이프Life》, '20세기의 가장 중요한 미국인 100인 명단' 중서 66번째.

14장 예술 속의 힘

1. Tabula Rasa 작곡가 노트, ECM Records, 1984.

15장 천재와 창조성

1. Dilts, 1992.
2. 프랭크 로이드 라이트는 이렇게 진술했다. "예술가의 지각知覺의 과학이 나중에 검증한다." (Wright, R.L., 1949.)
3. Galaman, 1992.
4. Loehle, 1990.

5. Heilbron, 1992; Churchill, 1949.

17장 신체적 건강과 힘

1. Hawkins and Pauling, 1973.
2. Tkacz and Hawkins, 1981.
3. Hawkins, 1989.
4. Hawkins, 1991.

18장 건강과 질병 과정

1. Walther, 1976.
2. Mann, 1974.
3. Diamond, 1979.
4. Briggs and Peat, 1989.
5. Redington and Reidband.
6. 이것은 AA의 기본서(1995)에서 강조하고 있다.
7. Bill W., The Languate of the Heart, 1988.
8. AA Comes of Age, 1957, and AA Today, 1960.
9. Twelve Steps and Twelve Traditions, 1953.
10. AA Comes of Age, 1957.

3부 의미

19장 의식의 데이터베이스

1. Jung, 1979.
2. Ibid. 동시성의 함의는, 두 사건은 실상에서 인과적으로 연결되어 있지 않지만 관찰자에게 그 사건들은 의미를 갖기 때문에 그렇게 지각된다는 것이다. 사람의 의식이 500대 후반으로 발전하면서 일체는 동시성으로 발생하기 시작하고 인생사는 정확한 타이밍에 완벽한 질서와 조화 속에서 펼쳐진다. 또한 Insinna를 볼 것, 1994.
3. Maharshi, 1958; Maharaj, 1973; Huang Po, 1958; Balsekar, 1987~1991.

20장 의식의 진화

1. Eadie, 1992.
2. 이 장을 집필한 뒤, 흥미로운 동시 발생 현상이 있었다. "수염이 담배에 찌든 75세 노인이 한사코 자신은 노숙자가 아니라 '친구를 기다리는' 동안에 일시적으로 집이 없을 뿐이라고 말했다." 그 노인은 저자의 이웃 동네에서 간선도로와 접한 공유지에 임시로 텐트를 쳤다. 사이러스(노인은 자신을 그렇게 소개했다)가 그곳에서 거주했던 한 달 동안, 그는 소소한 논란의 중심에 있었다. 일부 시민은 그가 눈에 거슬린다며 그의 텐트를 철거할 것을 강력히 요구했고, 보안관청은 그를 의심의 눈길로 바라보며 무단침입으로 체포하겠다고 노인을 협박했다. 어떤 이들은 그를 무해하고 신기한 인물로 여겼고 혹 어떤 이들은 그의 개인주의에 박수를 보냈다. 지역주민 중에서 적어도 한 명은 그에게 거처를 제공했다. "노인은 그 제안에 대해 생각해 보겠다고 하더군요. 그 양반은 '난 필요한 것도 없고 원하는 것도 없소이다.'라고 하면서 사회복지 단체에 지원 요청을 하는 걸 거절했지만, 개인들의 친절은 받아들였습니다. 노인은 사람들이 자신에게 음식을, 특히 샌드위치를 갖다 주었다고 하더군요." (《Red Rock News》, Sedona, Arizona, November 27, 1993.) 부보안관이 그에게 통고한 철거 시한 마지막 날, 사이러스는 신비스럽게 사라졌다.
3. Maharaj, 1973.

21장 순수의식 연구

1. Descartes.
2. Section on 'Poverty' in 『Kaplan & Sadock's Comprehensive Textbook of Psychiatry』, 2000.
3. Maharshi, 1952; Maharaj, 1982.
4. Ibid.
5. Maharaj, 1973.
6. James, 1929.
7. 저자의 사적인 경험.
8. Maharaj, op. cit.; Huang Po, op.cit. ; Maharshi, 1952; and Balsekar, 1987~1991.
9. Maharaj, op.cit. ; Huang Po, op.cit.; Balsekar, op.cit.
10. 《뇌/마음 회보》, op.cit.
11. 15장, '천재와 창조성의 힘'
12. Kuhn, 1970.

13. Kübler-Ross, 1993.

14. Kripper, 1974.

15. Ibid.

16. AA comes of Age.

17. Bill W., 1988.

18. Chapter 1, 'Bill's Story', in Alcoholics Anonymous, 1952.

19. Twelve Steps and Twelve Traditions.

22장 영적 투쟁

1. Maharshi, 1958; Huang Po, 1958; Maharaj, 1973; Balsekar, 1990.

2. Balsekar, 1989.

3. Walsh, 1985.

4. Maharshi, 1958.

5. '영혼의 고뇌'는 고전 기독교 문학을 관통하는 주제다. Peters, 1958; Blackney, 1942; French, 1965; Walsh, 1985.

6. Krippner, 1974.

7. Diamond, J., Lectures on Behavioral Kinesiology, NY, 1972.

8. 세도나 캐멀백 분원은 1981~1986년까지 5년 동안 한 해 100명 이상의 코카인 중독자를 치료했다. 헤비메탈을 계속 들은 환자들 중에서 회복한 이는 아무도 없다. (추적 조사, 1986)

9. 12단계 프로그램을 그만둔 중독자들은 재발한다.(저자의 임상 관찰 결과)

10. Maharshi, 1958.

11. "St. Francis of Assisi," in Butler's Lives of the Saints, 1985, 314~320.

12. 『A Course in Miracles』, 1975.

13. Capra, 1976.

23장 진실의 탐구

1. 기독교가 930의 측정치에서 498로 하락한 것은 서양 종교 역사상 최대의 단일 재앙이라는 것을 인정해야 한다. 우리는 여기서 십자군 전쟁과 종교재판이라는 나중의 잔학행위를 가능하게 했던 예수그리스도의 실제 가르침과의 영적 이혼의 기원을 볼 수 있다. 역사적인 기독교 쇠퇴의 한복판에는, 부정적이거나 상대적으로 약한 구약의 낱권 성서들과 신약 계시록을 기독교의 정경正經으로 포함시킨 사건이 있다. 선지자들

의 '눈에는 눈' 윤리는 보편적 사랑과 용서를 향한 그리스도의 호소와 정말 어떤 관련이 있는가? 이런 질문을 던지는 것은 당연하다. 만일 예수가 구약을 가르치러 온 것이라면, 구태여 올 필요가 있었는가?

좀 더 핵심을 짚자면, 이슬람의 경우처럼 기독교의 일상적 실천은 스스로를 증오와 주전론으로 정의하는, 타인의 자유 박탈을 일차적 기반으로 삼는 호전적 근본주의 집단에 의해 가장 뚜렷이 오염되어 있다. 현재의 기독교를 사랑의 수준 이하에 붙들어 놓는 것은 그 통렬한 부정성의 짐이라고 해도 무방하다. 이른바 그리스도인들이 그리스도를 인용하는 일이 드문 것은 흥미로운데, 그들의 열띤 주장과 자기정당화의 레퍼토리는 거의 전적으로 구약에서 나온다. 그들이 '성서'라고 말할 때, 그것이 가리키는 것은 대개 구약이다.

기독교가 도덕적 행동을 평가하는 데서 오로지 신약의 교의에만 의존했다면, 오늘의 세상은 과연 어떠할까?

2. 저자의 임상 경험
3. 프로이트는 인간의 영성을 부정한 까닭에 임계 수준 500 이하에 머물렀지만, 반면에 사람의 영적 본성을 긍정했던 칼 융은 훨씬 높은 520으로 측정된다.

24장 결론

1. 소크라테스는 사람의 목적은 물질주의와 감각을 추구(암흑으로 인도하는)하기보다는 영혼의 깨달음(빛)에 삶을 바치는 것이라고 가르쳤다. 플라톤의 공화국, op.cit.
2. 에베소서 6장 12절, "왜냐하면 너희들의 투쟁은 육신을 상대로 하는 것만이 아니며 천사들을, 보이고 보이지 않는 힘을, 그리고 하늘나라 아래 악한 영을 가진 이들인 어둠의 세계의 통치자들을 상대로 하는 것이기 때문이라." 람사역 성경, (Philadelphia: A.J. Holmes Co., 1957).
3. 니사르가다타 마하라지 같은 스승들은 이를 가리켜 결국에는 우리의 진정한 본성의 각성에 이르는 출발점이라고 종종 말한다.(I Am That, 1973).

부록 E

참고 문헌

Abraham, R., and Shaw, C., Dynamics: The Geometry of Behavior, Vols. I-II. Santa Cruz, California: Aerial Press, 1984

Amoroso, R., "Consciousness: A Radical Definition."

Toward a Scientific Basis for Consciousness; an Interdisciplinary Conference. University of Arizona Health Sciences Center, Tucson, Arizona, April 12~17, 1994

Anonymous, AA Today. New york: Cormwall Press. 1960

Anonymous, A Course in Miracles. Huntington Station, New York: Foundation for Inner Peace, Coleman-Graphics. 1975

Anonymous, Alcoholics Anonymous Comes of Age: A Brief History of AA. New York: Alcoholics Publishing, Inc. 1957

Anonymous, Twelve Step and Twelve Traditions. New York: Alcoholics Publishing, Inc. 1953. The Anti-Stalin Campaign and International Commission: A selection of Documents. New York: Columbia University (Russian Institute). 1956.

Balsekar, R. s., A Duet of One: The Ashtavatra Gita Dialogue. Redondo Beach, California: Advaita Press. 1989.

——, Experiencing the Teaching. Redondo Beach, California: Advaita Press. 1988.

——, Exploration into the Eternal. Durham, North Carolina: Acorn Press. 1989.

——, The Final Truth. Redondo Beach, California: Advaita Press. 1989

——. Pointers from Nisagargadatta Maharaj. Durham, North Carolina: Acorn Press. 1990

Barzon, J., "The Paradoxes of Creativity." The American Scholar. No. 50, pp.337~351. Summer. 1989.

Bendat, J. S., and Pearson, A. G., Measurement and Analysis of Random Data. New York: John Wiley and Sons. 1966.

Beringa, M., "The Mind Revealed." Science. No. 249, pp. 156~158. August 24, 1990.

Bill W., The Language of Heart. New York: Cornwall Press. 1988.

Blakney, R. B. (trans.), Meister Eckheart. New York: Harper & Row. 1942.

Bohm., D., Quantum Theory. New York: Prentice-Hall. 1980.

——, Wholeness and the Implicate Order. London: Routledge & Kegan Paul. 1980.

——, and Peat, F., Science, Order, and Creativity. New York: Bantam Books. 1987.

——, Hiley, B., and Kaloyerous, P., N., "An Ontological Basis for Quantum Theory." Phys. Reports. No. 144:6, P. 323.

Briggs. J., Fractals: The Patterns of Chaos. New York: Simon & Schuster. 1993.

——, and Peat, F. D. Looking Glass Universe. New York: Simon & Schuster. 1984.

——, and Peat, F. D., Turbulent Mirror: An Illustrated Guide to Chaos Theory and the Science

of Wholeness. New York: Harper & Row. 1989.
Brinkley, D., Saved by the Light. New York: Villard Books. 1994.
Bruner, J. S., and Posteman, L., "On the Perception of Incongruity: A Paradigm." Journal of Personality. No. 18, pp. 206. 1949.
Brunton, P., A Search in Secret India. Los Angeles: Weiser. 1984.
Butz, M., Psychological Reports. No. 17, pp. 827~843 and 1043~1063. 1993.
Capra, F., The Tao of Physics: An Exploration of the Parallels Between Modern Physics and Eastern Mysticism. New York: Bantam. 1976.
——, The Turning Point: Science, Society, and Rising Culture. New York: Bantam. 1982.
Chalmers, D., "On Explaining Consciousness Scientifically: Choices and Challenges." Toward a Scientific Basis for Consciousness; an Interdisciplinary Conference. University of Arizona, Health Science Center, Tucson, Arizona, April 12~17, 1994.
Chew, G. F., "Bootstrap: A Scientific Idea." Science. No. 161. May 23. 1968.
——, "Hadron Bootstrap: Triumph or Frustration?" Physics Today. October 23, 1970.
——, "Impasse for the Elementary Particle Content." In The Great Ideas Today.Chicago: Encyclopedia Brittanica. 1974.
Churchill, W. S., Blood, Sweat, and Tears. New York: G. P. Putnam and Sons. 1941.
Combs, A., "Consciousness as a System Near the Edge of Chaos." Toward Scientific Basis for Consciousness; an Interdisciplinary Conference. University of Arizona, Health Science Center, Tucson, Arizona, April 12~17, 1994.
Crick, C., and Koch, "The Problem of Consciousness." Scientific American. No. 267, pp. 152~159. September 1992.
Crusade in Europe. 1939: Marching Time. Collectors Videos.
Cuomo, M., Lincoln on Democracy. New York: Harper Collins. 1990.
Deikman, A. J., "The Role of Intention of self as Determinants of Consciousness: A Functional Approach to a Spiritual Experience." Toward a Scientific Basis for Consciousness; an Interdisciplinary Conference. University of Arizona, Health Science Center, Tucson, Arizona, April 12~17, 1994.
Descartes, R., in Great Books of the Western World, Vol. 31.
Chicago: Encyclopedia Brittanica. 1952
Diamond, J., Behavioral Kinesiology. New York: Harper & Row. 1979.
——, Your Body Doesn't Lie. New York: Warner Books. 1979.
Dilts, R., "Strategies of Genius." Success. No. 39. October 26~27, 1992.
Dunn, J. (ed.), Prior to Consciousness: Talks with Nisargadatta Maharj. Durham, North Carolina: Acorn Press. 1985.
——, Seeds of Consciousness. New York: Grove Press. 1982.
Eadie, B. J., Embraced by the Light. Placerville, California: Gold Leaf Press, 1992.
Eccles, J., Evolution of the Brain: Creation of the self. Edinburg, Scotland: Routledge. 1989.
——, The Human Psyche: The Gifford Lectures, University of Edinburgh, 1977~78. Edinburg, Scotland: Routledge. 1984.
——, (ed.) Mind and Brain: The Many Faceted Problems. New York: Paragon House. 1986.
——, and Robinson, D. N., The Wonder of Begin Human: Our Brain and Our Mind. New York

Free Press. 1984.
Fedarko, K., "Escobar's Dead End." Time No. 142:25, pp. 46~47. December 13, 1993.
Feigenbaum, N. J., "Universal Behavior in Nonlinear Systems." Los Alamos Science. No. 1, pp. 4~29. 1981.
Fischer, L., Gandhi: His Life as a Message for the World. New York: New American Library. 1982.
Freeman, W. J., and Skarda, C. A., "Spatial EEG Patterns: Nonlinear Dynamics and Perception." Brain Res. Review. No. 10, P. 147. 1985.
French, R. M. (trans.), The way of A Pilgrim. New York: Seabury Press. 1965.
Galin, D., "The Structure of Subjective Experience." Toward a Scientific Basis for Consciousness; an Interdisciplinary Conference. University of Arizona, Health Science Center, Tucson, Arizona, April 12~17, 1994.
Gardner, H., The Mind's New Science. New York: Basic Books. 1985.
Gilbert, M., The Complete Churchill Videos. BBC. 1993.
Glass, L., and Mackay M. W., "Pathological Conditions Resulting from Instabilities in Physiological Control Systems." Ann. NY. Acad. Sci. No. 316, P. 214. 1979.
Gleick, J., Chaos: Making a New Science. New York: Viking Penguin. 1987.
Godman, D. (ed.), Be As You Are: The Teachings of Ramnna Maharshi. Boston: Arkana. 1985.
Golaman, D., er al., :The Art of Creativity." Psychology Today, No. 25, pp. 40~47. March/April 1992.
Golaman, A., "Philosophy of Mind: Defining Consciousness." Toward a Scientific Basis for Consciousness; an Interdisciplinary Conference. University of Arizona, Health Science Center, Tucson, Arizona, April 12~17, 1994.
Goodheart, G., Applied Kinesiology, 12th ed. Detroit: Privately Published. 1976.
Hardy, C., "Meaning as Interface Between Mind and Matter." Toward a Scientific Basis for Consciousness; an Interdisciplinary Conference. University of Arizona, Health Science Center, Tucson, Arizona, April 12~17, 1994.
Harman, W., "A Comparison of Three Approaches to Reconciling Science andConsciousness." Toward a Scientific Basis for Consciousness; an Interdisciplinary Conference. University of Arizona, Health Science Center, Tucson, Arizona, April 12~17, 1994.
Hawkins, D. R., 12 Lectures on: Street; Weight Reduction; Alcoholism; Illness; Health; Depression; Spiritual First Aid; Pain and Suffering; Sex; worry, Fear and Anxiety; The Aging Process; Handling Major Crises. Farmingdale, New York: Coleman Graphics. 1986.
——, "Consciousness and Addiction," in Kiley, L., Burton, S. (eds.), Beyond Addiction. San Mateo, California: Brookridge Institute. 1987.
——, Consciousness and Addiction: The Way Out. The Villa Lectures. Farmingdale, New York: Coleman Graphics. 1988.
——, "Expanding Love: Beauty, Silence and Joy." Call of the Canyon, Vol. I. Sedona, Arizona. 1982.
——, A Map of Consciousness (video). Sedona Arizona: Institute for Advanced Theoretical Research. 1993.
——, "Orthomolecular Psychiatry." International Encyclopedia of Psychiatry, Psychoanalysis

Psychiatry. 1979.
——, The Sedona Series Lectures: A Map Of Consciousness; Death and Dying; Hypertension and Heart Disease; AIDS; Cancer; Alcoholism and Drug Addiction; Consciousness and Addiction; Healing Relationships. Sedona, Arizona: The Research Institute. 1987.
——, "Successful Prevention of Tardive Dyskinesia." Journal of Orthmolecular Medicine. Vol. 4, No. 1. 1989.
——, Successful Prevention of Tardive Dyskinesia: A 20-Year Study of 64,000 Patients." Journal of Orthmolecular Psychiatry. January 1991.
——, and Pauling, L., Orthmolecular Psychiatry. San Francisco: W. H. Freeman and Company. 1973.
Heilbron, J. L., "Creativity and Bug Science." Physics Today. No. 45, pp. 42~47. November 1992.
Henon, J., "A Two-Dimensional Mapping with a Strange Attractor." Com, Math Physics. No. 50, pp. 69~77. 1976.
Hoffman, R. E., "Attractor Neuro Networks and Psychotic Disorders." Psychiatric Annals. No. 22:3, pp. 119~124. 1992.
Hofstadter, D. R., Metalogical Themes: Questing for the Essence of Mind and Pattern. Toronto, Canada: Bantam Books. 1985.
Huang Po (John Blofield, trans.). The Zen Teaching of Huang Po: On Transmission of the Mind. New York: Grove Press. 1958.
Insinna, E., "Synchronicity Regularities in Quantum System." Toward a Scientific Basis for Consciousness; an Interdisciplinary Conference. University of Arizona, Health Science Center, Tucson, Arizona, April 12~17, 1994.
James, W., The Varieties of Religious Experience. New York: Random House. 1929.Josephsom, M., Edison. New York: McGraw Hill. 1959.
Jung, C. G., Collected Works. Princeton, New Jersey: Princeton University Press. 1979.
——, (R. F. Hull, trans.), Synchronicity as a Causal connecting Principle. Bollington Series, Vol. 20. Princeton, New Jersey: Princeton University Press. 1973.
Kelly, V. C., "Affect and Intimacy." Psychiatric Annals. No. 23:10, pp. 556~566. October, 1993.
Kendall, H., and Kendall, F., Wadsworth, G., Muscles: Testing and Funtion. Baltimore: Williams and Wilkins. 1971.
Kosslyn, S., and Anderson, R.(eds.), Frontiers in Cognitive Neuro-Science. Cambridge, Massachusetts: MIT Press. 1993.
Krippner S., Western Hemisphere Conference on Kirlian Photography. Garden City, New York. 1974.
Kubler-Ross, E., On Life After Death. New York: Celestial Arts. 1991.
——, Questions and Answers on Death and Dying. New York: Macmillan. 1993.
Kuhn, T., The Structure of Scientific Revolutions. Chicago: University of Chicago Press. 1970.
Laczey, E., Gandhi: A Man for Humanity. New York: Hawthorne. 1972.
Lamparski, R., Lamparski's Hidden Hollywood. New York: Simon & Schuster. 1981.
Lamsa, G. (trans.)), Holy Bible from Ancient Eastern Manuscripts. Philadelphia: A. J. Holmes Co. 1957.

Land, G., Jarman, B., Breakpoint and Beyond. New York: Harper Business. 1992.
Lee, T. D., Particle Physics and Introduction to Field Theory. Switzerland: Harwood Academic Pubs. 1981.
Li, E., and Spiegle, D., "A Neuro Network Model of Associative Disorders." Psychiatric Annals. No. 22:3, pp. 1440145. 1992.
Libet, B,, Brain 106, Pgs 623~642. University of California at San Francisco Physiology Dept. 1984.
"Life's 100 Most Important Americans of the 20th Century." Life. No. 13:12. Fall, 1990.
"Lincoln, Abraham." In The New Encyclopedia Brittanica, 15th Ed. Chicago: Encyclopedia Brittanica. 1984.
Loehle, C., "A Guide to Increase Creativity in Resarch."
Bioscience. No. 40, pp. 123~129. February 1963.
Lorenz, E. N., "Deterministic Nonperiodic Flow." Journal of Atmospheric Science. No. 20, pp. 130~141. 1963.
——, "Predictability: Does the Flap of a Butterfly's Wings Set off a Tornado in Texas?" American Association for the Advancement of Science. December29, 1979.
——, "The Problem of Deducting the Climate from the Governing Equations." Tellus. No. 16, pp. 1~11. 1964.
Losh, J. P., Roosevelt and Churchill. New York: W. W. Norton. 1976.
Lowinsky. E. A., "Musical Genius: Evolution and Origins of a Concept." Musical Quarterly. No. 50, pp. 321~340 and 476~495. 1964.
Maharaj, N., I Am That, Vols. I and II. Bombay, India: Cetana. 1973.
Maharshi, R., Talks with Sri Ramana Maharshi, Vols. I-II. Madras, India: Jupiter Press. 1958.
——, (foreword by Carl Jung), The Spiritual Teaching of Ramana Maharshi. Boulder, Colorado: Shambhala. 1972.
Mandelbrodt, G., The Fractal Geometry of Nature. New York: W. H. Freeman and Co. 1977.
Mandell, A. J., "From Molecular Biologic Simplification to More Realistic Central Nervous System Dynamics." In Cavenar, et al.(eds.), Psychiatry: Psychological Foundation of Clinical Psychiatry. New York: Lippincott. 1985.
Mann, F., The Meridians of Acupuncture. London, England: William Heinemann Medical Books Limited. 1974.
Maslow, A. H., The Father Reaches of Human Nature. New York: Viking. 1971.
McAlear, N., "On Creativity." Omni. No. 11, pp. 42~44.April 1989.
Mehta, V., Mahatma Gandhi and his Apostles. New York: Penguin Books. 1982.
"Mind's Chaotic Periods May Lead to Higher Order." Brain/Mind Bulletin. No. 18, p. 12.
Monroe, R., Journeys Out of the Body. New York: Anchor/Doubleday. 1971.
"Musical Composition." In The New Encyclopedia Brittanica, 15th Edition. Chicago: Encyclopedia Brittanica. 1984.
Nathanson, D. L., "About Einstein" and "Understanding Einstein." Psychiatric Annals. No. 23:10, pp. 543~555. October 1993.
Nome, B., Personal Interviews. Santa Cruz, California. 1988.
"Nonlinear Analysis Reveals Link Between Heart and Mind." Brain/Mind Bulletin. No. 18:12,

September 1993.
Peat, F. D., Artificial Intelligence. New York: Baen. 1988.
——, "Time, Structure and Objectivity in Quantum Theory."
Foundation of Physics. December 1988.
Peers, E. A., (trans), St. John of the Cross: Ascent of Mount Carmel. New York: Doubleday. 1958.
Penrose, R., "Quantum Coherence and Consciousness." Toward a Scientific Basis for Consciousness; an Interdisciplinary Conference. University of Arizona, Health Science Center, Tucson, Arizona, April 12~17, 1994.
Peters, T. J., and Waterman, R. H., In Search of Excellence. New York: Warner Books. 1982.
Plato, The Republic. In Great Books of the Western World. Vol. 7. Chicago: Encyclopedia Brittanica. 1952
Prigogine, I., and Stengers, I., Order Out of Chaos: Man's New Dialogue with Nature. Toronto, Canada: Bantam Books. 1984.
Raspberry, W., "Rap Music Shares Same Qualities as Nicotine: Dangerous, Addictive." The Arizona Republic. July 4, 1994.
Ray, M., and Rinzler, A. (eds.), The New Paradigm in Business: Emerging Strategies for Leadership and Organizational Change. New York: Tarcher/Perigee. 1993.
Redington, D., and Reidbond, S., Journal of Nervous and Mental Disease. No. 180, pgs. 649~665; No. 181, pgs. 428~435. 1993.
Ring, K., Healing Toward Omega. New York: William Morrow. 1984.
Rosband, S. N., Chaotic Dynamics of Nonlinear systems.
New York: John Wiley and Sons. 1990.
Rudolph, S. H., and Rudolph, L. I., Gandhi: The Traditional Roots of Charisma. Chicago: University of Chicago Press. 1983.
Ruelle, D., Chaotic Evolution and Strange Attractors: The Statistical Analysis of Time Series from Deterministic Nonlinear systems. New York: Cambridge University Press. 1989.
——, "Strange Attractors." Mathematical Intelligence. No. 2, pp. 126~137. 1980.
Schaffer, W. M., and Kot, M., " Do Strange Attractors Groven Ecological systems?" Bioscience. No. 35, p. 349. 1985.
Scott, A., "Hierarchical Organization in the Brain-Emergence of Consciousness." Toward a Scientific Basis for Consciousness; an Interdisciplinary Conference. University of Arizona, Health Science Center, Tucson, Arizona, April 12~17, 1994.
Sheldrake, R., A New Science of Life. London, England: Victoria Works. 1981.
——, Essay in New Scientist. No. 90, pp. 749 and 766~768. June 18 1981.
——, "Formative Causation." Interview in Brain/Mind Bulletin. No. 6, p. 13. August 3, 1981.
Simonton, D. K., "What Produces Scientific Genius?" USA Today. No 117, June 11, 1988.
Smale, S., The Mathematics of Time: Essay on Dynamical Systems. New York: Springer-Verlag. 1980.
Stewart, H. B., and Thompson, J. M., Nonlinear Dynamical and Chaos. New York: John Wiley & Sons. 1986.
Stone, A. M., "Implications of Affect Theory for the Practice of Cognitive Therapy." Psychiatric

Annals. No. 23:10, pp. 577～583. 1993.
Tcaz, C., and Hawkins, D., "A Preventative Measure for Tradive Dyskinesia." Journal of Orthomlecular Psychiatry. No. 10, pp. 120～123. 1981.
Trimble, V., Sam Walton. New York: Dutton. 1990.
Tritton, D., "Chaos in the Swing of a Pendulum." New Scientist. July 24, 1986.
Tucker, R. C., Stalin in Power. New York: W. W. Norton. 1990.
Tuckwell, H. C., Introduction to Theoretical Neurology: Nonlinear and Stochastic Theories. New York: Cambridge University Press. 1988.
Varvoglis, M., "Nonlocality on a Human Scale: PSI and Consciousness Research." Toward a Scientific Basis for Consciousness; an Interdisciplinary Conference. University of Arizona, Health Science Center, Tucson, Arizona, April 12～17, 1994.
Walsh, M.(ed.), Butler's Lives of the Saints. New York: Harper & Row. 1985.
walther, D., Applied Kinesiology. Pueblo, Colorado: Systems DC. 1976.
Weisburd, S., "Neural Nets Catch the ABCs of DNA." Science News. August 1, 1987.
"What is Consciousness?" Interviews with C. Koch, T. Winograd, and H. P. Moravat. In Discover. No. 13, pp. 95～98.
Wilber, K. (ed.), The Holographic Paradigm and Other Paradoxes: Exploring the Leading Edge of Science. Boston: Shambhala. 1982.
——, Engler, J., and Brown, D. P., Transformations of Consciousness. Boston: Shambhala. 1986.
Winfree, A., "Is It Impossible to 'Measure' Consciousness?" Toward a Scientific Basis for Consciousness; an Interdisciplinary Conference. University of Arizona, Health Science Center, Tucson, Arizona, April 12～17, 1994.
Wing, R. L., The Tao of Power: An Introduction to the Tao Te Ching of Leo Tsu. Garden City, New York: Doubleday. 1986.
Wright, R. L., Genius and the Mediocracy. New York: Drell, Sloan, and Pierce. 1949.
Yorke, J. A., and Tien-Yien, L., "Period Three Implies Chaos."
American Math Monthly. No. 82, pp. 985～992. 1975.
Zukav, g., The Dancing Wu-Li Masters: An Overview of the New Physics. New York: Bantam. 1982.

| 옮긴이의 말 |

2006년에『호모 스피리투스』번역을 시작했으니, 벌써 6년째 호킨스 박사의 저작을 번역하는 작업을 해 왔군요. 저의 삶에서 일어난 중요한 모든 사건들이 다 그랬듯, 그의 책들을 읽고 그 책들을 번역하게 된 것은 꿈에도 예상하지 못했던 우연의 일치에 의한 것이었지만 이제는 그 우연이 정말 우연이 아니라 어떤 우주적 필연처럼 느껴집니다! (저자의 '3부작' 마지막 권에 해당하는『호모 스피리투스』에는 우주에선 어떤 우연한 일도 가능하지 않다는 말이 있죠.) 이 우주의 모든 좋은 것, 모든 선한 것들이 일제히 손을 들어 어느 한 방향을 가리키고 있는데, 저는 그곳을 향해 소용돌이치는 거스를 수 없이 강력한 흐름의 한복판에 던져져 있는 것 같아요. 제가 향하고 있는 '그곳'은 아름다움, 사랑, 따뜻한 마음, 모든 살아 있는 것들에 대한 선의, 그리고 무엇보다 진실로 물들어 있어요. 이 시대에 그의 책들은 그곳을 향해 가고 있는 모든 선량한 영혼들에게 가야 할 지점까지 정확히 안내해 주는 최첨단 내비게이션 같은 거지요. 읽기가 정말 까다로운 그의 책들이 갖는 그토록 엄청난 실용적 기능성은, 그것이 인간의 언어로 쓰여진 우주적 진실의 정수精髓라는 데서 생겨나요. 이 말은 번역을 끝낸 뒤 책 말미에 덧붙이기 마련인 예의 바른 찬사 같은 게 아니에요. 또한 역자로서 긴 세월을 바쳐 온 저자에 대한 지극히 사사로운 애정에서 나온 말도 아니고요.

"그러나 나는 어느 환자든, 불구가 된 겉모습 뒤에서 사랑과 아름다움의 빛나는 본질을 분명히 보았습니다." (서문, 25쪽)

이 말은 정신과 의사로 50여 년간 임상에서 환자를 돌본 저자 자신의 토로예요. 그 어떤 형편없는 불구 뒤에서도 감춰진 ('빛나는') 본질을 보는, 그 어떤 상황에서든 도통 비난이란 걸 모르는, 연민의 화신 같은, 그런 희귀한 인간을, 저는 그동안 몇 번 씩이나 만나는 행운을 누렸어요. 그때마다, 저를 정면으로 응시하는 아름다운 두 눈에서 제가 보았던 것은, 나보다 더 나를 사랑하는 듯 가슴을 녹이는 부드럽고 부드러운 사랑, 그리고 인간을 태우는 온갖 불이 다 꺼진 것처럼 텅 빈 궁극의 적멸寂滅이었지요. 그것은 죽어도 지워지지 않고 가슴에 살아 있을 것 같은 그런 눈이었어요. 저자를 만나고 오는 길 어디에선가, 그가 모든 저서와 강연들을 통해 토로한 인간과 세계의 절대적 진실(이것은 네 번째 저서 『진실 대 거짓』의 한 구절, '사실상 진실은 절대 상수에 대한 상대적 변수이다.'에 나오는 절대 상수常數에 해당해요.)이 그런 초인간적으로 무한한 사랑과 동전의 앞뒷면이라는 것을 느꼈을 때, 저는 깊이깊이 안도했던 것 같아요. 말하자면 그건 미소微小한 인간존재를 지배하는 이 우주의 운행 원리가 다름 아닌 사랑이라는 걸 확신한 느낌 같은 거였지요. 그와 동시에 저는 절대적 실상實相에 대한 현미경적으로 정밀한 앎을 가능하게 하는 것이 바로 그 용납하지 못할 것이 없을 듯 부드러운 사랑이라는 것, 그리고 그런 사랑은 세상을 바라보는 너무도 인간적인 유한한 관점들이 소멸한 내면의 절대적 비어 있음과 한 몸이라는 것을 깨달았어요.

이 책은 영성을 다룬 저자의 책들 중에서 맨 처음 출간된 것으로 원제는 '힘 대 위력(Power vs. Force)'이라고 해요. 저자는 '인간 행동의 숨은 결정자'인 인간 의식에는 긍정적이며 생명을 고양시키는 힘power을 갖는 것과 부정적이고 생명을 약화시키는 위력force을 갖는 것의 두 가지 범주가 있다고 보지요. 그러니까 인간과 세계를 움직이는 동력에는 긍정적인 것과 부정적인 것의 두 부류가 있다는 거예요. 여기서 힘을 불어넣는 긍정적 동력을 낳는 것은 진실인 것들이고, 겉으로는 에너지가 넘치는 듯해도 내적인 힘의 결핍으로 하여 외부에서 에너지를 주입받아야 지속되는 부정적 위력밖에 갖지 못하는 것은 거짓인 것들이에요. 그래서 '힘 대 위력'은 '진실 대 거짓'으로 바꿔 말해도 무방해요. 이 책에서 시종일관 초점을 맞추고 있는 것은 사실상 진실의 문제인데(존재를 갖는 것은 오직 진실뿐이기 때문이지요. 거짓은 진실이 부재한 상태를 가리켜요.), 왜냐하면 저자는 현재 인류가 진실과 거짓의 차이를 알아볼 능력을 결하고 있고 그러한 식별력의 결핍으로 인해 엄청난 고통을 겪고 있다고 보기 때문이에요.

인류 의식의 총체적 진화의 한 결과로 지난 세기 중엽에 발달한 신체운동학(kinesiology, 저자는 이것을 물질 우주와 마음의 우주를 이어주는 '웜홀' 같은 것으로 느꼈다고 해요.)을 처음 접했을 때, 저자는 인간 원형질에는 생명을 지지하는 것과 생명을 지지하지 않는 것 간의 차이를 가장 미세한 정도까지 식별할 수 있는 능력이 내재되어 있다는 것과 따라서 신체운동학이라는 분지分枝를 갖는 근육테스트는 인류 역사상 최초로 그 어떤 대상에 관해서든 진실과 거짓을 즉석에서 판별해 내는 혁명적 도구가 될 수 있다는 것을 깨닫고 전율했지요. 이 대목에서 저는 그가 사람들의 마음의 병을 고치는 정신과 의사로 출발했다는 점을 상기하지 않을 수 없어요.

> "한 번에 한 환자밖에 만날 수 없었기 때문에, 나는 인간고의 밀물 앞에서 엄청난 좌절을 느꼈습니다. 그것은 마치 작은 컵으로 바닷물을 퍼내려고 시도하는 것과 같았지요." (서문, 27쪽)

인류가 무력하게 당하고 있는 크나큰 고통에 대한 연민은 진실의 각성과 그것을 사람들 앞에 드러내는 일에 바쳐진 그의 한 평생을 결정지었을 거예요. 저자는 우연히 근육테스트 시범을 접한 뒤 수많은 연구자들과 함께 그 도구의 적용 및 가능성에 관해 탐구하는 한편, 인간 의식의 지층地層을 탐사하여 '의식 지도Map of Consciousness'를 작성하는 작업에 20년의 세월을 고스란히 바치게 돼요.

이 책들을 번역하는 작업은 삶에서 많은 것을 희생해야 하는, 한 인간에게 주어진 유한한 정신적 에너지와 시간을 온전히 다 쏟아부을 것을 요구하는, 개인적으로는 가혹하게까지 느껴지는 일이었어요. 저를 여기까지 끌어온 것은 이 책들에서 전하는 진실은 저 자신이나 저의 사적인 삶과는 비교조차 할 수 없을 만큼 큰 것이라는 너무도 단순한 깨달음일 거예요. 어떤 의미에서 그의 책들은 그 어떤 경전보다 더 종교적으로 느껴졌는데 그건 제게 역설로 다가왔지요. 사실 저는 조직이나 단체에 적응하기 힘든 자유분방한 성향 탓에 제도로서의 종교는 제게 맞지 않는 옷이라고 느꼈고, 그래서 본격적으로 종교를 탐구한 적이 한 번도 없었으니까요. 유행하는 흔한 명상 서적도 한 권 읽은 적이 없는데 그 책들 속의 고운 말들은 제가 삶에서 느낀 고통의 깊이에 닿지 못하고 너무도 피상적으로 느껴졌기 때문이었어요. 구원의 빛은 제가 의식적으로 추구했던 것이나 추구하지 않았던 것들 너머에서, 불현듯, 이해할 수 없이 밝아 왔지요. 생각의 깊이로는 삶의 깊이를 도저히 헤아릴 수 없어요. 그러니 이 삶은 얼마나 깊고 또 깊은 걸까요. 한 인간의 삶에서 나와 모든 인간의 삶의 깊이에 가 닿은 이 책은, 읽는 이들을 사유 너머에 있는 이성으로는 가늠하기 힘든 진실의 깊이로 이끌어 줄 거예요.

백영미

옮긴이 | 백영미

서울대학교 간호학과를 졸업했으며, 현재 전문 번역가로 활동하고 있다. 옮긴 책으로는 『진실 대 거짓』, 『호모 스피리투스』, 『내 안의 참나를 만나다』, 『마더 데레사의 단순한 길』, 『티베트의 영혼 카일라스』, 『감각의 박물학』, 『죽음 너머의 세계는 존재하는가』 등이 있다. 데이비드 호킨스 박사의 저작을 차례로 읽고, '더 이상 세상을 향해 화낼 일이 없어지는' 체험을 하면서부터 박사의 저작물을 번역하고 출판하는 일에 헌신하고 있다. 미국 세도나에 거주하는 호킨스 박사와 감동적인 만남을 갖기도 했다.

의식 혁명

1판 1쇄 펴냄 2011년 9월 2일
1판 39쇄 펴냄 2024년 3월 26일

지은이 | 데이비드 호킨스
옮긴이 | 백영미
발행인 | 박근섭
펴낸곳 | 판미동

출판등록 | 2009. 10. 8 (제2009-000273호)
주소 | 06027 서울 강남구 도산대로 1길 62 강남출판문화센터 5층
전화 | **영업부** 515-2000 **편집부** 3446-8774 **팩시밀리** 515-2007
홈페이지 | panmidong.minumsa.com

도서 파본 등의 이유로 반송이 필요할 경우에는 구매처에서 교환하시고
출판사 교환이 필요할 경우에는 아래 주소로 반송 사유를 적어 도서와 함께 보내주세요.
06027 서울 강남구 도산대로 1길 62 강남출판문화센터 6층 민음인 마케팅부

ISBN 978-89-6017-083-4 03840

판미동은 민음사 출판 그룹의 브랜드입니다.